# Vida y obra

Seix Barral Biblioteca Breve

# Galder Reguera
## Vida y obra

Seix Barral, un sello editorial de Editorial Planeta, S. A.
Avda. Diagonal, 662-664, 08034 Barcelona (España)
www.seix-barral.es
www.planetadelibros.com

Primera edición: septiembre de 2024
ISBN: 978-84-322-4384-4
Depósito legal: B. 14.889-2024
Composición: Realización Planeta
Impresión y encuadernación: CPI Black Print
*Printed in Spain* - Impreso en España

*A Ignacio Martínez de Pisón*

El hombre solo existe en su edad concreta, y todo cambia con la edad. Comprender al otro significa comprender la edad que atraviesa.

MILAN KUNDERA, *Un encuentro*

# 1

Sentado en el sofá frente al televisor, con una servilleta extendida sobre las piernas, merendaba un bocadillo de Nocilla con cuidado de que no cayera ninguna miga fuera del rectángulo de cuadros rojos y blancos. Pequeñas gotas de sudor emergían en mi frente, que secaba con el anverso de la mano. Había vuelto a casa de la escuela corriendo con toda el alma para no perderme ni un minuto de la etapa de la Vuelta a España. Por suerte, lo había conseguido. Ese día había una cronoescalada de apenas diez kilómetros que terminaba en el alto del Naranco. El mejor tiempo hasta el momento lo había marcado Marino Lejarreta, mi ciclista favorito, que había batido el registro de Peio Ruiz Cabestany, su compañero del equipo Seat-Orbea. Marino hablaba con uno de los periodistas en el set de televisión sobre sus posibilidades en la carrera, nervioso, mientras iban llegando a meta otros corredores que habían tomado la salida más tarde que él: Álvaro Pino, Pacho Rodríguez, Sean Kelly, Perico Delgado. Cada vez que uno de ellos cruzaba la línea final, se producía un instante de tensión hasta que el periodista a pie de carretera cantaba el tiempo que había hecho. Yo dejaba por un momento el bocata sobre las piernas, contenía la respiración, apretaba bien fuerte los puños y celebraba gritando «¡bien!» cuando se confirmaba que el registro de Marino seguía siendo el mejor.

En esas, ama y tú os acercasteis sigilosos, como gatos rondando un ratón, y me lo soltasteis de pronto.

—¡Nos mudamos!

Aparté la mirada de la pantalla. Ahí estabais los dos, aferrados el uno al otro por la cintura, tan pegados que parecía que no quisierais que pasara el aire entre vuestros cuerpos, luciendo sonrisas acompasadas, mostrándoos tan unidos físicamente como separados estabais en todo lo demás. Ama se acariciaba con la mano derecha la enorme barriga, como implicando en el asunto también a Nuria, que esperaba su momento de venir al mundo. Tú a su lado. ¿Interpretabas un papel? ¿Te lo creías de verdad? No lo sé.

Me interrogabais con los ojos.

—¿Y bien? —preguntó ama.

Lo hizo justo en el instante en que llegó a meta Robert Millar, que era el gran favorito para ganar la Vuelta y el líder de la clasificación general, y al silencio de la sala se unió el de los narradores de la televisión, que aguardaban expectantes la confirmación del tiempo del corredor escocés. Yo seguía con la mirada fija en vosotros, pero estaba concentrado esperando el resultado de la carrera.

—¡Ha ganado Marino, ha ganado Marino! —gritó de pronto uno de los periodistas.

Di un brinco y el bocadillo, la servilleta y las migas cayeron a la alfombra. Me puse a dar saltos de alegría y, primero ama y después tú, entusiasmados con mi reacción, os unisteis a mí, abrazándome. Aquella fue la única vez que nos abrazamos los tres juntos, los cuatro en realidad. Yo no recuerdo otra anterior, al menos. Sí sé, eso seguro, que no lo hicimos nunca más. Y, fíjate, resultó que esa última, quizá única vez que lo hicimos, abrazarnos como una familia que se quiere, ni siquiera celebrábamos lo mismo.

## 2

Cuántas veces habré regresado a ese momento, cuántas he pensado en esa tarde en que me anunciasteis que dejábamos el barrio, el piso en el que siempre había vivido y que marchábamos a otro lugar. Recuerdo que cuando estudiaba filosofía y nos hablaron de la teoría del caos y del efecto mariposa, de inmediato acudieron a mi cabeza aquellas dos palabras en boca de ama, «nos mudamos», como una ficha de dominó que al caer arrastra con ella a todas las demás. Desde luego que entonces no era capaz ni por asomo de vaticinar siquiera mínimamente el impacto que aquella decisión iba a tener sobre mi vida, cómo iba a cambiar todo de manera completa y radical.

Cuando terminó la conexión con la Vuelta, tú apagaste la televisión. Os sentasteis conmigo en el sofá y me hablasteis de vuestros planes. Bueno, en realidad lo hizo ama. Tú asentías cómplice, como si tu papel se limitara a estar de acuerdo con las decisiones de tu mujer. La escuché terminando el bocadillo, que por suerte estaba libre de pelos de alfombra. Dijo que con la llegada de un nuevo miembro a la familia el piso se nos quedaba muy pequeño y que necesitábamos más espacio. Explicó que yo era muy mayor para compartir habitación con un bebé y que tú no podías trabajar sin despacho, así que habíais decidido cambiar de casa y habíais aprovechado para haceros con una en el campo, un chalé nuevo que estaba aún en obras, pero al que le faltaba muy poquito para estar terminado. Añadió que se encontraba justo al lado del que aitite y amama se estaban haciendo, que era un bifamiliar, que la tía Miren sería nuestra vecina y que cuando entráramos todos a vivir, tiraríamos la valla que separaba las casas y tendríamos un jardín conjunto, un jardín enorme en el que podría jugar al fútbol y montar una casa del árbol como la de las películas americanas.

Al terminar sus explicaciones, me preguntó a ver qué me parecía. Lo de vivir al lado de los abuelos me sonaba fantástico, pero no le di muchas vueltas al asunto. Estaba ansioso por encontrarme con mis amigos, comentar la etapa y salir a jugar.

—¿Cuándo nos vamos? —pregunté, metiéndome en la boca el último trozo de pan.

—A finales de julio —contestó ama, emocionada—. No puede ser antes, porque la casa no está terminada, ni después, porque hemos firmado ya la venta del piso.

Estábamos a treinta de abril. Me dije que aún quedaba mucho tiempo.

—De acuerdo —mascullé y, de un salto, me puse de pie.

Me calcé la visera del equipo Seat-Orbea al revés, como la llevaba siempre Marino, cogí el balón y salí a la calle. Toqué el portero automático de la casa de Iñaki, que era el que vivía más cerca de nosotros, en el rascacielos sobre la gasolinera. Pregunté a la voz metálica de mujer que respondió brusca al otro lado si mi amigo podía bajar a jugar. Después, él y yo repetimos ya juntos el ritual en los porteros de otros amigos y, al poco, estábamos toda la pandilla en la plaza jugando a bancos: Iñaki, Jesus, Zarrabeitia, los dos David, Robledo y García, y yo. ¿Reconoces alguno de los nombres? Seguro que no, nunca te interesaste por mi mundo. La dinámica era sencilla: un partido todos contra todos en el que cada jugador debe defender su portería, el arco formado por las patas y el asiento del banco que le ha tocado en suerte. Los que encajan goles van eliminándose progresivamente hasta que solo queda uno, que resulta el ganador. Jugamos varios partidos, de los que gané uno, pero tuvimos que dejarlo, hastiados de las protestas de los viejos, que querían sentarse donde nosotros jugábamos y amenazaban con avisar a la policía, señalando furiosos el cartel con la inscripción PROHIBIDO JUGAR A LA PELOTA que habían conseguido que el ayuntamiento pusiera en una de las fachadas que daba a la plaza. Siempre nos decían lo mismo, que nos fuéramos a jugar a la cancha de futbito de la escuela Hernán Cortés. Pero esta estaba tomada por los mayores, chavales de trece o catorce años que no nos dejaban ni acercarnos. Ocupaban el campo para derrapar con las bicis, jugar al barrenón y fumar pitillos.

Iñaki propuso que bajáramos a las vías. Jesus dijo que a él se le hacía tarde y que volvía a casa a hacer los deberes antes de que su madre lo matara. Iñaki le rebatió recordándole que todos estábamos en la misma clase y que no había tareas para el día siguiente.

—Lo que pasa es que estás cagado de miedo —señaló David García, dejando escapar una risita nerviosa.

Jesus negó con la cabeza, respondió que de eso nada, pero que igualmente se iba. Y así lo hizo, sin más miramientos. Se dio la vuelta y se largó, con el balón bajo el brazo, malhumorado, murmurando quién sabe qué. Mientras los demás le observábamos alejarse, Iñaki añadió:

—Lo que decías, colega, cagado de miedo. —Y chocó el puño con David García en señal de complicidad.

Admiré la decisión de Jesus. En el fondo yo quería unirme a él, seguir sus pasos, pero no me atrevía a llevar la contraria a Iñaki, que era un poco como el líder de todos nosotros. Teníamos prohibido ir a las vías del tren desde el accidente, cuando aquel niño de cuatro años fue arrollado por el cercanías. Lo recordarás, seguro. Había sucedido hacía unos meses. El caso hizo mucho ruido. Salió en televisión e incluso fue portada de los periódicos. Recuerdo que me impresionó mucho ver la foto de la estación de tren del barrio en la primera plana de *El Correo*. Hasta entonces las noticias eran algo que acontecía muy lejos de nuestra rutina. Desde el accidente aquel lugar se convirtió en la pesadilla de todos los padres, su mayor miedo. En el barrio se decía que la madre del chaval se había vuelto loca y que se paseaba desnuda por la calle y que su marido la ingresó en una clínica mental y se había casado de nuevo y marchado a vivir lejos, muy lejos, donde nadie le conocía. Cuando os conté aquella historia a ti y a ama, tú exclamaste con desprecio que eso era mala literatura.

—Te lo digo yo, que es mi especialidad —concluiste en un lamento, no supe hasta qué punto sarcástico.

Pero después insististe en que bajo ningún concepto me acercara a las vías. Me amenazaste con un castigo severo si te enterabas de que íbamos allí. Te prometí que no lo haría. No para salir del paso, no. Lo hice sinceramente. Pero el grupo mandaba. No quería quedarme solo.

No solíamos ir mucho, en todo caso, solo de vez en cuando, y más por sentir la excitación de romper las normas impuestas que porque el lugar tuviera excesivo atractivo para nosotros. Siempre que lo hacíamos, dentro de mí anidaba una profunda incomodidad, mezcla de temor a lo que pudiera suceder y la consciencia de estar desobedeciendo una orden explícita vuestra.

Tomamos el camino que bordeaba el barrio, una carretera estrecha, llena de socavones y sin señalizar, que era en realidad el acceso a los tres o cuatro caseríos que se mantenían allí como vestigios de cuando aquello fue campo, antes de que llegaran las fábricas y los pabellones industriales al pueblo, y las casas de protección oficial brotaran de pronto todas iguales, generando barrios también idénticos entre sí; antes de que la ciudad se expandiera como una mancha de aceite devorando todo a su alrededor. Caminábamos en silencio, quizá porque si hablábamos alguno de nosotros plantearía que aquello no era buena idea, que era mejor darse la vuelta. Yo iba pateando piedras, simulando que eran balones, imaginando porterías de fútbol en cada hueco del camino, en cada alcantarilla.

A mitad de trayecto nos encontramos con Ainhoa Alonso y Carla, dos chicas de nuestra clase que eran uña y carne, siempre estaban juntas. Iban en bicicleta, en dirección contraria a la nuestra. Se pararon a hablar con nosotros. Dijeron que venían del campo de fútbol, de llevarle las botas al hermano mayor de Ainhoa, que tenía entrenamiento y se las había dejado en casa y la madre los había obligado a hacer el recado. Nos preguntaron hacia dónde íbamos nosotros. Zarrabeitia confesó nuestros planes. Ellas al principio se escandalizaron, después dudaron y al final se unieron a nosotros cinco. Mis nervios aumentaron de manera exponencial. La presencia de Carla producía ese efecto en mí.

Carla estaba en mi clase desde preescolar y siempre me había gustado. Desde que recordaba, siempre ella, sin posibilidad de otra. Imaginaba toda mi vida con ella. Me veía en unos años casado, viviendo en los pisos nuevos del barrio, con nuestros hijos estudiando en la misma escuela en la que ahora compartíamos aula. Por supuesto, ni ella ni ninguno de mis amigos sabía de mi amor secreto. Me pregunto por qué era tan fiel en mis pensamientos a aquella niña menuda, de ojos azules, media melena negra y aquella actitud desenfadada que envidiaba y admiraba, yo, que era tan tímido. A veces me digo que mi fidelidad a ella quizá fuera una respuesta a lo que vivía en casa, mi primer intento de distanciarme de ti, de lo que representabas.

Los cinco chicos caminábamos y Ainhoa y Carla nos acompañaban dando vueltas en la bicicleta a nuestro alrededor, como astros celestes en los epiciclos ptolemaicos. A ratos jugaban a hacer amagos de atropellarnos con la rueda delantera y reían con nuestras reacciones exageradas. Yo me concentraba en no mirar demasiado fijamente a Carla. Mi mayor pesadilla era que ella supiera de mi amor y lo rechazara, no ser correspondido.

Iñaki insistía e insistía en que alguna de las dos niñas le dejara la bicicleta. Al final, Carla cedió. Se bajó de un salto del sillín y se la pasó por el manillar, advirtiéndole que tuviera cuidado. Él se subió con un movimiento rápido y retó a Ainhoa a una carrera hasta las vías. Los dos desaparecieron veloces. En clase todos sabían que se gustaban. Envidié a Iñaki, su resolución, su carácter, su suerte. Carla caminó un buen rato a mi lado, yo en silencio, ella silbando la canción *Walk Like an Egyptian* de The Bangles y tarareando ese «oeo» del estribillo que siempre que he escuchado, aun tantos años después, me ha traído a la memoria su recuerdo. Yo la observaba con el rabillo del ojo. Quise decir algo, habría matado por decir algo, pero no supe qué. Nunca he sabido romper el hielo. Los demás discutían a voces sobre fútbol. Como ese verano había Mundial, la liga había terminado ya. El Athletic quedó tercero, pero con una cierta sensación de fracaso general debido al cisma entre Sarabia, la estrella del equipo, y Clemente, el entrenador, que fue cesado a mitad de temporada. Precisamente esa escisión era el tema de discusión entre mis amigos. Yo tenía mi opinión, que era la misma que la de aitite, a quien escuchaba como a un profeta en lo que a fútbol se refiere, pero me mantuve en silencio porque ansiaba conversar de lo que fuera con Carla, a quien el fútbol se la traía al pairo.

En el momento en que nos echamos a un lado del camino y empezamos a descender por el terraplén que daba al claro donde podíamos estar junto a las vías sin temor a ser vistos por los adultos, esa cuestecita que tanto me asustaba bajar, David Robledo sacó del bolsillo una moneda de cinco pesetas de las de Franco, y dijo que, si la ponías sobre el raíl, cuando pasaba el tren la aplanaba tanto por el peso que desaparecía toda marca. El otro David, García, respondió que no flipara tanto, que eso era imposible, y comenzó un debate en el que cada uno aportaba argumentos que se pretendían más o menos científicos.

—¿Tú qué crees, Unai? —me preguntó Carla.

Me gustó que pronunciara mi nombre. En clase todos me conocían por el apellido, Cacenave, porque había otro chico que se llamaba como yo. Ella también me solía llamar así, de hecho. Por eso ahora me gustó tanto oír mi nombre en sus labios.

—No lo sé —reconocí, sin mirarla a los ojos—. Pero

creo que sí, que se borrará todo, que el tren aplastará la moneda.

Carla asintió y afirmó en alto que nosotros, ella y yo, estábamos con Robledo. Me encantó que se refiriera a nosotros dos como uno solo.

—Como descarrile el tren, entonces sí que vais a flipar —intervino Zarrabeitia.

Y después dijo que en el pueblo de su padre hubo un accidente terrible porque los niños tenían esa costumbre, la de poner monedas en las vías, y que una vez la locomotora se salió del carril y murieron como cincuenta personas por culpa de dos chavales de diez años a los que condenaron a muerte en un juicio y los fusilaron delante de sus padres y hermanos. David García soltó una carcajada exagerada.

—¿Te contó eso tu padre? ¿Y tú te lo creíste?

—¡Es verdad! —protestó Zarrabeitia.

—Sí, claro. ¿Estás seguro de que no los ahorcaron? O, mejor, ¿seguro que no los pasaron por la guillotina? Espera, no... ¡los quemaron en la hoguera!

Todos reímos, para indignación de Zarrabeitia, que dijo que éramos unos gilipollas y que si pasaba algo él se lavaba las manos.

—¡Eh! ¡Tortolitos! —gritó de pronto Carla, zanjando el tema.

Habíamos llegado por fin al claro junto a las vías, donde Iñaki y Ainhoa Alonso nos esperaban conversando, aún subidos en las bicicletas, inclinados el uno hacia el otro con un pie en el suelo a modo de pata de cabra. Al vernos reaccionaron alejándose entre sí. Cuando estuvimos a su altura les pedimos su opinión sobre el asunto de la moneda. Los dos votaron que no se estropearía, que saldría indemne del paso del tren. Entonces yo me dije que, si tenían razón ellos, se casarían, pero que si la moneda salía aplastada, entonces seríamos Carla y yo quienes estaríamos toda la vida juntos. Robledo hizo en alto recuento de votos. Había un empate. Iñaki, Ainhoa y García decían que la moneda saldría igual. Carla, Robledo y yo apostábamos que terminaría aplanada por el peso del tren. Zarrabeitia se mantuvo al margen, afirmando muy serio que no quería saber nada del asunto y que si sucedía algo todos debíamos reconocer que él no tenía ninguna responsabilidad.

—No te preocupes, que así lo diremos cuando estén a punto de fusilarnos —dijo Robledo entre risas, mientras ponía la moneda sobre el más cercano de los raíles—. Allá vamos... Ahora solo toca esperar.

Nos sentamos en el suelo, a unos metros de distancia, rodeados de papeles y cristales rotos y botellas de plástico, guardando un silencio expectante. La tarde era soleada. Zumbaban las moscas. El piar de los pájaros en los árboles matizaba el ruido lejano de golpes metálicos que nos llegaba desde las fábricas, al otro lado de los raíles, que observábamos pendientes de la llegada de algún tren. Yo miraba hacia una dirección y la otra, porque no sabía por dónde aparecería la locomotora. Fue entonces cuando me di cuenta de que no tenía ni idea de hacia dónde se dirigían aquellas vías, qué quedaba más allá del horizonte en el que desaparecían, más allá del barrio en el que siempre había vivido. Recordé el cuento aquel que a veces me leía ama cuando era más pequeño sobre una rana que creía que el mundo entero se limitaba a la charca que habitaba. Me dije que yo era esa rana. Observé a mis amigos: los dos David, Zarrabeitia, Iñaki, Ainhoa y Carla, que conversaban animados. Mirando sus rostros fui por primera vez consciente de que no iban a estar siempre ahí y los eché de menos antes de que me faltaran. Me sentí como un antiguo explorador que estando junto a su familia observa el mar la noche antes de una travesía de la que no sabe si regresará.

Un estruendo terrible me hizo botar del susto. Era la bocina del tren, que llegaba a nuestra altura.

—¡Joder! —grité.

—¡Cacenave! ¡Que estás en la luna! —exclamó Robledo y todos rompieron a reír.

El tren desfilaba de pronto frente a nosotros, imprevisible, rugiendo como un animal feroz que emerge de su escondite, convertido en una gruesa línea gris, difuminadas sus formas por la velocidad, estiradas como las estrellas cuando el Halcón Milenario salta al hiperespacio. Zum, zum, zum, los vagones pasaban vertiginosos. Mis amigos gritaban entre el ruido ensordecedor. Daban botes, celebraban. Yo me uní a la escandalera chillando también, con todas mis fuerzas, saltando junto a ellos, dejando escapar la tensión del susto. Aquello duró unos pocos segundos. Después, volvió la calma, más intensa en contraste con el ruido anterior. Viendo el tren alejarse traqueteando por la vía, me pregunté hacia dónde se dirigiría, dónde estaría la ciudad y dónde la costa, cuáles serían el norte y el sur. No, no conocía nada de lo que había más allá de aquel lugar, en el que siempre había vivido. Habitaba una parte concreta del universo. Tenía mi sitio en toda la inmensidad de la creación y del tiempo. Mi lugar en el mundo. El barrio. Un lugar que pronto iba a dejar atrás para ir, ¿adónde? Me percaté de que ni siquiera me habíais dicho el nombre del pueblo al que nos mudábamos, que lo desconocía todo de mi nuevo destino: cuál sería mi colegio, cómo mi habitación, quiénes mis nuevos amigos, si es que los llegaba a tener. Sentí vértigo.

—Mira, Unai, teníamos razón —dijo Carla en ese momento, alcanzándome la moneda, elongada por el paso del tren, estirada como un trozo de plastilina, en la que del rostro del dictador apenas quedaba la papada.

Al dármela, nuestras manos se rozaron. Un estremecimiento recorrió todo mi cuerpo. Ella me sonrió desde detrás de sus ojos azules. Hice lo propio. Recordé que me había dicho que si la moneda quedaba aplanada estaríamos toda la vida juntos. Toda la vida. Por unos segundos pensé que sería posible.

## 3

Esta mañana ama me ha dicho que han vendido la casa de amama. Me lo ha soltado en mitad de una de esas conversaciones que no van a ninguna parte que mantenemos por videoconferencia desde el comienzo de la pandemia, en las que hablamos de todo y nada y que nos sirven para matizar la distancia. Me contaba que Frida se le había vuelto a escapar y que estaba harta de que apareciera llena de barro, de que se subiera al sofá y le manchara todo el salón. Le he respondido que siempre lo ha hecho, escaparse, dormir en el sofá, y que ya era tarde para enseñar nada a la vieja perra, y en ese momento lo ha lanzado, sin darle importancia, como quien comenta el tiempo o los resultados de la jornada de fútbol.

—Por cierto, he hablado con Miren y Mónica y han llegado a un acuerdo para vender la casa.

—Ah —he murmurado, casi por inercia.

Después ella ha seguido hablando, no sé muy bien de qué, y yo he dejado de escuchar porque el dato estaba tomando toda su dimensión en mi cabeza.

—Perdona, ama, ¿has dicho que han vendido la casa de Laukariz? —la he interrumpido.

Entonces ha dado más explicaciones. Lo ha hecho con desgana, supongo que en parte porque el asunto le disgusta, en parte porque sabe de mi oposición a todo lo que tenga que ver con sus hermanas y el modo en que gestionan el patrimonio familiar. Ha explicado que ha sido a través de Miren, que se la venden a los amigos de unos amigos de ella, una pareja joven que acaba de tener un bebé, que él es un directivo de banco, que han hecho una rebaja importante, pero que no es tanto al final, porque se han saltado la inmobiliaria.

—Ama, pero... ¿te han consultado a ti? ¿Te han pedido tu visto bueno al precio o han dado directamente por hecho que estarás de acuerdo?

Ella ha titubeado. Ha vuelto a la misma cantinela de siempre: que Miren dice que la situación financiera de la empresa es muy mala, algo que ya sabemos, aunque nunca reporte ni dé explicaciones, que Pilar y Edurne necesitaban dinero, que a Mónica le parece bien todo lo que haga Miren, que ya sabíamos que estaba a la venta la casa.

—No voy a ser yo la única que me oponga siempre —ha concluido con tono desesperado.

Le he preguntado si la decisión es definitiva, si ha aprobado ella también el precio. Ha asentido. Ha añadido que van a poner una valla que separará los terrenos de las casas, el de amama del bifamiliar en el que viven ella y Miren. Nos hemos quedado en silencio unos segundos y ella ha aprovechado para volver a cambiar de tema, criticando ahora las medidas del Gobierno con lo de la pandemia, diciendo que es una vergüenza y cosas así. Pero yo he insistido en regresar al asunto, preguntando cuándo será. Ha respondido que ya, que inmediatamente, que se va a firmar en quince días, que la pareja quiere mudarse lo antes posible y van a hacer una pequeña obra. Ha contado que este fin de semana no, el siguiente, han quedado todas las hermanas menos Pilar, que vive en Londres, para vaciar la casa.

—Hay mucho que hacer. Tardaremos un par de días, mínimo —ha señalado.

Después ha afirmado que debería haberla comprado yo, que habría podido hablar con sus hermanas para intentar que me hicieran un precio especial, que deberíamos considerar la posibilidad de dejar Madrid, que con la pandemia se ha demostrado que es mucho mejor vivir en el campo que en la ciudad y que esa casa era una oportunidad. Siempre con la misma cantinela. Ojalá pudiéramos trasladarnos al campo. Pero con lo que ganamos ahora mismo nos es imposible comprar una casa. Lo de hacerme con la de amama y vivir puerta con puerta con ama y Miren ni me lo plantearía, pero esto no quiero reconocérselo.

En ese momento, con los dos enfurruñados cada uno en su pantalla, es cuando ha entrado la llamada de Julián. Su nombre ha aparecido superpuesto sobre la imagen de ama. Me ha extrañado. Hacía mucho tiempo que no hablábamos, años. Ni siquiera intercambiamos mensajes al principio de la pandemia para ver qué tal estábamos, como hice con tantos familiares y conocidos. He tenido la corazonada de que había sucedido algo. Me he despedido con prisas de ama, diciéndole que tenía una llamada de trabajo. Creo que ha pensado que estaba enfadado con ella, pero no le he dado importancia.

—Sobrino, ¿cómo estás? —su voz sonaba agitada al otro lado de la línea.

—Todo en orden, Julián, ¿qué tal tú? —he contestado.

—Bien... bueno... uh... más o menos —ha comenzado a balbucear, y después lo ha soltado de pronto—: Oye, tengo noticias de tu padre. Hacía tiempo que no sabía de él, pero me han llamado del hospital. Resulta que ha pillado el virus... y lo ha pillado bien, joder... me han dicho que está en la UCI... hostias..., está muy grave. Que quizá de esta no sale.

No he sabido reaccionar. Me he quedado un buen rato en silencio y después me he despedido precipitadamente con un «bueno, ya hablaremos». No sé si él se ha quedado decepcionado, tampoco sé qué esperaba que le dijera.

Elena había ido a dar un paseo por el Retiro con sus padres, para que vieran a las niñas. Yo me he escaqueado alegando que tenía que entregar la columna semanal del periódico, pero la tenía ya escrita. Mi plan era pasarme el día leyendo, viendo la televisión, poniendo música. Disfrutar de la casa en soledad, algo que se agradece tanto después de los tres meses de encierro los cuatro juntos. Pero al final he estado escribiendo. A veces se escribe con un plan preestablecido, otras no puedes evitarlo. Esto último sucede cuando sientes la urgente necesidad de sacar algo que tienes muy dentro, algo que te quema y que se agita ahí en lo profundo.

Hoy ha sido una de esas ocasiones. Eso que me revuelve las entrañas eres tú.

## 4

Solías lamentarte exclamando que te era imposible sacar adelante una carrera literaria trabajando en una esquina del mundo, tan lejos de donde suceden las cosas. Tu mejor amigo en eso de las letras, aquel individuo obeso y prematuramente calvo, con la cabeza siempre adornada por perlitas de sudor y que celebraba sus propias ocurrencias con una risita nerviosa que a mí me producía repelús, solía insistirte cuando venía de visita a cenar a nuestra casa en que siguieras sus pasos. Él se había mudado a Barcelona, donde había hecho buenas migas con una generación de escritores jóvenes que, decía, mirando a los lados y bajando la voz como si estuviera revelando los planes de una organización clandestina, iba a revolucionar el panorama literario en España. Recuerdo que me daba un poco de lástima verte escuchándole embelesado, muerto de envidia, sintiendo que jugabas en una división muy inferior, a pesar de que compartíais editorial. Supongo que imaginabas una vida mejor sin nosotros. Después, cuando tu amigo ya se había marchado, mientras recogíais la mesa, te quejabas afirmando que tu vida era un encierro y que te era imposible escribir algo decente si tenías que hacerte cargo de la casa y de mí. Ama te respondía que era ella la que trabajaba en esa familia y la que llevaba el pan a casa. Te recordaba que ella, que era una virtuosa del dibujo y a veces cuando se dejaba arrastrar por la melancolía decía que podría haber sido una gran pintora, tuvo que dejar su vocación para ganar algo de dinero y te recriminaba que tú te dedicaras solo a la escritura, de la que era imposible vivir. Señalaba las cifras de ventas de tu única novela, que habías tardado tres años en terminar. Entonces tú te revolvías y contraatacabas: la llamabas pija y niña consentida y gritabas que todo era muy fácil cuando sabías que podías recurrir en cualquier momento al dinero de tu papá y decías que la diferencia entre vosotros era que tú te atrevías a perseguir el sueño de tu vida y hacer sacrificios por la literatura, mientras que ella se conformaba con una vida burguesa y aburrida. Entonces ama estallaba en furia, gritaba que el único pijo mantenido eras tú y te señalaba que precisamente era su padre el que os había pagado el piso en el que vivíamos.

—Y, por cierto, también ha pagado ese despachito tan guay en el que te encierras cada mañana.

Todas las discusiones terminaban igual, con ama recordándote que si podías permitirte ser escritor, si podías decirlo bien alto y ver cómo aquellas palabras seducían a tus interlocutores, era gracias al dinero de tu suegro. Aquel argumento, irrebatible, te dolía en lo más hondo. Te quedabas unos segundos en silencio, como un volcán en el que se acumula la presión, y después estallabas.

—¡A tomar por culo todos! —gritabas, con tanta fuerza que se diría que querías que los vecinos se enteraran de vuestra discusión, que ansiabas que todo el mundo supiera lo que se cocía en esa casa, que a ojos de los otros habitantes del bloque era envidiable, la de la chica bien de la familia Otaolea y el reconocido intelectual.

Y te largabas a la calle, dando un terrible portazo que retumbaba por todo el edificio, o te encerrabas en tu despacho, desde el que se te oía protestar entre murmullos, dando golpes a todo lo que encontrabas alrededor. Yo lo escuchaba todo desde mi cuarto, jugando en la alfombra a Clicks o Tente o tumbado en la cama. Me asustaba muchísimo el nivel de inquina que podíais demostrar en vuestras discusiones. ¿Sabes?, había desarrollado la habilidad de predecir las peleas entre vosotros. Como los peces remo en Japón, que cuando se avistan en las costas se sabe que acontecerá un terremoto, había palabras que las antecedían. Alarmas, señales. Todas tenían que ver con la creatividad, el arte y la literatura, la vocación, vuestras expectativas, los sueños de futuro, el dinero y conmigo. Qué amargos eran los reproches que os lanzabais el uno al otro, como piedras en una pelea de trincheras, en los que os acusabais mutuamente de ser los responsables de la infelicidad del otro y en los que yo terminaba por aparecer tantas veces con ese mismo papel, como si mi nacimiento hubiera sido la certificación de vuestros errores en la vida.

Pero vuestras broncas tenían algo bueno. Era matemático: dos o tres semanas o un mes después de aquellas discusiones, hacíais un viaje juntos, bien a Barcelona, bien a Madrid. La mayoría de las veces os ibais de viernes a domingo, aunque alguna vez recuerdo que ama pidió días libres en la oficina y os marchasteis cinco o seis días. Era la manera que tenía de compensarte: darte vacaciones de tu rutina, llevarte allí donde creías que serías un gran creador, mostrarte, como si se tratara de un escaparate a otra vida, aquellos lugares en los que había museos y conciertos, exposiciones de arte contemporáneo, lecturas de poesía, cenas con literatos y artistas excéntricos, esos lugares en los que a ti te gustaría desenvolverte, esos lugares tan diferentes a nuestro barrio.

En esas ocasiones a mí me dejabais en casa de amama en Bilbao. Y tanto discutíais y tantas veces quiso ama compensarte por echarte en cara tus fracasos que el cuarto de invitados de la casa de los abuelos terminó siendo mío, a medida que iba dejando allí pijamas, libros infantiles, peluches y juguetes.

Yo tenía siete, ocho, nueve, diez años. Fue en esos días en los que establecí un vínculo con aitite y amama mucho más fuerte que con ninguna otra persona en este mundo, mucho más que con vosotros dos. ¿Sabes?, a veces cuando me dejabais en su casa, ellos intentaban agasajarme, por lo que fuera, quizá porque sentían un poquito de lástima por mí, y me llevaban a hacer planes especiales, como ir al parque de atracciones en Artxanda, de excursión a Armintza o de paseo por el monte Pagasarri. Pero en general no variaban su rutina de fin de semana por mi presencia. Al contrario, me sumergían en ella, y aquello me encantaba, porque, al igual que para ti estar en la gran ciudad era soñar con una vida distinta, para mí estar con ellos era descubrir cómo podría ser mi día a día si mi familia fuera diferente, si fuera mejor. Ahora que lo pienso, aquellos días separados, tú, ama y yo nos tomábamos vacaciones de nosotros mismos: vosotros de mí, yo de vosotros.

¿Recuerdas cómo era entonces amama? La imagen que de aquel tiempo guardo yo es la de una mujer robusta, ni alta ni baja, de piel blanquísima y un pelo negro como el carbón que luchaba por mantener contra las canas que hacía tiempo que habían comenzado a asomar. Había criado con mano firme a sus cinco hijas, la menor de las cuales, Pilar, que tenía diecisiete años en aquel tiempo, era la única que aún vivía con ellos. Quizá por la inercia de haber gestionado una casa de familia numerosa durante casi cuarenta años, y de hacerlo como si se tratara de una empresa que buscaba la máxima eficiencia, era incapaz de estar más de dos minutos quieta. Era puro frenesí.

Solía dedicar los sábados por la mañana a hacer compras. Ahora que solo eran tres, le gustaba organizar comidas en casa. Invitaba a su hermana Natividad y su marido —aquella pareja de cascarrabias que a mí me recordaba a los Roper—, a veces a alguna otra pareja de amigos, o bien insistía a las hijas que habían abandonado el nido para que los visitaran. El sábado por la mañana me llevaba con ella a la carnicería, la frutería, la pescadería, donde acudía arreglada como para una fiesta, con los labios pintados de un rojo intenso y desprendiendo un olor a laca de pelo y perfume que era característico de ella y que entonces me hacía evocar a la peluquería femenina donde tantas veces me llevó a que me cortaran el pelo. De tienda en tienda, íbamos comprando todo lo necesario para elaborar el menú que había planeado. Recuerdo que me solía decir que en la vida, tan importante como tener dinero, era saber comprar bien. Le gustaba compartir conmigo sus conocimientos, adquiridos en años de experiencia. Me enseñó cómo distinguir una buena carne roja —por su color, uniforme, y el exudado—, cómo saber cuándo un melón está en su punto —presionándolo con los dedos por la parte contraria a la que estaba unido a la planta— o en qué fijarte para saber si un pescado es fresco —en los ojos, las agallas y las escamas—. Cuando era su turno nunca se daba prisa y se alargaba en formalidades y conversando con las dependientas, con las que coincidía en el análisis de la actualidad: todo estaba muy mal y tenía pinta de ir a peor. A mí me encantaba la algarabía que se formaba en esos locales, donde a ratos todas hablaban al mismo tiempo, sin escucharse las unas a las otras, pero terminaban dándose la razón. También me gustaba que siempre, sin falta, me daban cosas a probar: jamón en la carnicería, uvas o fresas en la frutería, quisquillas en la pescadería. Me admiraba comprobar el respeto con el que aquellas mujeres, anchas y de brazos fuertes, de delantal y el pelo recogido, trataban a mi abuela, que a todas luces se sentía halagada por las deferencias.

—Hasta cuando quiera, señora Begoña. ¡Vuelva por favor con este nieto tan guapo que tiene! —exclamaban desde detrás del mostrador, y amama sonreía y me decía por lo bajito que me despidiera y diera las gracias.

Yo me giraba y hacía una especie de reverencia, que ellas recibían con algarabía, lanzándome besos con la mano y diciéndome «guapo».

—Qué señoras tan majas —le decía a amama.

Y ella me recordaba que en la vida la gente siempre te tratará como tú trates a los demás. Si eres amable, serán amables contigo. Si eres malo, serán malos. Insistía mucho en ello, señalando, por ejemplo, que nunca, bajo ningún concepto, se deben dar órdenes a nadie, menos aún a quien te está sirviendo, que siempre hay que pedir las cosas por favor y formulando la petición en una pregunta.

—Ponme una barra y dos cruasanes —decía alguien que estaba por delante de nosotros en el turno en la panadería.

Entonces amama carraspeaba y negaba con la cabeza, me daba con el codo y murmuraba «un maleducado». Y cuando le tocaba a ella subía el tono de voz y entonaba bien claro cada sílaba, para que la otra persona aprendiera una lección.

—¿Me puedes poner, por favor, tres barras de pan? —preguntaba, y me miraba después para ver si había tomado nota.

Oh, y tanto que lo hacía. Cuando vosotros me mandabais a por el pan o al colmado, aplicaba la lección y me encantaba cuando la panadera exclamaba en alto que qué niño tan bien educado. Y, fíjate, hoy soy yo el que insiste en lo mismo con las niñas. A veces, cuando hablo a tus nietas sobre cómo hay que tratar a las personas, escucho la voz de amama y me reconforta reconocerla en mis palabras.

Tras las compras, pasaba con ella la mañana en la cocina, con la radio siempre de fondo, entregado a las tareas que me ponía más para entretenerme que porque le fuera de ayuda. A veces ella tenía decidido el menú, pero en otras ocasiones me había preguntado antes de salir a la calle qué me apetecía comer y hacíamos las compras según mi elección. Cuando ocurría esto último, me debatía entre uno y otro plato, listándolos en alto, con la boca hecha agua, relamiéndome. Amama se reía ante mi indecisión y yo protestaba diciéndole que el problema era que cocinaba demasiado bien. Me gustaban mucho sus guisados, sobre todo el de carne con patatas, que hacía con trozos enormes de zanahoria. También las patatas a la riojana, con el sabor a pimiento choricero, o en salsa verde, que elaboraba no con merluza, sino con cocochas de bacalao. El arroz con almejas también le salía de muerte. El secreto, me explicaba mientras se afanaba entre pucheros, era preparar las almejas a la marinera, sin harina, y mezclarlas con un arroz blanco, y no hacer todo junto, porque los tiempos de cocción son muy diferentes. Mi plato favorito, sin embargo, el que elegía en más ocasiones, a veces para desesperación de amama, era su sopa de pescado.

—¡Ay! ¡Que eso da mucho trabajo! —se quejaba ella cuando yo insistía.

En ocasiones se negaba, si hacía mucho calor, por ejemplo, o también cuando Pilar había quedado con amigas y estábamos solos ella, aitite y yo para comer. Esos días se mostraba inflexible ante mi insistencia, diciendo que era mucho trabajo para solo tres personas. Pero otras veces, encantada con mi devoción por su receta, accedía y comprábamos entonces todo lo necesario y la elaborábamos juntos con dedicación, durante toda la mañana, ella explicando cada paso como si estuviéramos en un concurso de cocina. Ese es un recuerdo feliz que me ha acompañado siempre: la cocina, con los vapores del caldo, el murmullo de la radio de fondo, el olor del puerro pochándose, el trajín de pucheros, amama dándome a probar el resultado de cada paso, preguntándome mi opinión. Hoy día, a veces, cuando estoy preparando la comida, algún olor o sabor hace que emerja de pronto el recuerdo de aquellos momentos con amama y la melancolía se apodera de mí. Otras veces cultivo la nostalgia, la estimulo cocinando aquella sopa, cuya receta siempre he sabido de memoria. Cada vez que la he hecho, me ha sabido al mismo tiempo exquisita y amarga, me ha reconfortado y dolido a partes iguales.

Qué satisfecho me sentía cuando, ya con los invitados en la mesa elogiando el plato, amama señalaba que habíamos cocinado juntos, ella y yo, y que el mérito era de ambos.

Pero no siempre dedicábamos la mañana del sábado

a los recados de la casa. A veces las compras eran para mí. Amama protestaba al poner sobre la cama por la mañana la ropa que ama me había metido en la mochila la noche anterior, exclamando «¡este niño va vestido como un pordiosero!», y después me arrastraba de la mano de tienda en tienda de ropa, donde, a pesar de mis quejas y lamentos, me hacía probar innumerables pantalones, camisas y jerséis de cuello de pico, hasta dar con la combinación que le convencía. Que le convencía a ella, no a mí, pues, al contrario que con la comida, aquí nunca me pedía opinión. Terminaba la mañana disfrazado de monaguillo.

Tecleo esto entre risas, recordando cuando volvíais a veces a recogerme tras el fin de semana y yo abría la puerta así vestido, tu gesto mitad de horror, mitad de sorpresa, cómo te daba vergüenza caminar a mi lado hacia el coche en Bilbao, tú que tanto cuidabas tu imagen, junto a tu hijo vestidito de niño bien.

La ruta de compras concluía en la zapatería La Palma, un local de dos plantas a la entrada del casco viejo que a mí me parecía el *summum* del lujo, idea refrendada por los precios, que me resultaban inconcebiblemente altos, y que leía escritos con elegantes números en pequeñas cartulinas que acompañaban a los zapatos. ¿De verdad costaban tanto las suelas sobre las que caminaba la gente? Después, cargados de bolsas, amama me invitaba a un bollo de mantequilla en una pastelería del centro o, si la mañana era soleada, a un pincho y una Coca-Cola en una de las mesas de la Plaza Nueva, donde nos encontrábamos con aitite, quien nos llevaba a comer a un restaurante.

Adoraba a aitite, no te imaginas hasta qué punto. Para mí era la encarnación del saber comportarse, del amor a los que tienes alrededor, del éxito en la vida y del buen hacer. No sé cómo lo veías tú. Creo que no te caía muy bien, quizá porque eras consciente de que tu estatus y modo de vida dependían de él. Ama solía recordarme que de niño había sido muy pobre y que tuvo que trabajar duro desde muy pequeño para sacar adelante a su familia. Él nunca hablaba de ello, jamás se refería a aquellos tiempos, supongo que porque solo los que han sido de verdad pobres sienten la vergüenza de la miseria, la ignominia de la propia hambre. Quizá por eso tú tampoco te referías nunca a tu familia y nunca me hablaste de tus padres y hermanos. A mí aquello de que aitite hubiera pasado hambre me impactaba mucho. Recuerdo ver un telefilme de *Oliver Twist* e imaginarle como aquel niño harapiento y buscavidas. Aquella imagen contrastaba con la que transmitía entonces a mis ojos de niño, y que mi admiración exageraba hasta dotarlo de un aura casi mítica: esbelto, elegante como un lord inglés, siempre vestido impecable, incluso cuando estaba en casa. Tenía en sus azules ojos un brillo de indudable inteligencia. El poco pelo que le quedaba, blanco como la nieve, lo peinaba hacia atrás con gomina. Se daba un aire a David Niven, pero sin bigote.

En realidad, no solo tu modo de vida, el que pudieras dedicarte a tiempo completo a tus libros, dependía de él. Todas sus hijas estaban en la misma situación. Miren trabajaba en la empresa familiar y Pablo, su marido, en la práctica también, pero como abogado autónomo. A Edurne, que estudió Bellas Artes, la mantuvo el tiempo que soñó con ser pintora y no tener que dar clases y también le pagó la casa-estudio en Laukariz un par de años después de que nos mudáramos nosotros. A Mónica le ingresó un montón de dinero como herencia en vida cuando se fue a vivir a Barcelona al casarse con aquel industrial catalán, y Pilar era una pija de diecisiete años que se podía permitir todos los caprichos que quería. Todos vivían bien gracias a Juguetes Otaolea, pero tú eras el único que parecías sentirte avergonzado por ello.

Yo estaba muy orgulloso de la empresa familiar. Me fascinaba ver el apellido en las cajas en los escaparates de las jugueterías, en camisetas promocionales, en los camiones y furgonetas de reparto, en los anuncios de televisión. Me encantaba cuando íbamos a ver a aitite a la sede en Galdácano, a aquellas oficinas que siempre olían a madera recién cortada, porque estaban sobre el taller original, la primera de las fábricas de la juguetera, donde se construían los juguetes de madera que eran distintivos de la marca. Me hacía muy feliz cuando él nos recibía en su despacho y nos daba una vuelta por las instalaciones, y los empleados nos saludaban como a familiares lejanos pero queridos, o también cuando en Bilbao entrábamos en la tienda de alameda Urquijo a recoger algo, un encargo que había hecho ama, y Olga, aquella señora rubia y delgadísima que había trabajado en la tienda desde su fundación en 1960, salía a recibirnos.

—¡Pero qué mayor está mi tesoro! —me decía, y me apretaba los carrillos como una vieja tía a la que vas a visitar a su casa y te agasaja con caramelos duros.

Pero en gran parte mi orgullo provenía por cómo aitite me había implicado en su labor. Mientras que los otros adultos me apartaban de su mundo (tú, por ejemplo, no me dejabas entrar en tu despacho y jamás me hablaste de tus libros), aitite en ocasiones aparecía de visita en casa, trayendo consigo una muestra de un juguete que estaba pensando distribuir en España, y me pedía una opinión que debía argumentarle unos días más tarde. Cuando ya se había ido, solo en mi habitación, abría la caja en la que venía, que solía ser de cartón de embalar, marrón sin señales, o impresa con el logotipo de una empresa extranjera y los textos en idiomas que no sabía identificar. Jugaba con el prototipo y tomaba notas mentales. Testaba la dureza del muñeco de turno, si funcionaban todos los resortes, si encajaban bien las piezas de construcción.

Unos días después, aitite llamaba por teléfono o regresaba a casa para pedir mi dictamen. Si era negativo, descartaba incorporar el producto a su catálogo. Si era positivo, no necesariamente lo distribuía, porque hacerlo dependía de otros factores que a veces no estaban en su mano, pero tomaba nota de las bondades del juguete. Tras cada informe, me daba cien pesetas, que yo recibía con orgullo.

—Toma tu sueldo, que bien te lo has ganado —decía al extenderme el billete marrón con el retrato de Manuel de Falla, que siempre pensé que era un científico, con aquel rostro serio, la cabeza calva y las gafas redondas.

No lo hacía con todos los juguetes, por supuesto, pero sí con algunos con los que tenía ciertas dudas que esperaba que yo pudiera ayudarle a despejar. Y, ¿sabes?, eso era lo más importante: que no se trataba de mantenerme distraído, ni de fingir que se interesaba por mis opiniones, sino que le interesaba de verdad lo que le pudiera decir de los juguetes, mi visión de niño.

Qué ilusión me hacía cuando semanas después aitite regresaba de visita, pero esta vez con aquel juguete que había probado, ahora ya con el logo de Juguetes Otaolea impreso en una caja de vivos colores, listo para su venta en tiendas. Qué orgullo sentía cuando algún amigo me decía que los Reyes Magos le habían regalado uno de los juegos de la empresa de mi familia que yo había testado o cuando veía en la televisión uno de aquellos anuncios de música pegadiza y ese lema que todo el mundo sabía y recitaba cuando sabían cuál era mi segundo apellido: «Juguetes Otaolea, libertad para soñar».

Oh, parece que fue ayer.

Me cuesta pensar que de todo eso ya no queda nada.

## LA SOPA DE PESCADO DE AMAMA

La hacía con bacalao. Decía que sus láminas, suaves al paladar, eran mucho más adecuadas que la carne de la merluza, que tiende a desmigarse e invadir todo el caldo. El rape era una alternativa, si no había otra opción en la pescadería, pero ella prefería el bacalao. Esa era, además, su firma.

Solía comprar una cola grande y pedía a la pescatera que le guardara la espina y la piel, a las que añadía cabezas de langostinos, un trozo de congrio y una cebolla para el caldo. Explicaba que este había de hacerse a fuego lento. Darle una calentada fuerte y después bajar la llama al mínimo y taparlo. «Si el caldo no es bueno, todo el trabajo posterior no sirve de nada —advertía—, y hacerlo siempre requiere su tiempo.»

—En la vida hay tareas para las que no existen los atajos —concluía.

En otra olla ponía a pochar tres puerros, picados en trocitos muy pequeños. Al cabo de un rato, añadía sendas zanahorias, bien grandes. Aquí es donde me dejaba intervenir por primera vez. Me encomendaba limpiarlas con el pelapatatas, herramienta que me parecía un prodigio de la inventiva humana, y trocearlas también, eso sí, con un cuchillo de sierra, de los de carne, para evitar que me cortara un dedo. No importaba, me señalaba mientras yo me afanaba en la tarea, si los trozos eran grandes, pero no se me escapaba que después ella siempre los repasaba, partiéndolos en pedazos más pequeños. Lo hacía con disimulo, evitando señalar mi torpeza. Añadía la zanahoria a los puerros, la rehogaba un poco, echaba una copa de brandy y lo flambeaba todo. Oh, a mí esa era la parte que más me gustaba. Me fascinaba la botella de brandy, de la marca Gran Duque de Alba, con ese sello de cera roja en el cuello, como los que timbraban las cartas en las películas, que alguna vez arranqué de la botella y me llevé como tesoro. Y el fuego, claro, que amama encendía con sumo cuidado, advirtiéndome que me alejara, en una operación a la que daba la solemnidad de un artificiero.

Una vez extinguida la llama, añadía tres o cuatro cazos del caldo de pescado.

—Fíjate —señalaba entonces, al tiempo que yo me asomaba al puchero como Obélix a la marmita—, la base de la sopa de pescado viene a ser una porrusalda.

Una vez cocida la zanahoria, que comprobaba que estuviera bien blanda presionando los trozos con la cuchara de madera, añadía una lata de tomate, tres cuartos de una barra de pan duro y medio litro más de caldo y dejaba todo haciéndose un buen rato. En ese momento aprovechábamos para pelar las colas de los langostinos. Amama me retaba a una carrera. A ver quién pelaba más, prometiéndome que si le ganaba me daría mil pesetas. Se sabía imbatible, amama. Me había enseñado cómo hacerlo: se quitan las patas y la parte de arriba de la cáscara y después aprietas sobre la cola para que la carne salga sola. Es fácil, pero realizar la operación con los movimientos rápidos de amama resultaba imposible. Yo veía acumularse los langostinos pelados en su plato, mientras que en el mío había uno o dos, y protestaba y ella reía exclamando que algún día le ganaría. Nunca lo hice, por cierto. Nunca se dejó.

Tras esto, hacía un puré con los puerros, la zanahoria y el pan, usando la batidora, que ella llamaba minipimer, cuyo estruendo silenciaba por unos instantes la voz de la radio que amama siempre tenía encendida. Después, añadía lo que quedaba del caldo de pescado y removía todo. Es en ese momento en el que echaba a la sopa el bacalao en tacos, los langostinos y unos calamares troceados, muy al final, para que no se secaran. Otra de sus variaciones de la receta tradicional es que amama no incluía almejas. A veces aitite se quejaba de esto, porque a él le encantaban, pero ella decía que las almejas están para hacerlas a la marinera o con un buen arroz y que en la sopa eran innecesarias.

Al final, amama vertía todo en una sopera, porque ella jamás llevaría un puchero a la mesa, y terminaba la receta espolvoreando un poco de pimentón picante en la superficie de la sopa. Decía que era para darle un puntito de alegría al plato. Siempre usaba la misma marca, Carmencita. A mí no se me escapaba que mientras daba pequeños golpecitos con el dedo índice a la lata se hacía con ella una repentina tristeza y por unos instantes se le nublaba la mirada. Alguna vez la oí suspirar:

—Ay, Carmencita.

Aquello me inquietaba. No lo entendía. No fue hasta muchos años después que supe que la más pequeña de las hermanas de amama había muerto de meningitis cuando tenía apenas cuatro años, que ella la cuidaba y su muerte impactó mucho a la pobre amama. Aquella niña se llamaba Carmen, pero ella siempre le decía Carmencita.

## 5

No veía a mi editora desde antes del estallido de la pandemia. Se llama María, como ama. Dos de las mujeres más importantes de mi vida comparten nombre. Habíamos hablado mucho por teléfono, sobre todo al comienzo de la crisis de la COVID, cuando nos llamábamos para darnos ánimos el uno al otro, comentar asustados la inconcebible situación que enfrentaba el mundo, intercambiar noticias sobre amigos y conocidos, mantener el contacto. En definitiva, para recordarnos mutuamente que seguíamos ahí. Pero no nos habíamos visto en persona. Me escribió ayer para invitarme a comer. Como es habitual en ella, nunca avisa con tiempo de sus planes. Aparece de pronto y si puedes, bien; y, si no, otra vez será.

Nos hemos citado en una terraza cerca del Retiro. La sombrilla nos protege del sol de finales de septiembre, que parece resistirse a asumir que ya no es verano. Yo he pedido pasta con tomate, ella una ensalada de langostinos. Vive en Barcelona, pero ha venido a un encuentro con libreros para comentar las novedades de la *rentrée*. Mientras me habla con su marcado acento andaluz de la gran apuesta de la editorial, una novela de un autor francés jovencísimo que allí publicó Gallimard y por la que pujaban todas las editoriales fuertes, la observo. Bajita, menuda, rubia, luce un peinado como el de Amélie (me sorprendo pensando que también como el de Carla y a mi mente viene el estribillo de la canción de The Bangles, «oeo»), con un flequillo recto que le delimita el rostro y que baila al son de los rápidos movimientos que hace mientras habla, acompasándolos. Siempre sonríe. Es un huracán de ideas y proyectos. Todo energía. Me fascina su entusiasmo, tan admirable en una industria en la que abundan los descreídos, aquellos que han perdido la pasión por la literatura, si es que alguna vez la tuvieron. La escucho envidiando al autor francés. Me pregunto si hablará así de mis libros a terceros. María es algo más joven que yo. A sus poco más de cuarenta años, es una de las personas más influyentes de las letras en España y, aun así, o precisamente por ello, se permite hacer, incluso en las conversaciones más serias, comentarios frívolos y chistes malos, que acompaña con una sonora carcajada.

—Y, además, el tipo es guapísimo, está *pollúo* —concluye.

—¿Está qué?

—Ah, perdona. Es una expresión malagueña. Que el francés está cuadrado. —Ahí es cuando rompe a reír.

Comentamos después el golpe para el sector que ha supuesto la cancelación de Sant Jordi y el cambio de fecha de la Feria del Libro de Madrid, que por ahora se ha pospuesto para el próximo octubre, pero María afirma que es más que probable que no se celebre. Añade que le parece muy exagerado todo esto y señala a la acera, donde los paseantes lucen mascarilla, obligatoria en exteriores desde hace varios meses.

—Pero, en fin, quién sabe... —suspira, y de pronto cambia de tema—. Bueno, qué, ¿estás escribiendo?

Respondo que estoy comenzando a hacerlo, poco a poco. María sonríe, junta las manos frente al rostro, como si fuera a rezar, y aplaude con los dedos. Le digo que llevo un par de días sentándome ante el ordenador, en sesiones largas, haciendo aflorar los recuerdos, tomando notas para una posible novela de no ficción. Se muestra sorprendida.

—¡Qué bueno! Pero, ¿sabes? No te pega —dice mientras mastica, tapándose la boca con la mano.

Le pregunto por qué.

—¡No te lo tomes como una crítica, eh, *papafrita*! —exclama riendo—. Que a mí me encanta la literatura del yo... Digo que no te pega porque siempre eres muy reticente a hablar de los tuyos. Nos conocemos desde hace años y ni siquiera me has presentado a tu mujer.

—Bueno, pero eso es porque no hemos coincidido —me justifico—. No le gustan las presentaciones. Además, con las niñas tenemos que turnarnos muchas veces en los actos sociales y...

—Tampoco me has hablado nunca de tu padre —me interrumpe, mostrando la sonrisa satisfecha de quien canta jaque mate, y señalándome con el tenedor, en el que ha trinchado un langostino.

En eso tiene razón.

Llegué a mi editorial hace cinco años, enviando un manuscrito a la dirección de correo electrónico que daban en su página web para recepción de originales. Lo hice con varias, enviarles el texto con una ficha de presentación en la que incluía una sinopsis y mi currículum. Antes había publicado algún cuento en revistas literarias de todo pelaje y una novela de juventud que escribí con veintipocos años y cayó en las manos de uno de esos editores que se dicen independientes y en realidad son piratas. En mi caso, un poeta malo y pretencioso, que cuando estabas con él parecía hablar con la posteridad más que contigo, llenando cualquier conversación, hasta la más nimia, de aforismos y frases hechas sobre el arte y la creatividad y que no paraba de repetir que él no mantenía un negocio, que estaba ahí para dar a los escritores la oportunidad que les negaban las editoriales que solo pensaban en ventas.

Aquella novela de juventud era floja, típica historia de ideas, muy propia de alguien que ha estudiado Filosofía y fuerza la narración para convencer a quien lee, más que para seducirle. Como un diálogo de Platón, en el que todos los personajes están al servicio del escritor, no del lector. Aun así, me costó horrores escribirla. Puse en ella tiempo y dedicación y todas mis ilusiones. Tardé dos años. Pasaba el día tomando notas: en el autobús, en cafeterías, durante las clases de los cursos de doctorado, en los que me inscribí por pura inercia al terminar la carrera. Me gustaba sentirme escritor. Me encantaba creerme observado cuando rellenaba mi cuaderno azul de notas en un banco de los jardines de Albia.

Mi decepción tras publicarla fue proporcional a las expectativas que me había generado. Aquello fue como tirar una botella al mar, una moneda en un pozo. Me hicieron una entrevista en un periódico local (con la necesaria fotografía del autor con el libro en la mano) y salió una reseña en la sección de cultura de otro que era en realidad poco más que la sinopsis de la contraportada. Nadie discutió las tesis que exponía en el libro. No creo que vendiera más de cincuenta ejemplares. No sé si alguien me leyó. El contrato que había firmado era sin anticipo, pero el poeta nunca rindió cuentas. Por más que le pedí que me trasladara las liquidaciones, nunca lo hizo. Prometió hacerlo, hasta que dejó de responder al teléfono. La última vez que hablé con él, me dijo:

—Mira, yo no publico para ganar dinero. Pero tampoco soy una oenegé, y contigo lo pierdo.

Aquella experiencia me alejó un buen tiempo de la escritura. Ya había jugado a ser autor. Ya había visto mi nombre en letras de imprenta adornando una portada de colores, impreso en el canto de un grueso volumen. Estuve casi diez años sin escribir, ¿sabes? Volví a hacerlo con la novela que envié a María y a otras editoriales. Fue una experiencia muy distinta, casi opuesta. No me exhibí en el proceso. No tomaba notas en público, no escribía a mano en cuadernos exprimiendo las horas con un café americano en la terraza de un bar a la vista de todos. Incluso me daba un poco de vergüenza reconocer que había vuelto a escribir, y tardé tiempo en decir a Elena, entonces embarazada de Onintza, nuestra hija mayor, que me había puesto con el proyecto de una novela. Tecleaba por las noches, casi a escondidas. Escribía en los márgenes de la rutina. Entonces trabajaba en una agencia, como creativo. Cuando terminé el texto, dejé el manuscrito reposando un tiempo. No sabía qué hacer. Me daba miedo volver a publicar, exponerme, pero temía mucho más, y más secretamente, el rechazo o la indiferencia editorial. Muchas veces me he preguntado por qué publicamos, quienes escribimos, y nunca he obtenido respuesta. A veces creo que es por pura mímesis, porque así lo hicieron los que nos precedieron y queremos emular a aquellos a quienes leemos admirados. Otras me digo que es por reconocimiento, que buscamos amor. Queremos sentirnos queridos, decirle al mundo «eh, aquí estoy, en estas páginas» y anhelamos ser devorados por la multitud y que así nos hagan suyos, parte de sí mismos.

El caso es que envié el texto a cinco editoriales, las mejores que publican en español, para mi gusto. Lo hice a través de los correos de recepción de manuscritos que ofrecen en sus webs y a partir de ese momento entré en mi cuenta de Gmail cada mañana con la ilusión de tener alguna respuesta. Pero no llegaban. Ni siquiera negativas. Silencio. Fueron pasando los días y las semanas y fue menguando mi esperanza, hasta que una mañana recibí una llamada de María. Al principio pensé que era una broma. No me podía creer que estuviera hablando con ella. Me preguntó si ya tenía editor. Tras mi negativa, me citó una semana después en una cafetería de Malasaña. Conversamos largo y tendido, primero sobre mí, porque me frio a preguntas, y luego del manuscrito. Me confesó que le había encantado, que pocas novelas conseguían hacerle olvidar que estaba leyendo para sumergirse plenamente en lo que cuentan y que aquella era una, que era un gran narrador, que mi historia iba a gustar a muchos lectores. Afirmó que a los manuscritos recibidos sin ser solicitados en la editorial los llaman espontáneos y que es muy poco habitual que el comité de lectura acepte publicar uno recibido así. Me gustó la palabra, *espontáneo*, que me hizo pensar en uno de esos tipos que saltan en pelotas al campo en mitad de un partido de fútbol, porque así me sentía yo mientras la escuchaba: desnudo y feliz ante la posibilidad de ser visto de esa guisa por todo el mundo. Me ofreció firmar un acuerdo por siete años, en el que me comprometía a entregar al menos dos novelas más. La tercera es la que debo escribir ahora. Cuando me despedí de María caminé entre calles sin rumbo, como en un sueño. No daba crédito a lo que me acababa de suceder, a la oportunidad que se me había presentado. Estaba feliz, exultante, tenía ganas de ponerme a cantar en mitad de la calle, como en los musicales americanos. Joder, esas cosas no suceden, lo normal es que las editoriales no contesten, que te den largas, que como mucho te envíen un correo diciendo que la novela no encaja en su línea de publicaciones.

Pero ¿por qué te cuento todo esto? Porque ya en mi primera novela me negué a firmar con tu apellido y opté por el de ama. No sé si supiste de la existencia de ese libro. Quizá no. Pero de los otros dos, de esos has tenido que saber a la fuerza. No los habrás leído, eso seguro, porque tú no lees a cualquiera, ¿verdad?, pero los has tenido que ver en librerías, si es que has seguido frecuentándolas, o en las páginas de los culturales, si es que ojeas la prensa. Estoy convencido de que en algún momento me has escuchado en la radio, o has visto mi rostro en alguna entrevista en un periódico, aunque sea de manera accidental, y has deslizado la mirada a la entradilla, has torcido el gesto con la tontería que fuera que dijera en ese momento (seguro que no pudiste evitar hacer algún comentario sarcástico) y comprobado que firmo como Unai Otaolea.

Creo que es la primera vez, ahora, mientras escribo esto, que me pregunto qué pudiste sentir en ese momento. ¿Concluiste que evito que nos relacionen, que no quiero que nadie sepa que soy tu hijo, que llevo tu sangre en mis venas, que algo de ti puede haber en mis historias? ¿O pensaste que no uso tu apellido porque tu sombra literaria es larga y quiero que me reconozcan por mis propios méritos, que hice como Joe Hill con Stephen King? En cualquier caso, seguro que te resultó comprensible mi decisión, aunque seguro también que tu ego te hizo sospechar que en realidad hablo de nuestro vínculo a la mínima oportunidad, que me vanaglorio en privado en los círculos literarios de ser tu hijo.

De todas maneras, no siempre consigo que no nos relacionen. En cuanto le envié mi documentación para la firma del contrato editorial, María me escribió a través del móvil: «¿Tu apellido es Cacenave? ¡No tenía ni idea! ¿Tienes algo que ver con el mítico Cacenave Hernández?». Dudé qué responder. No quería que nuestra relación comenzara con una mentira que en cualquier momento podía quedar desvelada como tal. Pero tampoco me apetecía hablar de ti y, mucho menos, que sospechara que algo de mi talento literario, si es que lo tengo, provenía de tu influencia. Reconocí a regañadientes nuestro vínculo y al punto añadí que no teníamos relación desde hacía muchos años y que no sabía nada de ti, ni quería saberlo.

—Pues precisamente en torno a mi padre girará, al menos en parte, mi nueva novela —le contesto ahora.

María fuerza un gesto de estupefacción al escucharme decir eso.

—¿En serio? ¡Esa sí que no la vi venir! ¿Cómo así?

Pienso en contarle la llamada del otro día de Julián, que después hablé con ama por videollamada y le transmití la noticia de que estabas en la UCI y que los médicos decían que es posible que no salgas de esta, y cómo me sobrecogió su llanto espontáneo, las lágrimas de ama después de tantos años sin saber de ti, de lo que le hiciste hace tanto tiempo. Pienso en confesarle a María que al ver llorar a mi madre me dije que en el fondo no sabía quién era, que pensé que quizá todos somos desconocidos para los que nos rodean, y que he decidido tomarme unos días e ir a Laukariz a estar con ella esperando tu muerte, y aprovechar para dormir en la casa de amama una última vez antes de que sea el hogar de unos desconocidos. Diré que quiero ayudar a vaciarla, lo que es verdad, porque también quiero encontrar la moneda que me dio Carla y que sé que guardé en algún lugar de la casa con otros tesoros, hace mucho, mucho tiempo. Argumentaré al hablar con ama que es mejor que duerma donde amama, y no en su casa, para evitar contagiarnos del virus. Pienso en prometer a mi editora que aprovecharé ese tiempo para escribir algunas escenas, tomar notas, sacar fotos y recordar, empaparme de melancolía para hacer músculo para el libro.

Pero son muchas explicaciones para María, así que al final me limito a decir:

—Bueno, en algún momento hay que afrontar las historias que arrastra uno en la vida.

## 6

La escuela estaba dividida en dos sedes. La de los pequeños se encontraba junto a la plaza. Allí me llevabas de la mano, cada mañana, y me recogías después a la tarde. Recuerdo idas y venidas caminando los dos en total silencio. Tú no tenías nada que decirme y yo no me atrevía a intentar comenzar una conversación. Solo cuando estábamos ya frente a aquel edificio gris y rectangular sin ninguna decoración exterior, como una caja gigante de zapatos, pero con ventanas, me decías las mismas palabras exactas cada mañana a las nueve:

—Que tengas un buen día. —Y me dabas un beso desganado en la frente y te volvías rápido, porque tendrías cosas que hacer, libros que leer y escribir.

¿Sabes qué?, nunca me lo preguntabas al recogerme después de las clases. Ni una sola vez te interesaste sobre si había sido un buen día o no. Era una mera formalidad, una despedida estándar. Como cuando le preguntas a alguien que te encuentras en la calle qué tal está, con la esperanza de que no entre en detalles.

En aquel bloque indistinguible de los pisos que lo rodeaban si no fuera por el diminuto patio vallado que se ubicaba enfrente, en el que cientos de niños con batas de cuadros azules, rojos, verdes y rosas nos agolpábamos a la hora del recreo, se estudiaba hasta cuarto de EGB. La sede de los mayores, a la que se iba a partir de quinto curso, es decir, de los diez años, se ubicaba en la parte de arriba del pueblo. Yo había cambiado de edificio a principio de curso. Era un gran paso. Por contraste con el anterior, este a mí me parecía un prodigio de modernidad, como una de esas casas de las revistas que a ama tanto le gustaba hojear. Concebido desde plano para albergar un centro educativo, se trataba de una mole blanca, de tres plantas y grandes ventanales, que combinaba líneas curvas y rectas, y dominaba dos grandes patios con canchas de futbito y baloncesto. Fue levantado en el año 1936, en las campas a las afueras del pueblo, cerca del cementerio. Después, en los años cincuenta se unió al núcleo urbano al ser absorbido por el barrio de protección oficial construido para dar un hogar a los cientos de familias procedentes de Extremadura, Castilla y Galicia que llegaron al pueblo atraídas por el trabajo en el sector del metal. Aquel barrio se llamó Hernán Cortés y así conocíamos todos a esa sede de la escuela, a pesar de que su nombre oficial era el mismo que el de la de los pequeños y estaba bien visible en la fachada en un rótulo de letras metálicas: GRUPO MERCEDES COLOMER ORTIZ DE LA RIVA.

A la escuela de los mayores iba y venía solo. Como, a diferencia de la otra, aquí no había comedor, el trayecto lo hacía cuatro veces al día, con la mochila colgando del hombro como el petate de un recluta. No era un recorrido largo. Algo menos de un kilómetro separaba nuestra casa y la escuela. Entraba a las nueve, salía a la una y regresaba de nuevo a las tres para asistir a la lección de la tarde. Desayunábamos en familia, los tres juntos, pero comía después solo contigo. Ama pasaba el día en Bilbao, donde trabajaba como delineante en un estudio de arquitectura. Solía volver un poco más tarde que yo, aunque a veces se retrasaba. Tú escribías. Una de las habitaciones de casa era tu despacho.

Tenía prohibido jugar en esa estancia que olía diferente al resto de la casa, un olor ácido e intenso que se te pegaba en la nariz, pues era el único lugar donde ama te dejaba fumar. Las cuatro paredes del despacho estaban repletas de libros en estanterías que iban desde el suelo al techo. No sé si lo sabes, pero me solía colar ahí cuando no había nadie más en casa y observaba tus cosas con curiosidad de arqueólogo, recorriendo con la mirada los cantos de los libros, ese mosaico de colores y formas, cuyos títulos leía en alto imaginando el contenido de cada volumen. Me fascinaban también los fósiles y monedas antiguas que coleccionabas y que adornaban tus baldas junto a los libros. Cogía con mucho cuidado aquellas maravillas y las observaba largo rato, fascinado por la inmensidad del tiempo que señalaban las fichas mecanografiadas que hacías para describirlas y que acompañaban en las estanterías a cada pieza. Me sentía abrumado por la antigüedad de aquellos objetos, que según tus notas tenían cientos de años, las monedas, o millones, los fósiles, y pensaba en la pequeña escala humana comparada con la de la tierra. Con las monedas, jugaba a imaginar los viajes que hicieron, las vidas de quienes las tuvieron en sus manos, desde el que la acuñó hasta tú. ¿Quiénes serían? Legionarios, bandoleros, párrocos medievales, coleccionistas modernos, ¿cuántos dueños tuvo esa moneda con el rostro de Flavius Claudius Constantius Gallus, que según su ficha fue acuñada entre los años 351 y 354? ¿Qué objetos, qué servicios se pagaron con ella?

Tenía por norma coger los fósiles, las monedas o los libros siempre de uno en uno, para no olvidar dónde había que dejarlos después, para no cambiarlos de lugar y delatar de ese modo mi presencia en aquel lugar que me tenías vetado. Tenía mucho miedo de romper algo sin querer. No podía ni imaginar cuál sería tu reacción si sucedía aquello.

Tú te encerrabas cada día ahí, en tu refugio, horas y horas a teclear en tu vieja máquina Olivetti, cuyas teclas producían un ruido seco de cuya frecuencia dependía tu estado de ánimo y consecuentemente también el de los que convivíamos contigo.

Como tenía llaves, no necesitaba tocar el timbre para entrar en nuestro piso cuando volvía de la escuela. A veces, al llegar a casa al mediodía, oía el golpeteo de las teclas. Escribías solo con dos dedos, así que no era un ruido frenético, sino pausado, pero rítmico: tac, tac, tac, tac, como un grifo que gotea con insistencia. Me acercaba a la puerta de tu despacho y pegaba la oreja. Aquel sonido me tranquilizaba, porque sabía que si habías estado escribiendo, si las palabras habían fluido al papel, estarías de buen humor. Tocaba después con los nudillos, porque tenía prohibido entrar sin avisar, y me quedaba esperando. Algunos días tenía que insistir varias veces hasta que dejabas de escribir. Era señal de que estabas muy concentrado. Al cabo de unos segundos tú abrías la puerta y tu figura emergía de entre una nube de humo de tabaco, como un marinero en la niebla, aún vestido con el pijama, con un cigarrillo en la comisura de los labios, los ojos rojos. Me dedicabas media sonrisa y preguntabas incrédulo si ya era la una, como si en esa estancia el tiempo fluyera a un ritmo diferente al del resto del mundo.

—Pues vamos a tener que improvisar la comida... —murmurabas, negando con la cabeza.

Después preparabas lo que más me gustaba a mí, quizá para compensar tu dejadez: huevos fritos con patatas o salchichas Oscar Mayer, y me pedías que no le contara a ama que no tenías nada hecho cuando llegué. Comíamos los dos en la cocina, o en el salón con la tele puesta —algo impensable si ama estaba con nosotros—, y veíamos las noticias locales en Telenorte, que tú jalonabas con comentarios del estilo de «la gente es imbécil» o «no sé cómo no nos hemos extinguido aún». Recuerdo que siempre, siempre que aparecía un escritor en pantalla o hablaban de algún libro, te encendías y señalabas que aquel tipo era un fraude y que solo estaba ahí porque tenía buenos amigos y porque la gente no tiene ni idea de literatura. Yo era muy pequeño, pero ya me había percatado de algo que me resultaba curioso: nunca hablabas bien de un libro o de un autor que hubiera alcanzado el éxito. Tu pasión te avinagraba.

Generalmente no me hacías mucho caso. Estabas pendiente de la televisión. A veces incluso leías también un libro de bolsillo y no nos prestabas atención ni a la tele ni a mí. Yo te observaba, estudiaba los cambios en tu rostro, esa sonrisa que aparecía imprevista cuando dabas con algún párrafo ingenioso o cómo juntabas el ceño y negabas con la cabeza, y sentía una profunda envidia de aquel objeto en apariencia inerte que era capaz de concentrar tu atención. ¿Qué se escondía tras aquellas páginas que te absorbía tanto? Estabas tan enfrascado en la lectura que era yo el que debía controlar los horarios para no llegar tarde a clase. En ocasiones, sin embargo, las menos, eso sí, estabas algo más locuaz y me preguntabas un poquito por mis cosas, mis amigos, mi vida, me dabas consejos y me interrogabas por las chicas de clase. En esos momentos me sentía tentado de contarte que estaba enamorado de Carla, pero no me atrevía, porque temía tu afilado sarcasmo. Aun así, me encantaban esos momentos que compartíamos los dos solos, sin las regañinas de ama, que solía recriminarte que dijeras según qué cosas en mi presencia. A ti te importaban muy poco mis formas, si me comportaba, si era educado o no. Incluso me animabas a decir tacos, porque decías que la riqueza del lenguaje también residía ahí y que si alguien es un hijo de la gran puta, es eso y no otra cosa y no hay por qué buscar eufemismos.

No sé si alguna vez te lo dije, seguro que no. Tampoco si te lo demostré con mis miradas, mis reacciones a tus comentarios, mis gestos. Pero a pesar de nuestra distancia, te admiraba mucho. Me encantaba que fueras tan diferente a los demás padres de los chicos de clase, que trabajaban casi todos en las fábricas del metal o en la obra. Eras más joven, o lo aparentabas al menos, decías muchas palabrotas, vestías de riguroso negro —«por la muerte de la novela», solías bromear—, llevabas el pelo largo y parecía importarte siempre mucho más lo ingenioso de tus palabras que el darme buenos consejos. Alguna vez intenté interesarme por tu mundo, y te pregunté tímidamente sobre libros. Pero me contestabas con condescendencia, como si hablar conmigo de tus cosas te rebajara. Aquello me decepcionaba. En cierta ocasión recuerdo que te pregunté qué estabas escribiendo. Me costó horrores formular la pregunta, no creas que fue fácil. Me miraste de arriba abajo un buen rato, y me contestaste que los libros no se cuentan, porque si lo haces no los escribes. Al ver mi gesto contrariado, añadiste:

—En cualquier caso, no lo entenderías.

Algunos días, cuando llegaba de clase a la hora de comer, no estabas en casa. Te llamaba al cruzar la puerta de entrada, pero no encontraba respuesta. Caminaba en silencio, como un ladrón. Iba a tu despacho. Algunas veces te habías dejado la puerta abierta. Entonces entraba en tu templo. Observaba sobre el escritorio la Olivetti con un papel en el que un párrafo estaba abortado a mitad de una frase, el cenicero virgen de colillas, los lápices ordenados a un lado de un taco de folios. Esos días esperaba hasta última hora a ver si aparecías. Cuando el riesgo de llegar tarde a clase ya era evidente, picaba algo de la nevera, lo que fuera. Como no sabía usar los fuegos, comía frío. Muchas, demasiadas veces, volví a clase sin verte a la hora de comer. Recuerdo que en esas ocasiones una tristeza oscura e indigerible se hacía conmigo mientras caminaba de regreso a la escuela, que me sentía observado desde los balcones, señalado. Pero otras veces era aún peor: llegabas a última hora, acelerado, dando un portazo al entrar en casa, sudando, apresurado, con una mirada turbia, animal, que yo no sabía interpretar, pero que me generaba un profundo rechazo. Sacabas de una bolsa de plástico un pollo asado de la cervecera que había a las afueras del pueblo —en uno de esos recipientes de aluminio con tapa de papel que aún me causa desazón verlos—, o preparabas veloz algún plato, lo que fuera para salir del paso. Esos días hablabas con frases breves y bruscas y respondías con monosílabos. Yo te observaba en silencio organizar la mesa a toda velocidad, como un asesino que limpia apresuradamente la escena del crimen. Sabía de dónde venías y me angustiaba pensar que tú eras consciente de ello. Había momentos en los que te me quedabas mirando y temía que me preguntaras si conocía tu secreto. Aquel era uno de mis mayores miedos.

Pero me aterraba aún más que un día fuera ama la que me preguntara. Tú nunca lo hiciste, pero tampoco habría hecho falta que me lo pidieras, que no le contara a ama que no habías estado en casa al mediodía. Alguno de los días en los que comí solo, por la tarde, cuando llegaba de clase, al entrar en la cocina para ponerme algo para merendar, me encontré que habías dejado en el escurreplatos, como pruebas para una coartada, un puchero, dos platos, dos vasos, cubiertos. Cuando estábamos de nuevo todos juntos, los dos actuábamos como si el día hubiera sido normal. Si ama me preguntaba directamente, cuestiones rutinarias, sin segundas intenciones, como qué tal las lentejas del mediodía o si me habías recordado cambiar el calzado después del chaparrón que había caído esa mañana, yo contestaba con evasivas y tú, con una fría naturalidad que me asustaba. Por las noches, me torturaba pensándome cómplice. Sentía mucha lástima por ama. Tanta, que a veces lloraba apretando el rostro contra la almohada para ocultar mis gemidos a vuestros oídos. Una noche entraste en mi habitación y me encontraste bañado en lágrimas. Me levantaste el rostro con delicadeza, preguntándome por qué sollozaba. Mentí contestando que había visto un poquito de una película de vampiros en la televisión y que tenía miedo. Tú dejaste escapar una carcajada y después me explicaste, como si no lo supiera, que los vampiros no existen y que no hay que temer a la oscuridad. Te tumbaste a mi lado, creo que fue la única vez que lo hiciste. Me acariciaste el pelo. Tarareaste una nana. Yo dejé de llorar, pero sentí un profundo estremecimiento pensando que ojalá que los vampiros existieran, porque aquel sería un miedo mucho más aceptable que el que me impedía dormir.

## LECTURAS

Siempre era ama la que me leía al acostarme. Me encantaba escucharla con los ojos cerrados, contar esas historias en las que un ratoncito, un erizo, una rana, vivían una aventura llena de magia y mensaje.

Después de cenar, yo tenía que lavarme los dientes, ponerme el pijama, dejar bien ordenada toda la ropa y meterme en la cama. Una vez cumplidos estos pasos podía llamarla para que viniera a leerme un rato, cosa que hacía insistentemente hasta que aparecía por la puerta.

Recuerdo que había días que, a pesar de haber hecho mi parte, ella protestaba. Se asomaba a mi habitación con gesto desesperado y suplicaba:

—Oh, no, cariño, hoy no, que estoy agotada. Apaga la luz y a dormir, por favor.

En ocasiones yo protestaba y ella se lamentaba en alto diciendo que no podía más y se sentaba a mi lado, pero abría el libro enfadada, con un gesto violento, y se ponía a leer en voz muy alta, casi gritando, con un tono lleno de rabia, como echándome las palabras a la cara. Estos eran los peores momentos, porque me hacía sentir muy mal por querer estar con ella. La mayoría de las veces, sin embargo, cuando ama se mostraba cansada, yo obedecía, pero con la sensación de haber sido timado, prometiéndome que la noche siguiente me portaría fatal y que se iba a lavar los dientes su tía. Ahora me hago cargo de su agotamiento después de un día de trabajo y de tareas domésticas. ¿Sabes?, nunca pensé que pudieras ser tú quien me leyera un rato. No solo cuando ama estuviera cansada, sino cualquier otra noche. Nunca despejé esa ecuación. Jamás pasó por mi cabeza la posibilidad de que aparecieras tú por la puerta, con un libro en la mano, y te sentaras a un lado de mi cama y compartiéramos una historia, uno de los cuentos que ama me leía o cualquier otro, uno de esos textos a los que dedicabas tanto tiempo, por ejemplo.

No había un vínculo entre la literatura, como tú la representabas, y los cuentos infantiles. Esto es algo de lo que me percaté mucho después y que a veces, en estos años de lecturas compartidas con las niñas, he pensado mucho: para ti la literatura no era algo que uniera a las personas, sino un motivo de exclusión, una manera de aislarte tú del mundo común, que considerabas hortera y vulgar. Y también una barrera de protección contra los otros, los demás, esos que representaban el infierno para Sartre. Oh, esto lo he visto en muchos otros escritores: para ti, para vosotros, las letras son el territorio en el que construir una élite, un grupito reducido de supuestos privilegiados que observáis el mundo con desprecio desde vuestro púlpito.

Supongo que para ti yo era uno más de quienes no están llamados a comprender. Recuerdo que, a veces, observándote concentrado en las páginas de un libro, me imaginaba que no estabas ahí, conmigo, que solo permanecía tu cuerpo, como en uno de esos viajes astrales de los que había oído hablar en televisión al doctor Jiménez del Oso. Fíjate, te tenía delante y te veía, pero me preguntaba dónde estabas cuando estabas leyendo.

# 7

Para entretenerme durante los trayectos de ida y vuelta a la escuela solía plantearme pasatiempos. Por ejemplo: jugaba a que el primer y el último número de las matrículas de los coches que estaban aparcados junto a la acera conformaban resultados de partidos de fútbol. Imaginaba así jornadas enteras de liga. Los números del uno al cinco eran la cantidad de goles marcados por los equipos. Por encima de este, contaban como cero. Así, me decía que la siguiente matrícula era un Betis-Real Murcia, y si el primer número de la placa era un siete y el último un ocho, el resultado era un empate sin goles. Si el día era soleado, me gustaba también observar los balcones y, a partir de la impresión que me daban, imaginar las vidas de quienes estaban al otro lado de aquellas paredes y ventanas. A veces pienso que mi vocación de escritor comenzó en esos momentos. Me fascinaba jugar a construir historias a partir de la idea que me hacía de la gente por cómo tenían el balcón. Había familias que lo usaban como un trastero, acumulando todo tipo de bártulos viejos; para otras era una suerte de huerta urbana, con macetas con tomates y pimientos y lechugas; algunas tenían montones de flores de todos los colores. Estas últimas me gustaban mucho, porque en el mosaico de ventanas todas idénticas de los altos edificios del barrio destacaban para bien, como diciendo que ahí habitaban buenas personas. Uno de esos balcones floridos correspondía a la casa de Carla, bajo cuya ventana pasaba cada día sin poder evitar mirar hacia arriba. Vivía en un tercer piso de los bloques que daban al otro lado de la carretera general, la que yo debía cruzar para llegar a la escuela. Solía observar a su madre en el balcón, vestida con bata gruesa de estar por casa y zapatillas, regando las plantas o fumando un cigarro, apoyada en la barandilla con la mirada perdida en la lejanía. Sabía que se trataba de ella porque una vez la vi junto a Carla en la sala de espera del practicante, donde ama me llevó para ponerme una vacuna, y me sorprendió lo muy mayor que parecía aquella mujer, que transmitía agotamiento existencial, todo ojeras y mirada triste, y cómo contrastaba con Carla, que desbordaba vitalidad.

Otra cosa que me gustaba mucho era contemplar los coches. He ahí otra diferencia entre nosotros, porque tú los despreciabas y solías decir que los automóviles eran el lujo de los imbéciles. A mí me fascinaban. Me paraba a cada rato para asomarme por la ventanilla de casi todos los que estaban aparcados. Me encantaba el diseño interior, sobre todo los cuentakilómetros. Conocía cada marca y modelo. De algunos sabía hasta sus características técnicas (motor, cilindros, potencia, revoluciones por minuto, velocidad máxima y consumo), que había aprendido de memoria a base de jugar a la baraja de catetos «Coches Turismos» con mis amigos. Mi modelo favorito era el Seat 1200 Sport, conocido en la calle con el apodo de «el bocanegra» por su morro frontal de plástico negro.

Se trataba de un deportivo que era muy difícil de ver en carretera, porque era caro y se habían fabricado pocas unidades. Por suerte, uno de los vecinos del barrio lo tenía, en color naranja, y a veces lo aparcaba en la calle de Carla. Cuando lo veía de lejos, salía disparado hacia él y pegaba la cara al cristal del conductor, como un niño en el escaparate de una pastelería. Cómo me flipaba el cuadro de mandos, con los indicadores redondos como esferas de relojes, dos grandes para velocidad y revoluciones, tres pequeños para la temperatura, la hora y el nivel de gasolina.

Un mediodía, poco después de aquella tarde en la que bajé a las vías con mis amigos, era amama quien me esperaba en casa a la hora de comer. Me la encontré en tu despacho, ojeando las estanterías con gesto desconfiado, quizá de repulsa, la ventana abierta de par en par para que se ventilara el lugar. No me había oído entrar y se llevó un buen susto cuando la saludé por detrás.

—¡¿Pero es que quieres matarme?! —gritó, y al punto se arrepintió y me dio un abrazo y un montón de besos, diciéndome «cosita mía», «angelito» y ese tipo de cosas que tanto gustan a los niños y que tú eras incapaz de pronunciar.

Después me indicó que cogiera la maleta que me había dejado preparada sobre mi cama.

—Tu madre está de parto. Comemos en Bilbao. Te vienes a pasar unos días con nosotros —concluyó.

Frente al portal de nuestra casa esperaba un taxi. Lo había visto al llegar, pero no imaginé que fuera para nosotros, no lo relacioné con amama. Ella se sentó detrás conmigo y dijo al conductor que podíamos marchar. Amama no conducía desde hacía más de veinte años, desde el día en que estampó su Seat 600 contra una parada del autobús, pocas semanas después de estrenar el carné. Solía recrearse contando aquella historia, que con el tiempo había convertido en una anécdota divertida, pero le aterraba la posibilidad de ponerse al volante.

Yo estaba exultante, porque me había dicho que por la tarde no tendría que volver a clase, con lo que podría ver entera la etapa reina de la Vuelta a España, que terminaba en Sierra Nevada, y también que pasaría unos días con ellos, en su piso de Bilbao, ese lugar que para mí significaba pura felicidad, ese lugar donde me tomaba vacaciones de vosotros. Durante el trayecto freí a preguntas al conductor: sobre si se cobraba por distancia o tiempo, sobre el funcionamiento del taxímetro, una caja negra de carátula amarilla en la que unos números blancos sobre fondo negro iban girando despacito, mostrando el coste de la carrera, sobre la fiabilidad del modelo del coche, un Renault 21, que acababa de salir al mercado y tenía un cuadro de mandos digital que parecía del futuro y señalaba la velocidad en cifras exactas (47, 78, 101) y no aproximadamente, como los velocímetros de aguja.

—¡Ay! ¡Este niño! ¡No se callará! —se lamentaba amama tras cada una de mis preguntas, para después pedir disculpas al chófer, que se reía y decía agradecer la conversación.

Comimos los dos solos en la mesa de la cocina, unas lentejas que amama había dejado preparadas antes de ir a buscarme. Me había hecho la ilusión de que aitite estuviera en casa cuando llegáramos, pero ella le excusó diciendo que tenía una reunión importante en la oficina. Entre cucharada y cucharada, con la radio sonando de fondo, ella me preguntaba si estaba contento de tener un hermanito pequeño —aún no sabíamos que sería niña— y me advertía que debía cuidar de él y tratar muy bien a ama, que estaría unos días muy cansada. Terminó con un comentario despectivo sobre ti. Sabes que no te soportaba.

—Porque si tenemos que esperar que la cuide ese, estamos listos... —murmuró.

Después de comer, nos sentamos a ver la etapa en la televisión. Resultó muy emocionante. Robert Millar atacó en las primeras rampas del último puerto y dejó atrás a Álvaro Pino, que parecía que iba a perder el liderato. Llegó a sacarle un minuto, pero el español supo reponerse y consiguió alcanzar a su máximo rival, dejando atrás a Sean Kelly, que perdió todas sus opciones. Yo gritaba con cada demarraje de Álvaro Pino, con quien iba después de que Marino Lejarreta hubiera perdido todas las opciones de ganar su segunda Vuelta. Buscaba la complicidad de amama, pero ella estaba ausente. Se lamentaba cada cierto rato porque no tenía noticias del hospital y se acercaba al teléfono, como si haciéndolo pudiera provocar que estas llegaran por fin. Suspiraba melodramática.

Cuando los periodistas comenzaron a entrevistar en el set de televisión a Felipe Yáñez, ganador de la etapa, aitite entró en casa.

—¿Hola? —gritó al atravesar la puerta.

Corrí a encontrarme con él en la entrada.

—¡Zapaburu! —exclamó al verme. Solo él me llamaba así, *renacuajo* en euskera.

Me fundí en un abrazo con él, aspirando con fuerza el olor de su colonia mezclado con el humo del tabaco. Ese aroma tenía en mí un efecto reparador. Me hacía sentir que todo estaba bien en el universo. Amama también acudió al descansillo. Aún con la puerta abierta, hablábamos al mismo tiempo. Yo narraba la etapa a aitite con palabras precipitadas y ella se quejaba de que no tenía nuevas del hospital, que ya llevaban siete horas allí, que no había derecho, que tú deberías haber llamado, aunque solo fuera para decir que la cosa iba para largo, que vete a saber si la habrías dejado sola ahí pariendo y te habrías ido a tomar algo o a leer uno de tus libros. Él atendía a las dos conversaciones al mismo tiempo, sonriendo, como si la situación le divirtiera, cuando de pronto nos interrumpió el sonido del teléfono. Los tres nos callamos, mirándonos.

—Cojo yo... —dijo aitite tras el segundo tono.

Amama y yo le seguimos hasta el aparato. Mientras aitite descolgaba, ella se aferró a mí, presa de los nervios, apretándome como un niño a su peluche tras una pesadilla.

—¿Quién es...? Ah... ¡hombre! ¡Felicidades! ¡Pero qué bien!... ¡Oh!... Entendido... sí... Vaya. ¿Cómo se encuentra?... Bueno, cuida de ella. Dale muchos besos de nuestra parte y de la de Unai. Sí, sí, estamos aquí los tres. ¿Quieres hablar con él?... Ah, vale. De acuerdo, de acuerdo... Mañana hablamos. Intentad descansar...

A cada palabra, amama me apretaba un poco más fuerte. Cuando aitite dejó el auricular sobre la base, le interpeló abriendo los brazos:

—¿Y bien?

—¡Es una niña! —gritó él, desbordante de felicidad.

—¡Una niña! —exclamó amama también, abrazándome con tanta fuerza que me faltaba el aire—. ¡Tienes una hermanita!

Aitite nos explicó que el parto se había complicado y habían tenido que hacer una cesárea a ama. Dijo que la pequeña estaba muy bien y sana y que ella también, pero que tendría que descansar unos días en el hospital y que no se le podía visitar hasta el día siguiente como muy pronto. Amama protestó, diciendo que quería ver a su hija, pero aitite consiguió tranquilizarla prometiéndole que irían juntos al día siguiente, tras dejarme a mí en clase. Después, ellos brindaron con champán y a mí me dieron un poquito de vino diluido en agua con azúcar para que me uniera a ellos. Y cuando amama por fin terminó de hacer las llamadas de protocolo informativo a su hermana, sus hijas y a alguna amiga, aitite afirmó que en cuanto llegara Pilar del colegio nos íbamos a Laukariz a ver las casas que se estaban construyendo.

Esa fue la primera vez que oí el nombre del lugar al que íbamos a mudarnos, porque vosotros no habíais llegado a decírmelo. A mis oídos sonó ajeno, exótico, como perteneciente a una cultura lejana en el espacio o el tiempo: Laukariz.

El viaje hasta allí desde Bilbao duró en torno a media hora, pero a mí me pareció toda una expedición, con aquella carretera llena de curvas y ese paisaje todo bosque verde y frondoso desfilando por la ventanilla. Delante viajaban aitite y amama. Detrás, a mi lado, Pilar, enfurruñada porque quería haber quedado con sus amigas. En el casete sonaba Juan Pardo, que no sé si recuerdas, pero a aitite le encantaba.

—¿Puedes quitar esta mierda, aita? —protestaba Pilar, que era tan alta y obesa que el uniforme del colegio había que hacérselo a medida.

Aitite entonces subía el volumen hasta el tope y Pilar protestaba y amama se unía a ella llamándole la atención.

—¡Por favor, Miguel! ¡Baja esa música!

Él accedía y ponía cara de niño gamberro y me guiñaba un ojo por el espejo retrovisor. Yo me partía de la risa y Pilar, al percatarse, me daba puñetazos en la pierna.

Yo contraatacaba y le pegaba también, y le hacía muecas, y ella, entonces sí, se reía por fin.

—Enano cabrón... —me susurraba—. En cuanto paremos te voy a colgar.

Pilar era solo seis años mayor que yo. Aitite y amama siempre quisieron un niño, pero se plantaron al tener la cuarta hija. Pilar fue un accidente imprevisto. A mis ojos, una anomalía que subvertía el orden natural de las cosas: era menor que Gorka, el hijo de Miren, el mayor de los sobrinos. Por ello para mí siempre fue más como una prima que una tía. Ella no tenía esa jerarquía familiar que sí poseían y ejercían sobre mí las otras hermanas de ama: Miren, tan invasiva y odiosa con todos; Mónica años después, cuando se vino a vivir con amama tras separarse del catalán; Edurne, que siempre me ha querido como a uno de sus hijos. Supongo que las hermanas trataron a Pilar como si fuera una niña. Sobre todo Miren, quien solía tener unas broncas monumentales con ella. Eran opuestas en ideas y modo de vida, y la mayor intentaba imponerse siempre, para rebeldía de Pilar, que odiaba a su hermana sobre todas las cosas y se lo demostraba siempre que tenía oportunidad. Se llevan diecinueve años. Es una cifra que no tengo que consultar, porque salió en decenas de discusiones entre ambas, en las que Miren apuntaba la diferencia de edad como argumento de autoridad dando un golpe sobre la mesa.

—¡Soy diecinueve años mayor que tú, cojones! —gritaba cuando la abroncaba por cualquier cosa relacionada con su estilo de vida. Pilar le contestaba con amargura que la dejara en paz, que era su hermana, no su madre.

Chocaba más con ella que con aitite y amama porque estos fueron mucho más laxos con su educación de lo que lo habían sido con el resto de sus hijas. Pilar los pilló mayores y de vuelta de todo y no se implicaron tanto en su educación como con el resto de las hermanas. Ella misma suele decir que sus padres pasaron de ella. Esa libertad que tuvo, unida al estatus económico de la familia, la convirtieron en una pija rebelde que gustaba de provocar con sus estrafalarias pintas, tocar las narices a sus hermanas y escandalizar a los profesores. Te habría encantado ver su transformación. Seguro que tú hubieras sido un gran aliado en la pelea que mantenía con Miren.

A mí me fascinaban sus cambios de peinado. Un día aparecía con el pelo azul o verde, otro con una cresta con degradado a los lados, otro con la cabeza rapada al uno, como Sinéad O'Connor. Tenía un *piercing* en la lengua y lucía tantos pendientes que sus orejas parecían el muestrario de un comercial. El primer tatuaje que vi en mi vida, sin contar los de la televisión, fue en su piel. Me lo enseñó en exclusiva, una tarde de invierno, no mucho después de mudarnos a Laukariz. Ella acababa de cumplir dieciocho años y yo todavía no tenía doce.

—No se lo cuentes a nadie, eh. Si se enteran, te mato, enano —me advirtió antes de bajarse un poco el pantalón y mostrarme un dibujo de dos serpientes entrelazadas que se había hecho en el muslo derecho, justo debajo de la braga—. Es el Áuryn, de *La historia interminable*. ¿A que mola?

Debajo del dibujo, con letras mayúsculas, se había hecho escribir: HAZ LO QUE QUIERAS. Ese lema, que mucho después descubrí que era también del libro de Michael Ende, es el que Pilar ha usado como guía toda su vida. A mí siempre me divirtió. Ama a veces se lamentaba de lo cabeza loca que era su hermana pequeña, pero sin hacer un drama del asunto. Era Miren la que libraba una batalla constante con Pilar. Llegaron a odiarse, y creo que aún lo hacen, con la constancia y la inquina con la que solo los familiares son capaces.

Recuerdo la última vez que nos juntamos todos los Otaolea: aitite, amama, sus hijas, sus maridos, los nietos. Fue poco antes de que aitite muriera, en una de esas comidas familiares en las que se comienza celebrando y nunca se sabe cómo terminarán. Yo acababa de cumplir quince años y estaba enfurruñado por alguna razón. Habría discutido con ama, supongo. Nos hicimos todos juntos una fotografía en el jardín, debajo del gran roble, en la que aparezco con gesto de adolescente afectado. Ama tiene una copia enmarcada en el salón. Cada vez que la contemplo, a mi mente viene el espectáculo que el tío Pablo, el marido de Miren, montó para algo tan sencillo como programar el temporizador de la cámara, mientras el resto esperábamos impacientes formando como la plantilla de un equipo de fútbol en el póster de la temporada, en dos filas, la mitad agachados. Aitite murmuró que no debía ser tan difícil hacer la foto con retardo, precisamente para un retardado. Solo lo oí yo, pues posaba justo delante de él, que se apoyaba en mis hombros, y amama, que le dio con el codo para llamarle la atención. Pero lo memorable de aquella tarde fue lo que sucedió poco después, cuando Pilar interrumpió las discusiones sobre política, actualidad y los temas de la empresa familiar que siempre monopolizaban la sobremesa para anunciar que tenía un grupo de música, que era la vocalista, que daban su primer concierto en las fiestas de Basauri un mes después y que estaban todos invitados al estreno mundial.

—¡Qué divertido! —exclamó Edurne—. ¿Y cómo os llamáis?

—Telaraña en la Castaña —respondió Pilar, mascando chicle con la cabeza ladeada, los labios pintados de rojo intenso, el rostro maquillado con exageración.

Ama estalló en una sonora carcajada. Había bebido más vino del que acostumbraba y no podía parar de reír. Amama se lamentó en alto, preguntando qué había hecho ella para merecer eso. Aitite negaba con la cabeza, con gesto apesadumbrado. Fue Miren la que reaccionó mal, gritando que era una Otaolea y que la gente los conocía y que tenían una reputación, que estaba harta de que los dejara a todos en ridículo con esas pintas que llevaba, que parecía el muñeco de Michelin disfrazado de payaso. Pilar, que nunca se amedrentaba, le respondió que hacía «lo que le salía del chocho» y que a ver quién era ella para decirle nada. Entonces Miren clamó aquello de que era diecinueve años mayor. Continuaron un rato insultándose, hasta que aitite dio un grito diciendo que ya era suficiente. Se hizo un largo e incómodo silencio, que Edurne rompió con otra pregunta que se supone que era para quitar hierro a la situación.

—¿Y quiénes lo formáis, el grupo?

—Estoy yo con un par de amigas... —comenzó a decir Pilar. Tras hacer una pequeña pausa añadió, con la mirada clavada en Miren—... y mi novia.

La mayor de las hermanas arrastró la silla hacia atrás produciendo un ruido terrible, gritó «¡Nos vamos!» y abandonó el txoko sin despedirse. Su marido y su hijo se quedaron unos instantes dudando y la siguieron. Al levantarse de la silla, Gorka, que es dos años mayor que Pilar y, como su madre, opuesto en la manera de ver el mundo, le dedicó una mirada llena de desprecio y exclamó: «¡Manda cojones, la niña pija!».

Aquello fue a finales de verano. Unas semanas después se produjo la muerte de aitite. En cierta ocasión escuché a Miren gritar que a aitite lo había matado saber que su hija pequeña era lesbiana. Solo lo dijo esa vez, en una discusión con ama por la gestión del patrimonio familiar, cuando Miren se quejó de los gastos de la hermana pequeña. No sé si lo piensa de verdad, pero no me extrañaría. El caso es que la decidida hostilidad que sentía contra su hermana hizo que, al cabo de un año de aquello, Pilar pusiera tierra de por medio y se marchara a Londres a estudiar. Estaba cursando Bellas Artes en la Universidad del País Vasco, siguiendo la estela de Edurne, y la aceptaron para realizar el último curso en la London School of Arts. Al terminar la carrera se estableció allí y solo ha regresado en ocasiones puntuales, casi de modo furtivo. La última fue para el funeral de amama, al que vino acompañada de su mujer, una inglesa pelirroja, menuda y sonriente, que responde al nombre de Sally y es comisaria de exposiciones. La tarde del entierro solo habló conmigo, el único del velatorio que sabía inglés. En aquellas conversaciones descubrí, sin sorpresa, que Pilar no le había hablado nunca de su familia. No sabía nada de nosotros.

Muchos años antes, aquella tarde en que nació Nuria, cuando llegamos por fin a Laukariz, aitite me abrió la puerta del Taunus y me tomó de la mano. Había detenido el coche en la zona de aparcamiento que se ubica justo enfrente de la que iba a ser su casa. Recuerdo que me impresionó aquel chalé estilo vasco, de fachada blanca y tejado a dos aguas, con una enorme terraza. Por fuera parecía del todo terminado, excepto porque no tenía barandilla ni en la terraza ni en las escaleras que daban a la entrada. El terreno estaba aún sin vallar y la tierra removida para plantar césped lucía marrón claro, menos a la derecha de la casa, donde se abría un robledo en el que la luz de la tarde se colaba por entre las ramas de los árboles formando rayos tan nítidos que parecía que podías aferrarlos con la mano. Los pájaros celebraban la tarde, o despedían el día, quién sabe, con sus cánticos, que me impresionaron por estruendosos. Nunca había imaginado que podrían hacer tanto ruido.

—¿Qué te parece? —me preguntó.

—Muy bonita —contesté—. Una pasada.

—Pues mira, esa será la vuestra —dijo, señalando a la izquierda.

A unos doscientos metros estaban construyendo otra casa, muy diferente a esta en estilo, de líneas rectas y grandes ventanales, como esas que aparecían en las pelis americanas. Aitite me explicó que era un bifamiliar y que la parte de la izquierda sería para nosotros y la de la derecha, para Miren, Pablo y Gorka. Me contó que estábamos en una urbanización muy exclusiva que se llamaba La Bilbaína, que había un lago precioso muy cerca y un club de golf con campos de fútbol y canchas de tenis. Yo le escuchaba atento, observando el lugar. Pegado al que iba a ser el de mis abuelos había otro chalé, pero todo lo demás era bosque y vegetación creciendo salvaje. Me pregunté si habría más niños en la zona, si tendría con quién jugar en aquel lugar alejado del mundo.

—Vamos a ser muy felices aquí, verás —dijo aitite, atusándome el pelo.

Entonces apareció Pilar por detrás y me dio una sonora colleja.

# 8

Cuando ama me llama por videollamada, acabamos de empezar a cenar. Tengo el teléfono en el bolsillo del pantalón. Al sacarlo y ver su nombre en la pantalla, miro a Elena para tantearla. Pusimos la norma familiar de evitar los móviles en la mesa. Sin embargo, me hace un gesto con la cabeza como de premura para que conteste. Las niñas saludan a su abuela con timidez. Ama habla desde el jardín. Tiene de fondo un cielo con nubes de tonos rosas y naranjas que parecen de postal. Con palabras que se entrecortan a ratos por la brisa del atardecer reverberando en el micrófono, les pregunta a las niñas qué tal la vuelta al colegio, si tienen las mismas amigas en clase, cómo son los profesores. Les dice que tiene muchísimas ganas de verlas, y que ya va a hablar conmigo para que vayamos todos a Bilbao durante el puente del Pilar, que podemos dormir en su casa, que otra cosa no, pero sitio tiene de sobra y que ya ni las conoce de lo grandísimas que están. Maia y Onintza sonríen mientras mastican el pollo empanado que les he preparado de cena. Me buscan con la mirada para ver mi reacción.

Es verdad que no la visitamos mucho. La última vez

que fuimos los cuatro juntos al País Vasco, Maia todavía no caminaba. Hago la cuenta mental, de eso hace al menos seis largos años ya. No llevo todo este tiempo sin ver a ama, claro. Hace tres años estuve en el funeral de amama, pero quise ir solo, sin Elena ni las niñas. Y después hemos estado unas cuantas veces más con ella, pero ha sido aquí, en Madrid, donde ha bajado de turismo con amigas o a visitarnos. Aunque en esas ocasiones se negó en redondo a instalarse en nuestra casa y optó por un hotel. En cualquier caso, ir con las niñas a Laukariz este año es impensable, con la crisis de la COVID.

—No podemos dormir en tu casa, ama, hasta que esté la vacuna —le recuerdo, dirigiéndome en realidad a las pequeñas.

—Pues hoy en la televisión han dicho que en menos de un mes empezarán a ponerla —responde ella—. Si no se puede en el Pilar, venís en Navidad.

—Bueno, ya iremos viendo, lo importante es... —comienzo a decir, pero ella me interrumpe.

—¡Mirad quién quiere saludar! —exclama de pronto.

La pantalla muestra unos movimientos agitados de cámara, como si el móvil se hubiera caído, y aparece Frida, que ha subido sus patas delanteras a los muslos de ama, suplicando caricias. Las niñas la saludan jubilosas. Adoran a la perra. Ama hace rabiar un poco a la vieja airedale terrier, dándole tironcitos de pelo detrás de la oreja, hasta que consigue que ladre varias veces.

—Que dice Frida que ella también os echa de menos.

Onintza se ríe, Maia, que tiene siete años y es más inocente, me pregunta en voz baja si de verdad la perra ha dicho eso. Niego con la cabeza.

—Dile que nosotros también a ella —responde Elena.

—Bueno, ama, que las niñas tienen que terminar de

cenar y acostarse —intervengo yo—. Chicas, decid agur a amama.

En cuanto se despiden, salgo de la cocina y me siento en el sofá del salón para hablar con ama ya a solas. Me pregunta si sé algo de ti. Le respondo que he hablado esta mañana con Julián y que sigues en la UCI, que estás estable, pero que no mejoras, que tienes diabetes y has sido fumador siempre y que eso complica mucho la situación. Evito contarle los detalles que tu hermano me ha dado: que estás sedado, bocabajo, entubado. No le han dejado verte, pero cada mañana y cada noche envían un informe del hospital. Ama y yo nos quedamos un rato en silencio, observándonos a través de la pantalla, sin saber muy bien qué más decir. Retomamos la conversación con el plan de viaje de mañana. Le cuento que voy en el autobús de las nueve, que llegaré sobre la una de la tarde y que comeré con Julián y haré un par de recados antes de subir en taxi a Laukariz. Ella pregunta, otra vez, si no sería mejor que viajara en coche. En los últimos días me lo ha dicho varias veces. Le respondo que no hay problema, que los pasajeros en el autobús llevan mascarilla todo el trayecto, que el autocar va a la mitad de capacidad, que es seguro. Le recuerdo, además, que Elena necesita el coche en Madrid, que no me lo puedo llevar y dejarla sin forma de moverse, que tiene que recoger a las niñas tras las extraescolares, que le puede hacer falta para cualquiera de las urgencias del día a día. Asiente, dándose por vencida. Me dice después que ha quedado por la mañana con sus hermanas, que empezarán ya a recoger un poco las cosas, que vienen unos operarios a poner la valla pasado mañana y que ya me ha preparado la habitación de Mónica para que duerma en ella. Le doy las gracias. Antes de despedirnos insiste en que puede venir a buscarme a la estación de Termibus, pero le respondo que prefiero coger un taxi, que coma tranquila con las tías.

Después, hemos acostado a las niñas. Elena se ha tumbado junto a la pequeña en nuestra cama y yo he aprovechado para hacer lo mismo junto a Onintza en el cuarto que comparten ellas. Cuando he entrado, leía un cómic que compramos juntos hace poco. Le gusta mucho leer, sobre todo tebeos. Me encanta que me acompañe de librerías. Desde muy pequeña he intentado que la lectura sea un acto compartido, que cuando me viera leyendo no sintiera que me aislaba del mundo, y particularmente de ella, como me pasaba a mí contigo.

—¿Está bien el cómic?

—Bueno, sin más —ha respondido, dejando el tebeo sobre la mesilla y abrazándose a mí, su cabeza en mi pecho.

Con la luz aún encendida, he preguntado por la vuelta a clase, qué tal llevan las mascarillas, los grupos burbuja en el patio, el comedor por turnos. Ha contestado con tono rutinario, como si el asunto no fuera más allá de unas normas que hay que cumplir porque sí, como si no tuvieran el sentido de protegerles de algo peligroso y no estuviéramos viviendo una situación de apocalipsis. Me fascina la naturalidad con la que los pequeños están llevando todo esto, en contraste con la angustia con la que los padres hemos afrontado la vuelta a clase. Después es ella la que me pregunta cuánto tiempo voy a estar fuera. Le digo que tres o cuatro días, no más. Le cuento que amama y sus hermanas van a vender la casa que fuera de mis abuelos y que quiero despedirme de ella y ayudar a vaciarla, para que no se tiren a la basura cosas que para mí son importantes. Entonces ella cambia el tema, y me dice entusiasmada que ha descubierto un gazapo en el cómic. Se incorpora, toma el volumen, pasa veloz varias páginas y me enseña dos viñetas, en las que una muñequera que lleva uno de los personajes pasa de la mano derecha a la izquierda.

—¡Qué bueno! —exclamo.

Ella sonríe, se queda un rato en silencio y, de pronto, suelta:

—¿Es verdad que el abuelo que no conozco se está muriendo?

Me incorporo yo también. Tardo unos segundos en contestar, mirando a la pequeña, preguntándome cómo ha podido enterarse. A mi cabeza acude el recuerdo de la película *El pueblo de los malditos,* esa en la que unos niños rubios, idénticos entre sí, que han nacido el mismo día, son capaces de leer la mente de los adultos. Está claro que a los pequeños es imposible ocultarles nada del día a día. Supongo que nos ha escuchado hablar a su madre y a mí en algún momento, o quizá me ha oído con ama por teléfono. Le respondo que sí, que el coronavirus te ha cogido muy fuerte, que estás muy grave y que es posible que mueras. Matizo mis palabras afirmando que también puede pasar que te recuperes de pronto, que se conoce poco de esta enfermedad y que nadie sabe qué sucederá. Ella me escucha con gesto consternado y me pregunta si estoy triste.

—Bueno, un poquito —le digo.

Me pregunta tu edad. Le contesto que no la sé exactamente, que tendrás un año más o menos que amama María.

—¿Y por qué no le conozco?

A eso ya no me apetece responder ahora. Le digo que ese es un tema muy largo y que ya le contaré otro día, que es tarde y que hay que dormir. Oportuna, en ese momento Maia me llama desde la otra habitación.

—¡Aita!

—Dime —respondo, alzando un poco la voz para que me oiga la pequeña.

—¡Te quiero mucho!

—¡Yo también te quiero, mi amor!

Sin dejar un segundo tras mi respuesta, continúa con su hermana.

—¡Onintza!

—¿Qué?

—¡Que te quiero mucho!

—¡Yo también a ti! —responde la mayor dejándose caer sobre la almohada.

Luego es Elena la que nos llama uno a uno diciéndonos que nos quiere. Tras ella, yo. Onintza remolonea, pero tras un par de toques con el codo por mi parte, se une a los demás y dice a su madre y hermana que las quiere mucho. A mí me lo susurra con un beso. Esto de decirnos de habitación a habitación cada noche que nos queremos es un juego que se inventó Maia y que desde hace varias semanas se ha convertido en tradición. Me parece una bonita forma de despedir el día.

Después la casa se queda en silencio, en ese silencio espeso de la noche en el que cualquier pequeño sonido se ve amplificado. Me incorporo con cuidado, creyendo que Onintza está dormida, pero en el momento que voy a salir de su habitación, me llama.

—Aita...

—Quéeee... —contesto, estirando mucho la «e», en tono desesperado.

—Si tú te estuvieras muriendo, yo también me moriría, pero de pena —susurra con la voz quebrada.

## EL BICHO BOLA

Onintza nació a principios de marzo. Recuerdo que la primera vez que quedamos con las amigas de Elena para presentar al bebé en sociedad no tendría más de tres semanas. Hacía un día soleado y aun así la abrigamos con uno de esos vestiditos de lana que había sido de Nuria, uno de los que ama nos había regalado. De camino protestaba y se agitaba y era de calor, claro. ¿Por qué los padres primerizos tienen tanto miedo a que el bebé pase frío?

Nos citamos en el Retiro. La mayoría de las amigas de mi mujer ya tenían hijos. Alguna incluso más de uno. El mayor de ellos no llegaría a siete años, pero a nosotros nos parecían casi adultos, en contraste con la recién nacida. Cuando sacamos a Onintza del capazo, las otras madres nos advirtieron que iba demasiado abrigada. Les hicimos caso y le quitamos la chaquetita. Recuerdo que Elena me dirigió una mirada resignada, como diciendo «no tenemos ni idea de lo que hacemos».

Las amigas de Elena son buena gente. Estudiaron juntas en la universidad y mantienen la relación desde entonces. Se mostraron felices por nosotros. Nos dieron regalos, palmadas en la espalda, felicitaciones. Comimos pasteles que había traído una de ellas y brindamos con una botella de champán y vasos de plástico. Reímos imaginando que la policía nos multaría por hacer botellón. Después la conversación giró hacia lo de siempre: hipotecas, ascensos, vacaciones, vestidos, compras. Yo me sentía un poco intruso ahí, porque era el único padre presente. Tenía al bebé en brazos y no dejaba de observar a los niños, que jugaban a unos metros de nosotros con unos palos a modo de espadas. Poco a poco me alejé de las madres y me fui acercando a ellos. El parque refulgía de un verde intenso matizado solo por las primeras gotas de colores, flores que anunciaban la llegada de la primavera. Los pequeños estaban exultantes, corriendo de un lado a otro con las rodillas manchadas de verdín y medias lunas de barro coronando cada uno de sus dedos.

En un momento dado, uno de ellos hizo un descubrimiento. Abriendo la mano todo lo que los tendones permiten, mostró a los demás su tesoro: había encontrado un bicho bola. Como si de una melé de rugby se tratase, los niños hicieron un círculo, chocando sus cabezas para tener una vista cenital del insecto. Me acerqué también. Ante mí se desplegaron todos los arquetipos de comportamientos infantiles. Una niña de coletas exclamó «¡qué penita!» y rogó que por favor lo soltaran; un pequeñín de gafas redondas preguntó si esos bichos se pueden comer; una cría delgadita delgadita afirmó con tono académico y acento sudamericano que no se llaman «bichos bola», sino «chanchitos de la tierra»; un pelirrojo pecoso dijo que podían quemarlo, y su sonrisa maliciosa me recordó a la de Malachai, el de *Los chicos del maíz*. Finalmente, Miguel, el hijo de la mejor amiga de Elena, que era el único que yo conocía, optó por la práctica y acercó la rama con la que antes jugaba al bicho, al tiempo que preguntaba «¿a ver qué hace?».

Embistió con una esquina del palo al insecto tres, cuatro, cinco veces, pero este se empecinó en negar su apodo y no se encogió. Picado en su orgullo, Miguel contraatacó con el dedo índice, varias veces, pero en vano. El insecto se mostró firme, caminando por la palma de la mano del otro niño, imperturbable.

El silencio se hizo en el grupo, que atendía con desconcierto a la escena. Miguel afirmó incrédulo:

—¡No tiene miedo!

A lo que una de las niñas respondió, con lógica infantil:

—Eso quiere decir que es padre.

El primer niño dejó el bicho en el suelo y los demás regresaron a sus juegos. Yo volví a coger el insecto con los dedos y lo observé sobre mi palma. Apenas tardó un instante en hacerse bola. Viéndolo ahí inmóvil me dije que quizá antes el bicho estaba disimulando, que seguro que estaba aterrado, como lo estaba yo ante la perspectiva de tener que criar a esa criatura tan pequeñita que acababa de llegar a nuestra casa, pero como bien había dicho la niña, el insecto es padre, y los padres esconden sus terrores delante de los niños, porque el miedo es una enfermedad que se contagia muy rápido.

Aquella tarde, cuando los niños se fueron, pensé en ti. Por un momento, te comprendí pensando que fue este temor inédito lo que te hizo huir. Después me recordé que lo tuyo era puro egoísmo. Finalmente, me pregunté si había mucha diferencia entre los dos sentimientos.

## 9

Con las niñas ya dormidas, termino de hacer la maleta para los días que estaré fuera. Elena ha llevado a Maia a su cama. Ahora se acicala para acostarse, ordena sus cosas para el día siguiente, prepara la ropa de las niñas. Cada vez que nos cruzamos por el pasillo, actúa como un supervisor, recordándome cosas que tengo que incluir en el equipaje y que es posible que yo haya olvidado: el cepillo de dientes, las mudas, un par de jerséis por si el tiempo cambia de pronto, como suele suceder en el País Vasco.

Siempre me ha angustiado viajar. Hasta el más pequeño de los desplazamientos me estresa. Elena lo sabe, como sabe que mañana en el autobús me entrará la morriña y le mandaré un mensaje diciéndole que la quiero y que se cuide mucho, que por la noche haré una videollamada para ver a las pequeñas, que ahora mismo tengo un nudo en el estómago, fíjate, por estar dos o tres noches donde viví tantos años. Por eso actúa así: recordándome que no me deje nada, en realidad intenta tranquilizarme.

Cuando nos acostamos, ella trastea con el móvil y

después lee un rato mientras yo navego por internet con el ordenador apoyado en las rodillas. Entro en un portal de compraventa de casas para echar un vistazo a propiedades en La Bilbaína. Aparecen ochenta y dos a la venta, chalés de líneas rectas que se ofertan a más de un millón de euros, con enormes jardines, piscinas climatizadas, muchos baños y bonitas vistas; casas de estilo rústico decoradas en madera, con txoko y chimenea clásica; adosados que aprovechan el espacio al máximo y se ubican en urbanizaciones dentro de la urbanización, con pistas de pádel y piscina comunitaria. Reconozco alguna de las casas, pero no soy capaz de recordar quiénes las habitaron.

Me sorprende la cantidad de inmuebles ofertados. Antes de la crisis de 2008 se construyó muchísimo y casi no quedaron parcelas libres. Recuerdo que la última vez que pasamos unos días en casa de ama, cuando Maia aún era bebé, me llamó la atención lo mucho que había cambiado la zona en poco tiempo, cuánto había crecido.

Busco la historia del lugar, navegando por varias páginas. Tomo notas en mi cuaderno y copio-pego en un documento de Word algunos párrafos en los que la explican. Leo que la urbanización fue proyectada a finales de los años sesenta como una suerte de La Moraleja para los ricos del Bilbao industrial de aquella época. Promovida por la Sociedad Bilbaína, una asociación de burgueses liberales fundada a mediados del siglo XIX en la Villa, la idea era la de crear un club de recreo con campo de golf, pistas de tenis y piscinas en la pequeña localidad de Mungia, en el barrio de Laukariz, junto al alto de Artebakarra. La sociedad organizó un concurso al que se presentaron diecinueve estudios, resultando ganador el proyecto de los arquitectos Valentín Rodríguez y Alfonso Soldevilla.

La urbanización ocupó una superficie de doscientas cincuenta hectáreas, con más de veinte kilómetros de ancha carretera de doble sentido de circulación, amplias aceras y un embalse artificial de cuatrocientos mil metros cúbicos que suministraría agua potable a las setecientas cincuenta parcelas dispuestas para edificar chalés. Al parecer, el club de campo fue inaugurado con grandes fastos en junio de 1975. Sin embargo, en los meses siguientes apenas se construyeron unas decenas de viviendas y pronto el proyecto entró en quiebra. Franco murió, la dictadura se tambaleaba y los años de plomo del terrorismo etarra comenzaron. Para los industriales y empresarios vizcaínos, trasladarse a vivir a ese lugar suponía ponerse en el punto de mira del impuesto revolucionario de la banda.

En las noticias de Google, La Bilbaína aparece referida en un litigio de los vecinos con el Ayuntamiento de Mungia por los servicios de basura y agua, una serie de robos que se dieron en la zona hace tres años y el caso de una vivienda abandonada que ha sido ocupada por un hombre que trabajó en ella de peón. Leo que hoy están censadas más de setecientas familias en la urbanización. El dato contrasta con la imagen que guardo de cuando aquel 1986 comenzamos a ir allí a pasar sábados y domingos y comprobar cómo remataban las obras de nuestra casa. ¿Recuerdas? Solíamos quedar con aitite y amama, a veces también con Miren y su marido y su hijo, y paseábamos por el terreno y los alrededores, donde los adultos ibais planificando cómo debían quedar las cosas: que si aquí irán los faroles del jardín, que si aquí la caseta del perro, que si el portón de entrada mejor de madera que de metal. Como me aburría muchísimo, y supongo que molestaba en la misma medida, un día aitite apareció con una bicicleta de carreras. Era una Orbea Moncayo roja, la cosa más bonita que había visto en mi vida. Con ella, por fin pude dejaros en paz y jugar a mi aire.

En aquel tiempo no había casi tráfico de coches en la carretera interior de La Bilbaína, que por otro lado era todo subidas y bajadas, con rampas bien empinadas. El escenario ideal, pues, para simular contrarrelojes. Con mi reloj Casio digital tomaba el tiempo que invertía en dar una vuelta completa a la urbanización. Lo apuntaba en un cuaderno y el fin de semana siguiente intentaba batir mi marca. Así, sobre dos ruedas es como empecé a conocer el lugar.

La mayoría de las parcelas estaban a la venta por parte de constructoras y de bancos que las habían embargado a diversos promotores. En ellas, la maleza crecía libre entre los robles, fresnos y abetos que se habían salvado de las excavadoras años atrás. En las demás apenas residían unas treinta o cuarenta familias, varias en adosados que se habían construido en modelo cooperativo. Muchas de las casas erigidas, lujosos chalés alguno de los cuales reivindicaba el término de *mansión*, estaban vacías, algunas en visible estado de abandono. Varias incluso quedaron a medio construir. Una de estas últimas me sobrecogía. Se ubicaba muy cerca de donde íbamos a vivir, justo en el comienzo de la cuesta de la que iba a ser nuestra calle. Pasé muchas veces frente a ella con la bicicleta, bajando el ritmo para poder observar bien aquel aborto de hogar, sin atreverme a explorar más allá, contemplándola desde la distancia. Entre las zarzas y la maleza emergía un esqueleto de hormigón con el tejado de teja roja aparentemente terminado, bajo el cual se encontraban varios palés de ladrillos rotos y una tolva hormigonera oxidada. A un lado del proyecto de casa, un módulo de caseta metálica de obra con los cristales destrozados lucía varios grafitis obscenos y consignas a favor de la independencia y la amnistía. Quizá la misma persona que los hizo había escrito con espray rojo sobre una de las columnas de la casa: ETA MÁTALOS.

Aquel lugar me impresionaba por su sordidez, pero también por su historia. Se la oí a amama, en el piso de Bilbao, mientras cocinaba junto a ama y las tías Pilar y Edurne, un domingo de comida familiar. Sus palabras quedaron grabadas a fuego en mi mente. La llamó «la casa de los amantes». Al parecer, iba a ser la vivienda de una pareja que tenía dos niños, pero cierto día en el que el marido volvió de improviso de la oficina antes de la hora, se encontró a la mujer en la cama con otro hombre. Tuvieron un divorcio sonado y violento. Ambos eran miembros de familias muy conocidas de Bilbao y la del hombre se encargó de que todo el mundo supiera que su exmujer era una adúltera. La familia de ella contraatacó desvelando sus trapos sucios. Las dos familias continuaron durante años una guerra abierta de la que fue testigo toda la ciudad.

Mientras oí narrar todo aquello a amama sin que ellas se percataran de mi presencia, observé furtivamente a ama. Estudié sus reacciones, los cambios en su gesto ante aquella historia. Tenía mis razones. Temía que en cualquier momento se derrumbara, que rompiera a llorar delante de sus hermanas. Sin embargo, ella pareció divertirse, como si estuviera viendo una comedia en televisión. Yo no podía entenderlo. ¿Disimulaba? ¿Acaso no sabía tu secreto?

En casa el ambiente era insoportable. Ama estaba de baja por maternidad y tú te quejabas todo el tiempo de que te era imposible escribir con nosotros pululando por la vivienda y por los llantos del bebé. Te hacías cargo a ratos y a desgana de Nuria. Mientras le cambiabas el pañal o le dabas palmaditas en la espalda para sacarle los gases te lamentabas en alto, como si aquello fuera un terrible sacrificio y quisieras dejar constancia para que todos lo viéramos y fuéramos conscientes de tu esfuerzo. Ayudabas en las tareas del hogar a regañadientes. Todo lo hacías con gestos bruscos. Te pegabas con los objetos, como si ellos tuvieran la culpa.

—¡Tengo que acabar una novela! —protestabas cuando ama te señalaba la pila de platos por fregar—. ¡Es mi trabajo!

Ama te recordaba entonces que llevabas tres años escribiéndola, que cuando te dijo que estaba embarazada de Nuria prometiste terminarla antes del parto. Tú respondías que la literatura requiere tiempo y que el texto tiene vida propia y a veces es imprevisible. Entonces ella te hacía las cuentas de lo que habías ganado al año si dividías los ingresos que tuviste por las ventas de tu único libro entre los años que te llevó escribirlo.

—No ganas ni para el café que te tomas mientras tecleas —concluía.

Tú apretabas fuerte los puños, decías que algún día esa novela sería reconocida y que el siguiente libro, ese sí, iba a arrasar.

—¡Seguro que sí! ¡No puedo esperar el momento! —se carcajeaba ella.

Cuando no discutíais era casi peor. Os cruzabais por la casa como dos desconocidos, dedicándoos miradas desconfiadas. Ella se encerraba en el cuarto con la niña, a la que hablaba con palabras dulces y le cantaba cancioncitas, como para compensar los gritos que tenía que oír, la pobre, cada día. Tú hacías lo propio en tu despacho o vagabas por el piso murmurando por las esquinas. Te convertiste en un ser todo elucubraciones y murmullos en el pasillo, un fantasma que parecía siempre estar en un lugar diferente del que se encontraba; muy lejos, en todo caso, de nuestra casa. En cuanto a mí, era como si hubiera dejado de existir para vosotros, entre vuestra guerra y atender al bebé. Tú lo poco que me hablabas era para abroncarme y ama simplemente no me veía, agobiada con los cuidados de Nuria y la recuperación de la cesárea, que le había provocado agudos dolores y trastornos gástricos. Solo a veces reparaba en mí, como si yo fuera un fantasma del pasado que se manifestaba de pronto. Entonces le entraba una enorme angustia. Me abrazaba y llenaba de besos y me decía que era lo que más quería en el mundo y que tenía que ser muy feliz. Y añadía, dándome unos golpecitos con el dedo en el pecho, que la felicidad depende de nosotros, no de los que nos rodean. Aquellas explosiones de amor me atribulaban más que la indiferencia.

Con el bebé en casa eran impensables vuestros viajes reconciliadores. Lo más parecido a ellos eran los fines de semana, cuando subíamos a ver las obras de la casa con amama y aitite, y vosotros, no sé si por obligación o vergüenza, fingíais que os soportabais. Aquellos momentos de descanso se terminaban en cuanto montábamos de nuevo en el Seat Ritmo para volver al barrio y os empezabais a lanzar reproches el uno al otro sobre lo que habíais dicho o no en la comida, sobre algún comentario que había hecho amama o Miren, o sobre cualquier cosa, en realidad.

No sé a aitite, pero a amama no la engañabais. Era una mujer inteligente y observadora y no se le escapaba nada que afectara a su familia. A duras penas podía ocultar la hostilidad que sentía hacia ti. En sus miradas, yo adivinaba un mal desenlace.

¿Por qué decidisteis mudaros? Aitite compró su casa en obra y os propuso regalaros la de al lado, de la misma promotora. Supongo que se os presentó la oportunidad y la pillasteis al vuelo, sin pensarlo mucho. Cómo rechazar el poder vivir en un chalé, con jardín y terraza, un nuevo despacho para ti y habitaciones individuales para los niños. Ahora que soy adulto, cuando pienso en aquellos días, me doy cuenta de que el proyecto de la casa nueva era una huida hacia delante. Lo he visto hacer a muchas parejas cuya relación se está resquebrajando, el intentar volver a unirse cambiando el escenario de sus vidas. Raramente funciona. En vuestro caso, nunca lo sabré. Tú desapareciste de un día para otro, poco antes del traslado. Tu fuga se escenificó para mí en tres actos. Dos acontecieron, el tercero lo imaginé muchas veces.

Primer acto. Interior, nuestro salón, una tarde entre semana. Vemos la televisión los tres juntos. El bebé gimotea en su cuna. Tú tratas a ama excepcionalmente bien. Le preguntas si necesita algo. Le pones un té con unas galletas. Sonríes al traer la bandeja, como un mayordomo zalamero. Haces carantoñas al bebé. Estás muy amable, demasiado. Supongo que todo ello despierta las sospechas de ella, que intuirá que algo extraño se esconde tras esa actuación de buen marido. O quizá no, quién sabe, está tan cansada que no puede ni pensar. De pronto, afirmas que nos llevas a los niños de paseo, que vamos a los columpios, para que ella pueda descansar tranquila.

—Aprovecha para dormir un rato, anda —dices a ama, cuyas ojeras le marcan el rostro.

Yo protesto. No quiero ir. Están poniendo *Barrio*

*Sésamo.* Justo en ese momento Epi observa a los nabucodonosorcitos en su maceta. Me encantan los nabucodonosorcitos. Pienso que ojalá mi familia fuera como la de esos seres diminutos que viven en las plantas de Epi. Tú apagas el televisor, me dices que no sea egoísta y señalas la puerta. «A la calle, ya», exclamas tajante. Ama se recuesta en el sofá. Gime al tumbarse, porque le duele mucho la tripa.

En la calle hace sol. En cuanto damos cuatro pasos, Nuria se duerme en su cochecito. Tú la observas, le tocas la nariz con el dedo, como testando su sueño. Yo observo tu rostro serio y de pronto me resulta el de un desconocido. Me convenzo de que tramas algo. Caminamos en silencio hasta los columpios. No intercambiamos una sola palabra. Cuando llegamos, me sueltas: «Hala, a jugar lejos un rato». Yo te hago caso y me pierdo entre los toboganes. Intento divertirme, olvidarme de todo. Ahora que escribo esto pienso en uno de esos niños de las películas americanas a los que el policía interroga con palabras amables mientras él juega con un camioncito de juguete después de haber visto un asesinato. Ese era mi estado de ánimo, porque era consciente de lo ignominioso de lo que estaba sucediendo.

Mientras me impulso arriba y abajo en el balancín, veo que estás hablando con esa chica que vive en nuestro bloque, unos pisos más arriba del nuestro, una mujer rubia y bajita, de pechos enormes, que a mí me parecían enormes, con la que he coincidido en el ascensor o en el rellano de la escalera en numerosas ocasiones y que alguna vez me ha hecho algún comentario jocoso que no terminé de entender. Conversáis largo rato, reís. Se os ve dichosos. Yo me pregunto por qué no te comportas así con ama, por qué no eres amable y atento y simpático en casa, por qué no la miras a ella con esos mismos ojos que ahora tienes para esa otra mujer. La rubia responde a tus palabras con gestos coquetos y empujoncitos en tu pecho, como retirándote o llamándote la atención por algo que has dicho. En un momento dado acercáis tanto vuestros rostros que creo que vais a besaros y de pronto siento un deseo terrible de gritar, de salir corriendo, de pegarte en la cabeza con una barra de hierro. Cierro los ojos, porque estoy convencido de que todo el mundo os mira, los demás padres y madres que han llevado a sus hijos a los columpios, padres y madres que se quieren y están juntos ahora y no se gritan y no se follan a la vecina, y siento la violencia de esa palabra, follar, follar, follar, y empiezo a darme más y más impulso en el columpio y me digo que me voy a lanzar, que quiero estamparme de cabeza contra el suelo, destrozarme la cara, matarme y conseguir así que las miradas de todos recaigan en mí y no en vosotros y de paso que me prestes atención, que me veas, que me mires, joder, estoy aquí. Entonces, me echo a llorar, desesperado. Paro en seco, me tiro al suelo y grito. Dejo escapar un alarido que hace que todo el mundo en los columpios se gire hacia mí. Tú acudes corriendo, asustado, y me preguntas si estoy bien, qué demonios me pasa, si estoy loco o qué. Respondo que me he dado un golpe en la rodilla, que me he hecho mucho daño, muchísimo, que no puedo ni mover la pierna. Finjo agarrándome la rótula con las dos manos, como un futbolista sobre el césped. Tú miras alrededor y me recriminas por lo bajo ser un imprudente y un torpe. La rubia nos observa de lejos. Tú le haces un gesto con la mano. Yo digo que no puedo levantarme. Me ayudas a incorporarme. Los dos miramos a esa mujer, que pone mala cara y se va sin despedirse. Tú niegas con la cabeza y murmuras:

—Anda, vámonos a casa.

Lo dices como si fuera una condena.

Segundo acto. Interior, mi cuarto, doce o una de la madrugada de un sábado, unos pocos días después de la escena de los columpios. Me despierto de una pesadilla. Estoy empapado en sudor. No, mierda, no es sudor. Me he meado. Lo hice hasta muy mayor, mearme, y para mi humillación a veces me hacíais acostarme con una suerte de pañal gigante que era como una medalla, pero al revés: señalaba que era todo lo contrario a un campeón: un incapaz, un pobre imbécil. Pero esta noche no lo tengo puesto. Mientras me acostaba, le había prometido a ama que no me iba a mear. Se lo había jurado y ella me había creído. Me incorporo. Observo la vergonzosa mancha oscura en mi entrepierna. Llega casi hasta las rodillas de mi pijama favorito, aquel de algodón azul con dibujitos de la mascota del Mundial 86, esa suerte de guindilla verde con bigote y sombrero mexicano. Dudo un buen rato. No sé qué hacer. Me da miedo vuestra reacción. Me acuesto de nuevo, pero la cama está empapada. Me vuelvo a levantar. Gimoteo, tengo ganas de pegarme a mí mismo, de gritar como en los columpios. Al final, sin encontrar mejor opción, salgo de mi cuarto, cruzo el pasillo con pasos tímidos hacia vuestra habitación, temeroso de la bronca que me va a caer por obligaros a cambiarme las sábanas a esas horas. Cuando empujo con suavidad la puerta, me encuentro a ama sentada en la cama, llorando, la cabeza entre las manos. Hace mucho calor. Está en bragas. Tiene los pechos al aire, pero lo que más me impresiona es su barriga, fláccida tras el embarazo, que le cae en pliegues que me recuerdan al anuncio de la tarta helada Comtessa o a plástico derretido. Todo su cuerpo tiembla con los espasmos del llanto. Ella no se ha percatado de mi presencia. Yo me quedo ahí mirándola, paralizado por su pena que imagino infinita. Entonces Nuria gimotea y ama balancea su cunita, que está junto a vuestra cama de matrimonio, y, sin dejar de llorar, susurra «no pasa nada, mi amor, yo estoy aquí». Me digo que debería abrazar a ama y decirle eso mismo, pero no me atrevo y me maldigo por ello, pero al instante me recuerdo que solo tengo diez años, que soy un niño, joder, que soy un niño y que los niños no consuelan a sus madres, que es al revés.

Al fin, doy unos pasos silenciosos hacia atrás. Al fondo del pasillo, frente a la puerta del salón, veo que tiemblan en la pared las luces grises del televisor. Se oyen risas de público. Acudo hasta allí buscándote a ti. No quiero verte, eres la última persona del mundo con la que querría estar ahora, pero no puedo acostarme en la cama mojada, alguien tiene que cambiarme las sábanas. Yo no sé ni dónde se guardan. Al asomarme al salón, compruebo que no estás. No hay nadie en la sala. La televisión emite imágenes para las que no existe espectador en casa. El sofá está vacío, un vaso de vino tinto a medio beber sobre la mesilla de centro junto a un plato con unas migas de pan. En la pantalla un tipo vestido de traje cuenta chistes a una audiencia que toma copas de colores en mesas redondas y ríe. Todos son guapos y distinguidos y se lo pasan muy bien. Sábado por la noche. Día de fiesta y celebración.

De pronto, suena el cerrojo de la puerta principal, que al punto se cierra con un sonido casi imperceptible: clac. Después, unos pasos crujen en la madera del pasillo. Detrás de mí aparece una sombra.

—Qué hostias haces despierto —me susurras.

No es una pregunta. Es una recriminación. Reconozco esa mirada animal que se posa sobre mí. Es la misma que has traído contigo tantos mediodías cuando llegabas tarde a casa, cuando venías de estar con ella, cuando venías de follártela. Tus ojos bajan a mi entrepierna. Contienes un exabrupto. Susurras después varios tacos, «joder, hostia puta, mierda», cerrando los puños con rabia. Temo que me sueltes un sopapo. No sería la primera vez que me pegas. Pero no lo haces. Sigues enfurruñado mientras sacas sábanas limpias del armario del pasillo, deshaces mi cama, das la vuelta al colchón y pones las sábanas con gestos bruscos. Insultándome, exiges que te ayude. Antes de que me vuelva a acostar, me ordenas que me ponga el pañal. Sabes que no me voy a volver a mear, pero lo haces como castigo. Lo hago sin protestar. Me adviertes que mañana seré yo quien se encargue de poner la lavadora, exclamando que estás hasta los cojones de hacer coladas. Al salir de mi habitación, cierras la puerta. Odio dormir con la puerta cerrada. Me da claustrofobia, me genera angustia, me siento encerrado, temo que me suceda algo, ahogarme en mitad de la noche y que nadie me oiga y me ayude. Tú lo sabes. Lo sabes perfectamente y, aun así, me has cerrado. Sudo, me cuesta respirar. No sé cuánto tiempo ha pasado, pero de pronto llegan unos gritos de ama. Tú no pareces responder. La bronca no dura mucho. Después, un portazo. El denso silencio de la noche se mezcla con la oscuridad absoluta de la habitación y se hace conmigo la sensación de estar fuera del mundo, en un aparte, de que todo se encuentra más allá de esa puerta que me retiene en un vacío en el que estoy solo y paralizado, como si un animal enorme se hubiera tumbado sobre mí y su pelaje me impidiera ver y moverme. Me paraliza la convicción de que si lo intento, moverme, me devorará con sus fauces.

El tercer acto es el soñado. Podría haberlo imaginado de otra manera, en otras circunstancias, pero este es el guion que yo fantaseaba. Me gustaba pensar que había sucedido y, a veces, en mitad de una clase o caminando de la mano de amama cuando me llevaba de compras o en la sala de espera del dentista, me recreaba repensando la escena. Aquello me reconfortaba.

Es de madrugada, duermo en mi cuarto. Tú entras sigiloso, con el hatillo listo para la fuga, como Huckleberry Finn. Te sientas en el borde de mi cama. Me observas un buen rato. Te gusta verme dormir. Te sientes orgulloso de mí. Tanto me quieres que mi presencia te hace dudar de tus planes. Te dices que me vas a echar tanto de menos que no sabes si podrás soportarlo. Pero no puedes echarte atrás. Tienes una misión que cumplir en este mundo, un don, eso que llamas literatura. Me acaricias el rostro, me das un beso en la frente y, con lágrimas acumulándose en los ojos, susurras algo del estilo de esto:

—Cuando te sientas solo, piensa en mí. Yo estaré haciendo lo mismo. Aunque no me veas, siempre estaré contigo.

Y después te vas, dedicándome una última mirada antes de dejar el cuarto, prometiéndote que, en cuanto tengas la oportunidad, vendrás a buscarme.

¿Te ríes? No lo hagas. Sé que es una escena melodramática, pero, demonios, yo era un niño de diez años. ¿Sabes?, en algún momento de mi infancia llegué a creérmelo, pensé de verdad que había sucedido algo parecido a aquella despedida. Supongo que fue un truco de mi mente para hacerme más soportable el hecho de que te fueras de casa sin decirme nada, ni una sola palabra, sin explicaciones, sin un beso, un abrazo, sin atusarme siquiera el pelo, que desaparecieras de mi vida de un día para otro sin dejar rastro, que te convirtieras en pura ausencia, alguien de quien todo el mundo evitaba hablar delante de mí.

No recuerdo el momento en que te marchaste definitivamente. No hubo una despedida, nadie vino a por tus cosas. Después supe que solo te llevaste contigo algo de ropa, tus cartones de tabaco y el manuscrito en el que estabas trabajando. Ni siquiera la Olivetti.

Antes, alguna vez, tras una fuerte discusión con ama, habías pasado uno o dos días fuera. Supongo que la primera mañana en la que ya no estabas yo pensaría que se trataba de una de esas ocasiones y que tarde o temprano regresarías. Imagino que, con el pasar del tiempo, yo mismo llegaría a la conclusión de que ya no volverías. Algo así debió de ser, no recuerdo un momento exacto. Los días comenzaron a sucederse y simplemente tú no estabas. Una mañana ama cerró la puerta de tu despacho como si se tratara de la de un panteón funerario y pronto contrató a una chica para que le echara una mano con las tareas de la casa. Estaba de baja por maternidad, así que los mediodías, cuando llegaba de clase, comíamos los dos juntos. Lo hacíamos hablando muy poco, como oficinistas que comparten mesa en un restaurante de comida rápida, porque sobre nuestra conversación sobrevolaban las preguntas sobre ti. Ella me preguntaba qué tal el fin de curso, se mostraba preocupada porque mis notas no se resintieran —aunque no especificaba por qué se iban a resentir—, y respondía negativamente cuando yo le decía si podría pasar el fin de semana en casa de amama. Recuerdo que me sentí muy culpable por alegrarme de que un día, cansada, imagino, de los pesados silencios que se hacían entre nosotros, me dejara ver la tele mientras comíamos y cenábamos ella y yo solos, saltándose una norma con la que antes había sido inflexible. Recuerdo también que alguna vez giré la cabeza para ver la reacción de ama a algo que había pasado en la tele, un giro inesperado de guion, un chiste en la comedia que estuvieran poniendo, y me percaté de las lágrimas que recorrían sus mejillas, y me giré veloz de nuevo hacia la pantalla, apartando la mirada, como si la hubiera visto desnuda o algo peor.

No me atrevía a preguntarle por ti. Ama actuaba en mi presencia como si nada hubiera sucedido, como si en esa casa jamás hubiera habido un padre. Todo lo que supe de ti desde ese día fue uniendo retazos de conversaciones ajenas entre ama y sus hermanas o aitite y amama, que llegaban a mis oídos de manera accidental, como los maderos de un naufragio arriban a la playa. Desde que nos abandonaste, nadie me habló de ti. Solo alguna vez Edurne, cuando había bebido un par de copas tras una comida familiar y se enfadaba a lo largo de una conversación con ama, lanzó algún improperio contra ti dirigiéndose a mí.

—¡Tu padre era un cabrón! ¡Menudo pichabrava!

Así, sisando información, supe que habías tenido varias amantes mientras estuviste con ama. Que le fuiste infiel desde el primer día. Que la última fue nuestra vecina, con la que llevabas acostándote más de un año. Con la baja de ama se te acabaron las fugas al mediodía, así que por las noches fingías que te quedabas viendo la televisión y, cuando creías que ama estaba dormida, salías de puntillas del piso. Quiero contarte que durante algunas semanas me torturó la idea de que creyeras que ama te había pillado por mi culpa, porque al haberme meado aquella noche la había despertado cuando tú estabas fuera. Es curioso, eso me hacía sentir culpable y me decía que ojalá tuviera la oportunidad de corregir la confusión y aclararte que nada tuve que ver con aquella bronca. Imagino que es porque necesitaba tener una razón que justificara tu ruptura no solo con ama, sino también conmigo. Después me enteré de que ama sabía lo tuyo desde hacía tiempo. ¿Sabes? Eso me consoló un poco. También el enterarme de que en realidad habías roto con todo, de que yo era solo una parte de un mundo que quisiste dejar atrás, una baja colateral en tu vida. Una tarde en la que ama hablaba por teléfono con Edurne en el salón, me escondí detrás de la puerta para escuchar su conversación. Dijo que se había enterado de que te habías instalado en Barcelona con tu amigo, aquel escritor obeso que a mí me daba grima, y de que habías mandado a la rubia a freír espárragos. Usó esa expresión, que hizo que yo tuviera que contener una carcajada en mi escondite. Fíjate: saber que la habías dejado también, como a mí, me hizo sentir dichoso por un instante.

## CIERTA MAÑANA EN QUE TOCARON A LA PUERTA

Tengo un recuerdo fijado en la memoria como un arañazo en la pared. ¿Sabes una de esas muescas que dejaste moviendo un mueble y solo ves tú, pero por mucho que te empeñes en no mirarlas no puedes dejar de hacerlo?

Es sábado por la mañana. Estoy en el piso, solo, viendo la televisión. Ama ha salido con Nuria a hacer unos recados. No sé por qué no me ha llevado. Ha insistido, como siempre que me quedo a solas en casa, en que no le abra la puerta a nadie. Reponen el programa de la noche anterior de Pedro Ruiz, que ama no me dejó ver. Me hace mucha gracia cuando aparece empequeñecido en pantalla y le dice a Carolina con voz de pito que está muy buena.

Suena el timbre, dos veces, dos toques seguidos. De pronto, siento el pálpito de que eres tú. No sé por qué. No tengo ni idea de si solías llamar así cuando te ibas sin llaves. Pero sé que eres tú. Me digo que has aprovechado que ama ha salido para poder hablar conmigo, quizá también para recoger tu máquina de escribir o algunos de tus fósiles y monedas. Corro a la puerta imaginando el reencuentro: un abrazo, montones de besos. ¿Quizá la reconciliación? Me convenzo de que has regresado para pedir perdón, para decirnos que no puedes vivir sin nosotros. Seguro que estás al otro lado de la puerta con bombones para ama, juguetes para mí y un peluche para Nuria. Abro dominado por el ansia. Frente a mí aparece un tipo vestido con traje gris y corbata negra, con un maletín y perlas de sudor en la frente, que sonríe y pregunta:

—¿Está tu mamá?

Niego con la cabeza.

—¿Y tu papá? ¿Está en casa?

Repito el gesto, pero esta vez haciendo un esfuerzo por contener el llanto. Me siento un idiota, un iluso, un tonto. El hombre no se percata de mi estado de ánimo. Va a lo suyo y me tiende un catálogo de Círculo de Lectores. Me hace prometer, esa es la palabra que él usa, pronunciándola sílaba a sílaba, pro-mé-te-me, que cuando vuelvas te lo daré para que puedas elegir los mejores libros para ti y para mí.

Cojo el folleto y le digo que así lo haré.

¿Sabes? Guardé ese catálogo de libros durante muchos años. Había prometido que te lo daría a tu regreso.

# 10

El viaje de mañana a Laukariz es como un golpe a un avispero. El zumbido de mis recuerdos me impide dormir. Me desespero. Doy vueltas en la cama, suspiro, estiro brazos y piernas. De pronto empiezo a pensar en la moneda que Carla me regaló. Por alguna razón, me obsesiona recuperarla. Sé que la guardé en su momento. Tenía una caja con cositas que me apetecía atesorar de recuerdo: entradas de conciertos, posavasos y cosas así. ¿La dejaría allí? Pero ¿dónde guardé la caja? ¿La habrá tirado ama en estos años? Recuerdo que durante un tiempo la tuve en el cajón del cuarto de invitados de casa de amama, pero después esa habitación la usaron las muchas cuidadoras que amama tuvo cuando quedó inválida.

Elena, que tiene el sueño muy leve, protesta a mi lado preguntando si me voy a estar quieto de una vez. Le pido perdón y me levanto de la cama. Voy a la cocina. Doy un trago de una botella de Cacaolat, a morro. Salgo al balcón a fumar un cigarro que enciendo con ansiedad. El humo penetra hasta lo más profundo de mis pulmones. Consulto la hora en el móvil. Son las tres y media de la madrugada. Lo dejo sobre la lavadora y me asomo al exterior. La noche es templada, agradable. Observo los edificios de mi barrio. Me sorprende la cantidad de ventanas en las que aún hay luz. Imagino toda una ciudad de insomnes, encerrados en sus cubículos, aislados unos de otros, viendo Netflix y HBO. La imagen me recuerda a la escena de *Matrix* en la que Neo despierta en una pecera rodeada de miles iguales a la suya, todos los humanos conectados a la gran red. También, no sé muy bien por qué asociación de ideas, acude a mi mente la novela *Nosotros*, de Yevgueni Zamiatin, que leí con veinte años, una distopía en la que las personas vivían en casas de cristal, cada uno a la vista de todos los demás. Tú no la has leído, seguro, siempre despreciaste la ciencia ficción.

Como subrayando lo oportuno del recuerdo, un vecino que también fuma en su balcón y que me observaba me saluda con un gesto de la cabeza cuando nuestras miradas conectan. Respondo con idéntico movimiento y añado un «buenas noches» en voz muy baja para no despertar a nadie ni dentro ni fuera de mi casa. Antes de la pandemia aquel hombre habría sido para mí un absoluto desconocido, pero durante el confinamiento pasé mucho tiempo en el minúsculo balcón del piso, intentando sin éxito leer, huyendo del ruido de las niñas, queriendo respirar aire puro, ojeando cómics antiguos, aplaudiendo cada noche a las ocho en punto a los sanitarios. En esos momentos fui poniendo rostro a los vecinos, con los que incluso tuve varias conversaciones, sobre todo al principio de la crisis sanitaria, cuando unos y otros nos asomábamos a la ventana como conejos que sacan la cabeza de la madriguera, queriendo comprobar que el mundo seguía en pie, que todos estábamos en la misma situación y también convencernos de que las cosas podían ir bien.

Apuro la última calada. La combustión me calienta las yemas de los dedos índice y pulgar, el humo escala por mi rostro y me irrita los ojos, que protestan lagrimeando. Toso. Apago el cigarro en la parte exterior de la barandilla y lo lanzo a la calle. Mientras cae, me arrepiento del gesto. Sobre la lavadora, junto al móvil, tengo un pequeño tiesto que hace las veces de cenicero. Pero la costumbre de lanzar la colilla al vacío es tan fuerte que siempre se me olvida usarlo. Una última mirada fugaz a mi vecino me convence de que no se ha dado cuenta de mi falta de civismo. Me pregunto por qué me importa eso ahora.

Me despido de él, le doy las buenas noches de nuevo, cierro la puerta del balcón, cruzo la cocina y camino de puntillas por el pasillo. Me asomo al cuarto de las niñas, iluminando la estancia con la luz tenue de la pantalla del móvil a modo de linterna. Duermen, cada una en su cama, las dos destapadas por completo, las colchas hechas una bola a sus pies. En eso son iguales, tus nietas, tan opuestas en casi todo lo demás. La pediatra me explicó que es mejor ponerles un pijama abrigado para dormir que acudir a arroparlas cada vez que se destapan. Así que no las cubro con las mantas. Maia tose varias veces. Está aferrada a su peluche, un conejo azul al que trata como si fuera un hijo y al que llama Colita de Algodón, como una de las hermanas de Peter Rabbit, esa película que hemos visto tantas veces en familia que ha terminado por resultarme insoportable. Entro y me siento en el borde de su cama. Compruebo la temperatura de su frente con la mano. No tiene fiebre. Le doy un beso en la sien. Aspiro el olor de su pelo, una mezcla de champú infantil y sudor, que me tranquiliza como una pastilla de efecto rápido. La observo pensando que el tiempo pasa veloz y que ya no es el bebé que hace nada llevaba en brazos. Recuerdo el día que vino al mundo, hace siete años ya, la agitación de su hermana mayor, mis miedos inconfesables de no poder con la responsabilidad. También aquella noche en la que, desesperado, llegué a imaginar la muerte súbita de aquella niña de apenas dos semanas fruto de un embarazo imprevisto como una perspectiva menos aterradora que el criarla durante toda la vida. Solo fue un pensamiento fugaz, fruto del agotamiento y del miedo, pero me asustó tanto, optar por la muerte antes que la vida, que aún hoy, en ocasiones, a pesar de que fue solo un instante de debilidad, el recuerdo de ese momento regresa como un crimen ominoso del pasado y me hace sentir sucio y culpable. Ese recuerdo, además, me lleva a ti, me obliga a preguntarme si alguna vez me quisiste, si mi instante de debilidad era tu estado natural, si cuando yo jugaba en mi habitación con seis, siete años, y tú te asomabas a la puerta y te me quedabas mirando largo rato en silencio, apoyado en el marco de la puerta, te decías para tus adentros que ojalá que nunca hubiera nacido y no tener que hacerte cargo de mí, no estar obligado a ponerme la comida, a fingir entusiasmo jugando conmigo, a acostarme y darme un beso de buenas noches, a atenderme cuando estaba enfermo, a sufrirme. ¿Y sabes qué más? Cuando el recuerdo de aquel momento de vértigo regresa a mí, me pregunto si tengo que ver contigo más de lo que desearía, si la cobardía y la desvergüenza se heredan como los ojos negros y el pelo rizado.

Despejo de la mente esos terrores pretéritos. Suspiro. Cambio de cama, me siento junto a Onintza. Le retiro el pelo de la cara y le coloco bien la almohada bajo la nuca. Durante largo rato escucho su respiración acompasada.

Me sorprende lo grande que está. Es muy alta, más que cualquiera de los niños de su clase. ¿Sabes?, una de mis mayores preocupaciones es tratarla como si fuera mayor de lo que es, con excesiva e injusta severidad para su edad. Cuando ojeo fotografías de vacaciones pasadas y contemplo a Onintza con los años que ahora tiene su hermana pequeña y recuerdo aquellos momentos, me doy cuenta de que le exigía mucho más de lo que le pido a Maia. Soy consciente de que Onintza me parece mayor por contraste, y me asusta estar forzándola a completar demasiado rápido etapas de su niñez. Discuto mucho con ella, cada vez más. Es rebelde y pelea cada norma, cada decisión, cada castigo. Sobre todo, conmigo. El tópico de que los niños se enfrentan más a los padres que a las madres y las niñas a estas no se cumple en nuestra familia. Durante el confinamiento las peleas fueron tan numerosas que hubo un momento que creí que iba a perder el control. Grité mucho y me torturé después por ello. Me aterra hacerlo mal con mis hijas, que mis acciones las conviertan en seres infelices o egoístas, sufrientes o incapaces de sentir empatía. A veces me asalta la convicción de que no estoy cumpliendo con lo que se me exige como padre, de estar haciéndolo muy mal.

Tú, ¿te lo dijiste alguna vez, que quizá no estabas siendo un buen padre? ¿Te preocupó? ¿En algún momento recapacitaste sobre cómo te veía yo? ¿Te importaba? ¿O solo te preocupaba la imagen que de ti tuvieran tus lectores, tus críticos, tus amigos literatos? En ese momento en el que cerraste la puerta de casa para no volver más, ¿miraste al menos por un segundo atrás y pensaste en nosotros, en Nuria y en mí? ¿Imaginaste lo que podría ser para tu hija crecer sabiendo que su padre se marchó al nacer ella, que apenas la tuvo en brazos, que no la quería, que quizá fue el detonante de la ruptura familiar? ¿Planeaste no volver a verla nunca, como así ha sido, ni una sola vez en toda una vida, o tu indiferencia hacia nosotros es natural e improvisada día tras día? ¿Eres consciente de cuántas noches me desvelaron estas preguntas?

## 11

En verano el barrio quedaba desierto. El sol, que pegaba con fuerza aclarando las fachadas y refulgiendo en los cristales, las calles vacías y las persianas cerradas daban al lugar un aire de escenario de película apocalíptica de serie B. Primero, en julio, desaparecían los niños, que pasaban el mes en el pueblo con sus abuelos, mientras que sus progenitores seguían trabajando, ellos en las fábricas, ellas en casa. Después, en agosto, ya no quedaba nadie.

Todas las familias habían venido de fuera y aprovechaban el periodo estival para regresar a sus lugares de origen. De mis amigos yo era el único que no tenía pueblo al que acudir en Semana Santa, los puentes, los meses de verano. Sabía que tu familia procedía de Extremadura, pero era lo único que conocía de ellos. Tú nunca los mentaste, ni una sola vez en mi presencia. Recuerdo que alguna vez pregunté a ama cuál era nuestro pueblo, al ver que todos mis amigos tenían un lugar de procedencia distinto, y ella señaló el suelo.

—Este. Las personas son del lugar donde viven, donde han echado sus raíces.

Pero el caso es que las raíces de mis amigos se trasplantaban en verano, a lugares con sol, huertos y piscinas municipales. Algún año nosotros fuimos dos o tres semanas a un piso alquilado en Labastida, un pequeño municipio en el sur de Álava del que apenas soy capaz de evocar el casco antiguo de edificios de ocre piedra arenisca y la piscina en la que pasábamos las mañanas, donde tú leías un libro tras otro y fumabas sin siquiera quitarte la camiseta. De esos días sí tengo, fíjate, el recuerdo de una mañana en que ama llamó desde una cabina al trabajo por algún tema importante que tenía pendiente y al salir señaló que al día siguiente tenía que acudir a la oficina, que quizá tuviera que estar un par de días en Bilbao.

¿Sabes cuál fue tu reacción? Poner mala cara, señalarme y preguntar:

—¿Y qué hago yo solo con este?

Recuerdo que te miré y sentí la convicción de no ser nada más que una molestia para ti, una carga, y, con tu rechazo, también el anhelo de que ama me llevara con ella a Bilbao, de no tener que pasar ni un minuto contigo. Sentí ganas de gritarte:

«¡¿Y yo?! ¡¿Qué cojones hago yo contigo?!».

Porque, ¿sabes?, yo tampoco tenía ni idea de qué podíamos hacer juntos. Desde luego que no dar paseos juntos, pescar en el río o andar en bicicleta, o lanzarme tú monedas a la parte profunda de la piscina para que me atreviera a bucear; tampoco ir a comprar juntos por la mañana y cocinar algo que a los dos nos gustara o ir a la bolera del pueblo por la tarde a echar una partida y tomar una Coca-Cola. Porque todo eso era aburridísimo para ti, el escritor, el gran escritor, que no podía perder su tiempo con un ignorante enano de diez años.

Ese año, con tu fuga, el nacimiento de Nuria y los preparativos para la mudanza, ama optó por no salir de vacaciones. Excepto unos días que aitite y amama me llevaron al sur, el resto del verano lo pasamos en casa, así que mis últimos días en el barrio fueron en soledad. Me perdía jugando y paseando por los espacios en los que había desarrollado mi vida hasta ese momento: la plaza, los patios de las dos escuelas, el cementerio, las vías del tren donde Carla me dio la moneda que seguía guardando como recuerdo y que ahora llevaba a todas partes en el bolsillo, como un talismán. ¿Sabes ese típico último capítulo de las series de televisión, en el que los protagonistas se despiden del escenario paseando con gesto melancólico por el set de grabación vacío? Aquello era algo así para mí.

Pero, no creas, yo me sentía más aburrido que triste. No sé si era del todo consciente de que pronto dejaría de ver a mis amigos, de que nunca volveríamos a jugar a bancos, a polis y cacos o a subir hasta las escombreras frente a los polígonos industriales a buscar tesoros. El fin de curso fue como cualquier otro. Yo también celebré con vítores y gritos de entusiasmo cuando sonó por última vez el timbre de la escuela Hernán Cortés, yo también fui parte de ese géiser de colores que brotó de la puerta principal del edificio, cientos de niños corriendo veloces hacia la libertad, como el pelotón del Tour de Francia enfrentando un *sprint*.

La noche de San Juan, por cierto, fue la última que vi a Carla. Las clases habían terminado y los días eran más largos. Cada mañana nos juntábamos el grupo de amigos en la plaza, donde tramábamos qué hacer durante una jornada que se extendía hasta el anochecer. Aquella mañana Zarrabeitia nos dijo que sus padres le iban a llevar a la fogata que se organizaba en la campa frente a la ermita, a las afueras del barrio, y que le habían dicho que habría fanfarrias, chistorra y chocolate caliente para los niños. El plan sonaba fantástico y optamos por quedar todos. Nos citamos a las nueve en el pórtico de la ermita. Acordamos que cada uno llevaría sus cuadernos para darles fuego. La idea fue de David Robledo, que juró que había oído que aquello era un rito mágico que fijaba los conocimientos en el cerebro, que así aprendían los textos sagrados los antiguos druidas. Todos nos reímos, respondiendo que no fuera tan flipado y que no se creyera todo lo que decía el doctor Jiménez del Oso.

—No sé si me van a dejar ir, mis padres están un poco pesados últimamente —expliqué a mis amigos, mintiendo, refiriéndome a mis padres, y no solo a ama, simulando que seguíamos siendo la misma familia que hacía unas semanas.

Yo no era el único que no podía asegurar que iría. Otros padres eran más laxos con los horarios, pero David García también tenía que pedir permiso y Zarrabeitia, la expresión es suya, debía «librarse de sus padres para poder estar con nosotros».

—Joder, me van a montar un drama cuando les diga que no quiero estar en la hoguera con ellos.

Al final, quedamos a las nueve, pero nos comprometimos a esperar a los rezagados hasta y cuarto, como en una reunión de comunidad con doble convocatoria.

—Si alguno no ha llegado para esa hora, que nos busque por la zona —dijo Iñaki al despedirnos.

Cuando le conté el plan, ama se negó en redondo. Afirmó que era muy tarde para mí. Me recordó que solo tenía diez años, que los niños de mi edad no pintan nada en la calle a esas horas, que el barrio también tenía sus peligros. Yo insistí e insistí, hasta el llanto. Ella se mantuvo en sus trece. Señaló que la noche anterior ya me había dejado ver la televisión hasta las dos de la madrugada porque ponían el España-Bélgica del Mundial de México y que me había levantado de la cama a la una y que no podía ser que cada día hubiera una excusa para romper los horarios de aquella manera. Yo me puse melodramático. Grité que no podía hacerme eso, le recordé que mis amigos se iban a ir de veraneo y que quería estar con ellos esa última noche. Me encerré en el cuarto dando un portazo. Ella bramó que iba a estar castigado hasta el día del juicio final por la tarde. ¿Recuerdas que siempre usaba esa expresión, lo del día del juicio final por la tarde? Pero al cabo de un rato tocó en la puerta de mi habitación.

—Venga, lárgate. Pero como llegues más tarde de las once y media, te la cargas. Avisado estás.

Salté de la cama y le di treinta besos. Ella me hizo un bocata de salchichas para que me llevara como cena. En la puerta del piso, me dio un abrazo como si no fuera a volver a verme en meses, insistiendo en que me cuidara, que no hablara con extraños, que no hiciéramos gamberradas, que tuviera extremo cuidado con el fuego. Al cerrar, me quedé unos segundos en el descansillo pensando que quizá la insistencia de ama en que me quedara no era por mi seguridad, sino porque se sentía sola y me necesitaba. Me sentí culpable por dejarla con el bebé, por no hacerle compañía. Pero también quería estar con mis amigos. En ese momento era lo que más deseaba en el mundo. Seguí adelante, pero fue con un pinchazo de remordimiento.

Al salir del portal miré el reloj: nueve en punto. Andaba muy justo, así que me lancé a correr con el ímpetu de un atleta de los Juegos Olímpicos, la bolsa con los cuadernos y el bocata de salchichas en la mano como el testigo de una carrera de relevos. Recuerdo que hacía mucho calor aquella tarde y que el aire caliente penetraba en mis pulmones como leche ardiendo, y también que se hizo conmigo una sensación nueva. Corriendo, me sentí de pronto libre de lo que quedaba atrás. Libre de tu ausencia en casa, de los llantos de Nuria, de la congoja que se hacía conmigo al ver a ama sola y derrotada. Libre de mi vida. Correr, saltar, gritar, jugar al fútbol son a veces maneras en las que los niños intentan, sin saberlo, exorcizar sus fantasmas, quemar sus más profundos miedos.

Cuando llegué estaban allí ya todos, incluidas Ainhoa Alonso y Carla, que desde el día de las vías se habían unido definitivamente a nuestro grupo. Yo era el último. Me recibieron con gritos entusiasmados y aplausos que hincharon mi ánimo y me hicieron sentir feliz.

—¡Cacenave! ¡Te ha dejado venir tu madre! ¡Grande! —gritó Iñaki—. ¡Tres hurras por la madre de Cacenave!

Me percaté del detalle de que no dijo «tus padres», que solo se refirió a ama, y entendí que mis amigos lo sabían. Lo sospechaba, de todos modos, aunque no me habían preguntado por ti. Yo era consciente de que en el barrio las señoras cotilleaban sobre nosotros mientras tomaban café, hacían sus compras, colgaban la colada despachando sus asuntos de ventana a ventana con la vecina de enfrente.

«Fíjate, la de los Otaolea, que ya nunca se la ve con su marido, que se dice que tenía una amante y que se marchó de casa», se dirían, exhibiendo sonrisas maliciosas.

Imaginaba también que las cuadrillas de poteadores que pasaban las mañanas de los fines de semana yendo de bar en bar, vestidos con uniforme reglamentario de camisa a cuadros, mocasines y pantalón vaquero de mercadillo, hablarían de ti y te juzgarían con severidad, ellos, que a duras penas eran capaces de recordar los nombres de sus hijos.

En cualquier caso, me sentía observado. Por nuestra tutora, las semanas antes de terminar el curso, que mientras daba la lección a ratos dejaba caer sobre mí sus ojos llenos de pena; por la dependienta del colmado, cuando ama me enviaba a hacer los recados, que me trataba muy diferente ahora y evitaba la conversación al despacharme y nunca preguntaba ya qué tal la familia, como siempre hacía antes; por la vieja gorda del quiosco de la plaza, que Robledo decía que se había ensanchado tanto que le era imposible salir del pequeño habitáculo, que se había quedado encajada ahí y le habían habilitado un váter bajo ella. Esa era la peor, con aquellas miradas reprobadoras que me lanzaba como piedras, desde detrás del crucifijo enorme de madera que lucía en su pecho.

Pero esa noche todo eso estaba olvidado, porque ellos, los míos, me recibían con vítores, porque me sentía querido, porque no me juzgaban.

David Robledo me palmeó la espalda cuando llegué a la altura del grupo.

—Qué bien que estés aquí, tío —dijo.

—Uf, a mí casi no me dejan tampoco —suspiró David García.

—¡Tu madre es una bruja, García! —exclamó Iñaki—. ¡Tienes que rebelarte!

—Venga, vamos hacia el fuego —intervino Robledo, comprobando que ya estábamos todos—, que a este ritmo para cuando lleguemos ya se habrá apagado.

Nos pusimos en marcha enfilando hacia la hoguera, que lucía en su máximo esplendor al fondo de la campa, las puntas anaranjadas del fuego bailando, confundiéndose con el cielo del atardecer. Durante el camino Carla se puso a mi altura y me sonrió. Correspondí a su sonrisa como pude. Creo que me sonrojé. ¿Estaba ella feliz porque yo había podido venir? Me gustó pensarlo. Metí la mano derecha en el bolsillo del pantalón y apreté fuerte la moneda deformada por el paso del tren.

Cuando llegamos a la hoguera, decidimos quitarnos peso de encima, en el sentido literal y el figurado, y lanzamos nuestros cuadernos a las llamas. Lo hicimos de uno en uno, gritando el mote del profesor que nos había impartido cada asignatura.

—¡Ahí van tus sujetos, tus verbos y tus predicados, Sapo!

—¡Al infierno con los quebrados, Rottenmeier!

Nos reímos mucho. Después, nos sentamos en el suelo a comer nuestros bocadillos, a una distancia prudencial de la hoguera, nuestros ojos en la llama, sintiendo el calor en la frente y los pómulos. Los mayores desfilaban frente a una mesa larga de madera donde voluntarios de la asociación de vecinos repartían gratis chistorra, chocolate caliente y sidra en pequeños vasos de plástico. Algunos adolescentes, más lejos, hacían botellón y cantaban y bailaban. Iñaki y Ainhoa hablaban muy juntos el uno del otro, sentados a unos metros de distancia de nosotros. Jesus, Zarrabeitia y los dos David comentaban los cruces de semifinales del Mundial. Carla se mantenía en silencio, como yo, que escuchaba la conversación de mis amigos sin atreverme a intervenir, observando sus rostros, en los que se reflejaban las llamas. Robledo daba como favorita a Francia, que había eliminado nada menos que a Brasil. Zarrabeitia afirmó que la copa se la iba a llevar Alemania de calle. Jesus puso cara y dijo que cuidado con Bélgica, que era un equipazo y que tenían a Pfaff, el mejor portero del mundo. Zarrabeitia se carcajeó y prometió que si Bélgica ganaba el Mundial, él se hacía cura. La referencia al portero belga hizo que aflorara el tema del día: el fallo de Eloy en la tanda de penaltis de la noche anterior.

—Vaya tiro de mierda. ¡Esa la paro yo! —exclamó Jesus abriendo mucho la boca y mostrándonos a todos lo que estaba masticando.

—Bueno, gracias a él nadie habla de la cantada de Gallego en el gol de Bélgica, eh —añadió David García—. ¡Vaya cagadón!

Entonces, para sentirme parte del grupo, o quizá, no sé, para que Carla comprobara que yo también sabía de fútbol, que estaba a la altura de todos los demás, quise intervenir.

—Ya, qué fastidio. A mí me dio mucha pena. Para uno del Athletic que jugó... —comencé a decir.

—¡Pero qué dices, chaval! —me cortó Zarrabeitia—. Que el Gallego del Athletic es otro, ese se llama Txetxu. El de la selección es Ricardo Gallego y juega en el Madrid...

—Joder, Cacenave, no tienes ni puta idea de fútbol... —añadió Robledo, riendo—. ¡Que lo tuyo es el ciclismo!

Me dio mucha vergüenza haberme equivocado. Las burlas de mis amigos me sentaron fatal. Los mandé a la mierda con un gesto y me alejé unos metros de todos, enfurruñado, a terminar el bocadillo.

—¡No te enfades, Cacenave! —me gritaban—. ¡Ven aquí, cariñito, que te damos unos mimos!

Me lanzaban besos con la mano. En respuesta, yo les enseñaba el dedo corazón. Ellos reían y me abucheaban. En cualquier otro momento, el disgusto no me habría durado más que unos segundos, pero aquella noche estaba más sensible de lo habitual. En realidad, supongo, no era con ellos con quien estaba enfadado, sino con el mundo, que cambiaba inexorable.

No tardaron en dejarme en paz y seguir con sus discusiones. Yo terminé el bocata y me quedé alejado, observando la llama, pensando en mis cosas mientras movía la moneda entre los dedos. En esas, sin que me percatara, Carla se acercó.

—¿Puedo? —preguntó, sentándose a mi lado sin esperar respuesta.

Asentí, al tiempo que escondía la moneda en el bolsillo. Nos quedamos los dos un buen rato en silencio, nuestras miradas en la hoguera. La observé con el rabillo del ojo. Vestía pantalón corto vaquero, zapatillas Kelme y una camiseta azul celeste. Estaba guapísima, pero, no sé, transmitía tristeza. En un momento dado aspiró muy fuerte, como si estuviera cogiendo fuerzas para afrontar una ardua tarea, echó el aire y murmuró: «¡A la porra!». Yo la miré a los ojos y ella sonrió y volvimos otra vez a nuestro silencio y a las llamas, hasta que empezó a tararear su canción, la de The Bangles en un inglés inventado. Entonces fui yo el que sonrió y canté con ella, el «oeo» del estribillo y después nos echamos a reír.

—Te gusta esa canción, eh —comenté.

—Jo, no me la puedo quitar de encima. Es la melodía más pegadiza del mundo.

Y ahí, sin venir a cuento, me preguntó:

—Oye, ¿cómo es lo de vivir sin padre?

Desvié la mirada al suelo. No es que me diera vergüenza, ante ella no. Es que no supe qué decir. Carla se sintió incómoda, supongo que pensó que la pregunta era inoportuna. Puso su mano sobre la mía. Fue como si me quemara. El corazón quiso salírseme del pecho.

—Perdona, pero es que, ¿sabes?, mis padres se van a divorciar —añadió veloz, con palabras atropelladas, como para justificar su pregunta anterior—. Mi madre está deprimida. Cuando no está llorando tirada en la cama, está fumando en el balcón. Lleva años así. Mi padre dice que sucede desde que yo nací, como si fuera culpa mía haber nacido, joder. Es un gilipollas. A veces grita que no puede más, que está hasta los huevos de nosotras, y da un portazo y desaparece unas horas y regresa después borracho como una cuba. Pero yo creo que en una de esas no vuelve... y me da miedo por nosotras.

Evoqué las veces que había pasado por debajo de su balcón y había visto a su madre fumando con la mirada en el horizonte, sus ojos tristes, las ocasiones en que nos habíamos cruzado en la calle y la había observado caminar arrastrando los pies, con gestos lentos, como si estuviera agotada.

—Pues es lo mismo que siempre, pero sin padre —respondí. Y al cabo de unos segundos, añadí—: De todas maneras, el mío no me hacía mucho caso, así que no cambiará mucho mi vida.

Eso le contesté. Los dos nos quedamos en silencio. Yo pensaba, y ahora que escribo esto imagino que ella también, que todas las familias tienen su lado oscuro, que todos los niños del mundo son víctimas de la infelicidad de sus padres. Y observando a mis amigos, que seguían hablando a voces vete a saber de qué, me dije que en realidad sabía muy poco de ellos, de quiénes eran de puertas adentro en sus casas. Me dio por imaginar cómo serían en sus hogares, si Zarrabeitia o Iñaki, tan echados para adelante siempre, se comportarían así también en casa, si David García, el más ingenioso de todos nosotros, que no se callaba ni debajo del agua, haría chistes en la mesa o tendría que estar en silencio porque su padre era un cabrón que le mandaba callar golpeando la mesa con la palma de la mano. Entonces mi mirada conectó con la del propio García, que me sonrió. Yo le devolví el gesto. Me caía muy bien, García. Él movió las cejas de arriba abajo, nos señaló a Carla y a mí como Donald Sutherland en la escena final de *La invasión de los ultracuerpos* y gritó:

—¡Tortolitos! ¡Tortolitos!

—¡Que se besen! ¡Que se besen! —empezaron a jalear los demás.

Ainhoa e Iñaki, que se reían en la distancia, se unieron al coro. Yo no sabía ni dónde meterme. Por suerte, Carla era mucho más resolutiva que yo.

—Anda, vámonos —ordenó, y tomándome de la mano, me arrastró lejos de los demás.

Cómo me gustó perderme con ella, caminar solos entre el gentío. No cabía en mí de dicha, me sentía el chico más afortunado de la historia. Dimos una vuelta cerca de la hoguera, pedimos chocolate caliente en la caseta, hablamos del curso, de las notas, de los planes que teníamos para verano. Me contó que ella veraneaba en Haro, en La Rioja, en una urbanización donde tenía un grupo de chicos y chicas que eran amigos desde muy pequeños y quedaban juntos para ir al río o a la piscina y para hacer excursiones en bici. Sentí una enorme envidia. No de ella, no de su plan, sino de ellos. Qué suerte poder pasar con Carla todos los días de las vacaciones. Me pregunté si a ella le gustaría alguno de esos chicos. Evoqué escenas de series norteamericanas en las que el primer beso siempre se daba en verano. La envidia se convirtió en celos, una sensación inédita y desagradable. Explicó que se iban al día siguiente a primera hora, que ya tenían hechas las maletas y que por los pelos la habían dejado ir a la fogata, y yo pensé que, ese sí, era el fin del mundo. Debí de cambiar el gesto, porque me preguntó si me sucedía algo. Le recordé mi mudanza, que era posible que no volviéramos a vernos nunca más.

—No digas eso, Unai —me recriminó—. Seguro que nos vemos muchas más veces. El mundo es muy pequeño.

A ella le habían marcado la misma hora de llegada que a mí. Nos reímos imaginando que nuestras madres se habían puesto de acuerdo. Caminamos juntos hacia nuestra zona del barrio sin decir adiós a los demás. No podía dejar de pensar que esa podía ser la última vez que estuviéramos juntos, que quizá nunca más nos viéramos. Mi caminar fue ralentizándose, no quería que pasara el momento. Me arrepentí de no haber dado antes el paso de pedirle estar a solas. Qué tonto había sido. Ahora, cuando ella hablaba yo la miraba anhelando guardar para siempre el recuerdo de sus rasgos.

Cuando llegamos a su portal, nos despedimos en la puerta. No fue como en las pelis. Si nos hubiéramos atrevido, si hubiéramos sido algo más mayores, seguro que habría sido una escena romántica. Nos habríamos besado por primera vez, habríamos alargado el tiempo. Pero teníamos diez y once años, apenas nos rozamos entrelazando nuestros dedos. Eso sí, justo antes desaparecer dentro del portal, Carla se giró y me despidió lanzándome un beso con la mano y ofreciéndome una última sonrisa a la que volví muchas, muchísimas veces después.

Caminando hacia casa, solo, de noche, con el barrio siempre tan ruidoso y lleno de vida en un silencio inédito para mí, torturándome pensando que era posible que no volviera a ver a esa niña de la que siempre, desde que recordaba, había estado enamorado, sentí por primera vez la irreversibilidad del tiempo. Habría dado todo por poder volver atrás y vivir una y otra vez las últimas dos horas en un bucle infinito.

Cuando llegué a casa, me asomé a vuestro cuarto, el cuarto en el que ama ahora dormía sola, para decirle que ya estaba allí.

—Venga, inmediatamente a la cama —respondió medio dormida, incorporándose un poco para dejarse caer de nuevo sobre la almohada.

Al acostarme me sentí muy solo. Eché de menos poder hablar con alguien, con quien fuera, con ama, contigo, sobre cómo lidiar con ese dolor que me oprimía el pecho, recibir un consejo, un abrazo, un beso, una palabra de consuelo. Pero en casa solo había silencio.

## 12

El autobús comienza a descender el alto de Somosierra por la A-1. Un cartel con la bandera de la Comunidad de Madrid despide a los viajeros. HASTA PRONTO, reza, sin exclamaciones, como si más que una exhortación a regresar se tratara del saludo rutinario de una ciudad consciente de que a quien se va no le quedará más remedio que volver.

El paisaje se abre en el horizonte hasta donde alcanza la vista. Los edificios, el ruido y la gente han quedado atrás. Qué pena no poder abrir la ventanilla, pienso, sentir el aire en la cara y respirar el ambiente del campo. Elena y yo hemos hablado mucho de irnos a vivir lejos de la ciudad. Desde que nació Maia hemos soñado con esa posibilidad. El piso se nos ha quedado pequeño y nos gustaría volver al norte. La empresa en la que ella trabaja tiene sede en Bilbao y podría solicitar un traslado, no le pondrían pegas. Pero nuestros ahorros son muy justos y no nos atrevemos a dar el paso. A veces me siento culpable. Quizá si me hubiera dedicado a otra cosa, si tuviera un trabajo normal, con mayores ingresos y más estables, como todos esos tipos encorbatados con los que me cruzo a la entrada del colegio de las niñas, si no escribiera, quiero decir, quizá en ese caso habríamos podido tener una casa con jardín como esas que a veces Elena localiza en el portal de compraventa online y cuyas fotos me envía al móvil con un mensaje entusiasmado o una exhortación: «Qué, ¿nos lanzamos?». Pero con las colaboraciones en prensa, los cursos de la escuela de escritores, los talleres y las liquidaciones apenas llego a ingresar la mitad que ella. No soy una carga, ni mucho menos, porque además como trabajo en casa me ocupo de la limpieza, la comida, las compras y las niñas, pero desde luego que tampoco soy un tipo con el que saltar al vacío de una hipoteca a treinta años.

Viajamos a la mitad de capacidad, nadie en el asiento a mi lado. Mascarillas FFP2 ocultan la parte baja del rostro de los pasajeros. La mía me impide leer. Mi presbicia se ha desbocado desde hace unos meses y las gafas de aumento se me empañan con el vaho de mi propia respiración. Así que he renunciado al libro que me acompaña y me he puesto a ver una de las películas de superhéroes que ofrece la pantalla sobre el cabecero del asiento delantero. Me encantan las pelis de tipos con capa de esos que combaten el mal a mamporros y en el fulgor de la batalla sueltan de pronto frases cargadas de humor, pero esta es malísima y aburrida y pretenciosa, y mi interés va decayendo a medida que pasan los minutos y avanzamos kilómetros y kilómetros. El ronroneo del bus me adormece. En el asiento de la otra ventanilla un tipo con camisa blanca, corbata y pantalones de pinza, que se sienta erguido, con la espalda alineada con el respaldo, lee a Tucídides desde que hemos salido de Madrid y subraya pasajes con un lápiz que por un lado tiene punta azul y roja por el otro. Si su camisa fuera de manga corta, iría con el disfraz oficial de mormón, pienso, y me pregunto por qué marcará pasajes a veces con un color, a veces con otro, qué criterio seguirá. Creo que se siente observado por mí y que le molesta, así que me giro hacia mi ventana para evitar mirarlo, apoyando el hombro derecho en el respaldo. Contemplando el paisaje castellano de amarillos y ocres que desfila veloz tras el cristal y recuerdo el primer viaje largo que hice en coche. No fue con vosotros. Nunca bajamos más allá de Labastida, tú no habrías soportado tanta vulgaridad, una familia de vacaciones, arrastrando la sombrilla y las toallas para ir a la playa a hacer castillitos de arena y darse unos chapuzones. Una familia en verano, como todas las demás familias en verano, qué ordinariez.

Fue a finales de julio de 1986, con los abuelos. Aquellos días ama era una sombra. Supongo que, como yo, se iba haciendo a la idea de que no ibas a volver. Sé que no tenía noticias tuyas, porque espiaba sus conversaciones por teléfono y ponía la oreja cuando hablaba con amama, aitite o alguna de sus hermanas. Así me enteré también de que amagó con cancelar la mudanza a Laukariz y que lo habría hecho si no fuera porque eso suponía perder mucho dinero, entre la penalización por la cancelación de la venta del piso acordada en el contrato de arras y acabar la obra de la nueva casa. Quizá eso no habría sido un problema si aitite hubiera querido ayudarla, pero él insistió en que le vendría bien un cambio de aires, estar cerca de Miren y de ellos, comenzar una nueva vida en un nuevo lugar.

El caso es que se paseaba por la casa en bata, arrastrando los pies, luciendo unas ojeras espantosas. A veces, cuando Nuria dormía en su capazo, ella se tumbaba en el sofá agarrándose la tripa y se quedaba ahí, hecha una bola, un montón de tiempo, respirando muy profundo, a ratos dejando escapar pequeños lamentos. Decía que era porque aún le duraban los dolores posparto, pero yo sabía que era mucho más lo que le dolía a ama. Se había obsesionado con que su situación podía afectar al bebé, por lo que hablaba a Nuria en un tono bajito y pretendidamente dulce, que sin embargo en mis oídos sonaba impostado. También sonreía en su presencia, pero a mis ojos aquello más que una señal de alegría era una mueca grotesca.

Todo en mí parecía enervarla. Me abroncaba por nimiedades: si me echaba mucho ColaCao en la leche, si había guardado los calcetines en el cajón de los pijamas, si hacía mucho ruido al respirar. Empecé a evitarla en casa. Mis amigos se habían ido marchando de vacaciones, cada uno con su familia, a sus pueblos, en un goteo que fue haciendo menguar nuestro grupo desde finales de junio, cuando se marchó Carla, hasta la última semana de julio, en la que a los padres de Zarrabeitia les dieron vacaciones y desapareció como todos los demás.

Para que hiciera algo por las mañanas, harta de lidiar conmigo, de gritarme que ordenara la habitación, que leyera algo, que apagara la tele, ama, que me recordaba a cada minuto que la baja maternal era para cuidar a la niña y no a mí, me apuntó a un curso de natación en las piscinas municipales. Me dejaba allí cada mañana a las diez para recogerme después a la una. Yo me aburría mucho en la piscina, porque los demás niños eran bastante menores que yo y el curso estaba pensado para aprender a nadar, algo que ya sabía hacer. El monitor en realidad se limitaba a indicarme la distancia que debía recorrer cada mañana, e ir aumentándola cada dos o tres días. En dos semanas aquel curso consiguió que aborreciera la natación para el resto de mi vida.

Por las tardes veía la televisión, hasta que ama me echaba a la calle. El Tour había terminado ya, con victoria de Greg LeMond sobre Bernard Hinault (en una edición llena de momentos emocionantes y en la que yo animé al francés porque a todo el mundo le caía mal), pero daba igual, porque me tragaba en realidad lo que pusieran, desde *Tocata* hasta *Con las manos en la masa*. Comencé a memorizar los nombres de los presentadores y personajes de televisión, que habían pasado a ser algo así como amigos o familiares. Verlos día tras día, los mismos rostros sonrientes de personas amables, me resultaba tranquilizador. Mi serie favorita era *El gran héroe americano*. La idea de un superhéroe incapaz de manejar los poderes que le otorgaba su traje me resultaba fascinante, y soñé varias veces que yo era el que podía volar pero no sabía hacerlo bien y terminaba estampándome contra un muro. También me gustaba *MASH*, cuya melodía de cabecera me entristecía mucho, despertando en mí una extraña nostalgia que no sabía muy bien interpretar. En especial me caía bien el personaje de Alan Alda, con sus comentarios sarcásticos, el modo en que enfrentaba las situaciones más terribles y aquella mirada inteligente y despierta que tenía. Me decía que de mayor quería ser como él. También veía la serie *Tarzán*, que ponían en ETB. Me divertía mucho imaginar cómo sería que el rey de los monos hubiera terminado por aprender a chapurrear euskera perdido en la selva africana.

Ahí estaba, pues, pegado a la pantalla hasta que ama aparecía de pronto con Nuria en brazos y apagaba el televisor con malas formas, recriminándome que no era de recibo que me pasara el día encerrado y a ver si no era capaz de hacer planes por mi cuenta. Entonces, o me arrastraba con ella a dar un paseo a la niña, y caminábamos enfurruñados hasta la ermita, o, las más de las veces, me echaba a la calle y yo recorría el barrio solo, lanzando piedras en la escombrera, perdiéndome por la plaza o yendo a las vías a ver pasar los trenes.

En esas, una tarde al volver de vagabundear por ahí, tenía la maleta hecha sobre mi cama.

—Te vas con tus abuelos a Torrevieja —afirmó ama.

Y no me dio más explicaciones hasta después, por la noche, cuando Nuria estaba ya dormida. Se tumbó a mi lado en la cama y con la luz apagada me explicó que no era que no estuviera bien conmigo, que le encantaba mi compañía, pero que no podía hacerme mucho caso y que con los abuelos lo iba a pasar fantástico, porque además iban a un lugar soleado y con playa y piscina. Yo estaba muy contento de irme con ellos. Nada me gustaba más que estar con aitite y amama. Pero me desasosegó el modo en que ama ponía vendas a una herida que no existía, aquellas palabras justificando algo tan normal como que pasara unos días con ellos, los muchos besos que me dio aquella noche, como si no fuéramos a vernos más, como si aquella fuera una despedida definitiva.

Aitite y amama me recogieron a las cinco de la mañana. Ama me bajó al portal apresurada por regresar, por si acaso Nuria se despertaba en la cuna. Me dio un abrazo enorme. Me hizo prometerle que me portaría bien y a ellos, que no me darían todos los caprichos que se me antojaran.

—¡¿Por quién nos tomas?! —protestó amama, guiñándome un ojo.

Me despedí de ama con la mano. Estaba muy contento por irme con los abuelos, pero a la vez la angustia me aguijoneaba. Me daba mucha pena dejar sola a ama con el bebé. Aitite exclamó que había que darse prisa, que teníamos un montón de horas por delante, al tiempo que abría la puerta trasera de su Ford Taunus marrón, aquel coche que a mí me recordaba a los que aparecían en las persecuciones de *Starsky y Hutch*. Pilar estaba dormida apoyada contra la ventanilla sobre una almohada. Amama me dio otra para mí. Subí y me recosté sobre mi tía. En cuanto nos pusimos en marcha, me uní pronto a su sueño. Cuando desperté, un buen rato después, ella aún dormía, y amama también. Solo aitite se mantenía despierto al volante, escuchando muy bajito rancheras de Antonio Aguilar que tarareaba concentrado en la carretera. Le observé en silencio largo rato a través del retrovisor. Meneaba la cabeza y tamborileaba con los dedos en la parte superior del volante al ritmo de la música. Cuando me vio, cuando se dio cuenta de que me había despertado y le estaba observando, me lanzó una enorme sonrisa a través del espejo.

—¡Zapaburu!, ¿has descansado? —me preguntó en voz baja.

Asentí.

—Ya verás qué bien lo vamos a pasar estas vacaciones, cariño mío —añadió.

Sentí que el pecho se me inflaba, porque lo había dicho sinceramente, porque se le notaba que de verdad estaba contento de estar conmigo, de pasar sus días libres en mi compañía. Lo leía en sus ojos, en una mirada que he localizado más adelante en otras personas: en las niñas a veces cuando las recojo en clase y vienen corriendo hacia mí antes de fundirnos en un abrazo; en Elena, cuando nos citamos alguna tarde después del trabajo y nos acercamos caminando el uno hacia el otro y nos reconocemos en mitad del gentío de Madrid y de pronto en ese momento volvemos a ser un nosotros, los dos juntos, diferentes a todos los demás. Y, ¿sabes también dónde he creído ver esos ojos? En esos pocos lectores que se me han acercado para expresar gratitud sincera por uno de mis libros, que reconocen que mis palabras fueron claves en su vida por la razón que sea. Sabes a qué me refiero, a ese tipo de lector que hace para siempre suya una novela que tú has escrito en soledad, ese lector que encarna el milagro de la literatura incorporando a su identidad un texto que le nació ajeno. ¿Amor en los lectores? Te imagino riéndote al leer esto. Sé que tú los desprecias. Al menos lo hacías cuando vivías con nosotros, cuando carecías de ellos. Decías que la gente no tiene ni idea de literatura, y que los que creen tener criterio son peores aún que aquellos incapaces de distinguir una novela de una silla. Pero, en realidad, los anhelabas. Habrías dado todo por el reconocimiento de los lectores, no me cabe duda. Lo veía en la manera en que escuchabas las noticias cuando hablaban de autores superventas, cuando daban imágenes de las enormes colas de espera para firmas en Sant Jordi, cuando el telediario cubría un importante premio literario.

¿Cuál es nuestro mayor éxito, Cacenave Hernández, sino conseguir que tus letras formen parte del todo, que la masa devore tu obra en una orgía como la que consume y libera a Jean-Baptiste Grenouille?

En aquel viaje hicimos noche en un hotel de Madrid que a mí me pareció el colmo del lujo y al día siguiente volvimos a madrugar y nos marchamos hasta Torrevieja, donde aitite había comprado unos años antes un pequeño adosado en una urbanización llamada Las Palmeras, que contaba en su interior con piscina, pista de tenis, un bar y una cancha de futbito.

Allí, aquellos días me sentí el rey del mundo. Amama preparaba tostadas y zumo de naranja para desayunar y después pasábamos la mañana en la playa. Pilar y yo no salíamos del agua más que para hacer castillos mientras aitite y amama leían sentados en sus sillas plegables de vivos colores; él, *El Correo* en la edición de Bizkaia, que compraba cada mañana en el quiosco; ella, revistas del corazón. Por la tarde ellos echaban la siesta y Pilar y yo veíamos un rato la tele e íbamos después a la piscina, donde yo jugaba con otros niños, mientras ella pasaba el rato con los adolescentes de la urbanización. Me fascinaba hablar con ellos, descubrir sus procedencias, conocer nuevos acentos, saber que eran hinchas de equipos que me resultaban exóticos, como el Atlético o el Zaragoza o el Betis.

A última hora, aitite y amama nos llevaban a dar una vuelta por el paseo marítimo. Cenábamos la mayoría de las veces fuera de casa, en restaurantes donde ya conocían a aitite y donde le llamaban «don Miguel» o «señor Otaolea» y lo trataban con deferencia. Todo el mundo parecía adorarle. A mí me encantaba comprobar con qué cariño y respeto le atendían los encargados de los locales en cuanto cruzábamos la puerta. También algunos comensales, que se levantaban de sus sillas para ir a saludarlo. Mientras aitite departía con ellos, amama nos explicaba de quién se trataba, susurrándonos sus nombres y ocupaciones a Pilar y a mí. La mayoría de las veces eran empresarios de Bilbao; otras, algún empleado o proveedor de Juguetes Otaolea. Al parecer, abundaban allí los veraneantes de la Villa. Él respondía a todos por su nombre y apellido. Era algo de lo que se jactaba muchas veces, de no haber olvidado jamás un nombre. No se me escapaba que algunas veces el interlocutor de aitite parecía orgulloso de haber sido reconocido.

Algo que me encantaba de cenar fuera: cuando el camarero le preguntaba a aitite si servían para mí el menú infantil y él respondía riendo que de eso nada, que su nieto sabía comer. Yo leía la carta y le interrogaba por los platos que me eran desconocidos y preguntaba si podía pedir alguno de ellos. Mi curiosidad gastronómica le hacía muchísima gracia y, excepto en las ocasiones en las que el precio era excesivo o el plato era picante, accedía a compartir conmigo su elección. Después valorábamos el plato, como en esos concursos de la televisión de hoy día.

—¡Vaya paladar exquisito tiene este chiquitín! —exclamaba cuando yo ponía algún pero, como que la carne estaba muy hecha o el pescado demasiado seco.

Cada día por la noche, justo antes de cenar, llamábamos a casa para ver qué tal estaba ama. Ese momento a mí me apenaba mucho, porque su voz sonaba muy lejana, como si hablara desde una nave espacial, y se la notaba angustiada al otro lado de la línea. Me pedía que me cuidara, lo rogaba por favor, y repetía una y otra vez que me quería mucho, muchísimo. Me preguntaba si yo a ella también. A mí me daba vergüenza responder, porque amama estaba pegada a mí, escuchando a través del otro lado del auricular. Ama insistía, a punto del enfado, hasta que decía que yo también la quería mucho. Entonces suspiraba.

—¡Ay, mi pobrecito!

Cuando colgábamos, veía que amama negaba con la cabeza en gesto de preocupación y a mi mente venía la madre de Carla. Me imaginaba a ama marchitándose, con la mirada perdida, deambulando por la casa con pasos pesados y dificultad para emprender cualquier tarea. Aquello me daba una pena terrible.

Había un niño en aquella urbanización en Torrevieja del que me he acordado mucho siempre. Era de mi edad, se llamaba Óscar, vivía en Albacete y tenía parálisis cerebral. Aitite solía hablar con sus padres cuando bajaban al chico a la piscina, en una silla de ruedas acolchada con el escudo del Real Madrid vinilado en las ruedas. A mí me impresionaba mucho su visión: la cabeza ladeada apoyada en el reposacabezas, la mandíbula desplazada a un lado, las manos y las piernas retorcidas. También sus esfuerzos por hacerse entender, con aquella voz de volumen excesivo y sonidos monótonos que arrancaba con un espasmo y que el padre ayudaba a traducir cuando alguien conversaba con ellos, aquel padre que se dedicaba por completo a su hijo. Se bañaba junto a él. Le daba la merienda en la boca, un plátano o una bolsa de patatas fritas que le iba metiendo una a una mientras le hablaba. Le leía en alto revistas, libros enteros.

Cuando lo metían en el agua, Óscar era feliz. Recordaba a los astronautas en gravedad cero. Flotaba, daba vueltas sobre sí mismo, chapoteaba, dejaba escapar gritos espontáneos de alegría. Los demás niños solían observarle a cierta distancia y lo evitaban al principio, supongo que por miedo a hacerle daño en sus juegos, a no comprenderle cuando hablaba, a no saber cómo tratar con él. A mí, desde luego, era lo que me sucedía. Su padre, sin embargo, se empeñaba en que aquello no lo aislara y animaba a los niños a acercarse, implicándolos en juegos, haciendo bromas, dando a todo un toque distendido. Hacía todo lo posible para que Óscar estuviera rodeado de niños de su edad. Algunas noches, por ejemplo, organizaba proyecciones de capítulos de *Mazinger Z* para los chicos de la urbanización, a las que acudíamos con nuestras sillas de playa, improvisando un cine de verano. Nos situábamos frente a la fachada lateral de su adosado, que hacía de pantalla. Él ponía una mesa con un proyector de super-8 del que emergían unas voces metálicas, un Chinon 8500 Sound, todavía recuerdo el modelo. Cuando lo encendía y empezaban a girar las bobinas, todos cantábamos a coro la melodía de Movierecord, que gritábamos entusiasmados, Óscar entre nosotros, incluido el mítico tatatatará, final tras el que rompíamos a aplaudir. No, por supuesto que la película no incluía ese tráiler, pero alguien comenzó a cantarlo el primer día y se convirtió en tradición. Después, aquello era como una sesión de marionetas en la que el resultado final dependía de las intervenciones del público. Prorrumpíamos en gritos de ánimo cuando Koji Kabuto montaba en el robot y comenzaba a sonar la música épica de la serie. Abucheábamos cuando desfilaban por la pantalla el Doctor Infierno, el Conde Decapitado o el Barón Ashler, que a mí me impresionaba tanto, con la mitad de la cara de hombre y la mitad de mujer y aquellas dos voces que hablaban al unísono cuando el plano que aparecía en pantalla del rostro del Barón era frontal.

Yo me fijaba mucho en el padre de Óscar, que parecía dichoso de ver a su hijo entre tantos otros niños, y sonreía y a veces abucheaba o aplaudía a la pantalla con nosotros. Cuando nos cruzábamos con ellos en la urbanización, amama solía murmurar «¡ay, pobre hombre!, ¡qué carga le ha caído del cielo!». Pero él no parecía angustiado, ni abatido. Al contrario, disfrutaba del tiempo con su hijo. A mí me impresionaba la dedicación que mostraba hacia él, que siempre estuviera dispuesto a ayudarle con una sonrisa, sus esfuerzos porque fuera feliz, que jamás perdiera la paciencia. Le comparaba contigo, ¿sabes? Me preguntaba cómo habrías actuado tú si yo hubiera tenido la circunstancia de aquel niño. Qué habrías hecho si yo hubiera nacido así, si me hubiera pegado un golpe en la cabeza andando en bicicleta, si un coche me hubiera atropellado y dejado postrado para siempre en una silla de ruedas. Imaginaba tus protestas airadas por tener que dejar tu lectura a un lado para meterme en el agua, a mí, al inútil incapaz, las malas caras con las que me darías de comer y me limpiarías la baba o el culo, el desprecio que tanto te costaría disimular si tuvieras que pasar tiempo con un grupo de niños para que tu hijo estuviera acompañado de chicos de su edad. Sinceramente, no te veía como al padre de Óscar. No podía dejar de pensar que, si algo así me hubiera sucedido, habrías huido a la primera oportunidad, habrías dejado a ama mucho antes. Yo te habría servido de excusa.

Pero, fíjate, ahora que bajo del autobús en la Intermodal de Bilbao, con la mochila con mis cosas al hombro y un libro bajo el brazo, como un colegial, y a pesar de la mascarilla, reconozco a Julián en el andén, ahora que eres tú el inválido, lo que me preocupa es cómo voy a actuar yo contigo. Acordé con tu hermano que nos encontraríamos, que almorzaríamos juntos a mi llegada. Por eso ha venido a buscarme. Al verlo me doy cuenta de que tú eres lo que nos une a ese hombre y a mí y, de pronto, me pregunto: ¿y si no puedes valerte por ti mismo tras la COVID? ¿Y si quedas en silla de ruedas? He leído en prensa que las secuelas en algunas personas son demoledoras. ¿Y si este es el caso? Si te quedas postrado en una silla, como aquel niño, Óscar, ¿cuidaré yo de ti? ¿O lo hará Julián? Oh, pero él es mayor. Y si no puede, si se niega, ¿te llevaré a vivir conmigo? ¿Me haré cargo de ti con una sonrisa? ¿O pagaré una residencia? ¿Pediré a Nuria, que vive lejos, que jamás te ha visto, que se haga cargo de parte de los gastos que me generes? ¿O seré capaz de abandonarte a tu suerte, a la suerte que tú solo te has buscado? ¿Y si paso? Si actúo contigo como tú has hecho con nosotros, ¿lamentarás en el geriátrico tu abandono? ¿Les contarás al resto de los residentes que tienes dos hijos y que ninguno de ellos se preocupa por ti, ni te llama en Navidad o el día de tu cumpleaños?

## ¡AÚPA, MARINO!

Aitite siempre hacía la misma broma. Cuando adelantaba con el coche a un ciclista en la carretera, mientras realizaba la maniobra para dejar distancia de seguridad, abría la ventanilla y gritaba:

—¡Aúpa, Marino!

Aunque algunos protestaban o ponían mala cara, la mayoría de los ciclistas se lo tomaban bien. Se reían, nos saludaban con la mano o con un gesto con la cabeza y, si no estaban subiendo una pendiente muy pronunciada, contestaban: «¡Aúpa!».

Cuando yo iba en el coche, antes de comenzar la maniobra, aitite me animaba a sumarme a la broma. Amama protestaba.

—Miguel, no hagas el tonto, anda. No le enseñes esas cosas al niño.

Pero la oposición de amama no hacía sino animarle aún más.

—Ahí vamos, ahí vamos.... —advertía aitite al incorporarse al carril contrario y, justo en el momento en que nos poníamos a la altura del ciclista, con las ventanillas abiertas, gritábamos al unísono—: ¡Aúpa, Marino!

Amama se tapaba el rostro con las manos, temerosa de que alguien la reconociera. Aitite y yo nos partíamos de la risa. A mí todo aquello me parecía la mejor ocurrencia del mundo.

Un domingo, poco antes de que nos abandonaras, aitite y amama me llevaban de vuelta a casa después de haber pasado el fin de semana con ellos. Recuerdo que era antes de comer y que yo estaba enfadado porque ellos tenían una comida con amigos y me devolvían con vosotros por la mañana, no a última hora como era lo habitual. Más que enojado estaba triste, pero con ese tipo de congoja que se confunde con el enfado, porque proviene de una incomodidad profunda con tu vida. Aitite intentó animarme, prometiendo que el fin de semana siguiente lo pasaría también con ellos. Pero yo seguía de morros cuando nos topamos en la carretera general que llevaba al barrio con un tipo que iba en bicicleta de carreras delante de nosotros, vestido con el maillot verde y blanco del Caja Rural. Aitite me hizo un gesto por el retrovisor, dijo «este es nuestro» y abrió las ventanillas, la mía y la de amama, que iba de copiloto.

—Ay, Miguel, ¿es que nunca vas a dejar de hacer esta tontería? —protestó ella, sonriendo esta vez, al ver que me había animado un poco.

—¡Aúpa, Marino! —gritamos a la vez aitite y yo justo en el momento en el que adelantamos a aquel tipo.

¿Y sabes qué? Resultó que aquel ciclista vestido del Caja Rural era él, el mismísimo Marino Lejarreta. Debía de estar entrenándose. Sonrió y levantó la mano derecha del manillar para saludarnos. Aitite y yo estallamos en júbilo. «¡Oh! ¡Era él, era él!», gritábamos, y nos reíamos. Hasta amama se nos unió, partiéndose de la risa.

Yo me pegué a la ventanilla trasera del Ford Taunus,

observando cómo dejábamos atrás al Junco de Bérriz. Sonreía fascinado por lo mágico del momento. ¿Qué probabilidad había de que aquello aconteciera? Y, ¿sabes qué?, a veces, cuando estoy triste y me encuentro en una situación complicada, vuelvo a ese día, para recordarme que en ocasiones todo puede cambiar a mejor en un solo instante.

## 13

Conocí a Julián cuando acababa de cumplir los dieciocho años. Aquel verano en el que obtuve la mayoría de edad di tres pasos importantes: me saqué el carné de moto para poder conducir legalmente la vespa con la que llevaba un par de años moviéndome sin permiso de circulación por La Bilbaína, me inscribí en la universidad para estudiar Filosofía, carrera que elegí mitad por vocación, mitad porque con mis notas de bachillerato no tenía mejores alternativas, y te busqué.

No me fue difícil dar contigo. Entonces aún existían los listines telefónicos y en el de Bizkaia solo había una persona que compartiera conmigo apellido, que además venía referenciado junto con la primera letra de tu nombre: CACENAVE, J. Me convencí de que habías regresado de Barcelona. Pero no pienses que telefoneé con el listín sobre las piernas en cuanto lo encontré, como en tantas películas, no. Llevaba el número apuntado en un pequeño trozo de papel en la cartera desde hacía tiempo. Lo busqué una tarde, poco después de leer tu novela, con dieciséis años. Recuerdo que con tu libro en la mano hice el primer amago de marcar el teléfono, pero no me atreví. A ese le siguieron muchos: tras un enfado con ama, un día que resultó especialmente triste, la típica tarde de lluvia en la que me aburría y sentía la necesidad de huir, como hiciste tú. Hice tantas tentativas de marcar el número que acabé aprendiéndomelo de memoria. Cuando me daba por pensar en ti, observaba aquel pedacito de papel que siempre llevaba en la cartera y comenzaba a desmigarse por las esquinas, aquel número escrito con tinta azul y caligrafía tímida, y me decía que, en realidad, solo nos separaban nueve cifras.

No recuerdo qué es lo que me llevó a marcarlas por fin. Supongo que alguna otra bronca con ama, o quizá uno de esos ataques de tristeza que sufro de tanto en cuanto y que de adolescente no sabía aún afrontar, ese abatimiento existencial que me agarrota la mente y me lleva a pensar siempre en lo peor y a actuar de manera que después me cuesta comprender. Pero sí recuerdo el momento en el que lo hice, en el que por fin llamé. Fue estando solo en casa, desde el cuarto de ama. Cómo me palpitaba el corazón cuando sonó el primer tono, cómo me costó articular palabra cuando al otro lado una voz de hombre respondió. Estuve a punto de colgar. Había ensayado las primeras palabras que te diría, como una suerte de Íñigo Montoya: «Hola, Javier. Soy tu hijo, Unai, no sé si te acuerdas de mí». Imaginaba el impacto que tendrían en ti, cuánto te dolería esa apostilla, «no sé si te acuerdas de mí», como era mi pretensión. Tantas veces había imaginado ese momento, y ahora, por fin, te tenía al otro lado, podías escucharme.

—¿Hola? ¿Hay alguien? —insistió la voz al otro lado, tú.

—Hola... uh... eh... Javier... yo... soy tu hijo —alcancé a decir con voz ahogada.

Tragué saliva. Se hizo el silencio. No me vas a creer, pero temblaba. Notaba el auricular trémulo en mi oreja. Temía tu respuesta más que nada en el mundo. ¿Me colgarías sin mediar palabra? ¿Volvería a telefonear en ese caso? ¿Y si me rechazabas y me advertías que nunca más volviera a intentar encontrarte? ¿Insistiría? Oh, ¿y si te emocionabas? ¿Y si te echabas a llorar? ¿Lloraría yo también, lloraríamos juntos? ¿Cuándo nos encontraríamos en persona? ¿Compartiríamos lecturas, gustos literarios? ¿Estarías orgulloso de lo que había elegido estudiar? ¿Te caería bien Marta, con quien salía entonces?

—Eh... hola... Perdona. No soy tu padre. Soy tu tío, Julián.

Me sentí un idiota y me quedé ahí plantado, sin responder. Creo que miré alrededor, azuzado por el ridículo, como buscando la cámara oculta.

—Encantado, eh —añadió Julián, en respuesta a mi silencio—. Me hace mucha ilusión conocerte.

Por fin le respondí. Conversamos un rato. Su voz me resultó extrañamente familiar, como si la tuviera registrada en una parte muy profunda de la memoria. Le pregunté si sabría cómo encontrarte. Me respondió que sí, que podría ser, pero cambió el tema, como si se hubiera arrepentido, para señalar que no me veía desde el funeral de la abuela. Apuntó que entonces yo tenía apenas seis años.

—¿Qué edad tienes ahora? —me preguntó.

—Dieciocho —contesté, y añadí, como para certificarlo, algo que me sonó ridículo en cuanto lo pronuncié—. Me acabo de sacar el carné de moto.

—Dios mío —suspiró—. ¡Cómo pasa el tiempo! ¿Y desde cuándo no sabes de mi hermano?

Le expliqué que desde que te marchaste, poco después de que naciera Nuria, que ella ahora tenía ocho años. Le dije que ama nunca me hablaba de ti, que quería conocerte en persona, saber de las circunstancias en las que nos dejaste, quién sabe si quizá reconstruir lazos. Julián dijo entonces que también querría verme, que podíamos quedar y en ese tiempo él intentaría localizar tu dirección.

Nos citamos un par de días más tarde en La Granja, el bar en el que se quedaba con un desconocido en aquellos tiempos en Bilbao. Era ahí o en el Iruña, ¿verdad? ¡Cuántas parejas tuvieron su primera cita en la puerta de esos dos bares! No le dije nada a ama, porque temía su reacción, quizá que me prohibiera acudir. Le mentí, diciendo que iba al cine en Bilbao con unos amigos de clase, que íbamos a ver *El último gran héroe*. Desde entonces, cada vez que veo en pantalla a Schwarzenegger a mi mente viene el recuerdo de aquel día.

Julián había llegado puntual. Yo, que había ido en autobús porque no me atrevía aún a meterme en la ciudad con la vespa, unos minutos tarde. Fue él quien me reconoció cuando bajaba por el puente del Arenal llegando a la puerta de la cafetería, donde me esperaba de pie. Me saludó con la mano a bastante distancia. Tendría entonces unos cuarenta y cinco años, pero vestía como si fuera mayor, un jubilado: camisa de rayas metida por dentro del pantalón, cinturón de cuero, zapatos náuticos. No era muy alto, poco más que yo, pero tenía los hombros anchos y mantenía una postura bien erguida, de hombre orgulloso (o acomplejado, recuerdo que pensé). Llevaba el pelo corto, peinado con raya a un lado. De cara se parecía un poco a ti, o al menos se daba un aire al recuerdo que de tu rostro yo guardaba: ojos oscuros, cejas puntiagudas, nariz fina y un gesto constante de labios tensos. Cuando llegué a su altura, me extendió una mano enorme y callosa, curtida, de trabajador.

—La hostia, eres clavado a tu padre cuando tenía tu edad —dijo, apretando bien fuerte mi mano.

Tomamos café en una de las mesas cerca de la entrada. Al principio intercambiamos unas pocas formalidades. Se interesó por ama y Nuria. Señaló, sin que yo le preguntara por ello, que él estaba casado y tenía un chico y dos chicas, que el mayor tenía veintiséis y vivía ya fuera de casa y las mellizas estaban a punto de cumplir veinte. Después me contó que vosotros también fuisteis tres hermanos, pero que el mediano murió muy joven y aquello te dejó destrozado. Eso ya lo sabía, ama me había hablado algunas veces de tu familia, siempre a petición mía. Aunque poco más conocía. Sabía que el abuelo fue un obrero del metal que trabajó en la fábrica de Echevarría en Bilbao y que murió poco después de ser jubilado forzosamente con el plan de saneamiento de 1979, cuando la empresa trasladó la producción a San Miguel de Basauri. Ama solía recordármelo cada vez que las noticias cubrían el cierre de una fábrica, añadiendo que si a la gente le quitas el trabajo, la matas. También sabía, de aquellas conversaciones breves y forzadas, que la abuela había sido ama de casa y que sobrevivió a su marido apenas un par de años. Precisamente en su funeral fue la última vez que Julián dijo habernos visto a ama y a mí. Y también a ti. Confesó que no os llevabais muy bien.

—Oh, no temas —se apresuró a añadir, quizá atisbando la decepción en mi rostro—, sé dónde vive ahora. Tengo su dirección.

Pero antes de dármela quiso contarme vuestra historia, la de tus padres, la suya y la tuya. Entonces aún se podía fumar en los bares. Yo encendía un cigarro tras otro mientras le escuchaba atento. Estaba muy nervioso. Tomaba notas mentales, intentando retener lo máximo posible. En cuanto llegué aquella noche a casa, escribí en varios folios el relato que Julián me había trasladado. No con sus palabras, por supuesto, porque a tu hermano le costaba horrores expresarse bien, usaba palabras cuyo significado no era desde luego el exacto y dejaba importantes lagunas en su narración, que yo llenaba con sus respuestas a mis preguntas concretas. A ratos se emocionaba, y era notorio que había cuestiones que no le era fácil afrontar.

Me contó que los abuelos fueron inmigrantes extremeños que llegaron a Bilbao a finales de los años cuarenta procedentes del pequeño pueblo de Usagre, donde se casaron antes de emprender la aventura de una nueva vida lejos de allí. Él encontró pronto trabajo en el metal y ella, que estaba embarazada de Julián cuando se asentaron en la ciudad, limpiaba portales. Se instalaron en el barrio de Uribarri, en la habitación de una pensión que dejaron cuando pudieron hacer frente a la entrada de un piso de protección oficial, cinco años después, ya con dos niños. Tuvieron tres hijos, todos varones: él, Daniel y tú, uno cada tres años, como si vuestros nacimientos estuvieran pautados por un plan de producción. Tú viniste al mundo en 1955, cerrando una familia que, hasta ese momento, parecía prosperar. No sobraba el dinero en casa, pero tampoco faltaba el trabajo y, aunque todo se mantenía en un equilibrio precario, el propósito por el que los abuelos se marcharon del campo se iba cumpliendo. Querían una vida mejor para sus hijos y estaban estableciendo los cimientos para ella.

Le temblaba la voz a Julián cuando describía ese hogar que fue feliz al menos durante un tiempo. Evocó las tardes escuchando todos juntos la radionovela en la cocina, cuando los cinco ibais a misa, «a dejaros ver», como decía la abuela, y cómo al llegar de vuelta a casa, tras guardar el traje de los domingos en el armario hasta la semana siguiente, el abuelo jugaba con vosotros a boxeadores. Él se ponía de rodillas en calzoncillos y camiseta de tirantes y simulaba ser José Manuel Urtain y los tres, Julián, Daniel y tú, le atacabais por turnos. Tu padre imitaba a los narradores de la radio: «¡No hay quien pueda con el Tigre de Cestona! ¡Qué increíble combate del Morrosko!», al tiempo que simulaba derechazos, ganchos y directos y recibía vuestros embates entre carcajadas. Me contó Julián que tú te asustabas muchísimo cuando el abuelo simulaba que lo habías dejado KO y fingía estar inconsciente sobre la alfombra, que una vez él insistió tanto que tú te echaste a llorar y saliste corriendo a la cocina a buscar a la abuela mientras gritabas: «¡He matado al padre! ¡He matado al padre!». Me impresionó mucho escuchar aquella anécdota, imaginarte un ser inocente, constatar que un día fuiste un niño ingenuo, como todos los demás, como lo era yo cuando aún estabas con nosotros.

Me contó también que durante un tiempo jugaste al fútbol, que eras muy bueno y que el abuelo estaba muy orgulloso por ello, que solía vanagloriarse de que tu juego se parecía al de Koldo Aguirre, su ídolo en el Athletic, al que te llevó a ver una vez a San Mamés. Confesó que él fue muy malo con el balón y que tenía celos de ti cuando acompañaba a vuestro padre a la grada en tus primeros partidos en el campo de Mallona, bajo las chimeneas de la fábrica de Echevarría, cuando tenías nueve o diez años, pero que se unía a los gritos de ánimo apoyado en la valla exterior, al verte tan concentrado, lidiando por el balón en aquel terreno de arena dura, ceniza gris y charcos de lluvia. Fue entonces cuando dijo que te quiso mucho, que aún te quería, que le dolía mucho que le dieras la espalda. Y comenzó a explicar el motivo de vuestro distanciamiento.

Contó que, poco a poco, el abuelo empezó a beber. Como si quisiera evitar mi juicio, Julián lo justificó. Dijo que las jornadas en la fábrica eran muy duras y que el pobre regresaba derrengado a casa. Añadió que la rutina era un bucle que podía resultar insoportable. Un día sí y otro también, siempre la misma penosa tarea. Los compañeros solían ir a tomar algo juntos a los bares de Trauko después del trabajo, donde echaban una partida de dominó o de cartas antes de volver al hogar. Al principio el abuelo lo evitaba, porque el dinero nunca sobraba en casa. Pero comenzó a quedarse, un día sí, dos no, a echar partidas a la brisca que se salpimentaban con pequeñas apuestas y se regaban con una cerveza. Poco a poco, sin embargo, el vértigo del juego fue haciéndose con él y las apuestas se hicieron más grandes y habituales. Empezó a perder, a dejarse el sueldo en partidas interminables que se le iban pronto de las manos y a usar el alcohol como remedio para las derrotas. Pasaba las tardes fumando Bisonte y bebiendo tinto barato en una esquina del bar, aterrado ante la perspectiva de dar la cara en casa, con la mirada gacha, observándose las callosas manos, maldiciéndose, hasta que los hijos acudíais a rescatarle de su miseria.

Julián retrató a un borracho de novela de Dostoievski. Me contó que innumerables veces tuvo que cargar solo, o con Daniel o contigo, aquel peso muerto que apestaba a vino y tabaco baratos, que lloriqueaba lamentando su suerte y se meaba encima. Describió la profunda vergüenza que os causaba sentiros el blanco de todas las miradas cuando ibais de bar en bar buscando al abuelo y tardabais en encontrarlo y los parroquianos os avisaban que ya había salido en un estado lamentable, que vete a saber dónde andaría ahora. Me contó que una vez tú afirmaste que ojalá que os lo encontrarais muerto de una vez, víctima de un infarto, ahogado en su propio vómito, lo que fuera antes que tener que llevarlo de nuevo a casa y ducharlo mientras la abuela lloraba y maldecía y gritaba como una loca que cualquier día se lanzaba por la ventana. Dijo que en aquella ocasión te dio un sopapo y te recordó que estabas hablando de vuestro padre y que tú cerraste muy fuerte los puños y estuviste a punto de devolverle el golpe. Me contó que después encontrasteis al abuelo en un local de mala muerte, eufórico y locuaz, pagando los tragos de todo el que se le acercaba, porque decía haber ganado a las cartas. Cuando os acercasteis a él para advertirle de que era hora de regresar a casa, se negó, gritando que estaba celebrando su buena suerte, que os unierais a él, que erais unos muermos.

—¡¿Pero qué habré hecho yo para que me salgan los hijos abstemios?! —gritó para el regocijo de los parroquianos, que aplaudieron la ocurrencia.

Julián dijo que aquellos años fue él quien se vio obligado a tomar las riendas de la casa ante la incapacidad paterna y empujó a la familia adelante cuando tú eras apenas un adolescente. Él era el encargado de dar la cara por el cabeza de familia en la fábrica los días que faltaba al trabajo porque no había podido levantarse de la cama; él era el que pagaba sus deudas en los bares; él era el que dejaba dinero en casa para que la abuela pudiera hacer algo de comer. Reconoció que aquello avinagró su carácter y que se enfrentaba a menudo a los abuelos y también a Daniel, que era un joven idealista de pelo largo y ojos azules, con vocación literaria y costumbres disolutas, con tendencia a llevar la contraria. Me dijo que tú adorabas a vuestro hermano mediano, que lo querías en la misma medida en que comenzaste a odiarle a él. Compartíais habitación desde siempre. De él heredaste el gusto por las letras, eso me dijo Julián, que fue Daniel quien te acompañó en las primeras lecturas, con quien aprendiste a recitar de memoria poemas de Rimbaud y de Lorca, de Neruda y Artaud, de Machado y Verlaine.

—Sé que eran esos escritores porque aún conservo los cuadernos de Daniel, en los que copiaba y comentaba sus versos —explicó Julián con las manos temblorosas aferradas a la taza de café—. A veces los ojeo. Son bonitos esos poemas. También hay algunos originales de tu tío. Esos yo no sé si son buenos, pero sí que son igual de bonitos.

Daniel soñaba con una vida mejor lejos del hogar paterno. Julián me dijo que, como las paredes del piso eran de papel y su habitación era contigua a la vuestra, algunas noches os escuchaba con envidia hablando de cama a cama. Contó que en aquellas conversaciones susurradas Daniel te describía un mundo muy distinto al que vosotros conocíais, que estaba mucho más allá de ese Bilbao sucio y feo que os rodeaba, de las fábricas, del terrorismo, del padre alcohólico y de la represión policial. Soñaba con marcharse a París y escribir en francés y hacerse un nombre en las letras y te prometía que, cuando todo eso sucediera, volvería a buscarte solo a ti. Julián sabía que aquello eran solo ilusiones sin fundamento, pero las envidiaba profundamente, porque él había perdido la capacidad de soñar con algo mejor que lo que le había tocado en suerte. Era como un pájaro enjaulado que se negaba a observar el cielo.

Julián explicó que a Daniel la pasión por las letras le

llegó a través de un profesor de la escuela, un veterano maestro que vio talento en sus redacciones y fomentó en él los hábitos de la lectura y la escritura. Imaginé al típico escritor frustrado que se empeña en que un buen alumno sea consciente de que tiene un don para la literatura, el mismo don que él desperdició. El caso es que empezó a aparecer por casa con libros prestados o regalados por su profesor, tomados de la biblioteca. Se pasaba el día leyendo, garabateando papeles y fumando. No salía de su habitación más que para comer algo de vez en cuando y al abrir la puerta emergía una nube de humo. Eso dijo Julián y yo evoqué la misma nube, pero en tu despacho en nuestro piso. Dejó de ir al instituto. Solo acudía a las clases de lengua y literatura. Empezó a fumar porros y aparecía en casa con los ojos vidriosos y ausentes. Julián discutía mucho con él por su modo de vida. Le recriminaba que se convirtiera en una carga, en otra más para su madre. Harto de las broncas, empezó a evitar el hogar. Dejó de pasar las mañanas en el cuarto para quemar el tiempo en bares y parques. Se juntó con un grupo de chavales del barrio que no tenían más ocupación que la de pasar las horas. Con ellos empezó a coquetear con la heroína. Julián dijo que siempre había tenido un carácter obsesivo: lo mismo para los libros que para la comida o las drogas. Degeneró muy rápido y pronto el joven idealista desapareció para dar paso a una sombra delgada, amarilla y agitada, incapaz de pensar más allá de la siguiente dosis. Cuando la adicción a la heroína de Daniel hizo imposible la convivencia, Julián, harto de que robara a su madre, lo echó de casa. Unas semanas después la policía apareció en la puerta del piso de Trauko para dar la noticia de su muerte por sobredosis. Julián acababa de llegar del trabajo cuando aparecieron los grises con la funesta nueva. Afirmó que nunca olvidará la imagen de la abuela rota por el llanto, abrazada a un policía para no caer al suelo, y cómo tu mirada atravesaba la escena para clavarse en él, en tu hermano mayor, a quien le observabas con ojos de rabia, culpándolo del fatal desenlace.

—Siempre me ha odiado por aquello, ¿sabes? Como si todo fuera por mi culpa —reconoció—, como si yo hubiera sido el camello de Daniel o algo peor. No nos hablamos desde entonces.

En ese momento me alcanzó el sobre en el que aparecía tu dirección en Barcelona. Me dijo que la tenía porque él gestionó la venta del piso familiar tras la muerte de la abuela y aquellas eran tus señas legales para notificaciones.

—Firmamos hace cuatro años. Exigió para hacerlo que no coincidiéramos en la notaría. Primero firmé yo. Luego, él. Tomó su cheque y se fue y no he vuelto a verlo.

Me contó que ama y tú os conocisteis en una discoteca y que os debisteis de enamorar perdidamente el uno del otro, porque no tardasteis en casaros. Dijo que no invitaste a ninguno de tus familiares a la boda, que no fuiste al funeral de tu padre y después te plantaste en el de tu madre con nosotros, pero que te quedaste en la puerta de la iglesia y no llegaste ni a presentarnos a tu hermano y su familia. Julián me dijo que a tu madre la querías, pero que también la hacías responsable a su manera de lo que había sucedido, que maldecías su indolencia, que no hubiera dado nunca un golpe sobre la mesa, a pesar de que ella también era una víctima.

Aquella noche, la de la tarde que me encontré con Julián, escribí a mi manera su narración, e hice cuentas. Para entonces ya conocía algo tu obra. Te había leído y guardaba tus libros y las revistas y compilaciones de relatos y cuentos en las que había alguno tuyo. Descubrí que fue tras la muerte de la abuela que dejaste de firmar con tu nombre para hacerlo con tus dos apellidos, Cacenave Hernández, como rubricaste más tarde todas tus novelas, como se te conoce, como se te nombra en las clases de literatura contemporánea. Me di cuenta de que era un homenaje a ella.

Años después te lo leí en una entrevista. Dijiste algo así como que firmabas con tus dos apellidos para dar visibilidad a tu madre y de paso al papel de las mujeres en la sociedad y en la literatura. Recuerdo que entonces yo ya había publicado mi primer libro con el apellido de ama y aitite y que me dije al leerte que habíamos emprendido caminos inversos: tú querías recordar a tu madre con tu firma, yo borrar toda huella de tu memoria, de tu influencia en mí.

## 14

Las medidas preventivas evitan que Julián y yo nos planteemos la incómoda disyuntiva entre un abrazo o estrechar las manos cuando bajo del autobús. Nos limitamos a mirarnos a cierta distancia el uno del otro y a sonreír bajo las mascarillas.

—¡No has cambiado nada! —exclama él abriendo los brazos.

Yo le respondo con la misma frase hecha, que en su caso es cierta. Se diría que va vestido igual que la primera vez que nos vimos e igual también que la última, hace tantos años ya. Mantiene la espalda ancha y la postura erguida, orgullosa. Su pelo ha encanecido, el rostro, arrugado, pero ni aun así aparenta tener en torno a los setenta. Se ofrece a llevarme la mochila, pero niego con la cabeza.

Salimos de la estación subterránea y nos sentamos a picar algo en la terraza de un bar cercano, desde la que se ve San Mamés. Yo lo tengo de frente, Julián le da la espalda. En la pantalla exterior del estadio, la que da a la calle Pozas, proyectan vídeos con goles de la pasada temporada, en los que se aprecian las gradas vacías ante las que se han jugado los partidos los últimos meses. Los jugadores celebran para nadie, solos, sin más aplausos que los que se dedican a sí mismos. Entre vídeo y vídeo aparecen mensajes publicitarios del club y un rótulo dando las gracias al personal médico. Comento que hace años que no voy a un partido, que ni siquiera conozco el campo nuevo, que de niño era muy hincha, pero que cuando murió aitite el fútbol dejó de ser lo mismo para mí. Julián se gira, se queda observando también la pantalla y responde que él ha ido un par de veces, que el estadio es una maravilla, pero que las entradas son carísimas y que no hay quien se pueda permitir ir al campo hoy día.

—El fútbol sin gente no es nada. Mira qué tristeza —dice, señalando la pantalla—. A ver si algún dirigente pone orden y cuando se eliminen las restricciones bajan los precios.

El camarero interrumpe nuestra conversación. Pedimos unos bocadillos. Para beber, yo una Coca-Cola sin azúcar y Julián agua. El tipo tuerce el gesto cuando le especifica que sea del grifo. Al cabo de unos minutos, cuando nos sirve, por fin podemos quitarnos las mascarillas y entonces sí puedo apreciar un cambio en el rostro de Julián: lleva una dentadura postiza que le da un aire extraño mientras habla. Yo diría que no le encaja bien. Entre frase y frase, realiza movimientos nerviosos con los carrillos, como ajustándola. Me dice que desde que se ha jubilado se encuentra mejor que nunca, que va todos los días al monte, que da paseos de varias horas, que está disfrutando de la vida verdadera, lejos de los turnos de la fábrica. Suspira afirmando que su mujer, los hijos y los nietos están todos bien.

—He tenido mucha suerte. De todo mi entorno nadie ha sucumbido al virus —comienza a decir, pero al punto matiza—. Bueno, solo tu padre.

Me pregunta por los míos. Le respondo que en eso estamos igual. De mi familia solo tú te has contagiado. Comemos después en silencio, sin saber muy bien qué decirnos, haciendo de tanto en cuanto comentarios banales sobre cualquier tema, evitando cruzar miradas. En esos momentos me digo que no tiene mucho sentido haber quedado con tu hermano. ¿Para qué nos hemos citado? Los dos nos encontramos incómodos.

—Paso todos los días por el hospital —comienza a decir al terminar el bocadillo, limpiándose los labios con la servilleta—. De hecho, vengo de allí. Pero no me dejan ver a tu padre. Lo hago por insistir, a ver si doy pena a algún responsable y me deja pasar. —Aquí sonríe y muestra unos dientes perfecta y artificialmente alineados—. Me dan un informe por teléfono por la mañana y otro por la tarde. Son amables y funcionan bien. Pero, aun así, prefiero acudir. Me gusta pensar que Javier siente que estoy allí. Es inhumano que no dejen visitar a los enfermos.

—Está inconsciente, Julián —le recuerdo, al comprobar que se está emocionando—. No se entera. No te tortures.

Julián juguetea con el tenedor entre sus enormes manos, que tiemblan. Lo acaricia, lo gira sobre sí mismo, se pincha las yemas de los dedos de la mano izquierda con las puntas. Respira hondo. Parece que en cualquier momento va a romper a llorar.

—Mi mayor miedo siempre ha sido morir solo, ¿sabes? —Julián habla ahora sin levantar la vista de sus manos—. La gente se pregunta mucho qué es el éxito en la vida. Yo eso no lo sé. Pero sí tengo claro qué es el fracaso.

Es que nadie te acompañe cuando te despides de este mundo.

Me cuenta que así sucedió con el abuelo. Me dice que cuando murió ya estaba desgarrado por la cirrosis, que había adelgazado tanto que parecía un cadáver y tenía la piel y los ojos amarillos como papel de periódico viejo. Confiesa que su fallecimiento fue un alivio, que la abuela nunca lo habría reconocido, pero que no soportaba más hacerse cargo de los cuidados de aquel hombre que sufría accesos de ira debido al *delirium tremens*, que vomitaba sangre, que se despertaba empapado en su propia orina cada mañana. Hacía muchos años que no compartían habitación, apenas se hablaban y ella también sufría sus propios dolores de la edad. El abuelo era una carga para ella, pero además una carga desagradable, ingrata y dolorosa. Y, sin embargo, la mañana en la que la abuela llamó a Julián para decirle que se había encontrado muerto a su marido, lo hizo desgarrada por el llanto. Fíjate, como ama cuando le dije que tú estás en la UCI. Tu hermano me cuenta que cuando llegó al piso, vuestra madre solo era capaz de repetir, una y otra vez, el mismo lamento: «¡¿Qué voy a hacer ahora en la vida?!».

Fue Julián el que te dio la noticia a ti. Llevabais años sin hablaros, pero se lo rogó la abuela, que no podía hablar, embargada por la tristeza. Quién sabe si también temía tu reacción. Telefoneó a nuestra casa desde la de los abuelos, desde la que fue tu hogar. Tú respondiste.

«Javier, padre ha muerto esta noche», me cuenta que te dijo.

«Vale. Bien. Gracias», me dice que le respondiste. Nada más. Solo eso antes de colgar.

Julián me explica que gastó un buen dinero en poner la esquela en las páginas de la prensa, en *El Correo* y el

*Deia*, que la pegó también en los paneles donde se anuncian los fallecidos en el barrio de Santutxu, que empapeló los vestuarios de la fábrica de San Miguel con ella para que pudieran leerla sus antiguos compañeros, que incluso la distribuyó por alguno de los bares en los que el abuelo se emborrachaba cada tarde.

—A pesar de todo fue un buen hombre, ¿sabes? A veces recuerdo cuando éramos niños y jugábamos a boxeo sobre la alfombra de casa, los tres hermanos y él. Cómo se reía, qué feliz era con nosotros. Fue un buen hombre, de verdad... —repite—. Y aun así no vino ninguno, ni de la fábrica ni de los bares, ni al velatorio ni al funeral. Tampoco acudió tu padre. Eso destrozó a madre.

Muestra las palmas de las manos con gesto resignado. Al hacerlo, el tenedor se le cae al suelo. Lo recoge y lo limpia con la servilleta.

—Sí acudió al entierro de ella, dos años después —continúa—. Además, os trajo a vosotros.

—Yo no me acuerdo, era muy pequeño.

—Ya, es normal. ¿Sabías que durante el tiempo que nuestra madre fue viuda, Javier iba a verla al menos una vez por semana?

Esto no me lo esperaba. He debido de mostrarlo con mi gesto, porque Julián se percata de mi sorpresa.

—En serio, en serio... mamá no me dijo nada, nunca coincidimos en el piso los dos hermanos. Creo que tu padre planificaba sus visitas dependiendo de las mías. Pero yo sabía que iba y que le leía libros en voz alta. Lo sabía porque a menudo se dejaba alguno en la mesilla del salón y estaba ahí varios días, hasta que desaparecía. Y también porque una vez la abuela, que casi no sabía leer, me habló de un tal Georges Perec y su escritorio...

No puedo evitar romper en una carcajada que al

principio desconcierta a Julián, pero a la que después se une. Cuando nos calmamos, te imagino leyéndole a la abuela en el salón de su casa a Queneau y Boris Vian, a Italo Calvino, quizá a Sartre. La imagen me resulta conmovedora. Así que sí tenías algo de corazón. Por un instante me digo que quizás alguna de aquellas mañanas en las que no estabas para prepararme la comida cuando volvía de la escuela te habías ido a verla a ella y no a alguna de tus amantes. Pero inmediatamente caigo en la cuenta de que para entonces la abuela ya estaba muerta. Oh, habría sido una historia muy bonita, demasiado para ser verdad.

—Nunca nos cruzamos, tu padre y yo. Ni siquiera en la escalera. Me evitaba. La última vez que hablamos fue tres o cuatro años después de la muerte de nuestra madre. Me puse en contacto con él por la venta del piso, que debía firmar. Si no llega a haber dinero de por medio quizá nunca más habríamos intercambiado al menos tres o cuatro palabras. Ya te conté hace años que exigió que firmáramos en momentos diferentes.

—¿Por qué estaba en Bilbao cuando le ingresaron en el hospital? —pregunto.

—No lo sé, no tengo ni idea. Me localizaron a mí por el apellido. Ya sabes que no es muy común. Supongo que lo buscaron en la guía, si es que sigue habiendo guías...

Cuando terminamos de comer le digo a Julián que tengo que hacer un recado y él se ofrece a acompañarme. Pienso en rechazar el ofrecimiento, regatearlo con alguna excusa, pero lo ha expresado con un tono tal que en mis oídos ha sonado a ruego. No quiero que se sienta mal y accedo. Se le ve contento, como si estar juntos ayudara a sanar alguna herida que lleva por dentro. Siempre que vengo a Bilbao me acerco a saludar a la librería Cámara, donde solía comprar cuando vivía aquí y donde presenté mis libros. Hoy también quería hacerlo. Cuando llegamos, departo un rato en la puerta del local con Javier, el responsable del negocio, mientras fumamos un cigarro. Es un tipo más o menos de mi edad, inteligente y divertido, de aspecto un poco estrambótico con ese pelo peinado hacia arriba como si acabara de recibir una descarga eléctrica. Me cuenta que las ventas de libros están subiendo, que con el confinamiento la gente ha descubierto la lectura y es más consciente de la necesidad de la existencia de las librerías independientes. Nos reímos imaginando que de pronto escritores y libreros nos vamos a hacer ricos. Mientras conversamos, mi mirada se desvía a ratos hacia Julián, que ha pasado dentro del local, quizá para no interferir en nuestra conversación, como si tuviéramos algo importante que tratar, y ojea libros que toma en sus manos y deja después con delicadeza en el mismo sitio. En un momento dado coge la última de tus novelas, esa que publicaste hace siete u ocho años anunciando que sería la de tu retirada, prometiendo que no ibas a escribir más, y me la enseña desde la distancia. La alza con el brazo extendido, como la tarjeta de un árbitro. Sonríe. Me pregunto si le habrá hecho ilusión comprobar que tu obra se sigue vendiendo. Cuando Javier y yo entramos, Julián se nos acerca con el libro aún en la mano y me pregunta si lo he leído.

—Sí, claro —respondo.

—¿De verdad es tan bueno como dicen? —inquiere, mirándonos alternativamente a Javier y a mí.

—Bueno, no está mal —digo, tras dudar unos segundos.

—¡Cacenave Hernández es droga dura! —interviene Javier—. A mí me parece el mejor escritor vasco de los últimos treinta años. Pero te tiene que gustar, eh. Hay quien no soporta su estilo.

Julián me dirige una mirada expectante, en la que leo que se pregunta en qué bando estoy, si en los que te aman o te odian.

—Por cierto, no me has presentado a tu padre —dice Javier, extendiendo la mano hacia Julián—. ¡Estarás orgulloso de tu hijo el escritor!

—Julián, encantado —responde él, dejando escapar una risita nerviosa, sin deshacer el malentendido.

Yo tampoco lo hago. Le guiño un ojo a Julián, lo que alimenta su entusiasmo.

Antes de marcharnos, cojo un par de novedades con las que me quería hacer y le pregunto a Javier a ver si tienen alguna de mis novelas. Va al mostrador, adonde le sigo mientras Julián vuelve a ojear libros. El librero realiza una búsqueda en el ordenador y me responde que la última no, pero sí la anterior. Le digo que me vale. Cuando me la entrega y veo la imagen de portada con el cuadro *Ada and Louise*, de Alex Katz, recuerdo de pronto todas las ilusiones en torno a aquella novela, las sensaciones primigenias de haberlo conseguido, la desilusión posterior cuando poco a poco la vida del libro se fue extinguiendo como una llama en la oscuridad, la necesidad de hacer balance tiempo después, la pregunta eterna e irresuelta de si mereció la pena el esfuerzo. Miro alrededor. Volúmenes y más volúmenes, de todos los colores y tamaños. Cuánto trabajo, cuánto de cada autor en todas esas páginas. Me viene a la mente un dato que leí hace unos meses en la prensa: cada año se publican en España en torno a noventa mil libros, un tercio de ellos con intención comercial. ¿Queda algo que decir? ¿Hay espacio para más historias? ¿Para la nuestra? ¿Para la tuya y la mía? Tanteo mi bandolera, donde llevo las páginas manuscritas y el cuaderno en el que estoy tomando notas los últimos días, y pienso en el inmenso recorrido que hay por delante hasta que esos apuntes primigenios formen poco a poco un caudal suficiente para desembocar finalmente en una novela. Suspiro. Qué oficio el nuestro, eh, Sísifos de las letras, que hemos de comenzar de nuevo tras cada libro, como si todo lo escrito antes no existiera, que hemos de afrontar el blanco de la página una y otra vez como si fuera la primera.

Después de pagar y despedirnos de Javier, Julián me acompaña un par de manzanas hasta la parada de taxis de Mazarredo. Allí quedamos que vamos hablando estos días, a ver cómo se desarrollan los acontecimientos. Él se compromete a mantenerme al día y a avisarme en caso de cualquier novedad sobre ti. Nos damos la mano. Antes de montar en el taxi, saco de la bolsa mi novela y se la extiendo.

—Toma, un regalo —le digo.

—Oh... gracias... —responde él tomándola con las manos, sorprendido—. Te lo agradezco mucho, pero no sé si aceptarlo... es que ya la tengo. ¡La he leído dos veces! Seguro que tienes alguien más a quien regalársela.

La afirmación me coge de sorpresa. No lo esperaba en absoluto.

—Sí, sí —dice él al ver mi gesto de asombro—. También he leído la última y me encantó. Tu primera novela intenté encontrarla, pero no hubo manera. Me he aficionado bastante a la lectura estos años, desde que estoy jubilado. No te he dicho nada porque me da un poco de vergüenza, porque no estoy a tu altura, pero suelo leer tus columnas y comprar los libros que recomiendas.

Entonces empieza a hacer un listado de autores a los que ha llegado según él por mi recomendación que me deja perplejo. Es cierto que muchos los he citado en la columna semanal del periódico, pero a otros no, porque no los he leído, así que Julián debe de beber de más fuentes. Sin embargo, insiste en darme las gracias por despertarle el vicio de la lectura.

—No es una cosa de ahora, eh. Llevo muchos años leyendo. Llegó un momento en el que las niñas ya no necesitaban tanto de su madre y de mí y, claro, de pronto tienes mucho tiempo y un día te leí en el periódico y me decidí a probar.

—Y al gran Cacenave Hernández, ¿lo has leído? —pregunto, por pura curiosidad.

—Pues no, la verdad. Es que todavía no lo has recomendado —se sonríe. La respuesta me resulta muy inteligente por su parte—. Tengo algunos de sus libros, pero ni los he abierto. Pero los tuyos me encantan. Eres mi autor favorito, ¿sabes? Te recomiendo mucho, a todos los que conozco. Estoy muy orgulloso de ti —concluye, y añade con una carcajada—, aunque no sea tu padre.

## 15

—Nosotros somos el virus y el cambio climático es la fiebre. La tierra sube la temperatura para matarnos, porque estamos poniendo en peligro su salud.

El conductor sigue ilustrándome con su teoría del planeta como un ser viviente, cuando el taxi toma la bifurcación de la autovía de entrada a La Bilbaína y comienza a rodar por las carreteras de la urbanización, esas que recorrí en bicicleta de arriba abajo tantas veces cuando era un chaval.

—La COVID es otro mecanismo de la tierra para acabar con nosotros. Los glóbulos blancos del planeta —añade, lanzándome una mirada inquisitiva por el retrovisor para comprobar mi reacción a sus palabras.

Asiento mostrándole media sonrisa, qué remedio. Mientras él continúa ponderando, por la ventanilla desfilan primero los terrenos habitados por eucaliptos y abetos de la parte exterior de la urbanización y, después, ya un chalé tras otro. Casi no quedan parcelas sin construir. Esto es ahora un lugar muy diferente al que tú conociste. Supongo que nunca habrás vuelto. Entonces, entre casa y casa había decenas de terrenos vírgenes, donde la vegetación crecía a su antojo. Aquello era vivir en el campo. Esto es hoy un gran barrio horizontal.

Aun así, el lugar despierta mis recuerdos de los primeros días en la nueva casa, que están teñidos del dolor de una soledad inmensa e inédita, que no sabía digerir. Nos mudamos a mediados de agosto, en la fecha que indicaron los compradores de nuestro piso. De las vacaciones en Torrevieja con aitite y amama me trajo Mónica, que había ido a pasar una semana allí con nosotros. El viaje de vuelta fue espantoso, porque ella tenía un Seat 600 que no superaba los noventa por hora y, a pesar de que hicimos noche en un hotel en la ruta, el camino se hizo largo y tortuoso. Por cierto, que aquella noche en el hotel fue la primera vez en mi vida que vi una mujer desnuda. Yo estaba leyendo un *Mortadelo*. Recuerdo que era *Magín el Mago*, tumbado en mi cama en la habitación que compartíamos, cuando ella salió de la ducha tal y como Dios la trajo al mundo, excepto por la toalla que le cubría el cabello. La visión de sus pechos blancos y enormes, sus caderas y el pubis velludo me turbó e instintivamente me tapé la cara con el tebeo. A ella le debió de hacer mucha gracia la escena, porque prorrumpió en una estruendosa carcajada.

—¿De qué tienes miedo? ¡Anda, que no soy el coco! —exclamó.

Al día siguiente, cuando Mónica me dejó en Laukariz y no en el barrio como yo creía que haría, me sentí extraño. Nadie me había avisado de que nos habíamos mudado. Recuerdo que al llegar a la altura de la casa dio un bocinazo, y ama salió con Nuria en brazos y yo pensé que habría venido a ver cómo iban las obras o a pasar el día. Ama le dijo a Mónica que entrara, pero ella contestó que no podía, que tenía prisa, que quería ir por la noche a un concierto en Bilbao, donde estaban en fiestas. Se despidieron con dos besos. Mónica besó también la cabecita de Nuria.

—¡Timidín! —me dijo a mí, atusándome el pelo. Yo me sonrojé pensando que le contaría a ama mi reacción al verla desnuda la noche anterior. Pero no dijo nada.

Cuando entramos, ama exclamó:

—Bienvenido a tu nuevo hogar.

Entonces comprendí que ya no volveríamos al barrio y me sentí extraño, lejos de mi lugar en el mundo, pero también, y esto era nuevo, como si estuviera fuera del tiempo que en realidad me correspondía. Por primera vez sentí que tenía un pasado al que no podía regresar, que una etapa de la vida se había cerrado, que el veneno de la nostalgia empezaba a correr por mis venas.

El interior de la casa aún no estaba terminado del todo. Amama había insistido en que nos instaláramos en Bilbao con ellos hasta que finalizaran las obras. Pero ama se negó, argumentando que mudarse dos veces era mucho trabajo y que bastante tenía con desembalar y organizar todo al llegar a Laukariz. En realidad, creo que no quería dar la típica imagen de mujer abandonada que vuelve a la casa de sus padres y, además, temía los reproches de amama sobre ti, como si tu comportamiento fuera responsabilidad suya.

Aquella primera noche, como aún no habían traído las mesas y sillas nuevas del salón y de la cocina, tuvimos que cenar sentados en las escaleras que daban al piso de arriba. Recuerdo que tomamos un ColaCao con galletas y que ama se mostraba muy animada, elogiando todo: el suelo de mármol, el diseño moderno de los interruptores, la preciosa noche sin luces del campo, el olor a nuevo de la vivienda. Hablaba y hablaba y parecía que lo hacía para espantar el silencio, como si temiera que la falta de palabras pudiera hacernos ser conscientes de nuestra verdadera situación. A mí me resultaba evidente que su alegría era fingida y, más que animarme, aquel entusiasmo histérico me desasosegó. De pronto me asaltó la convicción de que ella tenía miedo, el mismo que yo ante la nueva vida que afrontábamos.

—¡¿Has visto qué maravilla de muebles?! —exclamaba, abriendo una puerta tras otra en la cocina.

Y serían bonitos, seguro, pero a mí me resultaban extraños, ajenos como el mobiliario de un hotel. Me costaba comprender que aquel era ya nuestro hogar, que nuestro piso, en el que siempre había vivido, pertenecía ahora a otra familia, que otro niño dormiría a partir de esa noche en mi habitación. Cuando terminamos la leche, ama me dijo que saliéramos a ver la noche del campo. Nuria dormía ya en la cuna. Me tomó de la mano y me sacó fuera, a la terraza. Apagó la luz exterior. La noche era estrellada y calurosa.

—Respira hondo y observa —me dijo, haciendo un gesto con la mano como abarcando toda la inmensidad del cielo.

No había luna, tampoco una sola nube. Las estrellas brillaban en todo su esplendor, el monte Berriaga era una mancha negra al fondo. El silencio solo se veía matizado por algún ladrido distante. Observamos juntos el firmamento un buen rato.

—¿Sabes que las estrellas están a más de mil años luz de nosotros? —me preguntó en susurros ama, que se resistía al silencio—. Eso quiere decir que la luz que nosotros vemos ahora salió de ellas hace ese tiempo. Imagínate. ¿Ves esa que tintinea ahí? Quizá cuando ese rayo de luz partió hacia nosotros, Julio César era emperador de Roma.

Noté que me apretaba la mano aún más fuerte.

—¿No te da que pensar que esas estrellas que vemos ya no están ahí, que cambiaron de lugar, que son como fantasmas...?

Ahí la voz se le quebró. No llegó a llorar, apenas dejó escapar un gemido. Sorbió con la nariz, soltó la mano y se la llevó a la boca. Se alejó unos metros de mí, para volver inmediatamente y darme un abrazo. Me besó en la cabeza, una y otra vez. Sentí su aliento penetrando cálido a través de mi pelo, adentrándose como la bruma en la mañana en el bosque. No nos quedamos mucho así. No más de unos segundos. Pero lo suficiente para que, con la mirada en las estrellas, abrazado a ama, sintiera de pronto que estábamos solos en el universo, ella y yo y el bebé, y se hiciera conmigo un vértigo terrible, como si hubiera desaparecido bajo mis pies la tierra firme sobre la que siempre había caminado y ahora cayera agitando las manos.

¿Dónde estarías tú en ese preciso momento? Me lo pregunté, recuerdo que lo hice diciéndome que era el mismo cielo el que tú y nosotros teníamos encima. Intenté imaginarte, pero no sé qué me contesté. Lo hago ahora y te veo bebiendo en una terraza, riendo entre amigos, fumando un cigarro tras otro mientras descuartizáis a otro autor que cometió el gran error de vender más libros que vosotros y citáis con veneración a escritores de Europa del Este que nadie ha leído. Quizá ligaste. Quizá sedujiste a alguna incauta con aspiraciones de intelectual a la que simulaste atender y en ese preciso instante en el que ama lloraba abrazada a mí estabas follándotela en un hotel de mala muerte. O quizá estabas escribiendo. Quizá te dedicabas a la tarea tan simple e ingrata de teclear frente a la máquina, tú, el gran Cacenave Hernández, que incluiste en tu rúbrica el apellido materno para matizar la invisibilidad de las mujeres en la literatura, quizá te dedicabas a lo único que considerabas importante: tú mismo y tus libros.

¿En aquellos primeros días de fuga, en esos primeros días de libertad, pensaste en nosotros en algún momento? ¿En Nuria? ¿En mí? ¿En ama? Qué difícil se le tuvo que hacer a ella, ahora me doy cuenta, el aterrizaje en esa nueva casa en la que seguro que imprimiste tu huella. Porque no te dejaste llevar, ¿no?, seguro que impusiste el color de la piedra del suelo o la distribución de la cocina o los muebles de la sala, yo qué sé, y ama al observar esos detalles cada día recordaría la discusión en la tienda de mobiliario, en la de cerámica, en la que insististe en tu elección hasta que ella terminó por ceder a tus gustos para que te sintieras parte del proyecto de la casa, para que la hicieras tuya.

La recuerdo discutiendo con los obreros vestidos con mono azul que desfilaron por la casa durante el resto del verano, dándoles instrucciones por aquí y por allá. Ahora caigo en que quizá los cambios de última hora que ama se empeñó en hacer en partes de la obra que aún faltaban por terminar tuvieran el sentido de borrar tus huellas, como hizo con tus fotos, que desaparecieron de la vista, o el retrato que te hizo cuando os conocisteis, ese óleo en el que aparecías sonriente fumando un cigarro vestido entero de azul, que lució en el pasillo del piso y al llegar a Laukariz fue relegado al desván, tapado con una manta como el retrato de Dorian Gray, junto a tus libros y tus fósiles y monedas, que guardó en cajas precintadas.

Quedaban tres semanas por delante para el comienzo del curso. Los abuelos y la tía Miren no llegarían hasta dos meses más tarde, con las obras del todo terminadas, así que aquellas primeras semanas en Laukariz estuvimos solos nosotros tres. Nuestro vecino más cercano estaba a un kilómetro. Podíamos pasar días sin ver a nadie. A veces ama recibía visitas, de Edurne o de alguna amiga, y tomaba un té en la terraza y conversaban. Ante ellas, ama se mostraba más natural. Dejaba de fingir. Alguna vez la vi llorar.

—Si no tuviera a los niños todo sería más fácil —la escuché decir una tarde—. Podría salir, conocer gente. Pero no sé ni qué hacer cada día con estos —añadió, señalándome con el pulgar, a mí, que jugaba en el suelo de la terraza con mis Playmobil.

Nuria tenía cólicos y mal dormir. Yo intentaba no molestar y pasaba los días encerrado en mi cuarto, viendo la tele y deambulando por la calle frente a la casa. A veces, cogía la bicicleta y me daba largas vueltas tomando tiempos con el Casio. Otras, me tiraba cuesta abajo sentado en el Sancheski, como en un descenso de *bobsleigh*, desde la puerta de casa hasta el lago, donde la carretera dejaba de tener pendiente. Me ganaba unas broncas tremendas de ama por desgastar las suelas de la zapatilla con las frenadas, pero aquello me encantaba. Me quedaba después allí un buen rato, contemplando el agua en una calma que rompía lanzando piedras, antes de enfilar un regreso cuesta arriba que era largo y duro para mis once años, en el que me entretenía buscando bichos por entre los zarzales, asomándome a las verjas de las casas vacías, imaginando las historias que se escondían tras sus puertas, colándome en las que estaban a medio construir.

El silencio y la oscuridad total de la noche en el campo me asustaban. Me sucedió desde esa primera noche en que ama me mostró el cielo. Tardé mucho tiempo en acostumbrarme. En contraste con el barrio, donde llegaba a mi cama el ruido de los coches, camiones de la basura, sirenas, bocinazos, conversaciones a viva voz de la gente que tomaba algo en la puerta de los bares, en la nueva casa solo se oía el canto de los grillos y el rugir de algún motor o un ladrido en la lejanía. Algunas noches también los llantos de Nuria, claro, y los lamentos de ama, que a veces gritaba de desesperación al bebé, que lloraba entonces más fuerte todavía. Una de esas noches, escuché a ama maldecirte por haberla dejado con *esta carga*.

Dejé de mearme en la cama. La última vez que lo hice fue aquella en la que no te encontré frente a la tele en el salón del piso. Pero comencé a tener unas pesadillas terribles. Había noches en las que me despertaba asediado por terrores. Soñaba que volvía al piso después de la escuela y la llave no funcionaba. Entonces tocaba al timbre, y abríais tú y ama, felices y sonrientes, con cuatro niños muy guapos detrás de vosotros, a los que queríais y hablabais con amor. Yo os decía que era vuestro hijo, pero no me reconocíais y me cerrabais la puerta en la cara. En otros sueños te veía rodeado de mujeres desnudas. Una era Mónica, que se reía al verme y se frotaba las tetas y me decía que no fuera tímido. Tú me decías que me uniera a ti, que ya iba a ver lo bien que lo íbamos a pasar. Algunas noches soñé que ama se suicidaba. Estábamos los cuatro, tú también con nosotros, sentados en una elegante mesa decorada con platos de cerámica fina y copas de cristal. Nuria tenía la misma edad que yo, como si fuéramos mellizos. Contaba entre risas algo que le había pasado en el colegio. Tú asentías mientras leías un libro. Ama trinchaba un pollo asado y sonreía escuchándola, cuando de pronto, sin borrar la sonrisa de la boca, comenzaba a apuñalarse en el estómago con el cuchillo con el que cortaba la cena. La sangre manchaba la mesa, lo salpicaba todo, pero Nuria no dejaba de hablar y de reír con su anécdota y tú ni siquiera levantabas la mirada del libro. Me despertaba gritando, empapado en sudor, pero no me atrevía a molestar a ama. Si estaba dormida, no quería despertarla. Si estaba dormida, procuraba no despertarla. Si atendía a la niña, con sus llantos nocturnos y sus cólicos, evitaba aparecer en su cuarto reclamando atención. No deseaba molestar ni ser *una carga*. Optaba por taparme la cabeza con la almohada y lloraba. Te maldecía a ti, maldecía a ama, maldecía a la niña, y maldecía a la nueva casa.

Cuando por fin llegó el primer día de curso en el nuevo colegio lo hizo con la promesa de un cambio para mejor. No veía el momento de estar rodeado de niños de mi edad, de jugar al fútbol y correr en los recreos. Aquella mañana, mientras ama me llevaba en coche a la parada del autobús del colegio, me explicó que al regreso debía apearme en el mismo lugar. La parada estaba en Artebakarra, frente a la gasolinera ubicada a la entrada de la urbanización. Me repitió el nombre varias veces, insistiendo en que lo memorizara.

—Ar-te-ba-ka-rra —deletreaba, mirándome a los ojos a través del retrovisor, como si me estuviera trasladando una información de la que mi vida dependería.

Me pidió que lo repitiera en alto y así lo hice. Pero aquel era un nombre extraño para mí, que no hablaba euskera. En el barrio todos los nombres eran castellanos:

la ermita de San Miguel, el barrio de Hernán Cortés, la escuela Mercedes Colomer. Además, aquel primer día todo fue nuevo para mí: el aula, los niños, el comedor, el patio, los profesores. Abrumado por las sensaciones, olvidé el nombre de mi destino. Cuando por la tarde monté en el autobús de regreso, lo hice en estado de pánico. Tímido como era, no me atreví a confesar al conductor que no sabía dónde debía bajarme y en vez de ello me aferré a la esperanza de reconocerlo o de que algún cartel o señal de tráfico señalara el lugar y, al leerlo, recordara su nombre. Hice el viaje pegado al cristal de la ventana, pero fue en vano. Artebakarra es un alto que está a medio camino entre Derio y Mungia, cruzado entonces por una carretera general, y no está señalizado como tal. Además, cuando el autobús se detuvo en la parada, ama no había llegado aún y tampoco pudo reclamarme. No reconocí el lugar, ni vi el coche familiar. Todo el paisaje era nuevo para mí. No me apeé. Continué hasta el final del trayecto, hasta Mungia, donde me bajé el último, desconcertado, sin decir nada al chófer ni a los demás niños, que se despedían entre risas para el día siguiente. Me encontré solo en un pueblo que no conocía, pensé en pedir dinero prestado a algún adulto para llamar a casa desde una cabina, pero me di cuenta de que tampoco recordaba el nuevo teléfono. Sí el antiguo, el del piso del barrio, que de pronto pensé auténtico, el mío de verdad y no este nuevo que nada tenía que ver conmigo. Fíjate, me prometí no olvidar nunca el viejo número de teléfono y aún lo recuerdo: 440 28 75. Me aferré a esos dígitos como a la cábala y empecé a recitarlos en mi cabeza como un mantra, una y otra vez. Aquello me permitía no pensar. Recordé el cuento que ama me leía, el de la rana, y anhelé volver a mi charco, al lugar al que pertenecía, lejos de este nuevo mundo extraño.

En la plaza del pueblo, solo, sin saber adónde ir ni qué hacer, con once años recién cumplidos, rompí a llorar. La gente pasaba a mi lado y me miraba con curiosidad, pero sin hacer nada. Cuando me calmé un poco, me atreví a preguntar entre sollozos a una señora cómo llegar a La Bilbaína. Me indicó la dirección hacia la que debía ir y comencé a caminar, vestido de uniforme, con la mochila llena de libros. Estaba a cuatro largos kilómetros de casa, pero no lo sabía y, además, no supe qué otra cosa podía hacer más que caminar. Anduve un buen trecho por el arcén de la carretera regional que conduce a la urbanización. Bajo un intenso sol de septiembre, sin dejar de llorar, todo me resultaba ajeno y desasosegante. El olor intenso de los zarzales; el paisaje de montañas, verde, verde y verde, que se abría a lo lejos; una camioneta abandonada en un terreno, verde también debido al musgo que cubría la cabina y las plantas trepadoras que la habían colonizado y que la aferraban al lugar, fijándola al suelo como si quisieran evitar que huyera; las vacas y ovejas que contemplaban mi lento pasar sin inmutarse, mirándome con insistencia, como vecinas cotillas y maleducadas; el ladrido amenazador de los perros que, atados a una larga cadena en la puerta, protegían los caseríos que se ubicaban a los lados de la carretera.

Había hecho la mitad del camino cuando ama me encontró. Reconocí de lejos su Seat Ritmo azul, que descendía veloz la empinada carretera que yo subía. Después, a ama a través del parabrisas, aferrada al volante con la tensión del protagonista de aquella película que tanto me impresionó, en la que un camión intenta sacar de la carretera a un coche durante todo el metraje. Miraba en todas direcciones, moviendo el cuello con el frenesí de un pájaro asustado. Cuando por fin me vio, dio un grito y se detuvo a un lado con un sonoro frenazo. Se bajó del coche de un salto y me abrazó, apretando tan fuerte que hacía daño, exclamando mi nombre varias veces mientras Nuria berreaba en su capazo, fijo al asiento trasero del coche.

—¡Quiero que volvamos al barrio! —grité, rompiendo a llorar de nuevo.

Y, no sé por qué, si porque lo sentía así realmente, porque la escena melodramática lo exigía o porque en el fondo quería hacer daño a ama, a la que culpaba de mi situación, añadí:

—¡Quiero que vuelva aita!

Recuerdo que en ese momento, de un caserío ubicado a ese lado de la carretera, salió un hombre mayor, vestido con vaqueros, boina, camisa de cuadros y luciendo un cigarro en los labios. Nos observó largo rato desde el pórtico, debajo de una ristra de pimientos choriceros, con gesto extrañado hasta que esbozó una sonrisa irónica, negó con la cabeza y se volvió dentro sin decir nada. Lo recuerdo porque me hizo sentir ridículo y patético.

Cuando volvimos a casa, me senté en la terraza, con la mirada clavada en la casa de amama, harto de esa soledad, añorando que pronto llegaran a vivir ahí mis abuelos. Esa misma casa que más de treinta años después va a ser vendida esta semana y en cuya puerta veo ahora, al detenerse el taxi, a cuatro de las cinco hermanas Otaolea: ama, Miren, Edurne y Mónica, que en el pórtico exterior me saludan con la mano como los habitantes de un pueblo costero recibiendo a un barco que llega de un continente lejano.

## UNA CABEZA QUE PALPITA

—¡Arriba! ¡Vamos! ¡Vístete a toda velocidad!

Ama me lanzó la ropa con tanta fuerza que el botón del pantalón vaquero me hizo daño al alcanzarme en la cara. Protesté, pero por respuesta solo recibí otro grito ordenándome que me diera prisa. ¿Nos habíamos quedado dormidos? ¿Llegábamos tarde al bus? Me puse la ropa y salí del cuarto. Por la ventana de la entreplanta vi que aún era noche cerrada. Bajé a la cocina esperando encontrar a ama preparando el desayuno, pero estaba ya en la puerta para salir, con Nuria en brazos. Temblaba.

—¡Vamos, venga! —gritó—. ¡Al coche, joder!

Me puse el abrigo y las zapatillas de deporte, que ama me obligaba a dejar siempre en el recibidor, y salimos. Hacía un frío terrible. Hice el amago de subirme en la parte delantera, pero ella me ordenó que fuera en el asiento trasero y vigilara el capazo, donde dejó al bebé con suavidad, tapándolo hasta el cuello con una manta. En la cabeza llevaba un gorrito de lana rosa. En las ventanas del Seat Ritmo se había formado una capa de hielo que ama quitó como pudo con una tarjeta de plástico. Durante el trayecto me preguntó varias veces cómo estaba la niña.

Yo la observaba, durmiendo ajena a todo, le ajustaba la manta, y respondía que la veía bien.

—Ay, ay, ay... —se lamentaba ama, pisando el acelerador a tope.

No entendía el motivo de alarma, pero ama se mostraba tan angustiada que su miedo comenzó a contagiarme. Acaricié la manita de mi hermana rezando porque no le pasara nada.

En el hospital de Cruces, que reconocí por la torre central, ama dejó el coche en el *parking* de urgencias, cogió a la niña en brazos y salió corriendo. A mí no me dijo nada. No supe si esperar en el coche o ir tras ella. Hice lo segundo. En el mostrador de la entrada, escuché cómo decía a la enfermera que algo le sucedía al bebé porque la cabeza le temblaba.

—¿Cómo que le tiembla la cabeza?

—Mire...

Ama le quitó el gorro a la niña y le mostró la parte superior de la cabeza de Nuria. La señora se sonrió.

—Pero, mujer... eso es la fontanela. El cráneo aún no se ha cerrado del todo y a veces late por las pulsaciones. No pasa nada, no es nada malo, es normal.

Ama pareció más contrariada que aliviada. Insistió en que prefería que la observara un médico. La enfermera no discutió. Nos indicó que aguardáramos en la sala de espera de pediatría, al final del pasillo. Al entrar allí vi la hora en un reloj digital de pared. Eran las tres y media de la madrugada.

En la sala se encontraba otra madre que esperaba junto a su hijo, más o menos de mi edad, quien dormía tumbado a lo ancho sobre los asientos, tapado con un abrigo. Cuando entramos, ama y la señora se miraron con la solidaridad de quienes comparten una situación desagradable y se saludaron murmurando «buenas noches». Nos sentamos frente a ellos. La mujer canturreaba una nana en voz muy baja y acariciaba el pelo a su hijo, que a cada rato se tensaba y dejaba escapar un quejido de dolor. Cuando les llegó su turno, el chico se incorporó con dificultad, apretándose el estómago con los brazos. Llevaba un pijama de Mazinger Z.

Nos llamaron poco después. Ama me dijo que la siguiera. Entramos con Nuria en una pequeña estancia, donde nos recibió un médico joven, alto y de anchos hombros, vestido con bata blanca. Le preguntó a ama por la razón por la que había acudido a urgencias.

—Le... le... le palpita la cabeza —se limitó a decir ella, tartamudeando al comenzar la frase, señalando a la niña, que se había despertado y miraba alrededor llena de curiosidad.

El doctor tomó a Nuria y la levantó a la altura de sus ojos. La giró un poco a cada lado, observándola. Preguntó si tenía fiebre o el cuello rígido. El bebé entonces se rio, una pequeña carcajada como si quisiera responder a la pregunta. Ama negó con la cabeza.

—No, nada más... era solo eso —murmuró.

El médico devolvió la niña a ama y le explicó lo que ya había adelantado la enfermera. Dijo que el cráneo de un bebé tiene partes blandas porque está formado por varias placas óseas que se unen con el tiempo. A esas zonas se las denomina fontanelas. A veces se puede apreciar cómo esa zona late. No me gustó el aire de superioridad con el que habló a ama.

—Es normal, es el pulso. Usted también tiene —concluyó, haciendo un ruidito con la nariz, como riéndose de su propio chiste.

Ama le dio las gracias. Él respondió con un seco «adiós» y se puso a leer un papel que tenía sobre la mesa.

—Hala, vámonos a casa —dijo ama, tomándome del hombro.

Cuando salimos, en la sala de espera se encontraba otra mujer, con dos niños pequeños, de unos tres o cuatro años. Tenía uno en brazos, cuya frente besaba, supongo que vigilándole la fiebre. El otro dormía apoyado en ella, con una figurita de He-Man en la mano. Ama dio las buenas noches a la señora. Ella contestó con un murmullo. Recuerdo que pensé que se suele decir que la noche está habitada por monstruos, pero en realidad solo hay mujeres cansadas.

## 16

A un lado de la puerta exterior, junto al contenedor doméstico de basura, se alza una pequeña montaña de trastos. En un primer vistazo, nada más bajar del taxi, distingo las sillas de cocina, el archivador de documentos de metal y plástico rojo del despacho de aitite, una cubitera dorada que recuerdo de varias celebraciones, los utensilios de la chimenea —atizador, escobilla, tenazas y su soporte— y varios libros que no me da tiempo a identificar, porque muestran el canto por las hojas. Estoy tentado de acercarme a revisar qué más han tirado ama y las tías en la limpieza de la casa, por si hay cosas mías, la caja con la moneda de Carla o algún libro de valor, pero ama se precipita hacia mí y se salta las recomendaciones sanitarias abrazándome con todas sus fuerzas. Los dos tenemos las mascarillas puestas, eso sí, así que supongo que tampoco pasa nada.

—¡Ay! ¡Mi chiquitín! ¡Qué ganas tenía de verte! —grita emocionada.

La sigue Edurne, que me ofrece el codo de su brazo derecho para que lo toque con el mío, como insisten en que debemos saludarnos ahora, y Mónica, que me suelta un cachete en el culo, en su línea. Miren mantiene las distancias, quedándose en la parte de arriba de las escaleras de entrada a casa, aunque al menos parece que sonríe detrás de la mascarilla. Ama se muestra exultante. Sabes que a veces le cuesta expresar sus sentimientos. Sin embargo, esta vez desborda alegría y habla atropelladamente, mirándome de arriba abajo como si hubiera activado un escáner. Es dura en el juicio. Me dice que he engordado, que estoy muy blanco y que tengo el pelo demasiado largo. Mónica y Edurne le dan la razón riendo. A ratos, ama me toca el brazo con la mano, sin acercarse mucho, como comprobando que de verdad estoy ahí, que no soy un espejismo. Sonríe con los ojos.

Me hace mucha ilusión volver a estar con ella, después de estos meses de incertidumbre. Durante el confinamiento temí no volver a verla, abrumado con las primeras noticias de la pandemia. No llegó a contagiarse, pero la misma posibilidad de que sucediera me insufló un miedo inédito. Nunca antes había temido por su muerte. Así que yo también estoy muy contento. Sin embargo, de pronto se hace conmigo la sensación de que han pasado siglos desde la última vez que estuvimos juntos. Tanto ha cambiado el mundo en estos meses. Es otro, distinto y peor. Esta idea repentina me estropea un poco el momento.

Como refrendando mi sentimiento, el cielo se cubre de pronto. Una leve brisa agita las hojas de los árboles. Las ramas sisean como bibliotecarios pidiendo silencio. Ama y las tías han comido en el jardín. En la mesa bajera de plástico, sobre un mantel de flores azules, cuatro tazas rodean a una cafetera y una jarra con leche. Edurne me pregunta si quiero un café, aclarando que en cuanto terminen continúan con la limpieza.

—Ya he tomado en Bilbao, gracias —respondo, mientras ellas se sientan en torno a la mesa.

—Pues ve dejando tus cosas, si quieres. Tienes el cuarto preparado —dice ama, señalándome la puerta de entrada a la casa.

—Vas a dormir en mi cama, compórtate, eh —apostilla Mónica dejando escapar una sonora carcajada.

De la cerradura de la puerta de casa cuelga el manojo de llaves de ama. El llavero de siempre, con el logotipo metálico de Juguetes Otaolea con el baño de color descascarillado, el mismo manojo que tantas veces llevé apretado dentro del puño al atravesar el jardín de una casa a otra para atender una llamada de amama, para coger un cartón de leche, para refugiarme allí de una bronca con ama.

No piso esta casa desde la última vez que visitamos a ama aquí en Laukariz. Eso fue hace seis años, por lo menos. Recuerdo que Maia aún gateaba, que lo hacía a una velocidad endiablada, y que estábamos todo el tiempo pendientes de que no se acercara demasiado a las escaleras. Amama había degenerado muy rápido. Sufría demencia y había perdido la movilidad. Me entristeció muchísimo verla cuando entramos en la casa a presentarle a la pequeña. Estaba sentada en su silla de ruedas frente al televisor, acompañada de aquella chica sudamericana tan joven, que se aislaba de todo con unos desproporcionados auriculares de color rosa fosforito. Ama llevaba a Maia en brazos y se la mostraba como un trofeo, diciéndole que aquella era su bisnieta, que se fijara qué guapa era y cómo se parecía a su padre. Amama observaba al bebé con gesto angustioso, como si le diera miedo, quién sabe si porque no entendía qué le decía ama o, incluso, quién era. Después ama le puso la niña sobre sus rodillas, sin dejar de sujetarla, y empezó a hablar a Maia y a exclamar que qué bien estaban ahí las dos juntas como buenas amigas. A mí la escena me resultaba tan grotesca, tan insoportable la expresión en el rostro de la abuela, aquel gesto como de estar a punto de dar un grito que no terminaba de brotar de su garganta, que tuve que salir a tomar el aire. Fumando un cigarro en el exterior de la casa, recordando a la mujer que amama fue, me costó evitar las lágrimas.

Ha sido cruzar el umbral de la puerta, dejarme llevar por el olor característico que aún mantiene la casa, y sentir los recuerdos burbujeando en el cerebro. Subo hasta el cuarto de Mónica, que ama me ha preparado, dejo la mochila con mis cosas allí y paseo un poco por la casa, asomándome a los cuartos, a los baños, la cocina, recordando tantos momentos. Es bonito, ir picando aquí y ahí, como en un bufet de memorias, pero al entrar en la habitación de amama siento un vértigo repentino, como si se me hubieran atragantado los recuerdos, como si tuviera una sobredosis de nostalgia.

El cuarto lleva años vacío. No desde la muerte de amama, sino desde mucho antes, porque con la pérdida de movilidad se la trasladó a la planta de abajo para que no tuviera que afrontar escaleras. Aun así, a pesar de su larga ausencia, el dormitorio sigue estando igual que cuando lo habitaba ella: la cama de madera oscura con la colcha rosa; el mosaico con la imagen de la Virgen de Begoña sobre el reposacabezas de madera; una fotografía en blanco y negro de aitite sobre la mesilla, con un rosario colgando sobre el marco plateado; el mueble de época con la cubertería de plata, sobre el que ella tenía un pequeño televisor que le hizo compañía tantas noches de soledad. El lugar, los objetos y su disposición hacen que el recuerdo de amama emerja vívido de pronto y me veo de adolescente tocando de noche la puerta de su cuarto, de este cuarto, entrando con pasos tímidos, preguntándole qué tal se encuentra, sentándome un rato a los pies de su cama, hablando con ella y sintiendo su agradecimiento por ese pequeño instante de compañía, percibiendo el olor ácido del vino en su aliento, notando cómo arrastra las palabras, cómo ladea la cabeza y los párpados le pesan. Me veo en este mismo cuarto, en el borde de esta misma cama en la que me he sentado para recobrar el aire y vuelvo a sentir el estremecimiento que se hacía conmigo entonces, el impulso de salir corriendo y huir lo más lejos posible y, al mismo tiempo, de no moverme nunca más de su lado.

Pienso en qué acertada es la idea de los relatos victorianos en los que las casas tienen un ánima determinada por los acontecimientos que sucedieron entre sus paredes.

Me asomo a la ventana para tomar un poco el aire y quitarme la mascarilla. Desde ahí observo la casa de ama, el bifamiliar que comparte con Miren. Mi mirada se detiene en la ventana del que fue mi cuarto tantos años. Me recuerdo con dieciséis o diecisiete años, fumando un cigarro sentado en el alféizar mientras leía. Qué postureo, Dios mío. Qué letraherido insoportable. Cuánto te habrías avergonzado de mí si me hubieras visto. Amama me llamaba desde su ventana y hablábamos a voces como dos vecinas en un patio interior mientras hacen la colada. A veces eran conversaciones triviales, sobre el tiempo o los resultados de fútbol o el Tour de Francia. Ella fue una aficionada circunstancial. Se interesó por los deportes para tener conversación conmigo. Nunca le oí mencionar el fútbol o el ciclismo antes de quedar viuda, pero después era capaz de recitar de memoria el once inicial del Athletic o argumentar que las opciones de Marco Pantani para ganar la carrera pasaban por atacar en el puerto del Galibier. Aquello me daba un poco de pena, porque sentía que había devenido hincha para tener algo en común conmigo. Y aunque era una demostración de cariño, en la misma medida era también señal de su soledad.

A veces amama me preguntaba desde su ventana por el libro que tenía entre las manos y yo le hablaba de Albert Camus y de Leonardo Sciascia y de Roberto Arlt y le confesaba que quería ser escritor. A ella, que nunca había leído un libro, y aborreció al único escritor que conoció en persona (no te sulfures, le diste motivos), le parecía bien y me respondía que seguro que lo conseguiría. Las tardes en las que Mónica había salido y volvería de madrugada, amama me preguntaba si quería dormir en su casa. Aquella pregunta tenía mucho de ruego. Amama, que había crecido en la ciudad, nunca terminó de curar su miedo a la noche oscura del campo y no soportaba pasarla en soledad. Si no había nadie con ella, no llegaba a conciliar el sueño, y se quejaba de manera amarga de ello durante el día siguiente. Cuando aceptaba y pasaba a su casa, cocinaba para mí, cenábamos juntos, veíamos el partido de liga que daban en abierto. Estaba tan exultante en esos momentos que merecía la pena cambiar mi habitación por la incómoda cama del cuarto de invitados de su casa, donde ya había dejado de manera permanente un par de pijamas, un paquete de Chesterfield y algunos cómics.

En ocasiones era ama quien pasaba a dormir, porque amama se resistía a ir a casa de su hija, por mucho que insistiéramos en que lo hiciera. Algunas noches, sin embargo, nadie podía atenderla. Pilar hacía tiempo que se había marchado a Londres, ama estaba fuera, en alguno de los viajes que empezó a hacer con sus amigas del trabajo (a Nuria la mandaba donde Edurne), Mónica había salido y yo también. A Miren ni se le ocurría pasar donde su madre. Esas noches yo sabía que amama se torturaba pensándose sola, y que lloraba y que bebía, y alguna madrugada, en mitad de una fiesta con mis amigos, la mirada se me nublaba de pronto al recordar que en ese preciso momento en el que yo reía y cantaba, amama estaba sola.

Algunas tardes de viernes o sábado amama iba a Bilbao. Desde que tuve carné, la mayoría de esas ocasiones la llevaba yo en coche. Yo iba al cine o me encontraba con mis amigos en el Grafit, muy cerca del antiguo piso de aitite y amama, donde pasábamos las horas estirando un café, charlando y fumando. Ella iba al bingo Arizona, al final de Gran Vía, casi a la altura del Sagrado Corazón. Quedaba con algunas amigas para pasar la tarde del sábado o el domingo y jugar unos cartones y ponerse al día. En el viaje le solía poner una cinta de Juan Pardo que recuperé del coche de aitite antes de que Miren se lo agenciara poco después de su muerte. Amama reía y reía mientras yo cantaba *Caballo de batalla*, gesticulando exagerado, agitando la mano como un director de orquesta: «Porque si tú eres joven, no eres sabio, y hay que darle tiempo al tiempo y aprenderse la lección».

—¡Serás sinsorgo! —exclamaba, y se tapaba la boca con la mano. Siempre lo hacía, como si la risa hubiera que ocultarla de miradas ajenas.

La mayoría de las veces la dejaba en la misma puerta del bingo. A veces detenía el coche junto a la acera, me bajaba para abrirle la puerta y, al hacerlo, dibujaba una forzada reverencia, como si fuera el chófer de una reina. Yo disfrutaba testando su sentido del ridículo. Ella se ponía roja como un tomate, pero aquello la divertía. Me gustaba hacer reír a amama. Sus carcajadas suponían una cierta rebeldía ante el destino que había tenido en suerte, la viudez, su tristeza, la desdicha en la que vivía. Un poco como el Sísifo feliz que reivindicaba Camus. Claro que protestaba, exclamando eso de «¡sinsorgo!», pero disfrutaba de aquel juego. Lo sé. Se le notaba. Además, creo que se sentía feliz de llegar acompañada al bingo, llamando un poquito la atención. Sobre todo cuando sus amigas, ese grupo de señoronas de labios de carmín rojo, vestidas con pieles y collares dorados, la estaban esperando en la puerta.

Otras veces yo aparcaba donde podía y la acompañaba paseando por Bilbao, entrelazados nuestros brazos, ella aferrando su bolso al pecho con la mano libre. En el camino iba contándome pequeñas anécdotas y hechos que habían sucedido en tal o cual lugar: «en esa tienda compré el reloj de tu abuelo; en el cuarto piso de este portal nació mi primo Obdulio; ahí es donde atropellaron a Mónica cuando era pequeña, ¡menos mal que no se hizo nada!». Teníamos que detenernos varias veces para saludar a conocidos de amama, con los que se mostraba muy afable y ante cuya amabilidad se sentía agasajada. Cuando los dejábamos atrás, se lamentaba de vivir aislada, maldiciendo el haber cedido ante aitite para trasladarse a La Bilbaína, algo que ella no quería hacer. Yo le insistía, lo hacía recurrentemente, en que podía vender la casa y comprarse un piso en Bilbao. Pero ella se lamentaba exclamando «¡como si fuera tan fácil!» y concluía que a su edad no estaba para mudanzas.

—Además, ¿qué voy a hacer con Mónica? ¿Echarla de casa? —se quejaba y me miraba a los ojos, como esperando una respuesta que yo no le daba porque era muy sencilla. Mónica era independiente, en modo de vida y recursos. Podía buscarse algo y, aunque no fuera el caso, también podría trasladarse a un piso con ella.

La ciudad era para amama un mapa del pasado. Un lugar al que acudir de vez en cuando en busca de recuerdos. La Bilbaína, el destierro. En cierto sentido, era como si con la muerte de aitite se hubiera retirado también ella de la vida. Como si se hubiera echado a un lado y diera la espalda a la existencia, como la imagen de cuento victoriano del fiel perro que espera la muerte recostado sobre la tumba de su amo.

Si me quedaba hasta tarde en Bilbao, o a dormir en casa de algún amigo porque salíamos de fiesta, amama volvía a Laukariz en taxi. Siempre la llevaba el mismo conductor, al que llamaba por teléfono para que la recogiera en la puerta del bingo. Era un hombre de unos cincuenta años, bajito y fornido, vestido siempre con pantalón rectangular gris de franela, zapatos marrones demasiado lustrados, camisa blanca y un jersey verde oscuro de cuello de pico por el que asomaba el nudo de una corbata. Se llamaba José Luis y a mí me caía especialmente antipático por servicial. Su manera de hablarle, con frases hechas y preguntas retóricas, su modo de interpelarla con un «eh, doña Begoña», me sacaba de quicio. Alguna vez que la acompañé en el taxi, porque no tenía coche esa tarde o había ido a San Mamés o al cine y había preferido bajar en autobús por lo que fuera, me costó mantener la compostura.

—Qué orgullosa tiene que estar de su nieto, eh, ¿doña Begoña? —exclamaba el tipo mirándonos alternativamente por el retrovisor—. Qué buena noche hace hoy, eh, ¿doña Begoña? Qué bueno que ha ganado hoy el Athletic, eh, ¿doña Begoña?

Y yo cada vez que decía lo de «doña Begoña» imitaba a la vieja del anuncio del yogur griego de Danone, exclamando «¡jroña que jroña!, ¡jroña que jroña!». Pero amama no reía esta vez. Me golpeaba en el muslo con la mano abierta, llamándome la atención como a un niño maleducado, y le contestaba al taxista con amabilidad.

—Sí, José Luis, qué bien que hayamos ganado. Este año seguro que nos clasificamos para Europa.

A mí todo ese teatrillo me enfermaba. Entendía que ella se sentía halagada por el trato que recibía. Le hablaban como a una marquesa. Eran serviciales con ella como si se tratara de la alcaldesa o la mujer del gobernador. No solo aquel taxista. Todos los que rondaban el bingo: el portero vestido de otra época que le abría la puerta casi haciendo una reverencia y le regalaba un piropo contenido; la señora que, apoyada en un taburete, vendía lotería en el descansillo y mostraba una alegría exagerada por verla; también sus amigas, a las que sabía que a veces les pagaba sus cartones para que jugaran con ella, para que no se fueran tan pronto a casa con sus maridos, para que le hicieran compañía y bebieran juntas. Aquello le gustaba, sentirse importante, a ella, que había sido la esposa de Miguel Otaolea, hombre respetado y querido en la ciudad.

Yo veía tan claro que el motivo de aquellos remilgos era el interés, que me asqueaba que me ofreciera dinero cuando la acompañaba al bingo. Igual que le daba propina al portero, igual que compraba siempre un boleto a la mujer de la entrada, igual que pagaba algunas rondas a las amigas o le daba unos cartones a aquellas a las que sus maridos controlaban lo que gastaban, a mí me daba la paga. Sacaba un billete de cinco mil pesetas y me decía «toma, cariño, para la gasolina» o «cómprate algo, anda». A veces lo rechazaba y ella insistía, pero yo me mantenía firme. Otras, lo cogía. Porque no tenía pasta, porque me venía de verdad muy bien, porque quería comprarme un videojuego o un libro. Y ese billete me quemaba en el bolsillo. Me sentía sucio, como si mi compañía tuviera que ser pagada, como uno más del séquito de parásitos que la rodeaban.

¿Era ese el mismo sentimiento que a ti te atormentaba cuando vivías con nosotros, consciente de que eras en el fondo un mantenido?

Yo nunca entraba en el bingo. Nos citábamos en la puerta a las diez de la noche y bien ella me estaba esperando, bien pedía al portero que por favor avisara a la señora Begoña Madariaga de que su nieto había llegado. En cierta ocasión tardó tanto en salir que decidí entrar a buscarla. Me sorprendió la enormidad de la sala. Tuve la sensación de encontrarme en una de esas estancias imposibles del cine fantástico o de terror, más grandes por dentro que por fuera. Decenas de mesas redondas de tapete verde cubrían el suelo alfombrado, apenas sin distancia unas de otras, como si el decorador hubiera encargado más de las necesarias y decidido meterlas todas como fuera. Una desproporcionada y pretenciosa lámpara de araña intentaba dar solemnidad al lugar. Olía a ambientador y a tabaco y a aire acondicionado. Todavía se podía fumar en interiores y en cada mesa varios ceniceros humeaban como pequeñas fábricas, junto a vasos de tubo en los que los hielos se derretían en líquidos de colores. Sentados en torno a las mesas, parejas y grupos, y también alguna persona solitaria, jugadores que observaban sus cartones mientras la megafonía iba cantando números. La concentración de los presentes era de escuela islámica.

Tardé en localizar a amama. Se encontraba en una de las mesas, junto a otras dos señoras de su edad, una rubia y otra morena, sentadas cada una a un lado de amama. Abstraídas en sus respectivas cartillas, no hablaban, no se miraban. Mientras me dirigía a la mesa, un jugador cantó bingo con un grito emocionado. Entonces, como despertando de un letargo, las tres volvieron a hacerse presentes y comentaron algo que no alcancé a oír. No sonreían, no parecían disfrutar. Al contrario, tenían una mirada turbia y desconfiada, de camello de barrio. Vi cómo amama buscaba en su cartera y le daba un billete a la señora rubia, que se marchó de la mesa.

—¡Hola, cariño! —me saludó con artificial efusividad cuando llegué a su altura—. ¿Tan pronto vienes? ¿Qué hora es, pues?

—¡Qué nieto más guapo tienes, Begoña! —exclamó la mujer morena, observándome de arriba abajo, mostrando una sonrisa de dientes amarillos.

Le expliqué a amama que era tarde, que tenía el coche aparcado en la puerta y me podían multar. Insistí en que debíamos irnos cuando apareció la rubia con varios cartones en la mano que dejó sobre la mesa junto a unas monedas, al tiempo que se sentaba al lado de amama. La morena se hizo con uno de los cartones con un gesto veloz de la mano, como la lengua de un lagarto al cazar un insecto.

—Un cartoncito y nos vamos, ¿vale? —me rogó amama.

—Venga, déjale a tu abuelita que se divierta un poco más, anda —se unieron a la súplica las otras dos mujeres.

Entonces, las observé mejor y me di cuenta de que eran

mucho más jóvenes de lo que aparentaban, de que estaban pintadas con exageración, de que sus vestidos eran de tela barata y lucían lamparones y manchas, de que estaban borrachas. Parecían dos pordioseras del Londres de Dickens. Esperé. Amama también estaba bebida. Tachaba los números del cartón con dificultad. A ratos levantaba pesadamente los ojos de la cartilla y me sonreía como buscando mi aprobación. Su mirada parecía decirme «ya ves, esto es lo que soy, esta es mi vida».

Cuando volvíamos a casa, en el coche, le pregunté a ver quiénes eran aquellas mujeres.

—Unas amigas —contestó.

—Pero no son de tu grupo de siempre, ¿verdad? ¿Cómo se llaman?

Ella guardó silencio un buen rato, mirando por su ventanilla. Yo la buscaba con la mirada, pero en vano.

—No lo sé —murmuró, al fin.

Unos días más tarde escuché a ama y a Edurne conversar muy preocupadas por el nivel de gasto de amama. Habían visto los extractos bancarios. Sacaba mucho dinero del cajero cada fin de semana. El último, nada menos que trescientas mil pesetas. Y después, nunca tenía en el bolso. No sé cuánto tardaron en vetarle el bingo. Un día, ama me rogó que cuando amama me preguntara si la llevaba a Bilbao le contestara que no podía, que tenía otros planes. Sucedió algunas veces, no recuerdo que muchas. Ella no insistió ante mi negativa. Se limitó a darme las gracias de todas maneras. A partir de entonces, sus únicas salidas de Laukariz las hacía con ama, Mónica o Edurne. De compras a El Corte Inglés —donde aún hoy todas las señoras me recuerdan a ella—, a la peluquería de vez en cuando, al entierro de algún conocido de Bilbao. Pero cada vez eran más esporádicas. Comía poco y con vino. Después se pegaba a la televisión, a ver los programas de cotilleos sin atenderlos realmente. Tengo el recuerdo de que murmuraba delante de la pantalla. A veces ama, Nuria y yo solíamos pasar a cenar allí. Mónica insistía en ello, porque cuando estaban solas apenas hablaban más que para discutir. Amama tenía unas peloteras tremendas con ella, a la que, cuando se pasaba con el vino, acusaba de vivir a su costa. Le recriminaba su modo de vida, que no tuviera un marido, que hubiera estado con varios hombres. Cierta vez que se pasó con el vino en la comida, la llamó puta delante de todos nosotros. Solía decirle pelandrusca, término que a mí me hacía mucha gracia, pues era como de otra época, y que aunque venía a significar lo mismo, convendremos en que no es igual. Cuando Mónica, cansada de los reproches, se mudó a un ático en Bilbao, las hijas decidieron contratar una cuidadora para que ayudara a amama. A ella le sentó como un tiro. Protestó diciendo que no había tenido cinco hijas para acabar abandonada y siendo atendida por una desconocida. Montó un drama. Pidió que la mandaran a un asilo, que al menos estaría con gente de su edad. Al final accedió. Ama y Edurne se encargaron del proceso de selección. Amama recibía a las candidatas con una sonrisa, pero después hacía la convivencia imposible hasta que las pobres dimitían. En los dos primeros años desfilaron nada menos que seis mujeres, de todas las edades, procedencias y caracteres, y las seis terminaron huyendo. Hasta que apareció Nelly, una chica boliviana que no llegaba a los treinta años, menuda y sonriente, que era pura paciencia y bondad. Consiguió apaciguar a amama. Con ella parecía otra mujer. Era como si hubiera hecho las paces con su destino. Aquello fue en torno a 2005. Yo ya no vivía en Laukariz, pero cuando subía a visitarlas, recuerdo que ama solía elogiar a Nelly, halagar la paciencia que tenía con amama, que era de armas tomar. La chica sonreía tímida y decía:

—Pero si la señora Begoña es un sol. ¡Ustedes no conocen a mi madre!

Nelly estuvo cuatro años con amama. Era viuda, como ella. Su marido era peón y había muerto en un accidente en la obra. Tenía dos hijas en Bolivia, con las que solía hablar por videoconferencia y a las que enviaba regalos de vez en cuando. Unas Navidades volvió a su hogar, quince días. El regreso a Laukariz fue muy duro para ella. Como emigrar de nuevo, incluso peor, le confesó a ama. Se hizo un colgante con las fotos de sus dos niñas, que en ese momento tenían doce y diez años. Apretaba esas estampitas contra su corazón. Rezaba a todas horas. Ama le deslizó la posibilidad de que se las trajera con ella. La casa es enorme, tenían espacio de sobra y pensó que a amama le vendría bien tener dos pequeñas correteando por ahí. Edurne apoyó la idea. Nelly se mostró entusiasmada por la posibilidad. Volvió a sonreír.

Fue entonces cuando Miren se metió por medio y dijo que de eso nada.

—¿Es que queréis que se queden con la casa? —recriminó a sus hermanas—. Parecéis monjitas de la caridad. ¿Sabéis lo que cuesta echar a una familia de okupas?

Consiguió abortar el plan. Pero no se quedó ahí. En las conversaciones con sus hermanas empezó a insinuar la posibilidad de que, dada la buena relación que tenía con ella, amama testamentara a favor de Nelly. Explicó que no sería la primera vez que sucedía, que ella conocía varios casos en la misma Bilbaína de personas mayores cuyas cuidadoras les lavaron el cerebro para que les legaran bienes y dinero. Convenció a Mónica. Edurne y ama no daban crédito a esas estupideces, pero Miren empezó a hacerse presente cada vez más en la casa. En todos los años que había vivido frente a su madre no había pasado por allí más de una decena de veces, siempre con algún papel que firmar para la empresa, de la que amama era máxima accionista tras la muerte de aitite en 1990. Ahora iba casi todos los días y, cuando ella y su marido estaban presentes, mandaba a Nelly, que siempre compartió mesa con amama, a cenar a la cocina. Era su modo de marcar jerarquía y de demostrarle que no era de la familia. Amama, que por alguna razón que no comprendo se sentía halagada cuando Miren le hacía caso, trataba en presencia de su hija mayor a Nelly de una manera muy diferente a la habitual, dándole órdenes —fíjate, ella, que me enseñó a mí que eso jamás debe hacerse— y quejándose en alto de lo mal que hacía las cosas. Al final, Miren despidió a Nelly sin consultarlo con ama ni Edurne. Dijo que lo había consensuado con Mónica, pero quién sabe. Argumentó que la casa estaba abandonada, que no hacía caso a amama y se pasaba el día hablando con sus hijas en Bolivia. Afirmó tajante que a las empleadas del hogar hay que rotarlas porque si no se acomodan y dejan de rendir. Aquellos días yo discutí con ama, exigiéndole que se plantara ante su hermana mayor, que aprovecharan para apartarla de la dirección de la empresa, que hicieran algo. Pero fue en vano. Miren ejerce un extraño poder sobre las demás.

Desde ese momento volvieron a desfilar asistentas por la casa, una tras otra. Amama ya no las trataba mal, no especialmente, pero eran ellas quienes dejaban el trabajo al cabo de pocos meses. Miren no volvió a cenar en casa de amama más que una o dos veces al año, en los días en los que necesitaba que le firmara algún papel. En esas ocasiones, amama seguía actuando como si hubiera recibido la visita de un miembro de la familia real. Nunca volvió a nombrar a Nelly, aunque yo sé que la echaba de menos.

Poco después de que amama muriera escribí una columna en el periódico preguntándome si en algún momento de nuestras vidas alcanzamos algo así como la esencia de lo que somos, si nuestra identidad está marcada más en un tiempo que en otro, si somos más aquel que somos con veinte, cuarenta o sesenta años que el que fuimos antes o seremos después. Ejemplifiqué mis dudas con deportistas, que alcanzan la cima de su éxito a muy temprana edad y pasan la mayor parte de sus vidas retirados de aquello que los hizo conocidos: el exfutbolista campeón del mundo sesenta años atrás que es recordado en su obituario por algo que hizo hace tanto tiempo, algo que hizo alguien que ya no es él. Hablaba también de escritores o investigadores que encuentran el reconocimiento a su trabajo en las postrimerías de sus vidas: un premio nobel septuagenario, por ejemplo, ¿fue menos él antes de aquello? Pero en realidad pensaba en amama, que fue para mí dos personas diferentes, casi contrapuestas: aquella que me cuidó de niño, que me quiso tanto y calmó mis miedos y mis llantos, y esa sombra que habitó esta casa desde la muerte de aitite.

## NELLY Y LOS DUENDES

¡Cuántos dientes blancos formaban la sonrisa de Nelly! A veces se mostraba exultante y reía por todo. Aquella tarde estaba feliz. Yo tenía en torno a treinta años, como ella, y ya no vivía allí, pero solía subir algún sábado o domingo a pasar la tarde en Laukariz. Habíamos comido juntos, ama, Nuria y yo, con ella y amama, y ahora tomábamos café hablando de todo y nada al mismo tiempo. Fui a encenderme un cigarro, pero no encontraba el mechero. No era el primer pitillo que me echaba en esa sobremesa. Un rato antes había fumado otro y estaba convencido de haber dejado el mechero sobre el paquete de Marlboro. Lo busqué por todas partes, desconcertado. Estuve un buen rato intentando dar con él, hasta que lo localicé sobre la chimenea. Cuando me senté en la mesa, pregunté quién de ellas lo había dejado allí. Todas negaron haber sido.

—¡Pues alguna me lo ha tenido que quitar! —exclamé.

—Quizá fue un duende —dijo Nelly.

Yo me reí.

—No se sonría. Están siempre trasteando aquí y allá para fastidiarlo a uno. Se divierten así.

Me di cuenta de que Nelly estaba hablando en serio.

—No me dirás que crees en los duendes, Nelly —le dije.

—¡Claro que creo! Existen, aunque nunca, nunca se dejan ver.

—Pero ¿cómo sabes que son reales? ¿Has visto alguna vez uno? —le pregunté.

—Por supuesto que no. Si lo ves, no es un duende —concluyó ella con lógica aplastante.

## 17

¿Cómo eran cuando las conociste? ¿Qué ilusiones tenían? ¿Cómo se llevaban entre ellas? ¿Cómo las recuerdas? ¿Has pensado en las hermanas Otaolea en algún momento de estos años? ¿O las has olvidado, las has dejado atrás como parte de un paisaje al que no quieres volver?

Hemos cenado en la mesa del jardín. Son las ocho de la tarde. El sol está poniéndose y los pájaros despiden el día con su habitual estruendo de última hora. En algún lugar leí que cantar a primera y última hora del día es su manera de recordar al resto que están ahí, que siguen vivos. Escuchándolos, me digo que nuestro encuentro tiene mucho de eso también. Ama y las tías dan cuenta de la segunda botella de vino, un tinto de CVNE de 1990, el año en que murió aitite. Me pregunto si solo yo me he percatado de la efeméride.

—¡Compañía Vinícola del Norte de España! —he clamado como si se tratara del nombre de un regimiento cuando Edurne ha aparecido con la botella, recordando que amama siempre lo hacía, cantar solemnemente el significado de esas siglas.

Pero no lo he probado, no me gusta el vino.

—Pues te vendría bien dejar esa mierda y beber un poco —me recrimina Miren señalándome con la copa al encenderme un cigarro.

Edurne se solidariza conmigo pidiéndome un pitillo. Lo enciende con gesto de actriz de vodevil. Al echar el humo dice que no suele fumar y, mirando a su hermana mayor, añade con sorna que solo lo hace en ocasiones especiales.

Animadas por el alcohol, las cuatro discuten en una de esas disputas soterradas, conducidas con el tono que solo los familiares íntimos se permiten, lleno de silencios y sobreentendidos, en el que cada afirmación se contextualiza en una larga historia de afrentas que se pierde atrás en el tiempo. A ratos se enzarzan por algunos enseres que quedan en la casa, que más de una quiere para ella. En esos momentos, emergen pequeños conflictos del pasado: que si aita te pagó a ti tal o cual cosa y a mí no, que si tal día me destrozaste un vestido, que si me robaste unos pendientes cuando salías con tal chico. Parecen niñas celosas por el cariño de sus padres. A pesar del tono infantil de la discusión, o precisamente por ello, me resultan de pronto muy mayores, como si en estos dos últimos años hubieran envejecido de pronto. Me pregunto si ellas me verán también igual, si en mi rostro buscarán los vestigios del niño que fui. A veces no nos damos cuenta de que en nosotros el tiempo también pasa. Observo a ama, que se tensa con la presencia de sus hermanas y se transforma en otra mujer, una mujer peor, apocada, taciturna, que al hablar evita el contacto visual, como si supiera que a través de los ojos se pudiera saber qué pensamientos la consumen por dentro. En mis tías reconozco los rostros familiares que marcaron mi infancia y determinaron mi manera de ser. Con Edurne y su marido estuve justo antes de la pandemia en Madrid, comiendo juntos cuando fueron unos días de turismo a ver museos y galerías en la capital. Ella siempre me trató como a un hijo y ahora de adultos compartimos la intimidad de los que nos dedicamos a crear. Ya sabes que siempre fue medio *hippie*, que hizo Bellas Artes y que fumaba canutos. Sigue pintando, aunque hace tiempo que lo hace sin expectativas.

A las otras dos, a Mónica y a Miren, hacía años que no las veía. La primera muestra la misma actitud desenfadada de la que siempre ha hecho gala: se recrea en frases ingeniosas, evita las respuestas concretas, de tanto en cuanto se carcajea. Incluso hace un par de comentarios picantes que no vienen a cuento sobre el repartidor del supermercado que le sube los pedidos a casa. Actúa conforme al papel que adoptó hace tanto tiempo, un arquetipo, el de hija de rico que tiene la vida solucionada y quiere disfrutarla sin complicaciones. Se separó a principios de los noventa de aquel pijo catalán con el que estuvo casada unos años y al que consiguió sacar un buen acuerdo de divorcio después de pillarle acostándose con una de sus mejores amigas. Desde entonces evita los compromisos. Tuvo varios novios, y a todos los dejó, como el Joselito de Kiko Veneno, porque le salieron malos, lo que en su caso quiere decir que intentaron ir más allá de disfrutar del momento, que quisieron afianzar un compromiso. Después de separarse se instaló en casa de amama. De joven estudió secretariado y, gracias a una gestión de aitite, estuvo empleada en una de las imprentas que proveían a Juguetes Otaolea durante tres o cuatro años. Pero tras el lucrativo divorcio decidió no volver a trabajar. No lo necesitaba y no tenía vocación. En lugar de ello, intentó sin éxito cursar varias carreras. Se matriculó en Filología Hispánica, Psicología, Periodismo y Filosofía, quizá no en ese orden. Todas las dejó por aburrimiento en el primer o segundo curso, pero en cada nuevo intento se echó algún novio. Durante mi primer año en la facultad solía cruzarme a veces con ella. Siempre ha sido muy guapa. No aparentaba los cuarenta y cinco años que tenía, pero aun así llamaba la atención aquella mujer rodeada de niñatos que se paseaban orgullosos junto a ella como el séquito de una reina. En aquellos años le dio por comprar todos los libros que creía que podían servirle para construir la imagen de intelectual que pretendía transmitir. Si alguien en la facultad nombraba a Cormac McCarthy, a Juan Marsé, a Gianni Vattimo, a Tom Wolfe, de inmediato se hacía con todo lo que tuviera publicado en España. Así fue construyendo una fantástica biblioteca de cientos de libros que se limitaba a ojear, que nunca leía, pero de los que le gustaba hablar y prestar con el exlibris con su nombre sellado en la guarda. Muchos de ellos se los fui robando, sin asomo de remordimientos, convenciéndome de ser un Robin Hood de la cultura que quitaba a los ricos (ella) para dárselo a los pobres (yo). Aún hoy le gusta aparentar que habla de literatura. Pero es curioso, ¿sabes?, nunca afirma nada concreto de un texto, jamás ofrece un comentario contrastable, algo a lo que el interlocutor pueda asirse en una conversación. Se limita a ofrecer observaciones vagas, que o son elogiosas o destructivas, sin término medio. Para ella ser lector es un estatus, algo que la diferencia de la gente vulgar, un escalón que la sitúa por encima de los demás, incluso también de otros lectores. Siempre que le mencionas un autor, ella sale con otro, así hasta dar con uno que reconoces no haber leído, para afirmar con rotundidad que es un escritor im-pres-cin-di-ble. Es como eso que dicen de los gallegos que tienen la costumbre de contestar a una pregunta con otra para no responder a la cuestión planteada. ¿Te cuento un detalle? Tiene mis libros, porque se los he ido mandando. Alguna vez me ha reenviado mensajes al móvil de amigas que le han escrito diciéndole cuánto les ha gustado alguna de mis novelas. Pero ella jamás me ha comentado nada. Ni una sola palabra. Ni siquiera me felicitó cuando fiché por mi editorial, ella, que tiene todo el catálogo ordenado cronológicamente en las estanterías de su ático en Bilbao. Creo que está celosa con que las cosas me vayan más o menos bien en lo literario. No, no lo creo. Lo sé. Me lo confirma ahora, mientras tomamos el vino y conversamos, cuando nos dice que tenemos que leer la última novela de Ignacio Martínez de Pisón, *Fin de temporada*, y al responderle que lo he hecho, que está muy bien y que le conozco, que es un tipo encantador, me lanza una mirada recelosa y nombra a otro autor, un georgiano de nombre impronunciable, como si de pronto Pisón hubiera perdido para ella todo el valor que hace unos segundos tenía.

En cuanto a Miren, ay, Miren, qué te voy a decir de ella. Sigue teniendo la misma vocación de dictador sudamericano y la actitud de una niña consentida. A veces me digo que si escribiera un libro en el que ella fuera la protagonista, me acusarían de exagerar, dirían que no es creíble un personaje tan grotesco. Se sienta como un patriarca, con los brazos cruzados, en posición defensiva, escuchando cómo las hermanas conversan, tomando partido por una u otra postura con frases cortas y sin explicaciones, como si su palabra fuera definitiva.

Les pongo al día sobre las niñas y Elena, mis libros y la vida en la ciudad y ellas a mí sobre los primos: el hijo de Miren, Gorka, a quien recordarás, y los dos de Edurne, de los que solo conociste al primero cuando aún era poco más que un bebé. Mónica no tuvo niños, nunca entró en sus planes, y Pilar tampoco. Hemos hablado de esta, de Pilar, de cómo le va en Londres. Esta semana se han anunciado fuertes restricciones sociales en el Reino Unido. Decidimos mandarle una foto. Nos hacemos un *selfie* con mi móvil, sus cuatro hermanas levantando la copa y yo con el cigarro entre los labios como un vaquero. Se la envío a Pilar por WhatsApp. Da por leído el mensaje, pero no contesta.

Comentamos después las noticias sobre el virus, el maldito virus que se ha instalado en todas las conversaciones del mundo. El miedo a un rebrote este otoño planea sobre todos. Ama afirma que aquí en Laukariz, con el jardín, el confinamiento se llevaba mejor, pero que se sintió muy sola y que las noticias que llegaban desde Madrid, con aquellas imágenes de Ifema como hospital improvisado, le hicieron tener mucho miedo por nosotros, por Elena, las niñas y yo. Aprovecha para insistir en que deberíamos irnos a vivir al campo y que sería una buena idea que nos instaláramos cerca de aquí. Respondo que ojalá, pero que no me cuadran las cuentas, que no es tan sencillo.

—Pues Gorka dice que haberse comprado el chalé es la mejor decisión que ha tomado en su vida —interviene Miren—. Claro que él sí que se lo puede permitir... —añade, dando un largo trago a la copa de vino.

La referencia a su hijo y su estatus económico genera un silencio tenso. Desde la muerte de aitite, ella llevó la empresa familiar y en cuanto Gorka se licenció, lo contrató como responsable de marketing, sin consensuarlo con las demás hermanas. Ahora ella está jubilada y es él quien en teoría dirige lo que queda de Juguetes Otaolea, aunque Miren acude casi todos los días a las oficinas de Galdácano. La empresa está al borde de la quiebra. De hecho, se ha impuesto un ERTE al ochenta por ciento de la plantilla con la crisis de la COVID. Aun así, Gorka disfruta de un buenísimo sueldo y el patrimonio de Miren es enorme. Que los demás sepamos, además de la casa en Laukariz tiene dos pisos y un dúplex en Bilbao, que mantiene alquilados, y un chalé en Huelva, donde veranea. El nivel de vida de madre, marido e hijo contrasta con la situación de la empresa, que no reparte beneficios a las hermanas desde hace más de veinte años.

Cuando ella tomó la responsabilidad, Juguetes Otaolea era una marca reconocida en todo el país, y tenía además tres grandes tiendas en Bilbao, Logroño y Vitoria. Ahora, tres décadas después, solo queda la de Bilbao, cuyo local además está hipotecado, y la marca propia apenas distribuye ya una veintena de juguetes de segunda fila, en un catálogo que mengua cada año. Ella se justifica argumentando que a partir de mediados de los noventa fue imposible competir con los productos chinos, pero en realidad la empresa entró en números rojos tras perder una demanda interpuesta por MB por varios juegos de mesa que Juguetes Otaolea puso a la venta y que eran plagios descarados de clásicos de la marca americana. Aquella demanda, por cierto, la llevó Pablo, el marido de Miren. Lo recordarás, aitite no podía ni verlo. A aquel revés le siguió una nefasta inversión en una empresa española de videojuegos, un expediente de regulación de empleo y el embargo por parte del banco de casi todos los activos inmobiliarios. En su momento insistí con ama y Edurne en que debían retirar a Miren de la gestión, que cobraba un sueldo importante y su patrimonio no dejaba de aumentar, mientras que no solo no generaba beneficios para el resto de las hermanas, sino que ponía en riesgo su herencia. Ellas me daban la razón en los argumentos, pero después no hacían nada. Me quedaba solo en esa batalla. Mónica ha sido siempre una aliada de Miren y Pilar vivía en su mundo en Londres. Nuria pasa del tema, como si no fuera con ella. Hace tiempo que dejé de discutir con ama sobre eso. Cuando alguna vez he hecho un amago de volver al asunto, de advertirla de que cualquier día se dará cuenta de que no queda nada de lo que creó aitite, compruebo que su mirada se ensombrece. El tema no le es fácil. No se atreve a afrontar la cuestión.

—Bueno, habrá que ir recogiendo esto... —dice ama al tiempo que se incorpora, rompiendo el silencio que se había hecho dueño de la mesa.

Edurne se une a ella y comienzan a recoger vertiginosamente, como si fuéramos campistas que levantan todo ante el aviso de tormenta que la referencia de la hermana mayor al chalé de su hijo ha provocado. Mónica y Miren se hacen un gesto como de no nos queda más remedio y se incorporan para colaborar. Yo también, pero ama me quita los platos y cubiertos de la mano.

—Deja, deja... —protesta—, que no tienes ni idea de dónde van las cosas.

Las cuatro van de aquí para allá en silencio, enfurruñadas. Una vez guardados platos y mantel, Miren recuerda que hay que mover también la mesa, porque por ese lugar pasará la valla que instalarán mañana para dividir los terrenos. Al decir esto, señala una suerte de círculos de cemento que marcan una línea recta en el jardín. En el centro de estos, una pieza redonda de metal marca el hueco donde irán los postes metálicos que soportarán la estructura. Me sorprende no haberme percatado de ellos.

Movemos primero las sillas, en esto sí me dejan ayudar, y después entre las cuatro cogen la mesa, una de cada esquina. Mientras la desplazan más hacia dentro del terreno de amama, dando pequeños y cómicos pasitos, discuten.

—Por cierto, que no me ha quedado claro quién pagará la valla —apunta Mónica. Y, señalando con la cabeza consecutivamente a ama y a Miren, añade—: Entiendo que vosotras dos, ¿no?, que sois las que vivís aquí.

—No, no. Es la casa de amama la que se vende. Lo que cuesta la obra se descuenta del importe de venta —se ha apresurado ama a intervenir.

—Pero en todo caso se descontará un tercio, que vuestros terrenos también se dividen, y el resto lo pagáis vosotras dos a pachas... —responde Mónica.

—Bueno, no vamos a discutir por eso, que tampoco es dinero —interrumpe Miren.

Entonces ama lanza una mirada llena de rabia a su hermana mayor, y suelta:

—No lo será para ti, que te hemos pagado toda la vida el sueldo, ¡no te jode!

Las cuatro se detienen. Se miran entre ellas como vaqueros antes de un duelo. Un silencio tenso se hace con la escena hasta que Miren suelta la mesa y, dando la espalda a sus hermanas, enfila hacia su casa dejando escapar varios juramentos. Las otras tres siguen sosteniendo en alto la mesa, que se apoya en el suelo por la pata del lado que Miren ha dejado libre. Ama me mira, con los mismos ojos llenos de furia que tenía clavados en la espalda de su hermana, y me pregunta de malas maneras a ver qué estoy esperando para ayudarlas. Me apresuro a hacerlo cuando el móvil comienza a vibrar en el bolsillo. Al ver el nombre de Julián en la pantalla temo lo peor. No tengo razones para pensarlo, pero siento una corazonada. Ama lee en mi rostro el sobresalto y se acerca veloz. Se aferra a mi brazo izquierdo. Es un instante, pero parecen horas, el tiempo que pasamos los dos observando el teléfono, que tiembla sobre la palma de mi mano como un animalito muerto de frío. Descuelgo esperando la noticia de tu adiós. Veo que las lágrimas recorren el rostro de ama. Parece muy asustada. Edurne y Mónica, que aún sostienen su lado de la mesa en alto, nos observan. Caigo en la cuenta de que no sé si ellas conocen tu situación.

—Dime, Julián —murmuro.

—¡Se ha despertado! ¡Ha salido del coma! —grita tu hermano al otro lado de la línea.

## 18

Las semanas siguientes a aquel primer día de colegio en el que me perdí al regreso no fueron mucho mejores. Aitite y amama aún no se habían instalado en la nueva casa, en la que, como en la nuestra, aún faltaban por terminar pequeños detalles que los diferentes gremios iban abordando de manera intermitente. Las obras se retrasaron y amama era inflexible en ese sentido: hasta que estuviera todo perfecto, ella no se trasladaba. Miren y su marido tampoco lo habían hecho. Estos me importaban poco, de todas maneras. Gorka, su único hijo, me llevaba nueve años y cuando no pasaba de mí, me pegaba. Mejor solo que con él.

Así que ahí estábamos ama, el bebé y yo, como únicos vecinos en toda la calle, en la que había tres viviendas más, pero vacías, con carteles enormes de SE VENDE pintados en letras de colores y colgados en las puertas exteriores o los balcones.

Los días posteriores a cuando me perdí, ama se empeñó en prestarme más atención. Intentaba establecer conversaciones conmigo y se quejaba en alto de lo pesada que era la pequeña cuando nos interrumpía, al tiempo que me guiñaba un ojo en gesto cómplice antes de ir a calmarla. Comenzamos a dar también largos paseos. Supongo que recuerdas que el mapa de La Bilbaína dibuja dos grandes círculos, como un ocho tumbado o el símbolo de infinito. Cada uno de ellos es un *barrio* de la urbanización del que, como flagelos de una célula, brotan calles sin salida que terminan en rotondas formadas por isletas de césped. Esos dos grandes núcleos se llaman Ametzabide y Urbide. Nuestra casa está en la calle más alta del segundo. La caminata habitual consistía en recorrerlo entero, una o dos veces, dependiendo del día. Ama lo llamaba «hacer la O», y de ese modo me lo proponía después de merendar, mientras veía la televisión:

—Qué, ¿hacemos la «O»?

Yo protestaba. Me daba una pereza enorme y no cedía hasta que ella amagaba con enfadarse. Era normal. ¿A qué niño de once años no le parece un rollo el plan de dar un paseo? Pero luego disfrutaba de la marcha, de Nuria, que dejaba de llorar cuando sentía que su carrito se movía, de que aquellos con los que nos cruzábamos nos vieran a los tres juntos, paseando unidos, pasando la tarde como una familia, a pesar de todo. Había un grupo con el que nos encontrábamos siempre. Eran dos parejas vestidas con ropa deportiva de colores chillones que caminaban a grandes zancadas, forzando la marcha, y nos saludaban sonriendo muy amables, como si nos conocieran de toda la vida. Ama los llamaba «los trotadores fosforitos». Uno de ellos, un hombre bajito, ancho y rectangular como una televisión, levantaba la mano y exclamaba, justo cuando pasaba a nuestro lado:

—¡A los buenos días!

A ama le hacía mucha gracia, porque siempre saludaba así, «¡a los buenos días!», fuera la mañana de un sábado o un domingo de verano o una de esas noches prematuras de noviembre, cuando el sol ya se ha retirado para las seis de la tarde.

Hasta esos paseos, Nuria para mí solo había sido una molestia, un ruido de fondo que se hacía más o menos llevadero dependiendo del día. Pero ahora empezaba a disfrutar del bebé, al menos a veces. Creo que a ama aquello la emocionaba. En nuestras caminatas me encantaba empujar el carrito y observar a la pequeña tumbada en aquella especie de cajita con ruedas, dormida a veces y otras agitándose de emoción, contemplando fascinada los rayos de sol que refulgían al atardecer entre las hojas de los abetos y los eucaliptos que crecían salvajes en los terrenos sin construir al lado de la acera. Cuando se excitaba, movía la cabecita, estiraba los brazos y exclamaba «¡uh, uh!». Entonces ama y yo reíamos y aquello me hacía feliz por un instante. A veces pensaba que Nuria había venido, de alguna manera, a sustituirte a ti.

Nos deteníamos a descansar frente al lago, donde jugábamos a ver quién lanzaba piedras más lejos. Allí ama aprovechaba para dar el pecho a la pequeña, escondida tras un árbol. Mientras lo hacía, ella me hablaba y me hacía preguntas directas que había de contestar, para asegurarse de que yo seguía ahí. Sus palabras eran una suerte de voz en *off* de la escena que contemplaba: los rayos del sol poniente reflejados en el agua del lago, los patos acercándose ávidos de pan, las nubes sonrojadas de la tarde. Aquellos eran los escasos momentos en que me sentía bien, en paz a pesar de todo.

Una de aquellas primeras noches de septiembre, ama me dejó dormir en la misma habitación que ella, en la misma cama, con la cuna del bebé a un lado. Recuerdo que pensé que era absurdo tener una casa tan grande para acabar los tres durmiendo en la misma habitación, pero que me acosté muy contento y que estuvimos hablando hasta tardísimo en voz muy baja para no despertar a Nuria, con el tono confidente que solo surge de madrugada y sin luz. Ama también estaba radiante, lo transmitía su voz. A oscuras, sin tener que mirarla a los ojos, entre confesiones mutuas, me atreví a preguntarle por ti. Fue la primera vez que lo hice. Ella dudó unos instantes y después respondió, con voz suave y exenta de todo reproche, que tú no nos querías, que tu mundo estaba en tus libros y que nosotros tampoco te necesitábamos. Dijo que los tres nos bastábamos para ser felices, que todo lo que a ella le importaba en el universo estaba en esa casa. Entonces me abrazó muy fuerte, como si fuera su peluche, y así nos quedamos dormidos, hechos los dos una pelota, yo sintiendo la respiración acompasada de ama en la nuca, convenciéndome de que íbamos a estar muy bien sin ti.

Después, me desperté de madrugada, alertado, y escuché a ama llorar a mi espalda. Me acariciaba el pelo y susurraba lamentándose de lo sola que estaba y cómo iba a hacer para criarnos sin ayuda. Quise girarme y besarla, y decirle que no estaba sola, que yo también estaba allí y que nos teníamos el uno al otro, y que yo la ayudaría con la pequeña, que ya tenía once años y que me iba a comportar como una persona mayor, en casa y en el colegio y en todas partes. Quise decirle que era verdad lo que había dicho antes, que no te necesitábamos para nada, que te podías morir que igual nos daría. Pero no lo hice. No me atreví. Cómo decir todo aquello a una madre, cuando eres aún un niño.

No sé si antes de dejarnos tú tuviste algo que ver en la elección de mi nuevo colegio. Quizá sí, porque en teoría la inscripción se hace con meses de antelación. O quizá no, dado el sesgo religioso del mismo. No, probablemente no. Tú no te inmiscuías en estas cosas mundanas. Tú estabas a lo tuyo.

Estaba a las afueras de Derio, a unos seis kilómetros de nuestra casa, en un edificio de planta enorme y cinco pisos de altura, de estética inglesa, con fachada marrón recorrida por cientos de pequeñas ventanas rectangulares, concebido en origen para ser un hospital psiquiátrico. En él se encontraba también un seminario diocesano y se impartían diversos ciclos de Formación Profesional.

Ama me dijo que había elegido ese colegio porque tenía una gran reputación, pero ahora imagino que en realidad era uno de los pocos con una parada de autobús cerca de la urbanización. Habló maravillas del centro, repitiéndome una y otra vez lo bien que iba a estar ahí. Sin embargo, desde el primer día, aquel colegio fue para mí una pesadilla. En el barrio siempre había compartido clase con mis amigos, a los que echaba ahora de menos cada día. En el aula nueva todos eran absolutos desconocidos, que, además, no hicieron el más mínimo amago de acercarse a mí y hacer mi ingreso más fácil. Me pasaba los días deambulando solo por el patio en el recreo, acordándome de mis colegas, que imaginaba en ese mismo momento jugando al fútbol en la cancha de la escuela o quizá a los catetos de coches, esas cartas cuyas estadísticas sabía de memoria. Las seguía llevando en el bolsillo cada mañana, aunque ya no tenía con quién jugar. ¿Se acordarían de mí los del barrio? ¿En algún momento de su día en la escuela se preguntarían qué tal estaría? ¿Me echarían de menos cuando hacían pies para seleccionar los equipos al comienzo del recreo? ¿Bajarían a las vías por las tardes? ¿Y Carla? ¿Me recordaría?

Mi nueva tutora se llamaba Domi. Siempre pensé que

era un diminutivo de Dominación, un nombre que le venía que ni pintado, pero no hace mucho me enteré de que en realidad era de Domitila. Se trataba de una monja mayor, cercana ya a la edad de jubilarse, que dirigía la clase con disciplina y severidad propias de otros tiempos. En uno de mis primeros días, rompió en pedazos la redacción que le entregué, un folio escrito por las dos caras con letra menuda y caligrafía cuidada, solo porque tenía un par de tachones.

—¡Qué falta de respeto, entregar algo así! —bufó mientras hacía trocitos el papel con rabia.

A mí no me pegaba, pero a los alumnos más díscolos, a los que daba clase desde hacía varios cursos, solía soltarles terribles e inesperados bofetones que amedrentaban a todos los demás.

En el nuevo centro pronto me adjudicaron el papel de pardillo. Mi timidez, ser el novato, la enorme tristeza que esos días arrastraba conmigo y el hecho de que ama me había comprado un uniforme visiblemente más grande que mi talla, con la idea de que pronto daría un estirón, tuvieron que ver en que casi desde el primer día el típico grupito de malotes me empezase a acosar en el patio. Eso produjo un efecto que me resultó tan curioso como fenómeno social como doloroso en lo personal: nadie quería relacionarse conmigo en público, por si acaso a ellos también les insultaban, les daban collejas, les pegaban. Los niños desaparecían de mi lado en el patio, como si mi estatus fuera contagioso, como si ser el paria fuera una infección que pudiera propagarse. Cierta vez que me tocó fregar la cena en casa —ama insistía mucho en que debía ayudar—, al echar una gota de líquido lavavajillas en una sartén sucia y comprobar cómo se retiraba la grasa veloz, formándose un círculo de agua a su alrededor, me imaginé que yo era esa gota y la grasa, el resto de los niños que huían con mi sola presencia.

Así que las pocas conversaciones que tenía con compañeros —en aquel colegio no había niñas— eran siempre en momentos en los que nadie más nos veía. Los mismos que en el recreo me ignoraban y que en las clases se reían bien alto cuando alguno de los matones hacía un chiste a mi costa, se mostraban amables y diligentes cuando nos cruzábamos a solas por un pasillo, en la puerta de la enfermería o en la biblioteca del centro. La solidaridad solo aparecía en privado. Creo que fue entonces cuando aprendí lo muy diferentes que son las personas cuando actúa el poder del grupo.

Y el grupo, en aquel colegio, era feroz. Los profesores, religiosos, parecían fomentar, además, esa condición en los estudiantes, haciendo la vista gorda en el recreo, comportándose algunos de ellos también de manera cruel con los alumnos, cebándose siempre con los más débiles en lugar de enfrentarse a los díscolos. Era como si el terror generalizado los ayudara a lograr sus fines. Una sola vez hice el amago de hablar con Domi de lo que me sucedía. Fue una mañana en la que, cuando todos salieron al patio en la hora de recreo, quise quedarme sentado en mi pupitre en el aula, dibujando. Desde la puerta del aula, ella me dijo que no estaba permitido. Le pedí por favor que me dejara. Se lo rogué. Me preguntó la razón por la que no quería salir. Al principio le dije que quería quedarme haciendo dibujos, pero tras su insistencia cedí y le conté la verdad. Escuchó cómo tartamudeaba intentando explicarle que un grupo de niños me golpeaba y se burlaba de mí. Entonces se acercó a mi sitio dando pasitos veloces y precipitados, apoyó las manos en mi pupitre, agachó su rostro hasta la altura del mío y, mirándome con severidad, me exigió sus nombres y apellidos. El miedo a las consecuencias de delatar a aquel grupo de matones me hizo dudar. Si los identificaba, pensé, me darían la paliza de mi vida. Desvié la mirada al suelo. No me atrevía a decir quiénes eran. Mi profesora respondió a mis titubeos abroncándome, advirtiendo que nunca, bajo ningún concepto, se debe acusar a un compañero sin estar seguro de lo que uno dice.

Cuando ama me preguntaba qué tal en el colegio, respondía con un seco «bien». No le contaba nada de lo que allí me sucedía, ni compartía con ella el miedo que me atenazaba cada mañana en la parada, cuando rezaba porque ocurriera algo, lo que fuera, que me impidiera acudir a clase: un accidente, una bomba de ETA en la gasolinera, una fiebre tropical que me dejara meses en cama. Ahora, de adulto, me pregunto a veces si no se percató aquellas primeras semanas de lo muy mal que lo estaba pasando. Supongo que sí lo hacía, que me veía languidecer, que estaría muy preocupada por mis silencios. Recuerdo que hizo algunos amagos tímidos de intentar acercarse a mí, como los paseos, pero yo tampoco me abría y ella se rendía pronto. Estaba agotada. Lloraba cada noche, cuando el bebé la despertaba y exigía pecho y después no se dormía sino en brazos, como si la cuna estuviera llena de cristales rotos. Imagino que cuando me observaba desayunar cada mañana con aquella mirada perdida en el fondo del tazón de leche con ColaCao, se convencería de lo muy mal que lo había hecho todo, quedándose embarazada de Nuria cuando debió haberte dejado muchos años antes, llevándonos a vivir allí, a aquel lugar perdido de la mano de Dios, y que sentiría el impulso incendiario de hacer algo, lo que fuera para revertir la situación, o de huir muy lejos, olvidarnos como habías hecho tú. Pero la hora de llegada del autobús se acercaba y la realidad de la rutina se imponía. Aún en pijama, se cubría con una gabardina, montaba a la niña en el capazo de la parte trasera del coche y me preguntaba si quería ir delante, suponiendo que aquello me haría ilusión, cuando en realidad a mí me hacía sentir más aún tu ausencia, porque el puesto del copiloto era el tuyo, que te vanagloriabas de no saber conducir. Aquel asiento te correspondía. En el camino a la parada de Artebakarra, mientras en el casete de nuestro Seat Ritmo sonaba muy bajita la música de Cat Stevens, me decía que ya vería cómo hoy iba a tener un gran día. Yo me mantenía en silencio, observando por la ventanilla la bruma de la mañana deslizándose entre los árboles, mientras me hacía a la idea de afrontar otra jornada de deberes, collejas, clase de gimnasia, insultos e inglés. Después, cuando el autobús llegaba y abría sus fauces para que entrara, dudaba un instante. Como ama, anhelaba salir huyendo, correr lejos, pero, como ella también, sabía que eso no era posible. Subía al autocar con el caminar lento del condenado. Cuando retomaba la marcha, buscaba con la mirada a ama, que me decía adiós y me mandaba besos con la mano, con Nuria en brazos y el pantalón de algodón del pijama visible por debajo de la gabardina. Yo le devolvía el gesto y deseaba con todas mis fuerzas que el tiempo volara y estuviera pronto de vuelta en casa. Ella me veía marchar con la esperanza de que estuviera bien atendido durante unas horas, imagino ahora que con la convicción de que era una madre espantosa y una terrible angustia ante la perspectiva de otra mañana más en soledad, con el bebé, en aquella casa enorme y vacía y silenciosa.

Supongo que en el transcurrir de aquellas frías y solitarias mañanas te maldecía, igual que hacía yo.

## 19

Creo que, en el fondo, ama te siguió queriendo y que, de alguna manera, esperaba tu regreso, que no fueras capaz de arreglártelas por ti solo en Barcelona, que te arrepintieras de dejar una vida en familia por otra bohemia, que enfermaras de tuberculosis o te engancharas a la heroína y un día aparecieras en la puerta de nuestra casa pidiendo ayuda y perdón.

Al principio no fue así, claro. Durante un tiempo ardió de rabia contra ti e intentó borrarte de nuestras vidas, como si nunca hubieses existido. Por ejemplo, cuando nos trasladamos a La Bilbaína los libros desaparecieron de casa. En el piso del barrio no solo tu habitación estaba abarrotada de volúmenes, sino que la marea de páginas se extendía por todas las estancias (salón, pasillo, baños) en estanterías improvisadas y los muchos que ibas dejando apilados por aquí y por allá como una suerte de estalagmitas de papel de precario equilibrio. Tenías cientos y cientos de libros, muchos sin abrir siquiera. Cuando yo era muy pequeño trabajaste durante algún tiempo en una librería que te pagaba parte de tu sueldo en libros que marcaban con sello de caucho con la advertencia PROHI-

BIDA SU VENTA en la portadilla, que tú decorabas con florecitas pintadas y frases como «Toda literatura está en venta, *mon amour*». Todavía guardo algunos, que ahora forman parte de mi biblioteca.

Aprovechando la mudanza, cuando nos dejaste ama empaquetó todas tus cosas en cajas que desterró en el desván, al que había que acceder a través de una trampilla en el techo. Durante años, los únicos volúmenes que hubo en casa eran ediciones infantiles de Nuria y las lecturas obligatorias que me habían caído en el colegio. Ama, que había sido una lectora voraz, dio la espalda a la literatura cuando nos dejaste. Tus libros y tu colección de fósiles y monedas le recordaban a ti, a momentos vividos juntos, a lecturas compartidas. Por eso estuvieron encerrados hasta que de adolescente yo comencé a leer todo lo que caía en mis manos y mi hambre de lector joven me llevó a ellos. Hasta entonces, tus libros fueron una suerte de botín de guerra o, más bien, un cebo. Sospecho que esperaba que algún día volvieras para reclamarlos y así ajustar cuentas pendientes contigo.

Pero después, con el paso del tiempo, la rabia del principio fue dejando paso a otros sentimientos, más complejos. Seguía sin hablar casi nunca de ti, pero cuando lo hacía era ya sin rastro del tono de resentimiento de las poquísimas veces que te mentó en nuestra presencia durante los primeros años. Supongo que en perspectiva haría balance positivo de los años que estuvisteis juntos, no lo sé, o quizá consideraría que lo mejor era hablar a sus hijos en buenos términos de su padre para que tu ausencia no fuera un trauma para nosotros.

La observo ahora, mientras conversamos ya a solas en la puerta de casa de amama, antes de despedirnos hasta mañana, y me percato de su sonrisa franca y dichosa.

Sé que es por las noticias que nos ha dado Julián. Tu mejoría le alegra. Recuerdo que su llanto el otro día, cuando le dije que estabas en la UCI, me desconcertó. No esperaba inquina, por supuesto, ni esa oscura satisfacción que a veces sentimos cuando las malas noticias nos dan la razón. Creía que no le afectaría, sin más. Alguien dijo que lo contrario del amor no es el odio, sino la indiferencia. No creo que te siga queriendo hoy, no al menos de la manera en que lo hizo. Pero está claro que sus reacciones muestran que le sigues importando.

Por cierto, no sé si te importa a ti ella, pero te cuento que nunca consiguió volver a tener una relación estable. El primer novio que le recuerdo apenas llegó a aparecer por casa. Fue cuando yo tenía catorce o quince años. Se llamaba Ricardo, era pintor. Ama lo despachó pronto. Creo que se parecía demasiado a ti. Después ha tenido varias relaciones, pero siempre ha mantenido a sus parejas lejos de casa, no los ha dejado acercarse mucho a Nuria y a mí. Quería un novio, no un padre para nosotros. La última de sus relaciones fue la más larga. Duró unos cuatro años. Empezó a salir con él poco después de que Nuria se marchara de casa. Era un directivo de banca, rico e imbécil, cuya manera de tratar a ama rozaba lo humillante y al que por suerte terminó por dejar hace ya casi una década.

Las tías hace un buen rato ya que se han marchado. La tarde está muy agradable. Frida olisquea alrededor asegurándose de que todo está en orden mientras ama y yo hablamos. Ahora lo hacemos de Nuria. Por si te interesa: vive en un pequeño pueblo a las afueras de Oviedo, está separada y es feliz. Se fue porque su exmarido es de allí, y se quedó por los niños. Tiene dos, de diez y seis años. Es profesora de educación infantil. No la he traído aquí, a estas páginas, porque creo que no tengo derecho. Ella tiene sus propios rencores hacia ti, muy diferentes de los míos, y en cualquier caso le correspondería a ella transmitírtelos, si quiere. A veces me cuesta concebir que no la hayas visto nunca, ni una sola vez en toda una vida. Yo al menos te pongo rostro, pero para ella solo eres un nombre, una sombra, alguien de quien los demás hablamos a veces, pero ella nunca. ¿Sabes que cambió el orden de sus apellidos en cuanto tuvo edad para hacerlo? Yo uso pseudónimo, pero ella sí es legal y oficialmente una Otaolea. Intentó convencerme para dar el paso juntos, pero me eché a un lado. No te creas, lo mío fue solo por pereza, por no afrontar un papeleo que me obligaba a cambiar toda la documentación, no porque tuviera ningún apego hacia ti. De hecho, mis hijas tienen el primer apellido de su madre. Supongo que sabrás que ahora se puede elegir.

Por si te lo preguntas: por supuesto que informé a Nuria cuando Julián me dijo que estabas en coma. ¿Sabes qué respondió? Nada. Y también la he mantenido al día de todo lo que respecta a ti. ¿Sabes lo que me ha dicho cuando le he escrito esta tarde diciéndole que te has despertado? Nada tampoco. Su reacción es el silencio. Como si no existieras, como si su mente no diera significado a la palabra *padre*.

—Me da pena que no puedas dormir en tu cuarto —dice ama señalando a su casa.

—A mí también. Habría sido como volver a la infancia.

—Cuando pase todo esto tenéis que venir Nuria y tú a estar unos días con los niños en casa, ¿vale?

—Hecho. Buscamos una fecha en cuanto esté la vacuna —le respondo.

—Si quieres puedes pasar un rato mañana, que dejo todas las ventanas abiertas...

Afirmo que mejor que no, que no pasa nada por no ver mi cuarto y la casa en esta ocasión, que no es la última vez que vendré, que no se ponga dramática. Antes de despedirnos hasta mañana, ama me dice que me va a hacer una fotografía en la puerta de casa de amama, para la que poso sin mascarilla, enseñando a cámara los dedos en señal de victoria. La manda al chat que tenemos los tres, ella, Nuria y yo, en el que solemos contarnos el día a día y en el que ponemos fotos de los pequeños, de vacaciones y ese tipo de cosas. Yo añado: «Volviendo a los orígenes», y se la reenvío a Elena.

Cuando se marcha, subo al cuarto de Mónica, que me han preparado para pasar la noche. Por costumbre, me he descalzado en la puerta y siento ahora el frío de las escaleras de mármol en los pies. Desde los cuadros que cuelgan en las paredes me contemplan los rostros de familiares pintados por Edurne. El bisabuelo José Miguel, cuyo retrato fue un encargo de amama a Edurne, cuando mi tía aún soñaba con poder vivir de la pintura. Es un lienzo estrecho y vertical en el que aparece erguido, mentón alto, la mano derecha apoyada en un bastón, en una pose señorial que no termina de encajar con su vestimenta, típica de aldeano, con chapela y gerriko ceñido a la cintura. En otro cuadro, Edurne y Mónica son niñas que sonríen vestidas de blanco el día de su primera comunión, que hicieron juntas. Parecen las gemelas de *El resplandor*. También ama, Nuria y yo estamos en uno de esos retratos, hecho a partir de una foto de estudio tomada cuando tenía trece años y en la que ama tiene a la niña en brazos y yo aparezco con el gesto enfurruñado de un adolescente difícil. Recuerdo el día que nos tomaron la instantánea, la insistencia de ama en tener una fotografía de la familia de esas que adornan los escaparates de las tiendas de fotografías de los pueblos, la pretendida simpatía del fotógrafo, que terminó renunciando a que yo sonriera a cámara. A Edurne le hizo tanta gracia mi gesto que decidió llevar la escena a un lienzo. Odié ese cuadro de chaval, pero ahora, con la distancia de los años, me resulta muy divertido. Me digo que quizá se lo pida y me lo lleve a Madrid.

Ordeno un poco mis cosas en el cuarto y cojo el ordenador para escribir más tarde. Bajo al salón y ahí me quedo un buen rato observando el retrato que Edurne hizo de aitite. Fue el primer cuadro que pintó cuando se trasladó aquí. Su caserío está apenas a cinco minutos de la casa de amama, en la carretera que lleva a Mungia. Vino con su marido y sus hijos allí poco después de la muerte de aitite, quien, como hizo con ama y Miren, le había costeado la casa. Edurne lo adquirió en estado casi ruinoso y lo reformó habilitando dos plantas interiores: una para la vivienda, otra para el estudio. La he escuchado lamentarse muchas veces de que su mayor pena es que su padre nunca viera el resultado final de esa obra, de la que está muy orgullosa.

Recuerdo que la primera vez que fui con ama a visitarla a su nueva casa, nos enseñó el retrato. Cuando entramos en el estudio, lo tenía oculto bajo una tela. Al retirarla y ver el resultado, ama dejó escapar una expresión de sorpresa tapándose el rostro y empezó a llorar. Edurne la abrazó y se unió al llanto de su hermana, que a su vez lloró más fuerte, contagiada por la otra. A ellas se sumó Nuria, que entonces tenía cinco años y se asustó al ver a las dos mujeres desgarradas por la pena. La niña se aferró a las piernas de ama. Y ahí estaba yo, observando la escena. Sin saber muy bien qué hacer, roto también por dentro, sin atreverme a fundirme en aquel abrazo.

Observando ahora el retrato, recuerdo aquel momento y pienso en cómo habría sido vuestra vida si él no hubiera muerto tan pronto, si la familia hubiera seguido siendo aquel grupo unido que recuerdo y a veces añoro.

Salgo a la terraza. Me enciendo un pitillo. Estoy intentando fumar menos, pero esto tiene un efecto contraproducente: la abstinencia durante horas hace que cada cigarro me sepa a gloria. Va a ser difícil dejarlo, me gusta fumar. Siento el humo penetrar en los pulmones, el chute de nicotina cosquillearme los brazos y las piernas. La noche es cálida, el cielo está despejado, la luna luce casi llena en el firmamento. Los grillos estridulan acompasadamente y su cántico me recuerda aquellas primeras veces que, siendo adolescente, traje a alguna chica a casa de ama y se quejaba de que no podía dormir con ese ruido que mis oídos filtraban y que yo solo conseguía advertir si prestaba atención. Fumo desde los quince años, siempre me gustó dormir con la ventana abierta. Cuando era yo el que pasaba la noche en casa de alguna chica, me despertaba con cada bocinazo en la calle, con el camión de la basura, con los gritos de algún borracho que advertía que el fin del mundo estaba cerca. Entonces, desvelado por los sonidos de la ciudad, recordaba cuando nos vinimos a vivir a La Bilbaína, lo muy extraño que me resultaba todo, a mí, que había crecido en un barrio, y me decía que me había convertido definitivamente en alguien de campo. Ahora me pregunto si tras tanto tiempo en Madrid, seré capaz de dormirme con el concierto del celo de los grillos de fondo, si me despertaré porque un perro ladra en la lejanía, si me desvelarán los susurros de la noche rural, si soy de nuevo un animal de asfalto.

Observo la casa de ama, con sus líneas rectangulares, tan distintas de esta. La ventana de su dormitorio es la única encendida. En los últimos años se ha quejado de lo que le cuesta conciliar el sueño, a su edad. Me confesó que mi último libro se lo leyó en esas horas de madrugada en vigilia, y que lloró haciéndolo. Me dijo que le impresionaron mucho algunos pasajes, que se torturó pensando si estaban inspirados en mis vivencias de niño. Yo lo negué, me aferré al comodín de la ficción, pero por supuesto que estaban anclados en lo vivido. Ella se había aficionado de nuevo a la lectura unos meses antes del confinamiento, después de tanto tiempo sin leer. De pronto se despertó en ama de nuevo la curiosidad por las letras, y decidió ponerse en mis manos para elegir las lecturas. A menudo hablábamos sobre libros en nuestras videollamadas, en las que me interrogaba sobre qué había leído y me pedía recomendaciones de clásicos. ¿Sabes?, me divertían mucho sus comentarios desenfadados cuando había dado cuenta de los autores que le iba sugiriendo, la ligereza con la que trataba a los escritores más pretenciosos, sus juicios *ad hominem* en los que se figuraba cómo debía de ser el escritor a partir de lo que había leído.

«Menudo pollopera, este Hemingway», decía, y yo tenía que hacer esfuerzos para que el café no se me desbordara por la nariz.

Nos llamábamos casi todos los días, y lo pasábamos muy bien en nuestra conversación de quince, veinte minutos sobre literatura universal. De alguna manera, sus observaciones me servían de contrapunto a la solemnidad de nuestro oficio, a nuestro presuntuoso rol.

Con la aparición de la COVID se acabó para ella durante un tiempo lo de comprar nuevos libros, pero en las videollamadas me enseñaba volúmenes que había localizado por casa, algunos que pertenecieron a tu biblioteca y que debían de llevar más de treinta años en cajas cerradas, porque no los conocía, otros que compré yo, en mi época de universitario. Días después compartía conmigo sus impresiones. A mí, que no conseguí leer sino apenas unas líneas en los casi tres meses de encierro, me fascinaba comprobar cómo de pronto ama devoraba todo lo que caía en sus manos. Claro que ella leía al aire libre, con una copa de vino y el piar de los pájaros de fondo.

Sé que leyó tus novelas también, por cierto. Me lo dijo. Pero no añadió nada más. Ni una sola palabra sobre tu literatura. Su reacción a tu obra es la misma que la de Nuria ante tu persona. Qué paradoja: tus palabras generan silencio.

Observando ahora su casa, desde la terraza, la imagino leyendo sola sobre la cama de su cuarto y me asalta una enorme ternura. Recuerdo aquella noche en esa misma habitación, de niño, cuando me desvelé y la escuché llorar y lamentarse mientras me acariciaba el pelo, con Nuria durmiendo en su cuna. Qué difíciles debieron ser para ella aquellos momentos. Aquí, sola, aislada de todo, como en un destierro. ¿Cuántos años tenía? Hago un cálculo veloz: treinta y cuatro. Once menos de los que yo tengo ahora.

Hago una foto a la casa con la cámara del móvil y la mando al grupo de WhatsApp que tenemos con Nuria. La fachada iluminada por la luna, el cielo más claro de lo que está en realidad debido al filtro de la cámara y la habitación encendida dan a la fotografía un aire a *El imperio de las luces* de René Magritte. Nuria responde a ambas fotos, la de ahora y la de antes en la puerta de la casa, diciendo que qué bonitas y pidiendo perdón por no haber contestado antes, pero estaba preparando las clases y con los baños de los niños. Ama manda besos a los nietos y dice que durmamos bien. Después, envía dos emoticonos: uno con corazones en los ojos, otro mandando un beso, también en forma de corazoncito. Le respondo con ese último. Supongo que en este siglo XXI, esa también es una manera de decir a alguien que le quieres.

## TETA DE GITANA

Una tarde de sábado de octubre de aquel comienzo de curso, aitite y amama subieron a visitarnos a Laukariz. Pilar no vino, debió de quedarse con sus amigas en Bilbao. Hacía frío, mucho para la época del año. Un par de días antes nos habían traído un cargamento de leña. Ama aprovechó para estrenar la chimenea. Recuerdo que le costó horrores conseguir que prendieran los troncos, que gastó un montón de papel de periódico y que tuvimos que ventilar la sala porque olía muchísimo a humo. También que aitite se ofreció para encenderla él y que amama, que tenía a Nuria en brazos, repitió varias veces que eso no podía ser bueno para la niña y en todas las ocasiones recibió por respuesta un gruñido de ama.

Aitite me había traído un juguete para que lo testara. Se trataba de una especie de laberinto que se inclinaba con un *joystick* a un lado u otro. El objetivo del juego era conducir una bola metálica hasta la salida. Resultaba muy tedioso, porque en realidad la bola solo podía avanzar o retroceder en el circuito. Hasta un niño de tres años lo terminaría en minutos. Viendo que me aburría, me preguntó si le acompañaba a dar una vuelta.

Nos abrigamos bien y salimos los dos. Ama y amama optaron por quedarse junto al fuego. Yo creía que pasearíamos por la urbanización, como solía hacer con ama, pero en cuanto dejamos nuestro terreno aitite comenzó a adentrarse con pasos firmes y decididos en el bosquecillo que comenzaba en la parcela que hay frente a nuestra casa. Me sorprendió tanto que le pregunté adónde íbamos.

—¡A explorar! ¡Y a buscar comida! —exclamó.

Caminamos un buen trecho. Cuanto más nos adentrábamos, más altos eran los árboles y más oscuro estaba, a pesar de que no eran más de las seis de la tarde. Él iba por delante, retirando ramas y helechos con un palo, y yo un metro detrás, siguiendo su senda, sintiendo bajo las botas la mullida alfombra formada por las acículas y la tierra mojada, observando nervioso a todos lados, respirando hondo los aromas del lugar, el olor a humedad y musgo, escuchando los sonidos del bosque: los pájaros que despedían el día, el crujir de las ramas secas a nuestro paso. Sentía al mismo tiempo miedo y fascinación. Temor de que nos perdiéramos, de que apareciera un lobo, de hacerme daño con alguna de las ramas que raspaban mi abrigo a nuestro paso, como requiriendo mi atención, como si quisieran agarrarnos e impedir, por nuestro bien, que siguiéramos adelante. Pero fascinación también, porque en las semanas que llevábamos en Laukariz no se me había ocurrido que se pudiera entrar en el bosque, que uno pudiera salirse de los caminos de la urbanización, de las aceras, romper los límites y adentrarse en aquel lugar que parecía estar al margen del tiempo y de los hombres.

Al fin, llegamos a un pequeño claro. Aitite se detuvo en seco y me pidió que tuviera mucho cuidado con lo que pisaba. La advertencia me asustó, pensé en serpientes y arañas, hasta que señaló unas setas que crecían rodeadas de hojas de encina. Blancas, voluminosas, de tallos largos. Algunas estaban desplegadas como pequeños paraguas. Otras, aún cerradas, parecían micrófonos de mano. Aitite se agachó para observarlas mejor. Yo le imité. Tomó una y se quedó mirándola largo rato, dándole vueltas en la mano. La olió, acarició con la yema del pulgar las láminas de la parte baja del sombrero, me miró y exclamó sonriendo:

—¡Tetas de gitana!

Sacó del bolsillo de su chaqueta una bolsa de plástico, que abrió y me pasó pidiéndome que tuviera cuidado de no aplastarlas. Entonces fue cogiendo las setas rompiendo la base con delicadeza, quitándoles la tierra con los dedos, y metiéndolas en la bolsa. Se mostraba triunfante. Me explicó que esas setas se llamaban galampernas, pero también se las conocía como parasoles, matacandelas o tetas de gitana.

—Esto último, por razones obvias —añadió, y su carcajada la debieron de oír todos los animalitos del bosque.

En cuanto entramos en casa de regreso, se fue directo a la cocina. Picó unos ajos, los rehogó con dos cayenas y añadió las setas en láminas. Él, amama y ama comieron del mismo plato, exclamando lo riquísimas que estaban. Me ofrecieron varias veces, diciéndome que no fuera tonto, que estaban buenísimas, pero no me atreví a probar las setas. Los observaba ahí a los tres, deleitarse con el plato, y me aterraba la posibilidad de que les sucediera algo, que murieran envenenados. Pero no creas que porque estuvieran comiendo setas, no. Lo que sucedía es que no daba crédito a que se pudiera comer algo encontrado en el suelo, que en el barrio era sinónimo de suciedad, porquería, inmundicia. Aitite había cogido las setas hacía un rato y directamente fueron a la sartén. Aquello, con mi mentalidad de niño de barrio, subvertía el orden natural de las cosas. La comida salía de las tiendas, no crecía en la tierra.

Recuerdo que aquella tarde me dije que un nuevo lugar requería nuevos aprendizajes y que pensé que la charca de la rana del cuento que ama me contaba de niño no era solo un lugar físico, sino también mental.

## 20

En el comedor del nuevo colegio, quién sabe si para evitar la confraternización y la solidaridad entre los alumnos, nos separaban de los compañeros de clase y nos sentaban con chavales de otras edades. En cada mesa se sentaba un alumno de cada curso de los que tenían el ala norte del colegio como sede: sexto, séptimo y octavo de EGB y primero y segundo y tercero de BUP. Seis chicos, en total, de edades comprendidas entre los once y los quince años. Dieciséis o diecisiete, si te tocaba en suerte un repetidor. El de más edad era nombrado monitor y responsable de todos los demás. El de mi mesa había repetido dos cursos. Medía un metro ochenta y estaba delgado como un palo. Vestía pantalones de pitillo que daban a sus piernas la sensación de ser las de una grulla o de estar sobre unos zancos. Llevaba una chaqueta vaquera de cuello de borrego, muy sucia, adornada con chapas de mechero que lucía como medallas de un militar soviético y camisetas negras de grupos de *heavy metal*. El pelo liso, negro y sucio, casposo, le llegaba casi hasta la mitad de la espalda. Su rostro, en el que brillaban unos ojos negros llenos de inquina, estaba dominado por un acné exagerado. Se llamaba Miguel González, alias «espantapájaros», y todo el mundo le temía. Sobre todo, yo. Le tenía un miedo terrible, profundo, como el que siente ante su dueño la mascota apaleada a diario. Cuando me hablaba, se paralizaba todo mi ser, todos mis razonamientos y actos quedaban en suspenso. Él dedicaba el tiempo de la comida a mortificarme. Se burlaba de mí, me hacía preguntas violentas o pornográficas —si me masturbaba, si había visto a mi madre desnuda, si me gustaría que me la chupara alguno de la mesa—, que debía contestar si no quería que me diera una colleja. Además, me robaba la comida cuando le gustaba, las patatas fritas o los postres, y me obligaba a comer la suya cuando tocaba un plato nauseabundo, algo habitual en aquel colegio. Era norma, además, que todos los miembros de una mesa debían haber terminado para tener permiso para salir al recreo. Si uno no había acabado, los demás debían esperarle hasta que en su bandeja no quedara resto de comida. Solo entonces podían ir al patio. Esa regla intensificaba el acoso al que me sometía aquel matón: no solo debía comer dos menús, sino que tenía que hacerlo rápido, porque de ello dependía el recreo de todos los de mi mesa.

Vas a pensar que exagero, pero no: temblaba a medida que la hora del comedor se iba acercando. Entraba en aquella enorme estancia de paredes blancas sin decoración y mesas de madera vieja rezando porque hubiera algo que a Miguel González le apeteciera. Era mil veces mejor que me robara la comida a que me obligara a comer la suya. Cuando no había suerte, y el matón volcaba en mi bandeja su puré, sus asquerosos garbanzos, sus espinacas, me comía las dos raciones entre lágrimas. Él respondía a mis náuseas con patadas por debajo de la mesa, risitas y burlas. Alguna vez, llegué a vomitar en el patio, tras un arbusto, oculto de los otros alumnos.

Cierto día tocaron empanadillas de bonito de segundo plato. Congeladas por dentro y quemadas por fuera, estaban especialmente asquerosas, con esa masa de tomate y atún que al mezclarse con el aceite de la fritanga que empapaba el hojaldre, se convertía en la boca en una pasta intragable. Miguel González probó una, dejó escapar una arcada y, cogiéndolas con la mano, lanzó las suyas en mi bandeja. Tocaban a dos por cabeza. Empecé a sudar imaginando que tenía que comerme las cuatro que tenía delante. Cada día me proponía no llorar en el comedor delante de los otros. Llorar en público me daba una vergüenza terrible, me parecía la peor de las humillaciones. Ahora luchaba por no hacerlo. El matón sonreía observándome. Disfrutaba haciéndome sufrir. Y se le ocurrió una idea cruel. Era creativo en eso de torturar, el muy hijo de puta. Animó a todos los de la mesa a que, si tampoco querían sus empanadillas, me las echaran a mí.

—¡A este pobre imbécil le encantan! —dijo, riéndose—. ¡Quiere más!

Todos en la mesa lo hicieron, los otros cuatro niños, uno detrás de otro. Quizá porque disfrutaban con mi humillación, quizá porque no querían comer aquella basura y vieron la oportunidad de librarse de ella, quizá por miedo a Miguel González, a que si no seguían su ejemplo la tomara con ellos igual que lo hacía conmigo. Qué más da. El caso es que tenía doce empanadillas de tomate y bonito que comerme. Además, el matón me advirtió que como el padre Ramón, que pasaba revista por las mesas cuando sonaba el timbre del recreo dando permiso para la salida al patio, viera que tenía de más y los abroncara por ello, me la cargaría.

No había manera de comerse todo aquello. Estaba paralizado por el pánico. Pero se me ocurrió una idea: envolver las empanadillas en servilletas de papel, guardármelas en los bolsillos y tirarlas a una papelera cuando saliéramos al patio. Las cubrí con cuidado para no mancharme y me metí seis en cada bolsillo. A Miguel González la escena le divertía y se reía exageradamente. Cuando un rato después pasó el cura y vio los platos limpios y nos dio vía libre para levantarnos, el abusón me susurró al oído que de buena me había librado.

Dejé la bandeja en los estantes metálicos al fondo del comedor y salí con los demás alumnos al patio. Era un día soleado. Algunos corrieron hacia el campo de fútbol de tierra para ocupar las porterías. Otros jugaban a pelota mano contra una de las paredes laterales del centro. Los menos se dirigían a la zona prohibida: la parte de atrás del colegio, donde el esqueleto de uno de los edificios proyectados para el psiquiátrico que no se terminó en los años treinta cobijaba a los malotes que echaban el cigarro después de comer. Pensé que Miguel González habría ido hacia allí. Localicé una papelera rápidamente, pues temía mancharme los pantalones. Pero cuando casi había llegado a ella, apareció de pronto el matón, que me había seguido por el patio.

—¿Qué llevas aquí, chiquitín? ¿Has hecho trampas para no comer? ¡Ya sabes que no se puede sacar comida al patio! —exclamó, al tiempo que me inmovilizaba por el cuello desde detrás con el brazo izquierdo y con la mano derecha me aplastaba las empanadillas a golpes en los bolsillos.

Dos grandes manchas de aceite y tomate aparecieron en cada pernera del pantalón de franela. Dos enormes lamparones que se extendieron hasta unirse en mi entrepierna. Rompí a llorar de impotencia. El abusón se reía y me señalaba gritando: «¡Venid! ¡Mirad! ¡Se ha meado!». Un grupo de alumnos nos rodeó. Algunos reían con él. La mayoría, sin embargo, me observaba con una mezcla de compasión y miedo. Pero no hicieron nada, nadie se atrevía a plantarle cara. Saqué la masa de aceite, atún, tomate y papel de mis bolsillos y la observé en la mano, con odio, intentando calmar mi llanto. Entonces clavé mi mirada en Miguel González y le llamé por su mote, algo que nadie osaba hacer por temor a su reacción.

—¡Eh, espantapájaros!

Y en un gesto reflejo, sin pensarlo (porque si lo hubiera pensado, aunque fuera solo un segundo, nunca hubiera hecho algo así), en cuanto me miró le estampé con todas mis fuerzas aquella masa informe en toda la cara.

Cuando la pasta de bonito, hojaldre y tomate alcanzó destino, sonó como un sopapo bien dado con la mano abierta. ¡Plas! El impacto se oyó por todo el patio, reverberando en las paredes del viejo edificio. Exagero, claro, pero eso me pareció a mí. Después, se hizo el silencio durante apenas un instante. Miguel González se llevó las manos al rostro y empezó a gritar con el escándalo de un cerdo en San Martín. No le di tiempo a cerrar los ojos. Le había hecho daño de verdad. Los demás niños que observaban la escena reaccionaron con vítores y aplausos, como si hubiera metido un gol en el último minuto. El abusón gritaba de rabia. Yo estaba inmóvil, clavado al suelo sin creerme muy bien lo que acababa de hacer. De pronto, alguien me gritó:

—¡Pero corre, imbécil! ¡Te va a matar!

Solo entonces reaccioné. Salí disparado con todas mis fuerzas, huyendo hacia cualquier parte, con la esperanza de que para cuando se hubiera recobrado Miguel González, yo estuviera ya muy lejos de su alcance. Todos gritaban a mi paso, como espectadores en la cuneta de una carrera ciclista. Por un momento sonreí. ¡Qué acababa de hacer! ¡Qué pasada! Fue un instante liberador. Pero al punto alguien me bloqueó las piernas desde atrás y caí al suelo a plomo. Me dije que aquello era el fin. El matón me giró poniéndome boca arriba, apretó sus rodillas sobre mis brazos y, al tiempo que profería todos los insultos del mundo, me fue dando un puñetazo tras otro en el rostro. Así estuvimos, él golpeando y yo recibiendo, hasta que se agotó y su rabia menguó.

Dolorido, sangrando por la nariz y lleno de polvo y odio contra ese matón, contra el colegio, contra los demás niños, contra mi nueva vida, contra el mundo, contra ti, lloré tirado en el suelo hasta que el timbre ordenó el regreso a las aulas. Nadie me echó una mano, nadie me ayudó a levantarme, nadie me ofreció unas palabras solidarias. Me lavé el rostro en los baños, como pude. Nadie dijo nada y Domi no preguntó.

Al volver a casa aquel día, para justificar el estado de los pantalones, le conté a ama que quise sacar comida del comedor en los bolsillos y tirarla en el patio y que me había manchado en el intento. El ojo hinchado y el pómulo morado los atribuí a un golpe jugando al fútbol. Su respuesta fue un sermón sobre lo muy importante que es una dieta equilibrada. Me hizo prometer que la próxima vez haría un esfuerzo y comería todo, sin trucos, como una persona mayor. Añadió que tampoco pasaba nada si no llegaba a un balón en el área, que debía tener cuidado con los choques haciendo deporte. Mientras me hablaba así, yo me preguntaba si de verdad estaba ciega o era que en realidad prefería no saber lo que estaba sucediendo para no tener que actuar. Después, con los años, la he comprendido mejor. Abrumada por su situación, agotada por el día a día, asustada ante la perspectiva de que pronto se le terminaba la baja maternal, que en 1986 era solo de catorce semanas, supongo que no tenía fuerzas para afrontar un problema más.

Aquella noche me dormí con la moneda aplanada que Carla me había dado unos meses antes, que guardaba con mis tesoros. La aferré con fuerza en mi mano e imaginé que aún vivía en el barrio y tenía amigos y era feliz.

## 21

Escribo durante un par de largas horas. Tecleo y tecleo sin un plan definido, trayendo a la página recuerdos y familiares. Aitite, amama, Carla, las tías, el espantapájaros, tú, tu ausencia, los amigos del barrio. Me sorprende comprobar la cantidad de vivencias que en los últimos años he borrado de la memoria y que ahora emergen de nuevo golpeándome como si fuera la primera vez que sé de ellas. En algún lugar leí que etimológicamente *recordar* significa «volver a pasar por el corazón». Tiene todo el sentido.

A ratos me levanto del ordenador y recorro la casa de una punta a otra, en el silencio de la noche, estirando las piernas, fumando un cigarro, esperando inspiración, evocando los fantasmas del pasado, recordando momentos vividos aquí mismo, en estas habitaciones y lugares. Doy una calada y de pronto me veo sentado en la mesa del salón, cenando con aitite, amama, Pilar, ama y Nuria, que corretea por la sala y hace tonterías para regocijo de aitite. Sus sonoras carcajadas reverberan en las paredes de la casa.

Y así en cada estancia. Es como pasar la noche en una

mansión encantada, rodeado de fantasmas. En el baño de abajo he vuelto a ayudar a Mónica aquella vez que volvió borracha de una de sus salidas por Bilbao y se puso a vomitar y lloraba lamentándose de que ya no quedan hombres como antes, exclamando que la más lista de todas es Pilar, que no tiene que aguantarlos. En el cuarto de Pilar, precisamente, he vuelto a oler el aroma del hachís y a escuchar las letras de Soziedad Alkoholika, Tijuana in Blue o Cicatriz, que cantaba a voz en grito para desesperación de amama. En el txoko, nos he visto celebrando aquella última vez que estuvimos todos los Otaolea juntos, poco antes de la muerte de aitite, el día de la gran bronca entre Miren y Pilar.

Cuando dejo por fin el ordenador, dispuesto a ir a la cama, me topo con la caja de fotos familiares, un baúl pequeño de madera cubierta de bronce, en el que unas manchas circulares de cardenillo comienzan a trepar desde la base. Las tías lo han dejado a un lado de la escalera que da al piso de arriba, junto con varios trastos. Supongo que mañana o pasado las revisarán y se las repartirán. Me siento en las escaleras y abro el cofre con excitación de arqueólogo. Centenares de fotografías están desordenadas en el interior. Las hay de todo tipo y abarcan muchos años. Entre las más viejas y las nuevas hay décadas de distancia. Algunas están impresas en un papel grueso y rugoso, con los bordes troquelados como los sellos. Estas son en blanco y negro. La mayoría de las que voy encontrando lo son, pero hay también impresiones digitales en color, más recientes. En ellas, los rostros de las tías y de otros familiares se acercan ya a como son en la actualidad. En alguna amama está en silla de ruedas.

La mayor parte de las instantáneas están sueltas, desperdigadas sin sentido en la caja. Otras, sin embargo, se encuentran aún en el sobre del establecimiento de revelado de turno, acompañadas de los negativos y de la serie a la que pertenecen. Una de estas series corresponde a unas vacaciones de amama y aitite en algún lugar de costa. En esas fotos aparecen en un puerto con los yates de fondo, en la mesa de un restaurante, en la puerta de un hotel, en la toalla en la piscina. Ellos posan con la rigidez y artificialidad de aquellos a los que les imponen las cámaras fotográficas. Otra serie corresponde a un viaje que amama hizo con sus cinco hijas a Mallorca un par de años después de quedar viuda, del que estuvo semanas quejándose a su regreso, afirmando que se había aburrido como una ostra y que no volvieran a contar con ella.

Sentado en las escaleras, voy ojeando las fotos a medida que las extraigo de la caja, dejándolas con suavidad a un lado. Me abruma la sensación de estar contemplando toda una vida resumida en imágenes. Van apareciendo ahí rostros familiares, pero más jóvenes, detenidos en el tiempo: ama y las tías de niñas, sin Pilar todavía, formando en la puerta de una iglesia con aitite y amama, que se muestran muy serios; Edurne y Mónica de primera comunión en la foto que después Edurne llevó al lienzo; amama en la playa, de la mano de Pilar con dos o tres años, ya manifiestamente obesa; aitite y amama tomando algo en una terraza junto con una pareja que no reconozco, él con la camisa remangada, los ojos cerrados, el rostro vuelto hacia el sol; de nuevo aitite, muy joven, en una foto en blanco y negro, junto con otros hombres, todos trajeados, en la puerta de un establecimiento en cuyo toldo se lee RESTAURANTE PUERTO FRANCO. Me resulta muy curioso que esas fotos, tomadas muchísimo antes de que yo naciera, despierten en mí nostalgia de un tiempo que no viví. Me gustaría estar con aitite y preguntarle por toda esa gente que aparece con él en las fotos, amigos a los que se aferra del hombro, con los que se le ve en feliz compadreo. ¿Qué habrá sido de ellos? ¿Llorarían a mi abuelo cuando supieron de su muerte? ¿Lo recordaron después? ¿Lo olvidaron pronto, sustituyendo su amistad por otra? ¿Lo recordarán aún, si es que ellos están vivos? ¿Cuánta gente guarda hoy memoria de aitite? ¿Cuántos lo harán dentro de diez años? Me pregunto, fíjate, si ese libro que está empezando a gestarse en ese archivo del ordenador que he titulado NUEVA NOVELA y en mis notas, esas páginas y páginas que voy manuscribiendo y en las que él ha empezado a tener cada vez más peso, servirá para que su memoria no se extinga, si es que es publicado, si es que es leído. Esta idea me reconforta: la literatura como una manera de salvar del olvido a quienes quisimos.

Encuentro tres cartulinas negras, tamaño folio, en las que están pegadas, en ambas caras, fotos de tiempos diversos. Parecen los restos o el amago de un álbum familiar, que amama o alguna de las hijas hizo o quizá proyectó y abandonó en el proceso. En una de esas caras, tres fotografías de aitite. La primera, de cuerpo entero. Muy joven y delgado, mirando a un lado, el cuello tenso y un cigarrillo en la boca, posando en el campo, quizá en Galdácano. La segunda, junto a amama, de pie, estirados, sonrientes, sin tocarse, él de traje y corbata, ella muy elegante. Están frente a un portal, quizá la entrada a una tienda. ¿Serían aún novios? Imposible, no se habrían fotografiado juntos. Pero no llevarían mucho tiempo casados. ¿Cuántos años tendrán? ¿Veinte? ¿Veintidós? En las fotos antiguas todos parecen mucho mayores. A mí, que tengo cuarenta y cinco años, todavía a veces me llaman «chaval», lo que, por cierto, me molesta profundamente. Aitite con treinta era don Miguel.

La tercera de las fotos es un retrato, en color. Aitite tiene un periódico en las manos, *El Correo*, ha detenido por un instante la lectura para mirar al objetivo por encima de las páginas. Sonríe. Está en una silla de jardín, quizá en la piscina de un hotel. En una mesita a su lado se distinguen dos tazas pequeñas de café y un paquete de Marlboro. La fotografía es bonita y se ve en el encuadre cierta intención artística. Seguro que ha sido Edurne la autora. O quizá Pilar. Solo ellas pudieron mostrar una mirada así.

Sigo sacando fotos y fotos, que dejo en las escaleras, junto al cenicero en el que cuento ya cinco colillas. Me digo que un cigarro más y a la cama. Lo enciendo, toso. La vista se va saturando y mi atención decrece por momentos. Paso más rápido por las instantáneas. Sin embargo, en algunas no puedo evitar detenerme largo rato. Por ejemplo, en esa en la que amama sonríe junto a otras ocho señoras, todas elegantísimas, con trajes que parecen de primera dama y sombreros tocados. Había olvidado esa sonrisa que tan pocas veces mostró tras la muerte de aitite y, viéndola ahora, consigo evocar la imagen que de ella tenía de niño, cuando para mí era símbolo de protección y cuidados y amor. También observo un buen rato una en la que aitite posa orgulloso junto a un Seat 1500 negro, con los tapacubos brillantes y los faros dobles con esos marcos metálicos que parecen cejas arqueadas y dotan al frontal del automóvil de un aire de seriedad o incluso enfado. Qué orgulloso está de su coche.

Apago el cigarro. Elena me mataría si viera el cenicero así. A veces me descontrolo. En el baúl hay también fotos de estudio de vuestra boda, imágenes en las que ama y tú sonreís, las cabezas pegadas por la mejilla y la mirada perdida en un punto indeterminado. Más que novios, parecéis niños nerviosos estrenando el traje de comunión. Me resulta curioso que amama guardara estas fotos, con la decidida inquina de la que hacía gala cada vez que hablaba de ti. Es raro que no las destruyera, con el empeño que puso en erradicar tu memoria.

En otra fotografía se ve a Miren sentada en una mesa de restaurante ante una gran copa de helado. Tendrá seis o siete años, va vestida de niña bien y está de morros. Muestra el ceño fruncido y los labios apretados. No puedo evitar una carcajada. Siempre amargada, ella.

Bajo la montaña de papeles sueltos aparece un pequeño álbum de tapas de cuero repujado con un tosco paisaje de montaña en portada. Lo abro y voy pasando las gruesas páginas, separadas entre ellas por papeles cebolla amarillentos, con dobleces como arrugas del tiempo. En las primeras hay fotos muy viejas, alguna dañada, con rayones y las esquinas rasgadas. La primera de todas, probablemente la más antigua, es una de esas fotografías de estudio de familia de principios del siglo pasado. En ella posan los bisabuelos, los padres de amama, junto a sus tres hijas. Reconozco el rostro duro y rectilíneo del bisabuelo José Miguel del retrato que le hizo Edurne, pero me doy cuenta de que no sé nada de la bisabuela, que murió mucho antes de que yo naciera. Ni siquiera conozco su nombre. Es una mujer morena, esbelta y delgada, de mirada dulce que contrasta con la severidad que transmite su marido. Sobre las rodillas tiene un bebé, la pequeña de sus hijas, Carmen, a la que amama llamaba Carmencita, y cuya memoria lloraba a veces en la cocina. En la foto amama es una niña de no más de diez años que posa de pie tras sus padres y sonríe tímida a cámara, quizá con miedo de estropear una instantánea para la que la familia ha tenido que ahorrar, consciente de que con seguridad es la única que se harán todos juntos en su vida. Calculo que, por la edad aproximada de ella, esa foto se habría hecho poco antes del comienzo de la guerra civil. Recuerdo que en casa se habló alguna vez de las penurias que la familia de amama pasó en aquel tiempo, que se decía que el bisabuelo estuvo exiliado y que tuvo que trabajar después como esclavo construyendo carreteras.

En la primera página de ese álbum hay también una foto mal encuadrada de la fachada de un caserío de ventanucos cuadrados, que supongo el de Galdácano, en el que nació y creció aitite. No hay retrato familiar de los suyos. Su padre murió en la guerra, y ellos eran muy pobres como para permitirse una fotografía de estudio. La primera del álbum en la que aparece él es ya en la boda con amama. Es un retrato de plano medio. Ella viste de blanco, con un sombrero ancho y lleva un enorme ramo de flores en la mano derecha. Él, impecable, con traje negro y corbata clara. El cigarro en la comisura de los labios le da un aire a Humphrey Bogart. Sonríe a cámara. Amama mira cómplice a alguien que está fuera del encuadre. Están muy guapos. Hay más del mismo día, en las que posan con otras personas. En una reconozco a la madre y hermanos de aitite, a Natividad, la hermana de amama, y al bisabuelo José Miguel, formando todos juntos como símbolo de la unión de sus familias. Siento un pequeño vértigo al darme cuenta de que todos los que aparecen en esa foto, todos esos que sonríen dichosos, están ya muertos.

Más adelante en el álbum están retratadas ama y las tías Miren, Edurne y Mónica, desde muy pequeñas hasta adolescentes, en celebraciones familiares varias. También en sus respectivas comuniones. Algunas fotografías han sido arrancadas y han dejado huecos rectangulares en la cartulina, más oscuros, con trocitos de celo pegados en las esquinas. Las dos últimas cartulinas están vacías. Quizá amama había dejado ese espacio para un posible nuevo hijo. Sin embargo, no incluyó ninguna foto de Pilar.

Sí hay muchas de ella entre las fotos sueltas del baúl. Es sorprendente lo muy obesa que estaba ya desde bebé. Pesó cuatro kilos y medio al nacer. Los médicos le dijeron a amama que se debía a que ella había padecido diabetes gestacional. Le hicieron pruebas a la niña y, por suerte, se vio que ella no había desarrollado la enfermedad. Sin embargo, la predicción de los galenos de que pronto perdería peso no se cumplió. Amama siempre decía que Pilar tenía un apetito insaciable. Pero es que además era muy alta. En las fotos del baúl en las que se la ve junto a otras niñas, se muestra desproporcionada, como si alguien hubiera ampliado su figura con Photoshop.

Una foto que me absorbe: la de un niño de unos ocho o nueve años, que duerme de espaldas a la cámara, la manta hasta el cuello, en una cama de sábanas blancas. Solo se le ve la cabellera, y una sien tras la cual se intuye una ceja. Juraría que ese niño soy yo, que ese cuarto de paredes decoradas con papel de motivos florales es el de invitados de la casa de la calle Aureliano Valle de Bilbao, donde tantas noches me dejasteis para vuestros viajes a Barcelona o Madrid, la casa donde tan feliz fui en compañía de aitite y amama. Recuerdo de pronto que cuando amama me acostaba entonces, me prometía que, si me ponía rápido el pijama y me lavaba los dientes, aitite acudiría a darme un beso antes de dormir. Yo cumplía mi parte, pero después él se hacía de rogar y tenía que reclamarle varias veces a voces desde la cama.

—¡Aitite! ¡Aitite!

—¡Estoy viendo una película! —fingía protestar—. ¡Es de Robert Mitchum! ¡Iré cuando pongan anuncios!

Amama se reía y me advertía que cuidado no fuera a levantarme, que si aitite me veía de pie se daría la vuelta sin darme el beso de buenas noches. Entonces, él irrumpía en el cuarto, murmurando entre dientes que «hay que ver, que a uno no le dejan ni ver una peli de vaqueros en paz». Yo me tapaba la cabeza con las sábanas y él preguntaba:

—¡Pero! ¿Dónde se ha metido ese zapaburu?

Y, cuando emergía, él simulaba que se había llevado un gran susto y saltaba sobre mí y me comía a sonoros besos. Entonces amama protestaba que cómo iba a dormirme si me alborotaba así, pero lo hacía como parte del juego. Recuerdo que en ocasiones, justo antes de apagar la luz, aitite y amama se me quedaban mirando unos instantes desde la puerta, con los ojos de quien contempla un milagro, y cómo me sentía a resguardo de todo mal, sabiendo que ellos estarían siempre (siempre quería decir toda la noche) ahí cuidándome. Observando ahora la foto, pienso que esa mirada que me dedicaban es la misma que a veces, cuando no hay peleas entre ellas, ni protestas por jugar a la tablet, ni discusiones con nosotros por cualquier nimiedad, dirijo a mis hijas al acostarlas, al dejarlas en clase, al verlas jugar con otros niños en el parque. En esos momentos, me gustaría poder parar el mundo, detener el paso del tiempo, como de niño me habría gustado poder hacer en aquellos días en casa de amama en Bilbao, en los que todo estaba bien y el universo entero se reducía al piso de la calle Aureliano Valle.

Dejo esa foto aparte de las demás. La guardo para mí. Me pregunto si aitite y amama sintieron lo mismo al hacerla, que aquel instante era de absoluta paz y felicidad y que ojalá poder congelar el tiempo, y es eso precisamente lo que intentaron con esta imagen. Me reconforta pensar que me quisieron tanto como yo a las niñas, tanto como yo los quise a ellos.

## ¡HOLA, RAFFAELLA!

Han pasado dos o tres años de la muerte de aitite. Es sábado por la noche. Mónica ha salido y yo, que estoy resacoso porque ayer fui de fiesta con mis amigos, he pasado a casa de amama a estar con ella. Cenamos en el salón, en silencio, con la televisión encendida. En la pantalla Raffaella Carrà va entrevistando a un famoso tras otro, en ambiente de fiesta. Todos ríen y brindan y bailan. Salgo a la terraza a fumar, para no molestar con el humo, y desde ahí observo a amama, cuya imagen filtrada por el cristal con los reflejos catódicos parece un fotograma de película. Bebe de un vaso de vino que no deja de rellenar una y otra vez, y murmura hacia el televisor o hacia el fondo de sí misma, quién sabe, sentada sola en esa mesa en la que no hace tanto nos congregábamos todos, en esa mesa en la que ahora estoy escribiendo estas líneas, y siento una pena inmensa que no sé digerir. Entonces suena el teléfono y su rostro se ilumina por un segundo y descuelga y exclama, con sílabas resbalosas:

—¡Hola, Raffaella!

E, inmediatamente, buscándome con la mirada:

—Es tu madre.

Cojo el auricular. Ama ríe con la ocurrencia de amama. Le digo que me quedo, sí, que duermo ahí y que mañana por la mañana nos vemos. Mientras hablo con ella, veo en amama el rostro decepcionado y cansado de quien espera un milagro, algo, lo que sea, que la salve de una rutina que no soporta.

## 22

La noche después del incidente con el espantapájaros, sin poder dormir, aterrado ante la perspectiva de tener que regresar al colegio, me prometí que nunca más volvería a aquel lugar.

Al levantarme a la mañana siguiente le dije a ama que no me encontraba bien, que me dolían la cabeza y la garganta. Pero me tomó la fiebre, treinta y seis y medio, y fue firme: había que ir a clase. Desayuné con el estómago encogido, la mirada fija en el minutero del reloj, que avanzaba inexorable acercándose a la hora fatídica de salir de casa. Cuando llegó el momento, lloré suplicando que me dejara quedarme en casa. Me contestó que no era posible, que tenía que llevar a la niña al pediatra a Bilbao y que no podía dejarme solo. Le rogué entonces que me llevara con ellas.

—¿Ves? ¡Tan mal no estás! —protestó en el coche, camino a la parada del autobús en Artebakarra—. No me fastidies el día, ¿eh?

Me despidió allí diciéndome que debía ser fuerte y recordándome que todo el mundo tiene obligaciones que cumplir. Como iba muy justa de tiempo y además la niña lloraba en el capazo, me dejó esperando el autobús sin asegurarse de que subía, como hacía siempre. En cuanto vi desaparecer el Seat Ritmo por la carretera general, aproveché que aún no había llegado ningún padre a la parada (nadie que pudiera delatarme) para esconderme detrás de unos arbustos. Desde ahí observé cómo iban llegando primero mis compañeros de parada y después el autobús, en el que subieron todos en una fila que se me antojó la de las vacas en el matadero. El conductor estuvo esperando unos dos o tres minutos, eternos para mí, antes de cerrar la puerta con el suspirar estruendoso de las válvulas de aire y retomar la marcha. Cuando el autobús desapareció por el mismo lugar por donde un rato antes lo había hecho el coche de ama, me entró un ataque de pánico.

No daba crédito a mi propia osadía. ¿Qué iba a hacer? Me quedé un rato más escondido, pensando en las posibilidades. Volver a casa sería absurdo: no tenía llaves. Ir al colegio, ni loco. Me ganaría una buena bronca de Domi, quizá un castigo severo o un guantazo, además de las habituales burlas y golpes de los abusones que incluso serían más fuertes al haber mostrado debilidad. No podía ni pensar en la posibilidad de tener que compartir de nuevo mesa en el comedor con el espantapájaros.

Sin un mejor plan, opté por ir andando hasta Bilbao, a casa de aitite y amama. Imaginé que amama sería más comprensiva que ama. Me dije que seguro que me recibiría conmovida, a su pobre nieto, que tenía tanto miedo al colegio que se había visto obligado a escapar. Ensayé incluso qué palabras le diría cuando me abriera la puerta. Sabía que la carretera nacional llevaba hasta la ciudad. Allí preguntaría por la calle Aureliano Valle. Calculé que me supondría varias horas de caminata llegar hasta allí.

Pero la perspectiva de pasar la mañana andando era mucho más halagüeña que la de acudir a clase. Suspiré, aferré las correas de la mochila con ambas manos y comencé el viaje al trote, como un *boy scout* de excursión.

El cielo lucía nublado. Recuerdo que pensé que ojalá rompiera a llover y me empapara y cogiera una terrible neumonía, o que me atropellara un coche, y pasara unas semanas en el hospital y ama se diera cuenta de lo que estaba sufriendo y tuviera pena y compasión de mí. Quizá eso matizara el monumental enfado que se iba a pillar cuando se enterara de que había hecho novillos. Caminaba por la izquierda, por el arcén contrario a la marcha. La mayoría de los conductores con los que me cruzaba me dirigían miradas extrañadas, preguntándose qué hacía un niño vestido de uniforme a esas horas en el arcén. Pero nadie se detenía. El mundo, me decía, se movía a pesar de mí. Anduve una hora larga, dominado por pensamientos oscuros y autodestructivos, hasta que, cuando la carretera comenzaba a ascender hacia el alto de Santo Domingo, por el carril opuesto pasó un coche de la Ertzaintza que se detuvo unos metros delante de mí. Se bajaron dos agentes. Uno cruzó la carretera y se dirigió hacia donde yo estaba, mientras el otro hacía gestos a los coches con una especie de espada láser para que redujeran la velocidad.

—¿Qué haces aquí? ¿No ves que es peligroso? ¿No deberías estar en el colegio? —El primer policía me lanzaba preguntas con tono autoritario, sin esperar respuesta.

—He perdido el autobús y no sabía qué hacer —mentí.

—¿Y adónde se supone que te diriges?

—A casa de mi amama —respondí, con la mirada clavada en el suelo.

Temblaba. Tenía mucho miedo. Por la regañina que me iba a caer, por la reacción de ama y la de los abuelos cuando se enteraran de que había hecho novillos. Me arrepentía y al mismo tiempo estaba orgulloso de mi decisión. Lo que no quería, bajo ningún concepto, es que me dejaran en el colegio. El policía, que se dio cuenta de que estaba en estado de pánico, me puso una mano en el hombro.

—Vamos, vamos. Que no pasa nada. Nosotros te llevamos.

Me acompañó hasta el coche, la mano siempre sobre mí. Hizo un gesto a su compañero, que abrió la puerta trasera. Me impresionó muchísimo el interior del coche de policía. Era como los de las películas, con una mampara protectora de metacrilato que separaba a los agentes de los detenidos. Cuando arrancaron, me preguntaron nombre y edad. También si sabía el teléfono de casa. Ya me lo había aprendido, pero como ama no estaba, les di el número de la de aitite y amama. El copiloto apuntó los datos con un bolígrafo en una libreta y después llamó a comisaría a través de la radio del coche y los compartió con la voz femenina que respondía al otro lado. Decían «cambio» al terminar de hablar, para dar paso a su interlocutor y entre frase y frase se colaba el sonido de la estática de la radio, como en los *walkie-talkies*. Me fascinaba todo aquello. El agente explicó que me habían encontrado vagando por la BI-631 y que estaba asustado.

—Llamad a casa de sus abuelos para decirles que está con nosotros y que lo llevamos hacia allí. Es posible que desde el colegio hayan dado alerta al no haber acudido —afirmó, antes de despedirse con un «cambio y corto».

Muchos años después, al leer *El extranjero* de Albert Camus, en el momento en el que el protagonista afirma que resulta siempre muy interesante escuchar a otras personas hablar de uno, incluso en un juicio, recordé ese momento dentro del coche de policía. De alguna manera era lo que anhelaba: sentirme atendido, que el mundo parara un poco, aunque fuera un instante, para mirarme, escucharme, saber de mí, interesarse por lo que me sucedía.

Cuando los agentes me dejaron en casa de amama, ella les dio las gracias una y otra vez desde el umbral de la puerta, muy melodramática. Los invitó a tomar un café o lo que quisieran, pero ellos se excusaron argumentando que estaban de servicio y que además habían dejado el coche en mitad de la calle. Amama era todo amabilidad con aquellos policías. Yo sonreía aferrado a su cintura. El olor de su delantal me hacía sentir a salvo. Pero en cuanto cerró la puerta, amama me empujó para separarme de su regazo y me soltó un sonoro bofetón.

—¡¿Pero tú eres tonto?! —explotó—. ¡¿Te das cuenta de que te podían haber atropellado o secuestrado o yo qué sé qué?!

Fue la primera y la única vez que me pegó. Nunca la había visto así. Escuché alguna vez a las tías afirmar que amama había sido una madre severa y recta y que mantuvo la disciplina de la casa con mano firme. Pero conmigo era todo atenciones y cariños. Cuando ama le exigía que no me mimara tanto, que no me diera chocolate antes de comer, que no me ofreciera alternativa a las verduras cuando protestaba porque no me gustaban, que no me dejara ver toda la televisión que quisiera, ella respondía que ya había criado cinco hijas y que los nietos hay que disfrutarlos.

Me envió al cuarto de invitados, advirtiéndome que no saliera de ahí hasta nueva orden. Lloré un rato tumbado en la cama, arrepentido en parte por lo hecho, pero también recordándome que no tenía alternativa, que ir a aquel colegio a que me pegaran era pedirme demasiado. Al cabo de media hora más o menos, me llamó a la cocina. Me había puesto un vaso de ColaCao con galletas. Se sentó a mi lado y mientras comía me acarició el pelo con dulzura, rogándome que la perdonara por haberme pegado y exigiendo que le prometiera que no volvería a hacer una locura así nunca más. Me explicó que ama no había vuelto a casa aún y que me creería en el colegio. Me preguntó si había pensado en cómo se quedaría si me pasara algo, cuánto lloraría por su hijo, cómo se sentirían también ella y aitite.

Después la acompañé a hacer los recados. Fuimos a la frutería y la pescadería. Allí me exhibió muy orgullosa a las dependientas, que la saludaban con la afabilidad con la que se trata solo a las clientas habituales, explicando que era su nieto favorito y preguntándoles si se acordaban de mí de cuando era un poco más pequeñito y solía llevarme con ella los sábados por la mañana a hacer compras. Cuando aquellas mujeres grandes, de brazos gruesos y manos callosas curiosearon por qué no había ido al colegio, amama decía:

—He querido yo que pasara el día conmigo, que también hay que disfrutar de los nietos y porque falte un día a clase tampoco pasa nada, digo yo.

De regreso en su casa, la ayudé a preparar la comida. Había comprado anchoas. Ella las limpiaba y me las iba pasando para que las enharinara. Me alucinaba su habilidad y rapidez, cómo les quitaba la cabeza, las evisceraba con el pulgar y después las abría con precisión quirúrgica. Me las dejaba sobre papel de periódico, que absorbía el agua. Yo las cogía de la cola y las pasaba por la harina por los dos lados, con el movimiento con el que se pinta con brocha, y las iba depositando en un plato, con cuidado, como me advertía ella a cada rato, de que no se apelmazaran. De fondo la radio daba las noticias del día, que eran comentadas por un grupo de expertos de voz y tono graves. Hablaron de las opciones de la candidatura de Barcelona a los Juegos Olímpicos de 1992, que se fallaba al día siguiente; del suicidio de Jacqueline Roque, viuda de Pablo Picasso; de la concesión del Premio Planeta a un escritor cuyo nombre, no sabía por qué, me hacía sonreír cada vez que lo pronunciaban: Terenci Moix. Comentaron que el premio se había otorgado en una gala en la que había estado presente lo mejor de la cultura del país. Recuerdo que amama masculló:

—Seguro que el idiota de tu padre se emborrachó ayer en la fiesta esa.

Y se arrepintió según lo dijo, porque al punto cambió de tema diciéndome que saliera al balcón, que iba a freír las anchoas y que si no se me pegaría todo el olor a fritanga en el uniforme.

Le hice caso. Con el repiqueteo del aceite, el extractor y las voces de la radio de fondo, te imaginé allí en Barcelona, feliz sin nosotros, brindando la noche anterior con el tal Terenci Moix en el mismo momento en que yo me convencía de que nunca más iba a ir a ese colegio, en el mismo momento en que apretaba mi rostro sobre la almohada añorando más que nunca la figura de un padre. Suspiré y observé desde el balcón la ciudad, que bullía de movimiento. Los semáforos acumulaban coches de todos los colores que mostraban su impaciencia a bocinazos. Hombres trajeados regresaban a comer a casa, caminando con urgencia, como corredores compitiendo en marcha atlética. En torno a un banco de la plaza de Indautxu, trabajadores uniformados con buzo azul daban buena cuenta de grandes bocadillos, unos con el culo en el respaldo y los pies en el asiento, otros en el suelo, alguno de estos incluso tumbado de costado haciendo un esfuerzo por no quedarse dormido. Se pasaban entre ellos una bota de vino y conversaban animadamente. De tanto en cuanto, el grupo estallaba en una carcajada conjunta. De las galerías comerciales subterráneas, de aquellas bocas que parecían las del metro de una ciudad moderna, brotaban mujeres cargadas con bolsas de la compra que se despedían con dos besos de sus amigas hasta el día siguiente. Un grupo de cinco monjas de hábito azul oscuro se dirigía hacia la iglesia de Nuestra Señora del Carmen, caminando a saltitos, formando como una familia de pingüinos. Observando todo aquello sentí una enorme envidia del mundo lleno de vida que me perdía cuando estaba en el aula. Mientras los niños languidecíamos en los pupitres, pensé, los adultos vivían una vida de verdad ahí fuera. Envidié ser uno de vosotros, poder perderme entre aquel gentío en el que, de pronto, reconocí a aitite, su figura y su forma de andar. Vestía traje gris claro, camisa blanca y corbata. Un maletín negro bamboleaba como un péndulo al compás de los pasos que le llevaban a casa. Acudí a recibirle a la puerta.

—¡Pero bueno! ¿Qué hace aquí este zapaburu? —exclamó lleno de alegría al verme en el vestíbulo.

Comimos los tres solos en la mesa redonda del salón. Pilar tenía entonces diecisiete años y aún vivía con los abuelos, pero comía en el colegio, en La Pureza, donde cursaba el último año antes de la universidad. Mientras de primer plato tomábamos un puré de calabaza con la televisión de fondo, amama explicó a aitite el asunto de mi escapada del colegio. Él me lanzó una mirada exagerando el gesto y prorrumpió en una carcajada, exclamando «¡habrase visto, el pimpollo este!». A mí la expresión me hizo mucha gracia y reí también. Ella golpeó entonces sobre la mesa con la palma de la mano y nos abroncó, muy enfadada, recordando que era algo muy serio, que podía haberme atropellado un coche o haberme raptado un loco. Aitite le dio la razón y le pidió disculpas por su primera reacción. Me preguntó entonces por qué había hecho novillos. No contesté, no me atreví. Me miró muy fijamente y afirmó que, si no quería ir al colegio por lo que fuera, podía hablarlo con ellos. Pensé en contarles lo que me sucedía, hablarles del espantapájaros y los demás chavales que me hacían la vida imposible, pero, por alguna razón, me avergonzó compartir aquellas humillaciones con aitite y amama. Ellos estaban muy orgullosos de mí. ¿Qué imagen les quedaría si les confesaba que no tenía un solo amigo en clase, que los matones del colegio se reían de mí y me pegaban como a un cachorrito?

No insistieron. Cuando terminamos de comer, mientras amama recogía la mesa, aitite llamó a casa y habló con ama. Lo hizo desde el teléfono del salón, sin esconderse de mí, sin hacerme salir de la estancia. A ratos, de hecho, mientras conversaba con ella me miraba como comprobando que daba mi aprobación a sus palabras. Tras contarle el asunto, le pidió que estuviera tranquila y que no me abroncara más, que ya ellos me habían echado suficiente regañina. Dijo que tenía una reunión a primera hora de la tarde y que no le daba tiempo a cancelarla, pero que luego me subiría él a casa, que no se preocupara.

Después regresó a la oficina y yo me quedé con amama viendo la televisión en la salita. Ella se sentó en el sofá con las piernas en alto sobre un reposapiés, yo me tumbé a lo largo, con la cabeza apoyada en sus muslos. Ponían una serie llamada *Falcon Crest*, que amama confesó que le encantaba. A medida que iban desfilando por la pantalla, me iba explicando los personajes de la serie: quién era Angela Channing, quién Richard, quién Chase Gioberti. Mientras lo hacía, me peinaba el pelo con los dedos. Cuando en el plano aparecía algún elemento lujoso, un coche descapotable, mobiliario de la mansión, una cubertería de plata, mostraba su admiración.

—¡Vaya preciosidad! ¡Quién pudiera!

Yo cerraba los ojos y escuchaba las voces de los dobladores y la música y las explicaciones de amama y me decía que ojalá nunca llegara el momento de volver a Laukariz, a aquella casa enorme y fría y vacía, con ama y el bebé. En un momento dado le pregunté si me podía quedar a vivir con ellos. Amama se rio con la ocurrencia. Respondió que pronto serían ellos quienes se mudarían junto a nosotros y que entonces podría pasar en su casa todos los días y las noches que quisiera.

Después, al despedirme de ella cuando aitite vino a buscarme, me hizo prometer que no se repetiría lo de los novillos. Se lo juré, a sabiendas de que le estaba mintiendo, y me sentí muy mal por ello. Caminamos en silencio hasta el garaje de Indautxu, donde dormía el Mercedes 280 SE azul oscuro que aitite acababa de comprarse para sustituir al viejo Taunus. Yo todavía no lo había visto. Tenerlo por primera vez frente a mis ojos fue un acontecimiento. Aquella máquina deslumbrante era como la encarnación de la modernidad y del progreso. Me fascinó todo en ella: su enormidad; el logotipo redondo dominando el capó como un mascarón de proa; aquellos minilimpiaparabrisas en los faros; los relucientes tapacubos, a juego con el color del coche; el salpicadero de cuero y los interiores en madera; el hecho de que fuera automático; la cantidad asombrosa de botones que lucía, más propios de un avión que de un automóvil. Aitite me dejó montar delante. Por el camino, yo iba observando todo con insaciable curiosidad, preguntando para qué servía cada palanca, cada interruptor, qué indicaba cada aguja del cuadro de mandos. Sabedor de que me encantaban los automóviles, aitite me contó que su primer coche había sido un Seat 1400 negro que había comprado a mediados de los años cincuenta. Explicó que aquel coche no tenía cinturones de seguridad, que no existían aún, pero sí una barra fijada en la parte de atrás de los asientos delanteros para que los pasajeros de la parte trasera se agarraran a ella en las curvas.

—Entonces vivíamos aún en Galdácano —dijo, y los ojos le brillaban de nostalgia— y casi nadie tenía automóvil. Imagínate que, cuando aparcaba, los niños venían corriendo y me pedían que les diera un paseo. La mitad de los críos del pueblo montaron en coche por primera vez conmigo. ¡Para ellos era como una barraca de fiestas!

Enumeró después los diferentes automóviles que había tenido. Tras el 1400, un Renault Dauphine rojo, precioso, de líneas curvas, del que amama le obligó a desprenderse cuando supo que lo llamaban «el coche de las viudas» por su tendencia a patinar debido a su tracción trasera. También poseyó un Seat 1500, tan pesado y con un volante tan rígido que, me confesó entre risas, no conseguía moverlo en parado, el Ford Taunus que conocí yo y, antes, un Dodge 3700 enorme, de volante de madera, que estampó contra la mediana de la autopista en La Rioja al evitar atropellar un jabalí.

—El único accidente que he tenido en toda mi vida. El único golpe, en más de treinta años conduciendo —aclaró, señalándose el pecho.

Entonces me preguntó cuántos años tenía ya. Le respondí que había cumplido once en verano. Él dejó escapar una pequeña exclamación de sorpresa, ¡oh!, y me reveló que fue a esa edad que él empezó a trabajar. Fue de ayudante en un taller de carpintería en Galdácano, después de que su padre se fuera reclutado para la guerra, de donde no volvió.

—Alguien tenía que mantener a la familia, ¿sabes? Tu bisabuela limpiaba en casa de unos señoritos y con su jornal no podíamos vivir sus cuatro hijos. Yo era el mayor, y me tocó a mí dejar la escuela. Pero estudiaba por las noches, con la luz de una vela, porque mi padre solía afirmar que saber leer y escribir bien era lo único que podía librarte de ser un pobre miserable y yo me decía que hacer caso a aquella enseñanza era una manera de honrar su memoria.

Se mantuvo un buen rato conduciendo en silencio después de decir eso, hasta que retomó su narración con voz baja y grave, como si revelara un secreto. Me confesó que en la carpintería lo pasó muy mal, que era muy duro trabajar allí y que el patrón era un hombre muy severo, de mano suelta, aunque bueno en el fondo. Contó que allí empezó a tallar juguetes para sus hermanos, en ratos libres, con tacos sobrantes de madera. Eran pequeñas figuritas y carritos de ruedas que sus hermanos sacaban a la plaza cuando iban a jugar y que resultaron ser la envidia de todos los niños del pueblo. Comenzó a recibir encargos. Primero de un padre, luego de otro y de otro. Para poder cubrirlos, se hizo con unas herramientas y comenzó a comprar maderas y a tallarlas, ya en casa, al salir del taller en el que seguía empleado. Al cabo de poco tiempo vendía los juguetes a tiendas de Bilbao, donde volaban.

—Todos los niños ricos de la ciudad jugaban con lo que yo hacía. Y fíjate: terminé montando un taller de juguetes de madera, con dos empleados. Unos años después abrí la tienda de alameda Urquijo. Así se formó Juguetes Otaolea.

Le escuché con enorme admiración. Me partía el alma imaginar a aitite a mi edad trabajando diez horas cada día y estudiando él solo, por las noches, sin ayuda ninguna, con libros que otros habían tirado a la basura. Me partía el alma, sí, y me avergonzaba al mismo tiempo, porque yo, que lo tenía todo, como solía decir ama, no era capaz ni de afrontar el hecho de tener que ir al colegio como todos los demás niños del mundo. Le observé mientras él estaba concentrado en la carretera y en los recuerdos que su narración le había despertado. Me fijé en sus manos, grandes y duras, capaces de todo. Manos de hombre trabajador y honrado. Reparé en que tenía el rostro surcado por profundas arrugas, quizá demasiado prematuras a su edad, que su cuello era una cascada de tendones que se perdía en la camisa. ¿Cuántos años tenía? ¿Sesenta? ¿Setenta? No lo sabía con seguridad. Para mí aitite siempre había sido un hombre mayor. Amama a veces se quejaba diciendo que solo sabía trabajar y que moriría en la oficina o en la fábrica. También las tías y ama lo repetían constantemente, que era incapaz de descansar, de tomarse las cosas con distancia y relajo.

—Lo que quiero decirte —concluyó, posando su mano derecha sobre la mía— es que a veces los peores momentos son la semilla de algo maravilloso, ¿me entiendes?

Al llegar a casa, ama nos abrió la puerta en bata, con la niña en brazos. Aitite habló con ella unos minutos, haciéndole prometer de nuevo y delante de mí que no me castigaría. Después se despidió de mí, agachándose a mi altura para hablarme mirándome de frente a los ojos. Me dijo con voz pausada y comprensiva que a todos nos cuesta un poco llevar el día a día adelante pero que, si hacemos un esfuerzo, las cosas terminan por funcionar. Antes de darme un sonoro beso en la frente, me prometió que el fin de semana, si me apetecía, me llevaba a ver al Athletic a San Mamés.

—Y así seguimos hablando, ¿vale? —propuso, y yo asentí en silencio.

Aquella noche, en la cama, me juré que a partir del día siguiente estaría a su altura, que encararía los problemas con decisión, que cuando estuviera a punto del llanto recordaría que a su edad mi abuelo estaba dejándose las manos y la espalda en jornadas interminables en un taller de carpintería para poder dar de comer a su familia. Me lo dije convencido de que habría un antes y un después tras esa conversación con él. Su ejemplo me daba esperanzas.

Pero por la mañana volví a escaparme del colegio. Esta vez hui de la explanada de los autobuses, hacia Mungia. Tanto miedo tenía. Y lo volví a hacer, de nuevo, dos o tres veces más, durante los días siguientes, hasta que me expulsaron una semana a casa y ama optó, entonces, por buscarme un nuevo centro.

## EL BILLETE DE CINCO MIL PESETAS

Una noche de verano, del primer verano que pasaron en Laukariz, mientras cenábamos juntos en la terraza de su nueva casa, aitite rompió por la mitad un billete de cinco mil pesetas.

—Mira lo que vale el dinero —me dijo, antes de rasgarlo en dos partes—. Nada. Absolutamente nada. ¿Sabes lo que tiene valor en realidad?

Yo negué con la cabeza.

—El trabajo. Lo que puedes hacer con tus manos.

Me alcanzó la mitad del billete desde la que don Juan Carlos me observaba con severidad.

—Para ti —me dijo—. Si quieres la otra parte, mañana a las diez me tienes que traer el desayuno a la cama. Quiero huevos fritos con beicon, zumo de naranja natural y café solo. ¡Ah! Y la prensa. Con la bicicleta te las arreglas para ir hasta Mungia, ¿no?

Yo asentí, aceptando el trato.

—Quiero *El Correo* y el *Deia* —señaló.

—¡Pero Miguel! ¡No le hagas eso al niño! —protestó amama.

Antes de acostarme, me aseguré de que tenía en la

nevera de la casa de amama todos los ingredientes para preparar el desayuno. A la mañana siguiente me desperté a las siete para ir al quiosco. Ama protestó desde la cama porque hice ruido poniéndome un ColaCao. El cielo lucía despejado. Desde casa hasta Mungia la mayoría es en bajada, excepto el repecho que sube del lago hasta el club de campo. La ida fue muy sencilla. Todo lo contrario que el regreso, en el que además el sol pegaba ya con fuerza. El día anterior Stephen Roche había arrasado en la contrarreloj del Tour que terminaba en Futuroscope. Pedaleando en las cuestas, me imaginé el máximo rival del irlandés intentando batir su marca. Sudé lo mío para llegar a tiempo, pero lo conseguí.

Preparé el desayuno en la cocina de amama, con su ayuda, claro. Lo llevé a la cama a la hora exacta. Huevos fritos con beicon, zumo de naranja y café, junto con la prensa, en una bandeja de madera lacada que amama compró en un viaje a París, en la que estaba reproducida una imagen de un grabado de Montmartre. Aitite se mostró entusiasmado.

—¡Riquísimo! —exclamó, extendiéndome mi recompensa, que pegué con celo, en los dos sentidos de la palabra, poco después.

Aquella misma tarde acompañé a amama a El Corte Inglés, donde me gasté los mil duros en un juego de Spectrum de ciclismo. Se llamaba *Tour de Force* y venía en una casete cuyos datos debían de estar corruptos, pues no cargaba bien y el juego nunca llegó a funcionar. Terminé usando aquella cinta para grabar canciones de la radio.

## 23

Fumando un cigarro apoyado en la barandilla de la terraza de la casa de amama, con un café en la mano, observo cómo unos operarios colocan la valla que separará los terrenos de las tres casas. Han llegado a primera hora para instalar los postes sobre las bases de cemento y ahora están uniendo esos postes con una red metálica de color verde que van desenvolviendo con dificultad. Se dan entre ellos instrucciones a gritos y discuten en portugués. Desde la terraza veo cómo Miren los observa también tras la cristalera de su salón. De vez en cuando Pablo, su marido, sale de la casa para dar no sé muy bien qué órdenes con exagerados aspavientos. Obeso, con una calva mal llevada y vestido para jugar al golf —pantalones cortos de cuadros, niqui Lacoste azul claro, calcetines subidos casi hasta la rodilla y visera y gafas de sol—, parece disfrazado, pero a los currelas no les queda otro remedio que hacerle caso. Nunca le he soportado. Seguro que a ti tampoco te caía bien. Es una de esas personas carentes de virtudes que se vanaglorian, no obstante, de todas. Hablando con amama a veces aitite se refería a él como «el parásito» y, cuando ella le defendía y le recordaba que al fin y al cabo era el marido de su hija, él concluía:

—Tienes razón, Begoña. En realidad, no es tan malo. Solo tiene dos defectos: lo que dice y lo que hace. —Y estallaba en una carcajada que desesperaba a amama.

Cuando llegaron a vivir a La Bilbaína, Miren y él intentaron a toda costa encajar entre la alta burguesía que subía al club los fines de semana, y empezaron a hacer vida social allí. Al principio iban a beber a la cafetería. Pasaban las horas mendigando conversación, con un gin-tonic cada uno siempre en la mano, sin demasiado éxito. Pronto se dieron cuenta de que en ese lugar la herramienta para hacer relaciones sociales era el golf. Ya habían apuntado a su hijo Gorka a clases particulares, recordándole cada día que debía hacer buenos amigos y subrayando que con buenos se referían a amigos de buena familia. Viendo que el asunto funcionó con su hijo, que pronto se hizo una cuadrilla en el club, tomaron nota e hicieron lo mismo. Pero en algún momento de ese proceso el golf pasó para ellos de ser un modo de conocer gente a una auténtica pasión. Ahora parecen vivir solo para la pelotita blanca y pasan días enteros en el club, desde primera hasta última hora.

Hace cuatro años estallé en cólera cuando me enteré de que Gorka, que ejercía entonces de algo parecido a director de marketing de Juguetes Otaolea, había organizado un torneo de golf en el club patrocinado por la empresa. Habían montado una carpa enorme y daban a los ganadores premios importantes, como un viaje a Londres y estancias en lujosos hoteles. A cada participante le regalaban un kit con *tees* y pelotas con el logotipo serigrafiado. Un coste enorme que no tenía sentido ninguno, más allá del baño de masas que se darían él y sus padres entre sus amigos y conocidos, a quienes querían impresionar. Todo ello al tiempo que Juguetes Otaolea agonizaba en pérdidas. Pero ya te he dicho que hace tiempo que no discuto estos temas con ama.

Mientras pienso esto, aparece precisamente ella en la terraza ofreciendo la imagen típica de quien acaba de despertarse. Despeinada, lleva una bata rosa, zapatillas de casa y mascarilla. Me da los buenos días, manteniéndose a distancia. Le pregunto si me pongo también cubrebocas, pero dice que no hace falta. Afirma que hace un día precioso y me pregunta por ti. Le contesto que no sé nada aún, que Julián no me ha escrito ni me ha llamado. Entonces me doy cuenta de que lleva algo en las manos. Ella da un respingo, como si lo hubiera recordado con mi mirada.

—¡Ah! Te he traído esto. Ayer se me olvidó dártelo. Lo encontramos mientras hacíamos limpieza por la mañana. ¡Mónica casi lo tira! Pero pensé que igual te hacía ilusión tenerlo...

Me alcanza una caja metálica de Lyons Tea, que reconozco al instante. Es donde guardaba mis tesoros cuando estaba en la universidad. Me la regaló un compañero, Joseba, a la vuelta de un verano que pasó en Dublín, sabiendo que a mí me encantaba el té. Ama la deja sobre la mesa de la terraza y da un par de pasos a un lado, en un gesto extraño, como si la caja fuera la ofrenda en una ceremonia ancestral. La tomo en mis manos, acaricio con los dedos el relieve de las letras de la tapa y la abro. Aparecen dentro un montón de recuerdos del pasado: entradas de conciertos a los que fui en esos tiempos de universidad, de Kiko Veneno, de Hertzainak, en la que fue su última actuación, cuando yo aún estaba en COU, de Juan Perro; billetes de metro de Madrid y entradas al Museo del Prado y el Reina Sofía, de aquella escapada con Marta a la vuelta de la cual dejamos de vernos, sin siquiera llegar a romper, como si tácitamente hubiéramos aceptado que no estábamos hechos el uno para el otro; marcapáginas y billetes de librerías independientes de aquí y allí; ese trocito de papel en el que apunté el que creí que era tu número de teléfono y resultó ser el de Julián; hojas de libreta manuscritas con poemas afectados; cartones de librillos de papel de fumar con nombres y teléfonos anotados; un paquete vacío de una marca de tabaco árabe que ama me trajo de un viaje a Túnez; mi carné de estudiante, de primero de carrera, en cuya foto luzco larguísima y descuidada melena; una polaroid tomada en la cena de fin de curso de tercero con los compañeros de Filosofía, cuando los que llegaron rebotados a la carrera habían desaparecido y en clase quedábamos cuatro gatos, felinos con vocación. Aparecemos con ojos alcohólicos, cigarros humeantes en los labios, los brazos en alto como celebrando un gol. Estamos todos: Gaizka, Joserra, María, Joseba, Gotzone, Juan y Ander. Qué banda. Cómo echo de menos a veces aquellos años.

Y, entre todos esos recuerdos, en la caja metálica aparece la moneda de cinco pesetas que hace treinta y cinco años me regaló Carla aquella tarde en la que bajamos a las vías. La cojo y la observo y silbo la melodía de The Bangles y emergen aún más recuerdos, como una herida que, cerrada durante largos años, vuelve a sangrar de pronto.

Estuve mucho tiempo sin volver al barrio. Pensé en hacerlo muchas veces, pero cuando era niño no me atrevía a sugerirle la posibilidad a ama y cuando me hice mayor y empecé a moverme por mi cuenta ya no tenía demasiado sentido. Pero un buen día ocurrió algo que me empujó de nuevo al barrio. Estando en segundo de carrera, en una de esas fiestas universitarias que se organizaban en la plaza de toros de Bilbao, creí ver a Carla entre el gentío que se agolpaba en una de las puertas intentando acceder. No, corrijo, no creí verla: la vi. Yo me afanaba también por entrar, junto con Gaizka y Juan, en otra puerta. La gente protestaba por las colas que se estaban formando, que algunos se saltaban provocando trifulcas. Yo miraba alrededor, agobiado. Nunca me han gustado las aglomeraciones. Entonces la vi en la distancia. La reconocí a la primera, a pesar del paso de los años y de que no la había visto desde que me fui del barrio. Estaba igual que cuando éramos niños. Sus ojos azules brillaban bajo el negro flequillo. Me miró y sonrió. Sentí una alegría espontánea. Una explosión dentro de mí. La saludé con la mano y grité su nombre. Avisé a mis amigos de que nos veíamos en un rato. Empecé a apartar gente para acercarme a ella. Me movía con dificultad. En un momento dado, me giré para decirle a un tipo que no me empujara, que todos intentábamos avanzar. Fueron dos o tres segundos, pero cuando volví la mirada de nuevo, ya no encontré a Carla. Llegué hasta donde estaba hacía unos instantes, di vueltas alrededor, la llamé a gritos, pero no la localicé. Pasé la noche pensando en ella, buscándola con la mirada entre la gente, pero en vano.

A la mañana siguiente no podía pensar en otra cosa que no fuera ella. La canción de The Bangles sonaba en bucle en mi cabeza, como lo hace ahora que tengo la moneda en mi mano. Era abril, hacía buen tiempo, así que según desayuné, cogí la moto y tiré para el barrio con la esperanza de encontrarla. Me flipaba mi vespa, aquel viejo cacharro con las marchas en el manillar y freno de pie, que arrancaba a pedal y a veces se resistía a hacerlo protestando con tosidos de tísico. Cuando la compré de tercera o cuarta mano era blanca, pero la pinté de negro mate con la ayuda de Edurne. Como punto final le puse una pegatina en la nalga izquierda con el logotipo de los Red Hot Chili Peppers a la que, con el tiempo, se fueron sumando muchas más, de otros grupos de música y de equipos de fútbol como el Celtic, el Red Star de París o el Sankt Pauli. Conducía vestido como un piloto de la Primera Guerra Mundial: chaqueta de cuero marrón, casco abierto y una bufanda cuyos extremos aleteaban a mi espalda. Recuerdo que mientras iba camino del barrio aquel día, fantaseaba con que mi imagen de alternativo cautivara a la niña de la que estuve enamorado de pequeño. Me imaginaba como uno de esos personajes de novela que emigran siendo niños y regresan como hombres orgullosos de lo que han llegado a ser en la vida.

Aparqué la vespa justo frente al portal del edificio en el que vivimos. Mi primera impresión fue que todo resultaba mucho más pequeño que como era en mis recuerdos. Eso es algo muy común cuando visitas un pasaje de infancia, ¿verdad? Por lo demás, nuestra calle no había cambiado mucho. En el local donde se ubicaba la vieja panadería, ahora había una frutería. La Degustación Maribel, aquella cafetería que vosotros llamabais «la degus», ahora parecía más moderna y lucía un rótulo hortera de neón donde ponía CAFÉ MABI. También habían sustituido en la placita de debajo de casa los bancos de hormigón por otros de metal pintado de verde. Lo demás parecía igual.

Caminé hacia la escuela de los pequeños, por el mismo camino que tantas veces recorrimos tú y yo juntos. Reconocí el balcón de la casa de Carla, aquel tercer piso de los bloques que daban al otro lado de la carretera general. Busqué alguna señal que revelara si seguían viviendo ahí. Esperé fumando un cigarro a ver si alguien salía, quizá Carla misma o su madre, pero no. Me atreví a tocar al portero automático. Como no recordaba cuál era su puerta, pulsé el botón de las dos puertas del tercero, derecha e izquierda, primero una y después la otra. Lo hice con el corazón latiendo con fuerza en el pecho. Pero nadie contestó. Observé el interior del portal recordando el momento en que, tantos años antes, ella me lanzó un beso con la mano en aquella última vez que nos vimos, su sonrisa, la dicha de aquellas horas juntos en la noche más corta del año.

Fui después hasta la escuela, la de arriba, en la que cursamos el último año juntos. Era sábado, por lo que estaba cerrada, pero en la cancha de futbito unos niños de unos nueve o diez años disputaban su particular final de la Champions, explotando de alegría con cada gol. Bajé hacia la plaza, donde el quiosco de chucherías había sido sustituido por uno de la ONCE. Me pregunté qué habría sido de la señora que lo regentaba, la vieja gorda mórbida que lucía aquel crucifijo de madera y que me fulminaba con su mirada después de que tú decidieras dejarnos, como si yo fuera el culpable de algo.

Di un par de vueltas más por aquí y por allá, buscando algún rasgo familiar en los rostros de la gente con la que me cruzaba, anhelando poder reconocer a alguien, tirar de algún hilo que me llevara a Carla. Pasé así un buen rato, hasta que me rendí. Antes de volver a casa, decidí bajar a las vías. Llevaba, por supuesto, la moneda en el bolsillo, que apretaba con fuerza cada cierto rato, como un talismán. Recorrí el mismo camino que hacíamos siempre, por la parte exterior del barrio, en cuyas campas, aquí no, nada había cambiado. Bajé el terraplén que daba a las vías recordando que a mis ojos de niño aquello me parecía casi un barranco, cuando en realidad no era más que un pequeño accidente del terreno y salvarlo no implicaba ninguna dificultad. Al bajar al claro, entre botellas rotas, cartones de vino barato y bolsas de plástico, sentado en una piedra un chico fumaba con la mirada perdida en las vías.

—Perdona, no quiero molestar, solo echar un vistazo —comencé a decir, al ver que giraba la cabeza hacia mí con gesto contrariado.

El chaval me miró de arriba abajo durante unos largos segundos. Parecía de mi edad, más o menos, pero transmitía muy mala impresión: dejado, despeinado, vestido con un chándal gris sucio, las zapatillas rotas, los ojos vidriosos. Me fijé en que lo que fumaba no era un cigarro, sino un canuto. Tenía los dedos índice y corazón de la mano derecha amarillos de nicotina.

—¿Cacenave? —preguntó, al fin.

—Sí...

—¿No me reconoces?

Y, entonces, cuando dijo eso, tras aquel rostro triste y prematuramente envejecido en el que una sonrisa leve había comenzado a dibujarse en los labios, reconocí a quien fuera el más divertido de mis amigos, el más echado hacia delante, aquel a quien seguíamos a todas partes.

—Hostias, Iñaki...

Nos fundimos en un abrazo.

—Joder, tío, ¿cuánto tiempo ha pasado?

—Nueve años —apunté—. Me marché al acabar quinto de EGB.

—Me cago en la puta. ¡Estás igual! ¿Qué haces aquí?

Me dio vergüenza soltar de buenas a primeras que

había venido buscando a Carla. En lugar de ello, le dije que pasaba por el barrio en moto y que decidí echar un vistazo para ver si había cambiado mucho y reconocer lugares y que, deambulando por aquí y por allá, había terminado en las vías. Esto último le hizo mucha gracia.

—¿Te acuerdas de las broncas que nos caían por venir aquí? —me preguntó riendo—. Yo era el que siempre os convencía para bajar.

Conversamos un rato ahí, de pie, el uno frente al otro, recordando los viejos tiempos, cuando solo tenías que tocar el portero automático de un amigo para estar acompañado, cuando el mundo era un lugar para explorar, cuando cada tarde suponía una nueva aventura. Hablamos de la escuela, de los profesores, nos reímos de la Rottenmeier y el Sapo, evocamos gamberradas y juegos. Me di cuenta de que el recuerdo de aquellos momentos provocaba en mi interlocutor más dolor que nostalgia. Él se lio otro porro, con lentitud y paciencia, como si disfrutara del proceso. Sin que yo le preguntara por ello, confesó que las cosas no iban muy bien en su casa, que su padre estaba en paro y bebía mucho y cada momento con él era el horror. Iñaki me hablaba con la intimidad que tenemos con los mejores amigos, como si no hubiera pasado casi una década desde la última vez que estuvimos juntos. Me contó que estaba cursando en Barakaldo segundo curso de Formación Profesional para ser electricista, que necesitaba tener un trabajo pronto para huir de casa, pero que a veces, cuando quería pensar, se fumaba las clases.

—Me las fumo en el sentido literal, eh —dijo, encendiendo el canuto al tiempo que dejaba escapar una carcajada—. Y tú, ¿qué haces, guapa? ¿Estudias o trabajas?

Le conté que estaba cursando Filosofía. Reconocí que

no tenía ninguna salida, pero que en realidad ninguna carrera la tiene, así que mejor estudiar lo que te gusta.

—¿Filosofía? Buah, tío, ten cuidado, que eso te come la cabeza —me advirtió señalándome con la punta del porro.

Nos sentamos en el suelo a fumar, él su canuto, yo un cigarro al que siguieron otro y otro. Iñaki hablaba y hablaba, de un tema, de otro, sin concierto: de los horarios de las clases, de fútbol, de que se rumoreaba que iban a cerrar una de las fábricas que daba trabajo a medio barrio, de internet, ese invento nuevo que decía que iba a revolucionar el mundo y para mal. En uno de los silencios que hacía cada poco para dar profundas caladas al porro, le pregunté por las chicas. Me dijo que Ainhoa estaba en la universidad, estudiando Económicas o Empresariales o Marketing o algo así, que habían sido novios hasta que él dejó bachillerato para irse a FP, hasta que se «quedó atrás». Me dio pena que usara esa expresión. Después me habló de una tal Azucena, que también estudiaba lo mismo que Ainhoa y que se acababa de comprar un Renault Clio azul con el que se paseaba cada día por el barrio, las ventanas abiertas y la música electrónica a tope. Le expliqué que no sabía quién era.

—Ah, igual se vino a vivir al barrio después de que tú te fueras —dijo, y se quedó en silencio, pensativo.

Esperé que dijera algo de Carla, pero nada, se mantuvo en silencio. Me resultó extraño, porque para mí Carla y Ainhoa eran indisolubles, imposible nombrar a una sin que la otra te viniera a la cabeza. Pensé que quizá esa asociación ya no existiera para él, que habían pasado muchos años, que igual ya ni siquiera eran amigas. Entonces Iñaki empezó a explicar que se venía una gorda con lo del efecto 2000 en los ordenadores y que ya podríamos estar preparados porque hay quien dice que será el comienzo del fin de la civilización tal y como la conocemos. En ese momento, temiendo que se fuera por las ramas, le pregunté directamente:

—¿Y Carla? ¿Qué es de ella?

Iñaki giró la cabeza hacia mí, callándose al instante. Se me quedó mirando un buen rato en silencio.

—¿Carla? —preguntó, al fin.

Asentí. Él siguió mirándome en silencio, entornando los ojos como si tuviera que rescatar un recuerdo de una parte fangosa y profunda de la memoria.

—Era muy amiga de Ainhoa... —empecé a decir.

—Sé perfectamente quién era —me interrumpió.

—¿Y? ¿Sigue en el barrio? —insistí.

Iñaki negó con la cabeza.

—No sabes nada, ¿verdad? Creía que aquello sucedió cuando aún vivías aquí...

—¿Qué es lo que sucedió? —pregunté.

—¿En serio no lo sabes? —insistió, observándome incrédulo—. Que murió, Cacenave. Carla se mató en un accidente de coche hace un montón de años.

Me costó dar crédito a sus palabras. No podía ser. La había visto el día anterior en la cola para entrar en la plaza de toros. Quizá Iñaki se equivocaba de persona, quizá estaba demasiado fumado y deliraba. Quizá no estaba bien de la cabeza o tenía un extraño sentido del humor y todo eso era una broma. Seguro que era eso. Sentí que me estaba mareando. Me encendí otro cigarro más. Iñaki empezó a hablar. Dijo que fue al volver de vacaciones en el verano de 1986. Contó que conducía su madre, que estampó el coche contra un árbol y solo sobrevivió ella, que Carla y su padre murieron al instante, que la madre salió ilesa, pero se volvió loca, si es que no lo estaba ya, que se paseaba en bata por el barrio, desaliñada, fumando sin parar y sin hablar nunca con nadie. Dijo que al cabo de un par de años la madre se marchó o que quizá la internaron en un psiquiátrico, quién sabe, pero que nunca más volvieron a verla. Recordó que toda la clase fue al entierro de Carla, que la iglesia, esa en cuyo pórtico nos citamos la noche de San Juan, estaba llena de niños aquel día y que todos lloraron porque Carla era muy querida y que durante todo el curso tuvieron una foto suya pegada en la pared de la clase.

—¿Sabes? A mí me daba muy mal rollo pensar que estaba enterrada en la tierra, fría, sin vida, que se estaba pudriendo ahí abajo.

En ese momento pasó un tren cuyo estruendo hizo callar a Iñaki. Sentí unas ganas terribles de dar un grito con todas mis fuerzas, como hacía tantos años habíamos hecho todos juntos al paso del tren, pero esta vez de rabia y dolor. Seguí al tren con la mirada, cómo desaparecía a lo lejos. Pensé la de veces que había tenido la moneda en la mano, evocando el recuerdo de Carla, sin saber que había muerto en el verano en que nosotros nos trasladamos a Laukariz. La imagen me resultó grotesca. Recordé el vértigo que aquella vez me asaltó, de no saber hacia dónde se dirigían las vías y el tren, cómo a mi cabeza acudió la moraleja del cuento de la rana que confundía su charca con el mundo. Me dije que seguía en la misma charca, aunque ahora fuera un poco más grande. Iñaki me observaba en silencio, dando caladas profundas a su porro. Ya no hablaba. No contó nada más, como si todo estuviera dicho. Yo tampoco pregunté. No sé cuánto estuvimos así, uno junto al otro, en silencio. En un momento dado, puso su mano sobre mi rodilla.

—Lo siento mucho, Cacenave —dijo.

Murmuré un agradecimiento.

Nos despedimos. Intercambiamos nuestros teléfonos. Le prometí que volvería un día de esos, aunque sabía que no lo haría. Él dijo que hablaría con Zarrabeitia, Jesus y David García para que estuvieran también cuando quedáramos. Añadió que Robledo había dejado el barrio hacía un par de años, que se había marchado con su familia a Córdoba.

Caminé hasta donde tenía aparcada la moto haciendo un terrible esfuerzo por no echarme a llorar. Pobre Carla. A veces nada tiene sentido, ¿verdad? Apretaba muy fuerte la moneda en mi bolsillo. Ahora recuerdo que cuando llegué a casa aquella tarde la guardé en la caja metálica de té, hasta hoy.

## DOS FLORES PARA CARLA

Una de esas mañanas en las que me acompañabas a la escuela, arranqué una flor de la maceta de una ventana de un bajo, una flor de geranio, decidido a entregársela a Carla en mano y decirle todo lo que la quería. Tú no te diste cuenta porque ibas a lo tuyo, fumando un cigarro y leyendo un libro de bolsillo, pero lo hice. Me acerqué a la ventana, me alcé sobre un par de cajas de la frutería que estaban apiladas en la acera cerca del contenedor y cogí la flor con un movimiento rápido. Fue todo en un impulso, porque sentía que no podía guardar más el secreto de mi amor. Me río escribiéndolo, porque solo tenía ocho años, como mucho, pero el recuerdo es intenso, porque sé que de verdad sentía que el pecho me explotaba cuando pensaba en ella. Pero resultó después que a cada paso hacia el centro fueron creciendo mis dudas y mi miedo a ser rechazado y la idea de entregarle la flor, que llevaba oculta a tu vista en el bolsillo de la chaqueta, fue pareciéndome cada vez más ridícula. Además, cuando la saqué en la puerta del aula, estaba totalmente apachurrada. Pero algo debía hacer, así que la deshojé, tiré el tronco a la papelera y me limité a dejarle sobre el pupitre, a escondidas, antes de que llegara al aula, cinco pétalos rojos como señal de mi amor secreto. Cuando poco después ella llegó a su sitio, observó la mesa con extrañeza, miró alrededor —yo retiré mis ojos de ella como la mano del agua hirviendo— y de un soplo tiró al suelo mi declaración de amor.

Siempre me avergoncé de mi cobardía, pero fue tras aquella noche de San Juan en la que nos vimos por última vez cuando me maldije por ella. Me decía que, si hubiera sido más valiente, si hubiera dado la cara, Carla y yo podríamos haber estado más tiempo juntos, ser algo parecido a novios.

Unas semanas después de enterarme de su muerte fui al cementerio del barrio. Llevé la flor que de niño no me atreví a darle, una rosa roja que tomé del rosal que amama tenía en la puerta de casa en Laukariz. Di vueltas y vueltas por entre las callejuelas del cementerio, buscando su tumba o su nicho, pero no los encontré. Supuse que fue enterrada en otro lugar, así que dejé la rosa en el portal de la que fue su casa, en ese mismo lugar donde nos vimos por última vez y en el que aconteció nuestro único beso, que quiero pensar de amor, aunque fuera infantil y lanzado con la mano.

## 24

Después de varias sanciones graves por faltar a clase, conseguí que ama se planteara cambiarme de colegio. No recuerdo cuántos colegios recorrimos, pero guardo la imagen de ella llevándome a visitar varios, rogando al director de turno que me admitieran con el curso tan avanzado. Qué avergonzado me sentía cuando cruzábamos los pasillos y los patios de los centros caminando con paso apresurado, ama por delante con Nuria en brazos, yo dos metros detrás, ante la mirada extrañada de los alumnos de mi edad que cuchicheaban a nuestra espalda quiénes serán esos. Entonces pensaba que daría todo por ser uno más de ellos, un niño normal que acude a clase cada mañana. Después un hombre a veces trajeado, otras con bata blanca y bolígrafos en el bolsillo, como un médico, otras de calle, pero con el estilo anticuado con el que se vestían en aquel tiempo los profesores de la privada, nos observaba desde las alturas de su cargo, detrás de una mesa de escritorio llena de libros, montañas de folios grapados y carpetas. Ama prometía que yo era un buen alumno, aplicado y responsable, pero que no conseguí adaptarme al otro colegio. Ellos desplegaban un catálogo de argumentos negativos: no podían estar a los caprichos de un niño de once años, ya tenían las aulas completas, no hacían excepciones con matriculaciones tardías. A veces ama insistía. A veces se daba por vencida sin rechistar. A veces el bebé lloraba y hacía imposible la conversación.

Yo era muy consciente de que a ella todo aquello la avergonzaba. Dejábamos atrás cada centro educativo con el mismo ritual: salíamos del despacho del director, caminábamos sin hablar hasta el Seat Ritmo, ella con la cabeza bien erguida, herida en su orgullo, yo de nuevo detrás, y, cuando entrábamos en el coche, cerraba la puerta y se desinflaba en su asiento, apoyando la frente sobre el volante, al tiempo que emitía un largo lamento desesperado y murmuraba algo así como «qué voy a hacer contigo». Yo me mantenía en silencio en el lugar del copiloto, la mirada en el suelo, lleno de vergüenza, sintiendo que había convertido a mi pequeña familia en una especie de refugiados en eterna búsqueda de un lugar donde asentarse. Entonces ella me preguntaba si de verdad no podía hacer un esfuerzo y volver al colegio en el que aún estaba matriculado.

«Por favor, ama, no...», suplicaba, sin mirarla a los ojos.

Ella dejaba escapar un suspiro exasperado y consultaba la agenda en la que había apuntado teléfonos y direcciones de colegios de la zona y en la que iba cerrando citas. Y vuelta a empezar.

Llegamos a acudir incluso a alguna escuela de pueblo en la que alumnos de diferentes edades compartían aula. El director expuso que por él no habría problema, si el Departamento de Educación del Gobierno vasco aceptaba el traslado del expediente. Añadió, con tono risueño, que yo sería el primer alumno de la historia de la escuela que no era de la localidad, que generalmente eran los niños del pueblo los que iban a estudiar fuera. Si hubiera terminado ahí, ama se las habría tenido que arreglar para dejarme cada mañana a las nueve en la puerta de la escuela, que no tenía, por supuesto, servicio de autobús. Incluso llegó a contactar con una empresa de taxis para tantear el coste de que un chófer me acercara y me trajera de vuelta cada día. Lo descartó de inmediato por impagable, claro, pero es una muestra de lo desesperada que estaba con el hecho de que iban pasando los días y yo seguía sin escolarizar.

Al final, me aceptaron en el colegio Trueba, en Artxanda. Edurne tenía una amiga que trabajaba allí, en administración. Habló con ella y esta medió a su vez con el director del centro, un hombre bajito, compacto, casi rectangular, con peinado militar y el pelo gris y recio como cerdas metálicas. Se hacía llamar, tanto por los alumnos como por los padres, don Pedro. Cuando nos reunimos en su despacho para tratar mi aceptación, me sentí muy incómodo cuando ama se refería a él de esa manera, don Pedro, como si aquel minúsculo tipo, que parecía regodearse en la jerarquía, fuera superior a ella. Pero a pesar de la antipatía que me despertó, un sentimiento que iría creciendo cada día desde entonces, agradecí que me aceptara. La mañana en que nos dio el sí, ama salió del colegio eufórica. Al llegar al coche me abrazó con fuerza, me regaló un montón de besos y me prometió que a partir del día siguiente todo iba a ir a mejor. Cuando nuestro Seat Ritmo estuvo a una distancia prudencial del centro, dio varios bocinazos celebrativos. Había dejado al bebé con amama, así que pudo poner música bien alta en el casete, como recordaba que le gustaba tanto hacer antaño, y cantamos juntos la versión de *Don't Leave Me This Way* de The Communards, inventándonos la letra. A ella le encantaba aquella canción, que se había lanzado un par de meses antes y lideraba todas las listas de éxitos. Entonces a mí también me gustaba, pero, ¿sabes?, hoy no soy capaz de escucharla sin rememorar aquellos días con un nudo en el estómago.

Empecé en el nuevo colegio al día siguiente. La primera diferencia con el anterior era que no se vestía de uniforme, así que te podías hacer una idea de cómo eran los compañeros, y también de su estrato social, a través de su ropa y el modo de llevarla. La segunda, que aquel centro era mixto y las chicas, no sé si por el tipo de centro o porque ya tocaba por edad, iban disfrazadas de mayores y actuaban como si tuvieran veinte años y no once. Cuando me tocó salir a la pizarra a presentarme aquella primera mañana, sentí que las miradas de ellas me atravesaban más aún que las de mis compañeros. Tartamudeé lo mejor que pude los datos que me requirió el tutor: nombre, dónde vivía, de qué colegio procedía y mis gustos, cuestión esta última que respondí, por supuesto, recurriendo al manido fútbol. Sentí un alivio enorme cuando el profesor me dejó regresar a mi pupitre.

Cuando el timbre del primer recreo sonó, un chico gordito, vestido como si fuera el tercer hermano de Zipi y Zape —pantalón de pinza, jersey rojo de algodón con cuello de pico y camisa blanca por debajo—, me vino a saludar extendiendo la mano, como un adulto en una reunión de trabajo.

—¿Así que vives en Laukariz? —preguntó—. Mis padres tienen una casa allí. Si quieres, podemos quedar un día.

Lucía un peinado a raya y tenía el rostro salpicado de pecas. Hablaba con sosiego, como si midiera las palabras antes de pronunciarlas. Dediqué el recreo a pasear con él por el patio. Caminaba con las manos entrelazadas en la espalda, como un filósofo. Me contó que se llamaba Roberto Parra, que vivía en Bilbao, pero que sus padres huían de la contaminación en cuanto podían y que pasaban fines de semana, vacaciones y festivos en su casa de La Bilbaína. Me confesó que odiaba aquel lugar donde no conocía a nadie y en el que se aburría soberanamente.

—Pues imagínate yo, que me paso todos los días allí —contesté, sintiendo que ardía de complicidad.

Intercambiamos nuestras direcciones, pero ninguno de los dos sabía ubicar la calle del otro. Me habló de su gran pasión: los videojuegos. Me dijo que tenía un MSX Toshiba y que de mayor quería ser programador. Disertó sobre juegos cuyos nombres pronunció en perfecto inglés: *Nightmare*, *Yie Ar Kung-Fu*, *Track & Field*, *Football Manager*. Me prometió que uno de estos viernes se subiría el ordenador a la otra casa y jugaríamos juntos. Por primera vez en mucho tiempo, tenía un plan en el horizonte que no fuera un paseo con ama. Por primera vez en mucho tiempo, conversé largo y tendido con un niño de mi edad. Por primera vez en mucho tiempo, las horas de colegio volaron: después del recreo nos sentamos juntos en el comedor y juntos salimos a la explanada de los autobuses cuando terminaron las clases, donde nos despedimos hasta la jornada siguiente.

Estaba tan contento que en cuanto entré en casa le pregunté a ama a ver si le apetecía «hacer la O».

—¿Mi hijo pidiéndome dar un paseo? ¡Eso sí que no me lo esperaba! —respondió ella riendo.

Después, mientras caminábamos empujando el carrito de Nuria, le dije a ama que quería localizar la calle Oletalde, donde pasaba los fines de semana un amigo que había hecho en el colegio. Me era imposible disimular mi entusiasmo. Le expliqué que se llamaba Roberto, que habíamos quedado para jugar el sábado por la mañana, que igual traía un ordenador y echábamos unas partidas a videojuegos. Ella sonreía escuchándome. Por un momento, me sorprendí pensando que por fin había dejado de ser un problema para ama, «una carga», como ella llegó a decir. Cuando a la altura de la entrada del club de campo nos cruzamos con el grupo al que ama llamaba «los trotadores fosforitos», yo me adelanté al saludo habitual del más bajito de ellos.

—¡A los buenos días! —grité, estirando la mano, luciendo una enorme sonrisa.

Los cuatro respondieron con un gesto. Ama sufrió para contener una carcajada. Fue muy bonito comprobar que ella también estaba feliz.

## 25

Dos semanas después de comenzar en el colegio Trueba, por fin aitite y amama se trasladaron a Laukariz. La mañana de sábado en la que llegaron, vi acercarse los camiones de la mudanza con el entusiasmo con el que los niños reciben la caravana que trae el circo al pueblo.

Un enjambre de hombres vestidos con mono azul con el logotipo de la empresa de mudanzas impreso en amarillo en la espalda descargaba muebles y cajas sin descanso, mientras amama dirigía el tráfico como un guardia urbano una mañana de lunes. Yo trasteaba haciendo eslalon entre todos ellos, cotilleando, buscando dónde poder echar una mano, ganándome las regañinas de amama, que protestaba gritando que no molestara y que me perdiera a jugar por ahí. Aitite observaba a los operarios con Nuria en brazos paseando por el jardín junto con ama. Pilar, que entonces tenía diecisiete años, los acompañaba a cierta distancia. Enfurruñada, se negaba a ayudar porque quería haberse quedado con sus amigas en Bilbao. Estábamos a seis de diciembre, sábado, comienzo del puente de la Inmaculada. Recuerdo la fecha porque la subrayé en rojo en el calendario de la cocina. El cielo lucía gris apagado y un frío viento hacía desangelada la mañana, pero al menos no llovía. Yo contemplaba toda aquella escena desbordante de felicidad.

Había quedado con Roberto después de comer. Los dos últimos sábados y domingos me había encontrado con él. Me plantaba en su casa a primera hora de la tarde y jugábamos en el ordenador hasta que su madre nos echaba del cuarto. Entonces salíamos a investigar por La Bilbaína. Recorríamos las calles de la urbanización recolectando bichos que guardábamos después en un estuche de plástico para almacenar tornillos que Roberto había conseguido en la ferretería de uno de sus tíos. Compartimentado por dentro en pequeñas celdas y con tapa de plástico transparente, era ideal para guardar y contemplar la fantástica colección que habíamos montado en solo dos fines de semana. Teníamos escarabajos, avispas, arañas de varios tamaños y una pequeña serpiente que encontramos muerta y que Roberto insistía en que era una víbora, aunque yo estaba convencido de que se trataba de un inofensivo sirón.

Nos colamos en un par de obras, en las que robamos ladrillos, maderos, plásticos enormes y unas varas de metal oxidado que escondimos después en la que se conocía como «la casa de los amantes», aquel chalé a medio construir ubicado cerca de nuestra casa, con la intención de montar algún día una caseta con aquellos elementos. En cada trayecto de las obras a nuestro escondite, nos parábamos un rato antes de decidirnos a entrar en aquel esqueleto de hormigón, y nos quedábamos observando el lugar, sin atrevernos a dar el paso definitivo, con una reverencia cercana al respeto que se tiene por los vestigios de antiguas civilizaciones, como si profanando aquel espacio pudiera caer sobre nosotros una especie de maldición. En uno de aquellos momentos, los dos parados frente a la casa, le expliqué a mi amigo la razón de su apodo. Roberto escuchó mi narración sin interrumpirme ni una sola vez, aquella historia que oí a escondidas a amama, salpimentada con un par de toques de mi cosecha.

La tarde de ese día en el que amama y aitite llegaron a Laukariz para quedarse, Roberto y yo paseamos en silencio entre los escombros y la basura que habitaba la casa de los amantes, pensando ambos en las respectivas miserias amorosas de nuestras propias familias: yo, en ti y aquella vecina rubia de pechos enormes con la que te encontrabas; él, en su padre y sus viajes de trabajo, después de los cuales siempre había tormenta en casa. Me contó que, tras aquellas ausencias, su madre olía las camisas de su padre al deshacer la maleta y le gritaba a ver de quién era ese perfume. Él la acusaba de ser una paranoica y ella lloraba y exclamaba con voz desgarrada que cualquier día se pegaba un tiro. Mi amigo escuchaba todo eso desde la cama, con la cabeza debajo de la almohada. Recuerdo que cuando me lo contó pensé que yo también hacía lo mismo, taparme la cabeza con la almohada, e imaginé a todos los niños del mundo haciéndolo cada noche, como relojes sincronizados, cubrirse el rostro para no tener que ver la realidad de lo que nos rodeaba. Roberto me dijo que las mañanas siguientes a aquellas escenas de melodrama, para compensar, sus padres fingían durante el desayuno con sonrisas que pretendían ser amables y resultaban grotescas, hablándole a él con tono forzadamente amoroso, y que aquella impostada escenificación de familia feliz a la que le obligaban a asistir le revolvía el estómago.

Aquella tarde, en el sótano de la casa de los amantes,

la única estancia que tenía paredes, sin ventanas, y que nosotros concluimos que sin duda estaba destinada a ser el garaje, encontramos varias botellas rotas, decenas de colillas y retazos de páginas de revistas pornográficas. Trozos de papel amarillento en los que aparecían tetas desproporcionadas, culos en pompa y vaginas peludas que Roberto y yo contemplamos con silencio místico y que me provocaron una erección que me desconcertó. Después, terminamos de romper a pedradas lo que quedaba de los cristales de la caseta de obra, dominados por una rabia inédita cuyo origen desconocíamos, y acordamos que desde ese momento aquel sería nuestro cuartel general, pensando que no era necesario construir una guarida cuando en ese lugar estábamos a refugio de las miradas ajenas y también del agua si es que llovía.

—Habrá que adecentar esto —exclamó Roberto frotándose las palmas en señal de manos a la obra.

Yo dejé escapar una carcajada y le pregunté a ver qué quería decir eso de «adecentar».

—Pues ponerlo decente, demonios —explicó él con tono resabiado—, como bien indica la palabra, qué va a significar si no. ¡Este tiene que ser un lugar a la altura de lo que nos merecemos dos tipos con clase como tú y yo!

Sacamos fuera de la estancia toda la basura que pudimos, incluida la pornografía. La lanzamos lo más lejos posible, en los zarzales que rodeaban el lugar. Nos prometimos volver con una escoba y barrer un poco todo aquello, traer también de casa algún cojín y juguetes que ya no usábamos, algunos *Mortadelos*, y recorrer los contenedores de la urbanización en búsqueda de muebles descartados, tipo sillas y mesas y así.

El sol se estaba poniendo cuando decidimos volver a nuestras casas. Mientras nos despedíamos citándonos para el día siguiente, Roberto me confesó, señalando la pintada de ETA MÁTALOS, que un familiar suyo, un primo de su padre, estuvo secuestrado por la banda terrorista. Dijo que había sido a principios de año, que lo habían tenido recluido en un zulo diminuto durante once días. La historia me sonaba. Le pregunté si era algo del Athletic. Mi amigo asintió.

—Directivo, sí, aunque no sé muy bien qué es eso. Creo que uno de los jefes —añadió, mientras se afanaba en tachar el grafiti con un tizón que había recogido del suelo.

Yo recordaba el caso, de verlo en televisión, porque todas las noticias que tenían que ver con ETA me impactaban. Tenía muy marcado el recuerdo de aquellas semanas, hacía un año más o menos, en las que iba con ama y contigo a la casa de amama en Bilbao, donde las tías se reunían para tratar un tema que nadie me explicaba, pero que entendía que era muy grave, por vuestros gestos, el modo en que cuchicheabais y las lágrimas de amama. Recuerdo que en cuanto entrábamos en el piso de la calle Aureliano Valle, ama preguntaba «qué tal está aita» y quien nos había abierto la puerta, ya fuera amama o una de las tías, respondía siempre que bien, aunque a su vez negara con la cabeza o estuviera a punto del llanto. Después ellas se reunían en la cocina y a mí me dejabais ver toda la televisión que quisiera, junto con Pilar, pero era imposible concentrarse en la pantalla, porque aquel misterio me absorbía. Quería saber qué sucedía y dejaba atrás el sofá para merodear por el piso intentando enterarme, fingiendo jugar por las esquinas.

Así observé que mientras las hermanas discutían en la cocina, los maridos os manteníais a un lado en silencio. Aitite, por su parte, se pasaba el día entero en casa, encerrado en el despacho, hablando por teléfono durante horas, leyendo una y otra vez el periódico, recorriendo el pasillo de una punta a la otra murmurando y lamentándose en voz baja. Aquello era muy extraño.

—Adónde vamos a llegar... —le escuchaba suspirar, con la mirada perdida.

A veces explotaba y maldecía a grito pelado:

—¡Hijos de puta! ¡Malnacidos! ¡Todo lo que tengo me lo he ganado con el sudor de mi frente!

Una de aquellas tardes, en un momento dado, hizo un amago dramatizado de salir a la calle. Gritó «¡A la mierda!» y se dirigió con pasos decididos y exagerados hacia la puerta de casa. Las tías se pusieron frente a él, cortándole la trayectoria, y le rogaron por favor que no lo hiciera, que esperara unos días hasta que se solucionara el asunto. Amama lloraba en la mesa de la cocina. Aitite se dio la vuelta y se cerró de nuevo en su despacho, con un portazo. Entonces ama y sus hermanas se dieron abrazos y ánimos mutuos.

A veces, sin embargo, discutían. Yo no entendía muy bien de qué hablaban, qué demonios sucedía, pero captaba que era sobre algo relacionado con un pago. Edurne y ama decían que la vida de aitite no tenía precio, que la decisión estaba tomada, y Miren protestaba dando un golpe en la mesa, gritando que no se trataba de dinero, sino de dignidad. Mónica parecía no tener una postura clara y se debatía entre la posición de una y otra. A Pilar la dejaban fuera de las conversaciones por ser la pequeña y le encargaban cuidar de mí.

Al fin, algo sucedió que terminó por decidir el asunto. Una mañana de sábado o de domingo, os reunisteis todos en la casa de amama, esta vez también contigo y los maridos de las tías presentes —Mónica aún no se había separado—, como en una celebración, pero con ambiente de funeral. A Pilar y a mí y a Gorka, entonces los dos únicos nietos de la familia, nos dejasteis jugando en uno de los cuartos, mientras los mayores conversabais. Recuerdo un comentario que pillé al vuelo, justo cuando ama me sacaba del salón, donde os ibais a reunir todos.

—Nos han ganado, Begoña —dijo aitite a amama, con la voz rota—. Nos han goleado, joder.

Yo era muy pequeño, pero hilé cabos con las noticias que veía en la televisión, con los titulares de los periódicos, que recorría buscando la sección de deportes y las viñetas de Mafalda y Don Celes, y entendí que a aitite lo estaba extorsionando ETA. Nadie me habló de ello, sin embargo, ni entonces ni más adelante. Pasó el tiempo y el tema quedó enterrado junto con otros silencios familiares. No le conté nada a Roberto aquella tarde, pero le ayudé a tapar la pintada.

En contadas ocasiones en todos estos años, cuando mataron a Miguel Ángel Blanco, por ejemplo, o cuando ETA anunció el fin de la actividad terrorista, me atreví a preguntar a ama por aquel episodio, por cómo lo vivió aitite, si pasaron miedo, si volvieron a chantajear de nuevo a la familia. Ella respondió con evasivas. Se limitó a señalar que los años ochenta en el País Vasco fueron muy duros, tiempos difíciles. Zanjaba el asunto con brusquedad. Si yo insistía, respondía que ese era un asunto pasado y que no me competía y que la dejara en paz.

Las horas del colegio también las pasaba con Roberto. Al parecer, no era muy popular cuando llegué y se asió a mí como a un clavo ardiendo. Nos necesitábamos como dos naipes que se mantienen en pie apoyados el uno en el otro. A mí me gustaba mucho jugar al fútbol, y en los recreos ansiaba unirme a alguno de esos partidos simultáneos que se disputaban en el campo de futbito, con dos porterías, pero varios balones y decenas de jugadores, en los que los porteros habían de turnarse bajo el arco dependiendo de si los atacaban a ellos o a un colega de otro encuentro. Pero Roberto aborrecía el balón y yo no quería dejarlo solo. Así que, en lugar de jugar con los demás, paseábamos por el patio como dos jubilados, con las manos a la espalda, haciendo planes para el fin de semana y hablando de videojuegos de MSX, programas de televisión y tebeos. Yo era de *Mortadelo* y *Astérix*, a él le gustaban *Tintín* y un tebeo que conocí gracias a él: *Spirou y Fantasio*.

Había un aspecto de mi amigo que me intrigaba: la imagen contrapuesta que daba en el colegio y cómo era en realidad cuando nos encontrábamos solos. En clase respondía a la idea que de él me hice el primer día que le vi y que se empeñaba en transmitir. Era un alumno ejemplar: educado, participativo, disciplinado. Todo lo contrario que yo, que pasaba las horas con la mente lejos del aula mientras los profesores impartían la lección. El colegio Trueba está en lo alto de Artxanda. Las ventanas de sus aulas son auténticos miradores de Bilbao, desde donde contemplar toda la extensión de la ciudad. Y a eso me dedicaba yo, a perder la vista en las calles, a localizar el puente de La Salve, con el mosaico de contenedores a su alrededor, la torre del Banco de Bilbao o San Mamés, con su precioso arco, cuya contemplación me hacía revivir las sensaciones de las tardes de domingo en el estadio con aitite. Mirando por la ventana, viendo los coches diminutos de colores surcar las carreteras como una suerte de mecanismo de movimiento perpetuo, especulaba qué estarían haciendo en ese preciso momento mis conocidos: ama, que había vuelto ya al trabajo; Edurne, que daba clases en el Instituto Central; o aitite, a quien imaginaba en la oficina de la tienda de Alameda Urquijo, recibiendo un modelo para un nuevo juguete que valorar para el catálogo de la marca, que, ojalá, llevara a casa esa tarde para mi evaluación.

La sensación que me dominaba frente a la ventana era la misma que la de aquella mañana que me escapé del colegio y la policía me llevó a la casa de amama y contemplé las calles desde el balcón: había una vida ahí fuera, mientras los niños languidecíamos en eternas jornadas sentados en el pupitre aprendiendo los nombres de ríos y cordilleras, a sumar y restar quebrados. Ya de adulto, en ocasiones, al salir de la oficina, o tomando algo en Bilbao con algún amigo, mi mirada se ha ido al monte Artxanda, al colegio Trueba, que se alza como un búnker de vigilancia ahí arriba, y más concretamente al último piso, a la primera ventana empezando por la izquierda, desde donde pasé tantas y tantas horas de infancia y adolescencia oteando la ciudad, anhelando perderme en ella y no estar encerrado, obligado a sentarme con la espalda recta, las manos sobre la mesa. ¿Sabes?, en esos momentos, con la mirada en mi antiguo colegio, me sentía observado por mi yo de niño y me daba cuenta de qué iluso fui, creyendo que los adultos son libres, que no están presos en sus propias celdas, mucho más estancas y opresivas que un aula.

En cualquier caso, en clase o fuera, yo era siempre igual: despistado, desordenado, un desastre. Pero Roberto actuaba como una suerte de doctor Jekyll y míster Hyde. Mientras que en el aula se llevaba los aplausos de los profesores y las mejores notas —lo cual le aseguraba también la tirria de la mayoría de los compañeros—, y se mostraba como un niño ejemplar cuando hablaba con un adulto —ama, por ejemplo, que lo adoraba—, en nuestros encuentros los fines de semana se revelaba perverso, temerario, a veces cruel. Era como si por momentos se desbordara y dejara salir rabia acumulada, como si, a fuerza de contenerse de lunes a viernes, se cargara de energía negativa que debía dejar salir el fin de semana.

No se mostró así al comienzo, en nuestras primeras quedadas. Pero cuanto más le conocía, más evidente se iba revelando esa faceta suya. Disfrutaba ideando gamberradas, como incendiar un contenedor de basura, cazar un gato silvestre o romper todos los cristales de una de las casas vacías de la urbanización. La mayoría de esos planes después no los llegábamos a ejecutar, claro, pero veía en los ojos de mi amigo la excitación que le producía proyectar saltarse los límites, ser lo contrario a lo que los adultos esperaban de él. Otras sí que poníamos en práctica sus malvados planes. Una vez dibujamos en una de las paredes de la caseta de la depuradora del lago un enorme pene con un espray limpiador de hornos que Roberto había robado en casa. En otra ocasión, nos colamos en un coche que se había dejado la puerta abierta, y nos llevamos montones de casetes de grupos de música que no habíamos oído en nuestra vida, pero que pasaron a adornar nuestra caseta y convertirse en la banda sonora de nuestra amistad: The Cars, Men at Work, The Police. Y algo que recuerdo siempre: el primer cigarro que fumé fue por iniciativa de Roberto, quien una tarde de sábado apareció en la casa de los amantes con un paquete de Winston que había robado a su padre. Antes de enseñármelo me preguntó a ver qué le diría si me confesaba que fumaba. Yo le respondí que le recomendaría que no lo hiciera, porque el tabaco es una droga, como bien repetían profesores y adultos. Él me observó de arriba abajo largo tiempo, con cierto desprecio, extrajo el paquete del bolsillo interior de su cazadora, se puso un pitillo en los labios, que dejó colgando como un joven James Dean, y, tras encenderlo, echar el humo hacia arriba y toser varias veces, afirmó con los ojos rojos y llorosos:

—Pues ya ves: fumo.

Lo dijo con odio: los labios apretados y arqueados hacia abajo, el ceño fruncido, el gesto de quien se golpea a sí mismo en un ataque de rabia. Después alargó el brazo hacia mí, ofreciéndome el paquete en silencio. Le dio tiempo a dar otras dos caladas, seguidas de sus respectivas toses, antes de que me decidiera. Pero en ese impás, que se me hizo eterno, no bajó la mano, no cedió en el ofrecimiento. Me miraba fijamente, inquisitivo, con ojos rojos y llorosos. Era como si aquello fuera una prueba a mi fidelidad, como si nuestra amistad dependiera de que cruzáramos juntos aquella línea roja que tantas veces habían trazado padres y profesores. Al fin, tomé el cigarro con mano temblorosa. Roberto sonrió mientras me alcanzaba el mechero. Me puse el pitillo en los labios. El roce de la boquilla con la lengua me dio un poco de dentera. Con el cigarro apagado, Roberto me enseñó cómo se hacía. Siguiendo sus instrucciones, aspiré aire antes de encenderlo, y el sabor a alquitrán me trajo a la memoria cierto día en que, más niño, cogí en tu despacho un cigarro de los tuyos y jugué a imitarte frente al espejo, dando caladas sin haber encendido el cigarro, poniendo cara de interesante. Me reí mucho entonces, pero ahora no era un juego. Mi amigo me miraba expectante, la mano extendida hacia mí con la llama encendida, esperando que me uniera a él. Quise echarme atrás, pero no me atreví. Me daba miedo que se enfadara, que entendiera que no estaba a su altura, que no me considerara un cómplice, un igual, un colega. Recordé que ama me advertía mucho que las drogas eran una escalera hacia el infierno cuyos primeros escalones eran el tabaco y el alcohol. También que insistía en que la primera vez me las ofrecería algún amigo y que había que ser fuerte y saber decir que no y que nadie que de verdad te quisiera te haría algo así como ofrecerte una droga. Con el cigarro en los labios pensé todo eso y me asomé a un abismo al decirme que solo tenía doce años. Joder, si ahora empezaba a fumar, ¿dónde terminaría?

Pero lo encendí. No tragué el humo, que se me acumuló en la boca, irritándome el paladar y la lengua. No tragué, pero tosí de igual modo. Roberto me dijo que así no se hacía, que había que dejar que llegara a los pulmones, y dio una calada de muestra. Le imité y, ahora sí, sentí cómo el tabaco recorría la garganta como un río de fuego y me golpeaba en el pecho, que reaccionó con espasmos. Tosí con estruendo. Roberto se rio y, sin saber por qué, supongo que por los nervios, yo también reí con él. Después, di otra calada, y otra y otra, y me sentí de pronto desinhibido, mareado por la nicotina, pero excitado por estar cometiendo un acto prohibido junto con mi amigo del alma al que sentí que estaba más unido que nunca.

Aquel paquete de Winston nos duró un par de meses. Lo escondimos en nuestra caseta de la casa de los amantes, y dimos cuenta de él los sábados y domingos que quedamos, uno o dos cigarros cada tarde. Pero nunca le siguió otro. Aquel paquete fue una prueba de complicidad. Ni a Roberto ni a mí nos gustaba en realidad fumar —a ningún niño podía gustarle—, y los dos teníamos familiares fumadores, hombres de rostros grises, que apestaban a humo y que tosían como si se les fuera a salir el pecho por la boca. Aunque yo empecé a fumar definitivamente pocos años después, en aquel momento teníamos claro que de mayores no queríamos ser como vosotros.

De aquellos días de primeros cigarros furtivos tengo un recuerdo marcado a fuego: el de entrar en casa tras pasar la tarde con Roberto y recibirme ama exigiendo un beso, con Nuria en brazos, y acercarme a ella aterrado, con el temor de que el olor a tabaco me delatara. Contenía la respiración al acercar los labios a su rostro, con la sensación de que el hecho de fumar había roto uno de los lazos que había entre ella y yo. Por primera vez, tenía un secreto deshonroso frente a ama, algo parecido a tus fugas mañaneras con tus amantes cuando vivíamos en el barrio, y aquello me dolía. Aunque, te he de confesar, de alguna manera sentía que mi secreto era una pequeña venganza por la falta de explicaciones que ama mantenía con respecto a ti, de quien seguía sin hablarme. Creo que entonces empecé a comprender que, mucho más que las palabras, son los silencios lo que separa a las personas.

## ETA PIDE LAS COSAS POR FAVOR

Encontré las cartas una de esas eternas tardes en Laukariz en las que parecía que el tiempo se había detenido. Estaba solo en casa. Ama, amama y Mónica habían ido juntas a Bilbao, con la niña. Leía y escuchaba música encerrado en mi habitación, pero se me terminó el tabaco. Dejé el libro a un lado y pasé a casa de amama, al cuarto de Mónica, que escondía las cajetillas, sabedora de que le robaba cigarros sueltos. Con cuidado de no dejar huellas que me delataran, como un ladrón en busca del joyero, revisé cajones y armarios.

Yo tendría diecisiete años, uno más, uno menos. Un niño, sí, pero ya fumaba y todas lo sabían. Con ama había tenido varias discusiones por ello, pero optó por dejarme en paz, supongo que convencida de que fumaba por rebeldía y que cuanto más se opusiera ella, más me afianzaría yo en mi actitud autodestructiva. Mónica, por su parte, solía decirme que a ella le daba igual si desarrollaba un cáncer o sufría un enfisema pulmonar, pero que no fuera a costa de su bolsillo. Harta de que le sisara, solía cambiar de lugar sus reservas de tabaco. Aquella tarde creí encontrar el tesoro al fondo de la parte baja de su armario cuando, detrás de varias filas de zapatos bien ordenados, di con una caja de cartón forrada de papel decorado con flores.

Al abrirla, sin embargo, me llevé una sorpresa. Entre fotos en las que Mónica aparecía en varios momentos de su vida, de niña, adolescente, con su exmarido, sus cartillas de notas de bachillerato, algunas postales, posavasos y cartas de algunos de sus muchos novios, estaban las tres misivas que ETA había hecho llegar a aitite exigiéndole el pago del impuesto revolucionario. Las leí sentado en el suelo de la habitación. Me sorprendió y asustó la desfachatez de aquellos textos, pero sobre todo el tono pretendidamente formal y ridículo en realidad de aquellas líneas. Yo era un crío, no tenía muchas lecturas en mi haber aún, pero ya entendí que solo un tarado, alguien con un muy distorsionado sentido de la realidad, es capaz de escribir así.

En la primera carta, fechada en abril de 1985, los firmantes pedían por favor que aitite contribuyera «monetariamente a la causa». Así lo solicitaban, muy educadamente, por favor, como en un ruego, como si estuvieran animando a colaborar con un aguinaldo navideño. En la segunda, que supongo que se envió por falta de respuesta a la anterior, concretaban ya una cantidad: veinte millones de pesetas, y daban el plazo de un mes, advirtiendo que, si no pagaba, «usted y sus bienes se convertirán en objetivo potencial de ETA». La tercera de las cartas tenía fecha de marzo de 1986 y en ella se señalaba a aitite directamente con su nombre y se referían también a «sus familiares». La carta estaba acompañada de un recorte de periódico de publicidad de Juguetes Otaolea. Algo que me dejó perplejo fue que el nombre escrito como remitente en el sobre en el que se envió aquella carta era el mío, con mis dos apellidos y la dirección de nuestro piso en el barrio, del piso donde vivíamos entonces.

Recuerdo que leyendo esta última misiva me di cuenta de que aquello que venció a aitite, aquello que, usando su expresión, le goleó, fue que de alguna manera los terroristas me señalaran a mí como objetivo. Entendí que pagó contra su voluntad, y que lo hizo por amor.

## 26

La llamada de Julián me pilla dando un paseo con ama. Mientras converso con él, seguimos caminando. Ama me mira inquisitiva y se acerca de vez en cuando a mí, para ver si puede escuchar las palabras de tu hermano. Cuando lo hace, se tapa la boca con la mano, como si eso sirviera para evitar posibles contagios. Yo le hago gestos de que me deje, que más tarde le cuento.

Julián dice que le dejarán verte hoy mismo. Ha hablado, como cada mañana, con el hospital. Las buenas nuevas de ayer han sido matizadas por los médicos. Te has despertado del coma, pero ni mucho menos estás bien. De hecho, la idea de los sanitarios era la de desconectarte del respirador porque no evolucionabas y entendían que el daño que tienes en los pulmones es irreversible. Te habían dado un par de días más como margen, pero la decisión estaba tomada. No creían que tuvieras ninguna posibilidad, y sin embargo te has despertado. Julián me ha dicho que el médico ha usado la palabra «milagro». No se atreven a hacer un pronóstico, pero han recomendado que no nos hagamos esperanzas. Julián ha confesado que le dejan verte porque tu muerte sigue siendo una probabilidad muy real.

—Han explicado que solo dejan hacer visitas para despedirse de los terminales —ha musitado.

Y después me ha ofrecido que sea yo quien vaya. He descartado esa posibilidad. No te he visto en persona desde aquella vez que me dio por buscarte de adolescente. No sabría cómo actuar, ni qué decirte si estás consciente.

—¿Y tu madre? Quizá ella quiera.

—No, no —contesto sin preguntar a ama, con la esperanza de que ella no haya oído a tu hermano—. Ve tú y nos cuentas qué tal.

Acordamos que me llamará al salir del hospital.

Es media mañana. El cielo está encapotado, pero hace un día muy agradable. Frida va unos metros delante de nosotros, olisqueando el camino, raspando el suelo con la pata. Es la segunda vuelta que damos a la «O».

—Qué bien se está en la calle, después de todo lo de los últimos meses, ¿verdad? —comenta ama.

—No te haces una idea —respondo, sonriendo—. Recuerda que vivo en Madrid.

Saludamos a todas las personas con las que nos cruzamos. Ama se detiene a conversar con algunas de ellas. A una distancia prudencial, se preguntan qué tal va todo, expresan su anhelo de que las cosas mejoren, dicen qué bien que el día ha salido tan bueno, se despiden deseándose lo mejor. Al pasar frente a algunas casas, ama habla de los dueños, a quienes conoce. La mayoría son construcciones más o menos recientes, pero unas pocas estaban ya cuando nos mudamos aquí en 1986, vacías a la espera de ser adquiridas por nuevos inquilinos. En varias de estas últimas me colé con Roberto Parra en aquellos fines de semana eternos en los que vagábamos por ahí quemando las horas. Qué emoción, la de estar quebrantando las normas, la de rozar el delito, cuando saltábamos la valla exterior. La mayoría de las veces nos limitábamos a pasear por el jardín y a asomarnos por las ventanas intentando apreciar algo del interior. Pero en otras ocasiones llegamos a colarnos dentro. Tentábamos los pomos de las puertas exteriores, empujábamos las ventanas a ver si alguna cedía y, cuando esto sucedía, se hacía con nosotros una excitación casi erótica. Dudábamos, nos animábamos el uno al otro, y finalmente cruzábamos la puerta con todos los sentidos alerta, la adrenalina disparada, conviniendo que, a la mínima señal de que llegara alguien, había que salir huyendo y encontrarse más tarde en nuestro cuartel de la casa de los amantes.

Si la casa tenía señales de estar habitada, nos largábamos pitando. A veces sucedía que la hierba alta, el descuidado jardín o las hojas acumuladas en la entrada no eran sinónimos de que no viviera nadie, sino del carácter dejado de los dueños. Otras veces nos encontrábamos el salón vacío, o con los muebles tapados con sábanas. Entonces, recorríamos cada estancia, fisgando aquí y allá, alarmándonos por el sonido del motor de un coche en la lejanía, el crujir de los pasos en la madera o cualquier otro sonido que pudiera indicar que alguien se acercaba. Al principio nos limitábamos a explorar los lugares. Entrar y salir, sin dejar huella ni tocar nada. Pero, poco a poco, comenzamos a forzar más los límites, pasando cada vez más tiempo en aquellas casas vacías, cotilleando cajones y armarios, jugando en los garajes, fumando en la parte oculta de los jardines. Yo nunca robé nada, no osaría, pero Roberto siempre quería llevarse algún recuerdo de aquellas incursiones. Nada importante: una figurita de porcelana, un cuchillo de cocina, el atizador de la chimenea, objetos que luego decoraban nuestra caseta como trofeos de caza. A veces también usaba el baño o encendía la televisión, sentándose en el sofá del salón como si fuera el amo de la casa. Una vez encontró una revista erótica en el cajón de la mesilla de la habitación de matrimonio de una de las casas y se masturbó sobre la cama. Cuando me fui a otra estancia para alejarme de la escena, me preguntó dando un grito si me daba miedo verle, si era maricón o qué pasaba.

A mí me gustaba imaginar las vidas de los dueños de las casas, de las familias que habían vivido allí, a partir de los ajuares que nos encontrábamos. Fantaseaba sobre las razones que pudieron llevarlos a dejar la vivienda. Me montaba historias propias de culebrones que compartía con mi amigo, que se partía de la risa oyéndome hablar de las penas de Esmeralda y Jacinto y sus muchos niños, cada cual más idiota. A veces también inventaba cuentos de terror que habían sucedido en aquellas casas, que Roberto escuchaba absorto en mis palabras, llevándose las manos al rostro cuando el relato llegaba a su cénit.

—Tienes un don para contar historias, ¿sabes? —me decía en ocasiones. A mí me encantaba aquel elogio. Fue mi primera crítica literaria.

Él casi nunca hablaba de sus padres. Cuando íbamos a su casa a jugar al ordenador evitaba que nos los encontráramos. Entrábamos por el jardín, vociferaba que estaríamos en la habitación, que no nos molestaran, y subíamos corriendo las escaleras. Al cruzar la puerta del cuarto, echaba el pestillo. Si nos dábamos de bruces en algún momento con su padre o su madre, evitaba la conversación y aceleraba los formalismos que ellos y yo intercambiábamos, repitiendo que teníamos prisa. Estaba claro que se avergonzaba de ellos.

En clase seguía siendo un alumno modelo. Pero a mí no se me escapaba que su comportamiento cuando estaba conmigo era cada vez peor, como si quisiera revelarme su verdadera naturaleza, demostrarme que lo que los demás veían era pura apariencia, que en el fondo era perverso. A veces me hastiaba de sus continuas trastadas y discutíamos. Parecía como si todo lo hiciera para llamar mi atención.

Una tarde de comienzos de verano, poco después del fin de nuestro octavo curso, Roberto y yo decidimos adentrarnos en una casa en la que ya nos habíamos colado otras veces: un chalé enorme, de líneas modernas, con piscina exterior, que se ubicaba al otro lado de la carretera que bordea el lago. Lo reconozco ahora, paseando con ama. Al observar el murete exterior, recuerdo el momento en que Roberto, al pasar justo por ahí volviendo de tirar unas piedras en el lago, se subió y me tendió la mano para que hiciera lo propio.

—Venga, vamos a buscar renacuajos en el agua verde de esa piscina —me susurró mirando a los lados por si se acercaba algún coche.

Cuántas veces he vuelto a ese instante, cuántas veces en todos estos años.

Llevábamos un par de horas vagabundeando por ahí, aburridos, buscando bichos, tallando palos en forma de flecha, hablando de las chicas de clase y de la envidia que nos daban los planes de verano de otros niños, que se iban varias semanas a sus pueblos, donde tenían una cuadrilla de amigos. Nosotros solo nos teníamos el uno al otro y, dentro de poco, ni siquiera eso. Ama, Nuria y yo iríamos unos días a Torrevieja con aitite y amama y Pilar. Los padres de Roberto habían organizado un viaje de tres semanas por Centroeuropa. Mientras los demás buscaban sol, se quejaba mi amigo, sus padres lo evitaban. Visitarían varias ciudades, como Berlín o Budapest, recorriendo museos y palacios.

—Qué voy a hacer yo solo con esos dos todo el día... —se lamentaba.

Así que, antes de la separación, queríamos aprovechar el tiempo juntos. La piscina del club de campo llevaba ya unos días abierta. Pasábamos allí las mañanas, vagueando en la toalla, chapoteando en la piscina de los niños, jugando a las cartas. Después, cada uno comía en su casa. Nos citábamos de nuevo a las cuatro en nuestra caseta. A partir de ahí, improvisábamos. Algunos días jugábamos al ordenador en casa de Roberto o, si yo insistía mucho, al fútbol en el jardín de la nuestra, donde Roberto se ponía de portero y, para mi desesperación, hacía la estatua en la mayoría de mis disparos; otros vagabundeábamos por Laukariz, caminando hasta Zabalondo para ver los pájaros que rondaban en bandadas los silos de la fábrica de piensos, o paseábamos por el entorno del lago. Yo solía ir en bicicleta hasta casa de Roberto, pero la dejaba allí, porque él, aunque también tenía una, y bien buena, se negaba a usarla porque las carreteras de La Bilbaína son todo cuestas, algunas dignas del Tour de Francia, y él no era capaz de subirlas y terminaba empujando la bici con la mano y protestando cuando yo le dejaba atrás harto de su ritmo de caracol.

Esa tarde habíamos encontrado una rana muerta en la carretera frente al lago, atropellada por un coche. Despegamos el cadáver del suelo con un trozo de cartón y lo lanzamos al agua para comprobar si lo devoraban los peces. El cadáver quedó flotando, alejándose poco a poco, como una barca a la deriva. Los peces tenían otro menú, así que nos retamos a ver quién lo alcanzaba con una piedra. Estuvimos un buen rato jugando a eso, hasta que Roberto le dio de lleno. Lo celebró exageradamente, dando voces y haciendo bailecitos para fastidiarme. Yo me enfurruñé y le llamé gilipollas. Se partía de la risa con mi reacción.

Enfadados, nos marchamos hacia nuestro refugio en la casa de los amantes. Caminábamos en silencio, arrastrando los pies, pateando piedras hacia los desagües del borde de la acera, cuando a Roberto se le ocurrió colarse en aquel jardín. Sin mediar palabra, se subió al muro, me ofreció la mano y propuso aquello de buscar renacuajos en la piscina. Tras dudar unos segundos, cogí su mano y, metiendo las puntas de las zapatillas entre las piedras calizas del muro, trepé hasta su lado. Entonces él dijo «qué, ¿vamos?» y yo asentí. A partir de ahí, las imágenes son difusas.

Recuerdo que Roberto saltó y que me miró desde abajo, sonriendo con malicia, animándome a seguirle; recuerdo que creí oír un coche a mi espalda y que me giré alarmado, pensando que podía ser la policía, que hacía rondas de vez en cuando por la urbanización. Entonces, mi amigo dio un grito y cuando volví de nuevo la vista hacia él, intentaba volver a trepar al muro exterior con gesto aterrado. Recuerdo que pidió con un grito que le ayudara, que dudé un segundo porque no sabía qué sucedía, que me tumbé en el muro y extendí la mano hacia él y que fue en ese momento cuando vi al primero de los perros, un rottweiler negro, enorme, que se abalanzó sobre Roberto, al que enganchó por la pierna. Fue el instinto el que hizo que yo retirara la mano, como si hubiera tocado una llama. Un puro gesto reflejo. Recuerdo que cuando volví a ofrecerle la mano, ya era tarde: Roberto había caído al suelo. Aparecieron otros dos perros, otras dos bestias negras que se abalanzaron sobre él. Recuerdo los alaridos desesperados de mi amigo, que resonarían mucho tiempo en mi cabeza, gritando de puro terror, y también las imágenes de los rottweilers metiendo el morro en él como en un plato de comida, moviendo la cabeza en círculos de manera compulsiva, buscando dónde morder bien, tirando de sus brazos, gruñendo. También me recuerdo a mí subido en la valla, vergonzosamente a salvo, paralizado por el miedo. Sin saber qué hacer, empecé a gritar pidiendo ayuda.

No sé cuánto tiempo pasó hasta que, por fin, apareció corriendo por el jardín un hombre de unos cuarenta años, con una vara en la mano, dando gritos a los perros. Comenzó a pegarles con el palo, hecho una furia, y a darles puntapiés en los riñones para que soltaran a Roberto, hasta que los tres al unísono, como si estuvieran coordinados, le dejaron por fin y huyeron lejos del alcance de su dueño.

—¡Pero qué cojones haces aquí! —maldijo el tipo, al tiempo que se agachaba para ayudar a Roberto—. ¡A quién se le ocurre!

Mi amigo temblaba y gimoteaba en el suelo, en posición fetal, con las ropas y el rostro llenos de sangre, las manos en la cabeza, el gesto desencajado por el miedo. Aquel hombre llamó a voces a una tal Almudena, pidiéndole que trajera una sábana y que llamara a una ambulancia.

—¡Y avisa también a la policía! —añadió tras unos segundos.

Al escuchar esto último, Roberto me buscó con la mirada. Me entró el pánico, ¿sabes? ¡La policía! En las películas hablaban del delito de allanamiento de morada. ¿Nos llevarían detenidos? ¿Me harían responsable de lo sucedido? ¿Cómo reaccionaría ama cuando se enterara de todo esto? Entonces caí en la cuenta de que aquel hombre aún no se había percatado de mi presencia. De rodillas, atendía a mi amigo dándome la espalda. Roberto estaba a salvo, no me necesitaba para nada ahí. Decidí huir. Salté el muro hacia la acera y no paré de correr hasta que llegué a casa.

Cuando crucé la puerta, ama, que jugaba con Nuria en la alfombra del salón con las construcciones de bloques de madera de colores de la niña, me saludó sin retirar la vista de una enorme torre que amenazaba con venirse abajo.

—Hola, cariño. ¿Ya estás en casa? —preguntó al aire, concentrada en intentar coronar su obra con un prisma verde en la cima.

No se dio cuenta de que temblaba.

Pasé unos días terribles, sin saber nada de Roberto, torturándome por mi actitud. Las imágenes de mi amigo ensangrentado, intentando quitarse los perros de encima, volvían una y otra vez a mi cabeza. No le conté nada a ama por miedo a las represalias. También porque me avergonzaba de haber reaccionado huyendo. Me repetía que era un cobarde, un miserable, un mierda. A ratos intentaba convencerme, sin embargo, de que no había actuado mal. Me decía que Roberto estaba ya atendido por aquel hombre, que habían avisado a una ambulancia, que no era necesaria para nada mi presencia allí. Pero al punto me sentía obligado a reconocer que Roberto habría agradecido mi compañía en el médico, que afrontáramos los dos juntos la responsabilidad por lo acontecido, que estuviera a su lado en todos los sentidos. Desde luego, no era un héroe.

Telefoneé un par de veces a mi amigo. Le llamé a sus números de Laukariz y de Bilbao. Pero fue en vano, nadie contestó. Me acerqué hasta su casa. Estaba vacía. Todas las persianas bajadas. Fui cada tarde, para ver si estaba aparcado en el exterior el coche de su padre, que conocía bien: un BMW negro en el que me habían acercado a casa algunos domingos por la tarde, cuando volvían a la ciudad después de pasar el fin de semana en Laukariz. Me torturaban las preguntas. ¿Y si estaba grave? ¿Y si las heridas que le causaron los perros afectaron a algún órgano vital y había muerto? Ojeaba cada día la sección de esquelas del periódico, temeroso de que Roberto Parra, catorce años, estudiante ejemplar del colegio Trueba de Artxanda, apareciera allí llorado por familiares y amigos. Innumerables veces estuve a punto de contarles a ama o a aitite y amama lo sucedido y pedirles su ayuda, y en todas opté por callar, avergonzado de mi comportamiento. Pasaba las horas en nuestra caseta de la casa de los amantes, echando de menos a mi amigo, imaginando los peores desenlaces.

Transcurrieron cuatro largas semanas hasta que, una mañana de principios de agosto, por fin vi la casa de Roberto con las ventanas abiertas. Me hizo tanta ilusión que salí a la carrera hacia allí, sin pensar en cómo me recibirían. Empujé la puerta de la valla exterior, que siempre estaba abierta, y toqué dos veces el timbre de la entrada. En los segundos que tardaron en abrir, mi mente recorrió todas las posibilidades: un abrazo emotivo, lágrimas por el reencuentro, que me echaran a patadas. Pero las ganas de saber de mi amigo eran irrefrenables. Estaba tan nervioso que me costaba respirar y todo mi cuerpo se agitaba.

Fue su madre quien abrió. Cuando me vio, un gesto de desprecio infinito apareció en su rostro.

—Ah, eres tú... —dijo desde el umbral, con el cuerpo impidiéndome el paso, la mano sobre el pomo de la puerta amenazando con cerrarla en mis morros—. ¿Qué quieres?

—Eh... uh... ¿está Roberto?

—Sí, está. Pero no quiere verte.

Dudé unos segundos. Ella me dirigía una mirada fija y severa. Ni pestañeaba.

—Ah, bueno... vale. Perdón —acerté a decir, antes de darme la vuelta.

La madre de mi amigo se quedó ahí, en el umbral, con la puerta entreabierta, observando cómo me alejaba, asegurándose de que salía de su propiedad. Justo antes de hacerlo, desde la puerta del muro exterior, me giré de nuevo y le pregunté si Roberto estaba bien.

—Está bien, sí. Y está mucho mejor sin ti.

Durante varios días, al ir a la casa de los amantes, mantuve la esperanza de encontrarme allí con él. Era una cuenta atrás, porque pronto marcharíamos a Torrevieja a pasar un par de semanas y de alguna manera me había convencido de que, si no le veía antes de ir al sur, no volveríamos a ser amigos. Pasé horas y horas vagueando en aquella estructura de hormigón, observando nuestra vieja colección de bichos, los tesoros que habíamos encontrado por aquí y por allí, los trofeos que Roberto se trajo de nuestras incursiones en casas ajenas. Tenía la ilusión de que en cualquier momento él aparecería y todo volvería a ser como antes. Discutiríamos un rato, quizá incluso nos pegaríamos unos puñetazos —había planeado que dejaría que ganara esa pelea, pues me merecía un buen par de hostias—, y después haríamos las paces y volveríamos a estar como siempre. Nos necesitábamos el uno al otro, me decía, y me matizaba de inmediato: le necesitaba. Le echaba muchísimo de menos. Añoraba los momentos jugando al ordenador, tramando maldades, haciendo planes para el futuro. Si incluso habíamos acordado que cuando nos tocara el servicio militar lo haríamos juntos.

Pero no aparecía por nuestro refugio y, cada tarde, cuando el sol comenzaba a caer, yo volvía a casa con un nudo de decepción en el estómago.

A veces ama me preguntaba por él.

—¿Qué tal Roberto? Hace tiempo que no lo traes por aquí. ¿Fue a ese viaje a Alemania? Porque era a Alemania, ¿verdad?

Yo respondía que estaba muy bien, que sí, que fueron a Berlín y también a Hungría y que se aburrió muchísimo con sus padres, que son un rollo de tíos. Entonces ella me pedía que le diera recuerdos de su parte y yo respondía prometiendo que así lo haría.

—¿Quieres que se venga a Torrevieja con nosotros? Seguro que a aitite no le importa. ¿Quieres que hable con sus padres y se lo proponga? —me dijo un día en el que me debió de ver más alicaído que de costumbre.

Mentí respondiendo que no me apetecía.

Cierta mañana, mes y medio después del incidente, tuve una bronca monumental con ama porque pillé a Nuria trasteando en el cajón de mi mesilla y le di un sopapo. Me había roto una casete que tenía grabada de canciones de la radio, la que más escuchaba. Entré en mi cuarto al salir de la ducha y vi a la niña sentada en el suelo, extrayendo a tirones la cinta marrón, que se acumulaba junto a ella como un plato de espaguetis. Eché a Nuria del cuarto e intenté arreglar el estropicio, girando los carretes con un bolígrafo Bic. Pero la cinta magnética se había partido y se metió hacia dentro de la carcasa. No había nada que hacer. Reaccioné con ira. La llamé a gritos. Ella huyó al jardín. La perseguí. Corría riendo, como si se tratara de un juego. Cuando la alcancé, le di un tirón en el pelo y un tortazo. Rompió a llorar escandalosamente, para llamar la atención de ama, que salió de casa al escuchar el griterío y me abroncó, recordándome que ella era la pequeña. Lleno de rabia, las mandé a las dos a la mierda y decidí irme de ahí, lejos de ellas. Caminé hacia la casa de los amantes enfurruñado, a punto de romper a llorar de rabia, dando patadas a las piedras, los puños apretados. Entonces fue cuando de lejos vi a Roberto. Al reconocer su figura, el corazón se me aceleró. Mi amigo deambulaba por la planta baja del esqueleto de hormigón, ojeando aquí y allá, con un palo en la mano con el que removía los escombros, como si buscara algo. Vestía pantalones cortos, un niqui azul y zapatillas blancas. Pensé en llamarle de lejos, pero de pronto me pareció buena idea darle un susto. Estaba tan feliz de volver a verle que ni siquiera pensé en que mi alegría quizá no fuera correspondida. Me acerqué con sigilo y cuidado de no ser visto. Cuando estuve a un par de metros de él, grité:

—¡Capullo!

Él se giró sobresaltado. Entonces pude ver su rostro. Una cicatriz enorme recorría su mejilla derecha, una línea rosácea, gruesa e intermitente, que comenzaba en la sien y terminaba en el cuello. Cruzada por puntos negros cuyos hilos parecían dibujados a rotulador, el trazo se asemejaba al dibujo de las vías de tren en los mapas que estudiábamos en clase. Otra herida, más pequeña, asomaba bajo el mentón. Parecía estar ahí para dar escala a la enormidad de la anterior. En los brazos también lucía varias mordidas semicirculares, sin puntos.

Roberto me dirigió una mirada llena de rabia. Se

quedó ahí, respirando muy fuerte frente a mí, como un búfalo amenazante, hasta que de pronto lanzó el palo lejos, a los zarzales, dejando escapar un grito de ira, y salió corriendo. Yo lo observé mientras desaparecía sin mirar atrás, en dirección a su casa.

Cuando después entré en la caseta, ubicada en lo que iba a ser el garaje de la casa a medio construir, me encontré todo destrozado. Roberto la había emprendido a golpes con lo que fue nuestro lugar común. Se había ensañado, como si quisiera borrar cualquier rastro de nuestra amistad. La caja de herramientas con la colección de bichos que comenzamos casi tres años atrás; las revistas *Micromanía* que Roberto traía de Bilbao algunos fines de semana y que leímos juntos, ávidos de videojuegos nuevos, y que guardábamos para ojear cuando nos aburríamos; la caja de herramientas que habíamos robado de una obra hacía unas semanas; los trofeos que él se había llevado de cada incursión en casas vacías. Todo estaba hecho añicos, tirado por el suelo, como si unos ladrones hubieran entrado buscando joyas y al no encontrarlas hubieran mostrado así su rabia.

Cuando unos días después nos marchamos a Torrevieja, en el momento en que el Mercedes de aitite salió de la urbanización para entrar en la carretera general, me convencí de que todo había acabado.

En septiembre comenzó de nuevo el curso. El primer día me encontré que Roberto Parra, mi mejor amigo, el chico con el que pasaba cada minuto de los recreos, aquel con el que jugaba los fines de semana, con el que planeaba el futuro inmediato, ya no estaba en el colegio. Sus padres optaron por matricularle en un nuevo centro, supongo que para alejarlo de mi mala influencia. Le eché mucho de menos. Me gusta pensar que él también a mí.

Un par de años después supe por ama que sus padres se habían separado y vendieron la casa de Laukariz. Nunca he vuelto a verlo. Algunas veces lo he buscado en internet. Hay un atleta que se llama así y también, al parecer, un famoso cantautor chileno. Pero ni rastro de mi amigo en la gran red. Me pregunto qué habrá sido de él.

## 27

El martes 4 de diciembre de 1990 murió aitite.

Había acudido por la mañana a la clínica Virgen Blanca porque no se encontraba bien. La noche anterior cenamos en su casa con él, amama y Pilar. Recuerdo que ama comentó que lo veía preocupado y ausente. Él sonrió, quitando hierro al asunto, afirmando que había sido un día difícil en la oficina. Sentó en sus rodillas a Nuria, se giró hacia mí y me preguntó qué tal en el colegio. Le contesté que cada día era más aburrido y él soltó una sonora carcajada que, no sé si por lo que pasó después, ahora recuerdo forzada y antinatural, como si estuviera actuando. El día anterior habíamos ido juntos él y yo a San Mamés. El Athletic empató a un gol en casa frente al Logroñés, eso lo sé, porque lo he consultado tiempo después. Pero, ¿sabes?, no guardo un solo recuerdo de aquella última vez que acudimos juntos al estadio. Nada, ni del viaje, ni de los goles, ni de cómo recibió el público a Sarabia, que acudía por primera vez a la catedral de visitante, enfrentándose además a Clemente, en ese momento nuestro entrenador. He buscado en vano el resumen de aquel partido en YouTube. Me gusta contemplar vídeos de encuentros de esa época, de partidos en los que estuve en el estadio con aitite, y pensarme junto a él en la grada.

El caso es que aitite no pudo dormir bien la noche del lunes y amaneció con un terrible dolor de pecho y ama lo llevó a la clínica, donde ingresó en observación. Cuando ese martes 4 de diciembre de 1990 llegué del colegio, ama me esperaba con Nuria de la mano en la puerta de casa, con las chaquetas puestas, a resguardo de la lluvia en el pórtico.

—Vamos a la clínica a ver a aitite, que le han ingresado —dijo sin darme tiempo ni a entrar, alcanzándome un plátano para que merendara en el coche—. Deja la mochila en la entrada.

Yo tenía quince años e hice lo que hacen los chicos de quince años: protesté. Estaba cansado, quería tumbarme en el sofá a ver un rato la tele, echar una cabezada. Le pedí que me dejara quedarme, dije que ya iría al día siguiente, que acudiera ella, incluso me ofrecí para quedarme con la niña.

—¡He dicho que vamos! —gritó.

Parecía angustiada, pero no me preocupó, porque siempre se mostraba de ese modo con temas de salud. Lo suyo iba mucho más allá de una hipocondría. No sé si antes también era así, pero desde que nació Nuria sufría un miedo terrible e infantil a la enfermedad, que se veía acentuado además cuando no era ella la convaleciente, sino alguien de alrededor. Varias veces terminamos en urgencias con Nuria por cuestiones que después no tuvieron la mayor importancia. Fiebre, manchas en la piel, ruidos en la respiración, ante cualquier señal ama nos montaba en el coche y salíamos pitando al hospital de Cruces. A mí me sentaba en la parte de atrás con la niña y durante el viaje me iba preguntando si iba bien, si perdía el sentido, si la temperatura le había subido. Yo intentaba tranquilizarla, pero mis palabras no daban resultado.

—Ama, tranquila, que no pasa nada... —insistía.

—No pasa nada, hasta que pasa —respondía ella. Siempre la misma frase, siempre la misma idea de que hay una amenaza latente esperándonos a la vuelta de la esquina.

Después, con suerte nos atendían rápido, pero otras veces tuvimos que pasar media noche esperando en la salita de urgencias, para que, al final, cuando por fin nos atendían, el médico de turno le dijera que no era nada grave. Entonces se mostraba aliviada y suspiraba y sonreía con el gesto de quien le ha caído una maceta al lado desde un balcón y es consciente de haberse librado de una buena por los pelos. Pero no se corregía. En cuanto Nuria o yo, que evitaba compartir con ella el mínimo dolor que me afectara, teníamos de nuevo síntomas de cualquier tipo, se activaba el exagerado protocolo.

Así que fui enfurruñado a ver a aitite, convencido de que la ansiedad materna me iba a fastidiar la tarde. Hicimos el viaje en silencio, sin música. Cuando llegamos a Bilbao, nos costó horrores encontrar un hueco para aparcar en el entorno de la clínica. Ama suspiraba y maldecía y golpeaba el volante del Seat Ritmo cuando el coche de delante ponía el intermitente señalando que ocuparía esa plaza que estaba libre. En más de un momento temí que empezara a gritar de rabia. Respondía con gruñidos a las protestas de Nuria, que tumbada en el asiento trasero se lamentaba del cansancio. Cuando por fin dejamos el coche, llevé a la pequeña sentada sobre mis hombros para que dejara de gimotear. Ama caminaba a un ritmo frenético que me costaba seguir.

En la puerta de la clínica nos encontramos con Pilar, que fumaba con gesto contrariado. Al llegar a su altura, ama le dio un beso y murmuraron unas palabras rápidas que no conseguí oír.

—Deja si quieres a la niña conmigo mientras termino el cigarro —dijo Pilar, dándome dos besos en las mejillas.

—Me quedo yo también. Te esperamos —respondí. Y mirando a ama añadí—: Voy ahora con ella, ¿vale?

Ama dudó. Supongo que sabía la razón por la que quería quedarme con su hermana. Pero asintió nerviosa al fin, se giró y aprovechó que una enfermera empujaba el portón de cristal de la entrada para pasar al mismo tiempo que ella. Bajé a la pequeña al suelo y le indiqué que se quedara un poco con nuestra tía, a quien en voz baja pedí un cigarro.

—El último que te doy, eh —me advirtió al alcanzármelo, junto con el mechero—. Que cualquier día me metes en un lío con tu madre.

No fumaba aún a diario, pero ya coqueteaba con el tabaco más de lo recomendable. Lo hacía por aburrimiento, en las eternas tardes de invierno de Laukariz, por excitación ante lo prohibido o, como ahora, como excusa para aislarme un poco de los demás cuando sentía la opresión del momento.

Le dije a Pilar que me alejaba de la puerta de la clínica a echar el pitillo para que no me viera Nuria y por si acaso aparecía alguna de las tías. Ella respondió que de acuerdo, pero que no tardara, que quería entrar pronto. Subí unos doscientos metros calle arriba y me senté en un bolardo junto a la carretera. Encendí el pitillo dando una primera y profunda calada, echando el humo por la nariz. Entonces, observando los coches pasar, con todo más calmado a mi alrededor, por primera vez me pregunté si aitite estaría bien, deseando que todo este barullo fuera solamente fruto de la hipocondría de ama. Recordé que la noche anterior se había mostrado taciturno, tanto que ama le preguntó si le sucedía algo. Su animadversión hacia los médicos era de sobra conocida. Si había aceptado que lo ingresaran, quizá fuera porque sí que sufría algo grave. El gesto de Pilar en la puerta de la clínica tampoco era muy halagüeño. Temí por él de pronto, sentí un miedo opresivo que intenté ahuyentar de inmediato, como si se tratara de un mal fario, como si pensar en un desenlace fatal pudiera provocar que aconteciera de verdad. Aitite estaba como un toro, me dije. Anteayer caminando hacia San Mamés me costó seguir su ritmo, en las últimas semanas varias veces había ido al monte con amigos. Quizá Pilar había discutido por cualquier cosa con Miren o amama y de ahí su mala cara. Seguro que estaba bien. Ama era una exagerada. ¡Cómo se ponía cuando cualquiera comentaba que tenía la nariz cargada o le dolía la cabeza! Seguro que fue ella la que insistió a aitite en que tenía que ir al médico y él terminó por ceder ante su insistencia. Enumeré las mil veces que nos había llevado al médico a Nuria o a mí por cualquier tontería, a pesar de que yo protestaba diciendo que no pasaba nada.

En ese momento fue como si ama me susurrara al oído:

—No pasa nada, hasta que pasa.

Esa idea irrumpió en mis pensamientos como un tipo desagradable que se presenta montando un escándalo en una fiesta a la que no ha sido invitado y todos se giran hacia él. «No pasa nada, hasta que pasa. No pasa nada, hasta que pasa.» Empecé a repetir aquello como un mantra. Me agobié. Daba profundas caladas al cigarro, quemando la boquilla. Entonces, para exorcizar la ansiedad, me dije: «Si el próximo coche que aparece es rojo, quiere decir que aitite se va a morir».

¿Te ríes? No lo hagas. Sé que es infantil. Lo hacía a menudo, ¿sabes? Cuando algo me inquietaba de verdad, ponía a prueba el cálculo de probabilidades con cartas («si sale espadas, es que voy a suspender»), números («si la cantidad de naranjas en el frutero es par...») o cualquier cosa que se prestara para ello («si el siguiente anuncio es de juguetes...»). Todavía lo hago, a veces, cuando me encuentro muy nervioso por algún asunto. No es algo del todo consciente, desde luego que no es premeditado. Tiendo a hacerlo cuando necesito ahuyentar algo que me obsesiona y suelo plantearlo de manera que lo más probable es que resulte lo que me conviene. De hecho, eso hice mientras fumaba aquella tarde frente a la carretera. Me dije «un coche rojo» porque de alguna manera sabía que las posibilidades de que fuera de ese color eran muy bajas. Lo más normal es que pasara alguno negro, gris o blanco, los colores más comunes en los coches. El rojo es un color menos habitual en las carrocerías, como el azul o el verde.

No había excesivo tráfico, pero el siguiente coche no se hizo esperar. Cuando apareció, sentí un pinchazo en el pecho. Se trataba de un Mercedes 280 SE, el mismo modelo que aitite conducía. Y era rojo. Rojo oscuro y metalizado. Mi primera reacción fue descartarlo: «No es rojo, es granate», pensé. Circulaba muy despacio. Insultantemente despacio. Pasó frente a mí tan lento que las tres puntas de la estrella del logotipo de Mercedes de las ruedas giraban como agujas de un reloj funesto. El conductor, un tipo calvo, con barba, de ojos pequeños y cejas puntiagudas, oteaba alrededor buscando aparcamiento.

Nuestras miradas conectaron un instante y, no sé por qué, me sonrió.

Seguí con la mirada al coche mientras desaparecía cuesta abajo, dirección hacia la clínica. «Era granate», me repetí, pero la ansiedad empezó a hacerse conmigo, a circular por mi sangre, llegando a cada nervio de mi cuerpo, como un chute.

Incapaz de controlar mis pensamientos, apagué la colilla en el bolardo y fui hacia la clínica. Pilar, que me esperaba en la puerta con Nuria, nos condujo a la segunda planta, donde estaba la habitación de aitite. Eso me tranquilizó, que estuviera en una habitación convencional, no en alguna unidad de cuidados especiales. También que el número de la habitación fuera el 228. La ansiedad había hecho que planteara otro juego, y me había dicho que, si el número de su habitación era par, aitite estaría bien.

Llevaba a la niña de la mano. Edurne y Miren conversaban en voz baja frente a la puerta de la habitación cuando llegamos. Nos recibieron con una sonrisa forzada y dos besos. Edurne era normal que nos diera besos y cariño. Pero no Miren, que me besó y atusó el pelo. Aquello aumentó mi preocupación. Era una montaña rusa de nervios. Por cierto, aquella fue la primera vez, y la única de la que tengo memoria, en la que Miren tuvo una muestra de cariño conmigo. Recuerdo que el roce de nuestros rostros se me hizo incómodo, peor que frotarse con una lija. El olor de su perfume me resultó ajeno y desagradable.

—¿Mi madre? —pregunté.

—Está dentro —respondió ella, señalando la puerta de la habitación con un gesto con la cabeza—. Entrad vosotros también a saludar a aita, que está despierto ahora.

Me molestó que, dirigiéndose a mí, se refiriera a él como aita, y no aitite. Ella siempre en el centro. No era mi abuelo el enfermo, era su padre.

Cuando pasamos, ama, de pie al lado de la cama, alcanzaba un vaso de agua a aitite, que se encontraba incorporado en el colchón, la espalda apoyada en un cojín. Amama se sentaba en un pequeño sillón al fondo de la habitación, junto a la ventana. Tenía una postura rígida, las manos sobre las rodillas, la espalda recta. Nos miró con gesto consternado.

—¡Hombre, mis zapaburus! —exclamó él tras secarse el morro con el dorso de la mano derecha—. Venid a darle un beso a vuestro aitite.

Sonreía, pero con una sonrisa diferente a todas las demás que había visto ese día en mis familiares. No era forzada, no intentaba simular normalidad. Era sincera alegría por vernos. Cuando, tras darle dos besos conteniendo la respiración para que no se percatara de mi aliento a tabaco, le pregunté qué tal se encontraba, respondió que muy bien, que mejor que nunca, que los médicos eran una banda de exagerados y que le tenían retenido ahí porque era una clínica privada y, por tanto, de pago. Mostraba la despreocupación de un niño al que le obligan a pasar un sábado en la cama e intenta divertirse de alguna manera.

—En un hospital público ya me habrían mandado para casa —concluyó, frotando las yemas de los dedos índice y corazón con la del pulgar haciendo el gesto del dinero.

—¡Miguel! —protestó amama desde el sillón—. ¡No digas tonterías!

Amama le recordó que le habían detectado un problema en el corazón, que tenía insuficiencia cardíaca y que podía ser algo muy grave. Él se burlaba diciendo «bla, bla, bla, bla» y haciendo muecas. Nuria se partía de la risa e incluso a ama, que le llamó la atención a aitite, se le escapó una sonrisa fugaz. Sin embargo, a mí la escena me pareció grotesca. Por más que aitite se empeñara en relajar el ambiente, su aspecto me había impresionado. Tenía la piel del rostro blanquísima. Se le transparentaban las venas de la frente y mostraba unas profundas ojeras. El pelo, que siempre llevaba peinado de manera impecable, caía ahora gris y lacio por las sienes. Los brazos, fláccidos, emergían a los lados de aquella bata de hospital blanca con lunares azules, dentro de la cual él parecía muy poca cosa. Sin su traje, sin su corbata, se le veía frágil como un caracol al que han sacado de la carcasa.

Cuando se levantó para ir a mear, lo vi muy mayor. Un anciano. Recorrió la distancia que le separaba del baño con enorme dificultad, aferrado al portasueros con ruedas como un borracho a un amigo, dando pequeños pasitos tímidos, respirando con profundas inspiraciones, como si le doliera al andar. Era evidente que no estaba bien. Cuando cerró la puerta del baño tras de sí, ama se me acercó y me susurró que iba a pasar la noche ahí con aitite y que nosotros dormiríamos en casa de amama con Pilar y amama. Dijo que la abuela lo estaba pasando mal y que necesitaba descansar.

Estuvimos unos quince minutos más en la habitación. Amama en silencio, Nuria en sus rodillas, jugando con una de sus muñecas, simulando conversaciones con voz de falsete, ama de pie junto a la cama, atendiendo a aitite, que leía *El Correo*. Yo observaba a mi abuelo convenciéndome de que todo iba a salir bien, repitiéndome una y otra vez: «Era granate, era granate, era granate».

—Qué, ¿vamos juntos a ver al Madrid el próximo

partido? Tengo la corazonada de que vamos a ganar —dijo aitite cuando nos despedimos, y aquella referencia al futuro inmediato, a unos días después, hizo que me sintiera mucho mejor.

Picamos algo en la cafetería de la clínica, junto a Edurne y Miren, y volvimos a Laukariz en el coche de ama. Conducía Pilar, con amama en el asiento del copiloto y Nuria y yo detrás. Estaba anocheciendo ya. Durante el viaje observé a amama, que, en silencio y con la mirada fija en su ventanilla, se persignaba cada poco tiempo. Me di cuenta de que rezaba. Cuando llegamos, me bajé rápido del coche para abrirle la puerta y ayudarla a incorporarse. Al salir, me dio un beso en la frente, susurrando:

—¡Ay, hijo mío!

Nuria se había quedado dormida en el viaje. La acostamos vestida en la cama de la habitación de abajo, la del cuarto de invitados. Yo crucé el jardín para recoger algunas cosas de casa: muda, un pijama, el libro de matemáticas que necesitaba llevar al día siguiente a clase. Fui corriendo, saltando entre las losas que formaban el camino que unía las dos casas, jugando como si fueran las *zamburguesas* de *Humor amarillo*. Entré por la terraza, cuya puerta siempre estaba abierta. Había pedido otro cigarro a Pilar, quien me lo dio a regañadientes. Lo fumé en la ventana del baño que da al otro lado del jardín, donde amama no podría verme desde su habitación o la terraza. Después, aproveché que no había nadie en casa para masturbarme observando las fotos de una rubia de enormes pechos que ofrecía el *Interviú* que guardaba escondido entre la colección de ejemplares de *Don Balón* que traía aitite cada semana.

Al regresar a casa de amama, toqué en la puerta con los nudillos, evitando el timbre para no despertar a la pequeña. La noche era fría. Me froté los brazos. Un perro ladraba con insistencia en la lejanía. Observé el vaho de mi propio aliento, denso como el humo del cigarro que acababa de fumar. Hice memoria: ¿había cerrado la ventana del baño? ¿Había escondido bien la revista? ¿Pulsé la bomba del inodoro? Volví a golpear la puerta. Quizá no me habían oído. Recordé que no había hecho los deberes. Tampoco era mucha cosa, podría ponerme con ellos al día siguiente en el autobús o entre clase y clase. A mi mente vino entonces el Mercedes rojo, los logotipos girando como agujas de relojes sincronizados, la mirada del conductor, su sonrisa de dientes gastados.

—Era granate —susurré.

Entonces, por fin, se abrió la puerta. Ante mí apareció Pilar. Tenía el rostro desencajado. Me abrazó y rompió a llorar.

Cuántas veces habré vuelto a ese momento.

## 28

Julián no ha llamado desde el hospital por la tarde, como había prometido. Pero tampoco me ha preocupado demasiado. Después del paseo, ama y yo hemos cenado en la terraza de su casa, pronto, aprovechando los últimos rayos de sol. Hemos hablado con Nuria, que ha telefoneado a ama sin un motivo particular, para interesarse por cómo está. Ama ha conectado el altavoz del teléfono y, mientras dábamos cuenta de una ensalada de tomate y unos huevos cocidos, hemos conversado como si Nuria se sentara con nosotros en la mesa. Nos ha contado que Mauro, el mayor de sus hijos, que tiene diez años, ha vuelto a los entrenamientos de fútbol en la escuela, pero que están obligados a jugar con la mascarilla puesta y que el pobre se asfixia cuando se ve forzado a perseguir un balón. Nos hemos prometido que en cuanto se pueda tenemos que juntar de nuevo a nuestros hijos. Hace tiempo que no se ven.

No ha preguntado por ti, Nuria. Ni ama ni yo te hemos mencionado, a pesar de que en un par de momentos nos hemos mirado creo que pensando en hacerlo.

El vídeo me ha llegado cuando estaba ya en casa de

amama, escribiendo un rato en la mesa del salón, antes de acostarme. He mirado el reloj, era bastante tarde. Hay una hora a partir de la cual se supone que no se mandan mensajes. Julián la ha sobrepasado con creces. Primero ha llegado el archivo, sin explicación, un vídeo de un minuto y medio, grabado no sé si a escondidas, con la cámara en un movimiento continuo e incómodo para el espectador. La luz es mala. Se te ve a ti, tumbado en la cama abatible, con el respaldo inclinado, apoyado en un cojín blanco con el logotipo azul de Osakidetza. Si no supiera que eras tú, creo que no te habría reconocido. Estás delgado, mucho, los pómulos marcados, grandes ojeras, la piel mortecina. Tienes el pelo largo y lacio y sucio. Estás mal afeitado. Mantienes los ojos cerrados. La sábana te tapa hasta justo debajo de los pezones. En el pecho descubierto se te marcan las costillas. Los brazos caen a los lados de la cama. En el derecho tienes varias vías. Junto a ellas, luces tatuado el logotipo de Anagrama, tu editorial. Te encantaría la imagen que das, pareces una representación moderna de un Cristo yacente.

De fondo se aprecian sonidos de movimientos, de utensilios que golpean entre sí, alguna conversación en voz baja. A mitad de vídeo Julián pregunta si quieres saludarme. Abres los ojos con dificultad y miras a cámara. Al principio parece que dudas. Observas alrededor, tus ojos recorren el lugar, atemorizados, vuelven a cámara. Levantas la mano izquierda y saludas. Pareces un náufrago que lleva meses en una isla desierta. Esbozas lo que intenta ser una sonrisa y es en realidad una mueca.

Veo el vídeo de nuevo. Mientras se reproduce, los mensajes de Julián empiezan a llegar sobre la pantalla, como se introducen los *blurbs* en los tráileres de las películas de estreno. Escribe en mayúsculas. Dice que estás muy mal, que te nos vas, que puede ser en cualquier momento. Me cuenta que ha conseguido en el hospital que me dejen verte, que hacen una excepción al protocolo porque en realidad solo se permite a un familiar.

Pienso en mentirle respondiendo que tengo el día un poco complicado. Escribo un mensaje preguntándole si no le importa que hablemos por la mañana, que entonces le podré decir si voy o no, pero al punto lo borro y contesto que claro, que por supuesto que voy. Escribo en realidad «por supuesto que te acompaño» porque quiero subrayar que si iré es por él, no por ti.

Cuando nos despedimos, salgo a la terraza a fumar un cigarro. Hay luna nueva. La oscuridad de la noche solo está matizada por la luz de los pequeños faroles del jardín, que se refleja en la valla recién instalada, dándole un aire como de iluminación de monumento, como esas iglesias rurales alumbradas por los focos en el medio de la nada. Llamo por teléfono a Elena. Descuelga preguntando si sucede algo. Me doy cuenta de que era muy tarde para llamar. Le contesto que no, que solo me apetecía hablar con ella un rato, saber de las niñas. Hace un amago de abroncarme, pero se queda en eso. Me dice que por allí está todo en orden, que Onintza y Maia están un poco revolucionadas, pero que se portan más o menos bien.

—¿Estás fumando a estas horas? —pregunta inquisitiva.

—Uno, antes de ir a la cama.

—No fumes mucho, ¿vale? —ruega.

Le prometo que me controlaré. Después, le cuento que mañana iré a despedirme de ti. Me pregunta si estoy bien. Le respondo que claro, que por qué iba a afectarme tu desaparición cuando nunca has estado, si para mí solo has sido una ausencia. Pero ella sabe que, si la he llamado, es porque no es así.

Cuando colgamos, en el silencio de la noche, la echo de pronto muchísimo de menos. Me lanzo entonces casi impulsivamente al ordenador. Escribir y leer son los únicos remedios que encuentro a la soledad. Reviso mis notas. Paso algunas a limpio al procesador de textos. Releo lo escrito y recuerdo, recuerdo y reescribo y me siento mejor. Me reconforta estar tejiendo una novela en la que dejar testimonio de lo que fue y siento estar llenando de alguna manera este doble silencio que hace un rato me estremecía, este doble silencio de una casa vacía y vaciada de quienes le dieron sentido y vida.

En algún lugar leí que en la antigüedad siempre se leía en voz alta y que la costumbre actual de hacerlo en silencio fue el resultado de la extensión de las bibliotecas de los monasterios, donde la palabra de muchos lectores impedía la concentración en el texto escrito.

Pensando esto aparece al punto en mi proyecto de novela una frase que bien podría ser de Cacenave Hernández, o de un autor muy influenciado por él: la literatura es un eco que reverbera dentro de nosotros, una voz en el vacío de la existencia.

## 29

Llegué a ti por la lectura; y a la lectura, por puro aburrimiento. Fue no mucho después de la muerte de aitite. Tendría dieciséis años. Tras la marcha de Roberto Parra no tenía amigos en el vecindario. Llegaba de clase a las cuatro y media de la tarde. Ama casi nunca estaba. Se debía a la niña. Tenía que llevarla a gimnasia rítmica, inglés y esas cosas. Alguna vez hizo el amago de apuntarme a mí a alguna extraescolar. Comenzaba yendo, pero poco a poco la iba dejando hasta que ama se cansaba de insistir y me dejaba pasar las tardes en casa, donde, en invierno, las horas eran largas y tediosas. Después de volver de clase, me echaba una siesta, veía televisión, me masturbaba, hacía los deberes y aún quedaba media tarde por delante. Tenía un ordenador Commodore Amiga al que sacaba humo, pero a veces me aburría jugar una y otra vez al *Championship Manager* o el *Monkey Island*, y, aunque no fuera el caso, aún quedaba tiempo por delante hasta la hora de acostarse. Sin saber muy bien qué hacer, revisaba armarios, fisgaba aquí y allá, deambulaba por la casa sin rumbo, rebuscaba entre las cosas de ama. A veces, cuando no había nadie en casa de amama, también entre las de Mónica. Así leí, por ejemplo, sus cartas, que guardaba bajo la lencería de seda, en las que algún amante le confesaba lo que quería hacer con ella cuando se encontraran y que me resultaron divertidas, tristes y patéticas al mismo tiempo.

A veces subía a rebuscar al desván. Allí había dejado ama toda tu biblioteca, en cajas precintadas, algunas con la palabra LIBROS escrita con rotulador indeleble en el exterior, otras sin marca alguna. Una tarde abrí una de esas cajas, tomé un volumen en las manos, que me sorprendió por lo fino que era para ser una novela, y leí las dos primeras frases, que estaban subrayadas con lápiz: «Hoy, mamá ha muerto. O tal vez ayer, no sé». Lo hojeé. Vi que estaba lleno de subrayados y notas. Algo se encendió en mi interior. No fue solo curiosidad. De pronto sentí la necesidad de seguir leyendo, de entender el significado de aquellas páginas. Ese interés repentino estaba alimentado por tu recuerdo, que tras la muerte de aitite comenzó a crecer dentro de mí como un cáncer irrefrenable. Pensé que leer ese libro me acercaría a ti. Quería saber no solo qué había escrito el autor, sino qué habías leído tú, qué te dijeron aquellas páginas, por qué subrayaste este pasaje y no otro, esta expresión, estas palabras. Me decía que de esa manera sabría al menos un poco quién eras, quién fuiste y, en cierto sentido, quién era yo.

Aquella tarde bajé a mi cuarto, me tumbé sobre la cama y me puse a leer. Terminé el libro de corrido. Después lo he vuelto a leer decenas de veces. Al menos una vez al año vuelvo a él, al mismo volumen que encontré aquella tarde en una caja en el desván.

Desde ese día ya no paré. Empecé a devorar un libro tras otro con esa urgencia por sentir y saber que solo tienen los adolescentes. Las lecturas se sucedieron sin más criterio que el siguiente libro que hallaba en la caja que tenía en cada momento abierta. Cuando no quedaban más volúmenes en una, abría otra y continuaba libro a libro según me los iba encontrando. A medida que iba terminando volúmenes, los dejaba en mi estantería. Me gustaba comprobar que la fila de libros iba creciendo como la barra de vida en un videojuego.

Cuando me topaba un subrayado, una nota manuscrita al pie, un asterisco o un signo de exclamación dibujado con lápiz en el margen, intentaba entender el porqué del subrayado, la razón de que hubieras destacado una palabra, un párrafo, el sentido de tu comentario.

¿Sabes? Yo estaba ya de pleno en la adolescencia y empezaba a idealizarte. Ya no te maldecía por habernos dejado, sino que comenzaba a pensar que no te había quedado más remedio que huir de la mediocridad de nuestro hogar. Discutía mucho con ama, por cualquier tontería, y despreciaba su manera de ver las cosas y enfrentarse al mundo. Frente a la realidad tangible que representaba ella, tú eras un ser por mí imaginado a partir de las huellas de tus libros. Te convocaba a través de los subrayados, las notas de letra menuda que adornaban los márgenes y pequeños tesoros que a veces me topaba, perdidos entre las páginas: un tique de tren de cercanías, una entrada de cine, una flor seca, elementos a partir de los cuales imaginaba una historia, un día en tu vida pretérita. Cada nuevo libro, cada nota, cada subrayado era una tesela de la nueva imagen idealizada de ti que me iba construyendo poco a poco.

Una tarde que subí al desván a por nuevas lecturas, al desprecintar una caja nueva me encontré con un montón de ejemplares de tu primera novela. Se titulaba *Sobre la legitimidad del mundo*. Publicaba Anagrama. En la portada gris claro aparece tu pseudónimo en mayúsculas, CACENAVE HERNÁNDEZ, el título en negrita y una fotografía en color de cuatro niños harapientos sentados en un escalón en el exterior de una chabola, rodeados de plásticos y botellas. La mayor, una niña de unos diez años que sostiene un bebé en brazos, interpela al espectador con una mirada llena de resignación.

Al desplegar la cubierta, me encontré en la solapa con una foto tuya. Ya te he dicho que en casa no había ninguna a la vista. Las únicas que ama guardaba las escondía en una cajita de cartón forrada de tela junto a otras instantáneas familiares de cuando yo era pequeño y estábamos los tres juntos. Las tenía con otros recuerdos como tiques de museos, del metro de París, y postales de las ciudades a donde habíais viajado en pareja. Alguna vez, en una de esas tardes aburridas en las que fisgaba por todas partes, me dejé llevar por la nostalgia mientras observaba aquellas fotografías de vacaciones en las que aparecíamos los tres sonrientes posando en un banco de un paseo marítimo, en la puerta de una iglesia antes de una celebración, y aquellas amarillentas polaroid en las que tú habías sido retratado por ama haciendo muecas a cámara y sonriendo exageradamente. Una de esas fotos me hacía especial gracia, una en la que aparecías en mitad de una calle en Bilbao, posando como Napoleón subido a una de las cajas de madera que alguna tienda había dejado en la puerta. En el espacio en blanco bajo la imagen habías escrito «El gran escritor Javier Cacenave presentando su nueva obra en Bilbao».

A veces imaginaba qué estarías haciendo en ese preciso instante. Me sucedía en el despliegue de la rutina, en esos momentos del día a día en los que el sentido de todo se cuestiona de una manera casi física, cuando miras alrededor cuestionándote si lo común no es sino una representación. Cenando en silencio en la cocina junto a ama y Nuria, por ejemplo, en mitad de una clase de matemáticas o delante del ordenador, hastiado de jugar a videojuegos una tarde lluviosa. Me detenía un instante, levantaba la cabeza de la pantalla y me preguntaba por ti, ahora, en ese exacto momento. En mi imaginación tú vivías una vida de verdad. No podía evitar pensarte tumbado en la arena de una playa soleada, en una sofisticada fiesta de una importante editorial o aislado del mundo en una mansión en la montaña, escribiendo una nueva novela. Cualquiera de aquellas escenas tópicas contrastaba con la condena de la familia y la rutina, de la que huiste. De alguna manera, había interiorizado que lo hiciste para salvarte de las ataduras de una vida aburrida y monótona, que asfixiaba tu vocación creadora. Te justificaba, ¿sabes?, como si no te hubiera quedado otro remedio, como si no hubieras tenido posibilidad de elección, como si actuar como lo hiciste hubiera sido tu única posibilidad. Ya no había rencor en mi evocación de ti. Solo añoranza.

La fotografía de la solapa del libro era un retrato frontal en el que aparecías con los codos apoyados en un escritorio y las manos entrelazadas por los dedos, ocultando la boca con ellas. Echado hacia delante, parecías retar al espectador con la mirada. A un lado, sobre una pila de folios desordenados, un cenicero lleno de colillas en el que un cigarro humeaba. Al otro, un vaso de whisky con cuatro hielos. Peinado hacia atrás, vestías camiseta blanca de algodón y una gabardina cuyos cuellos lucías levantados. Era un chaval cuando encontré el libro y, sin embargo, ya me echó para atrás aquella arquetípica imagen de literato. Parecía una parodia, un disfraz. Contrastaba, además, con las pocas instantáneas que ama guardaba de ti, en las que te mostrabas jovial y desinhibido.

Pero olvidé ese primer rechazo cuando abrí el volumen y al pasar la portadilla me encontré tu dedicatoria, que me golpeó:

*Para Unai,*
*por la vida juntos.*

La leí en voz alta. ¿Por qué nadie me había contado que la novela de mi padre estaba dedicada a mí? ¿Por qué me lo ocultaron? Me indignó el silencio a mi alrededor y de pronto me convencí de que si tú no estabas a mi lado era porque alguien te había expulsado de mi vida: ama, amama, todos los Otaolea conjurados. ¡Si me habías dedicado el libro significaba que de verdad me querías!

Empecé a leer ahí mismo, como Bastian *La historia interminable*, sentado en el suelo del desván, con la luz de la tarde entrando por la ventana cenital. Seguí en la cama aquella noche. Recuerdo que cuando ama irrumpió en el cuarto para darme las buenas noches y me vio con la novela en las manos, guardó unos segundos de silencio incómodo, como buscando qué decir, pero después optó por callar. Me dio un beso en la frente, me dijo que durmiera bien y me preguntó si tenía activado el despertador para la mañana siguiente. Su mirada se fue un par de veces al libro, pero no le dedicó un solo comentario.

Terminé la novela en dos días. Me impresionó mucho, muchísimo, la historia de ese filósofo que se rebelaba contra la existencia y destruía todos los lazos que le unían con otras personas. Aquella novela, en la que el protagonista trataba de manera cruel a quienes tenía a su alrededor, en especial a quienes quería, para alejarlos de sí, para que le odiaran, con la intención de demostrarles el absurdo de la existencia y que ellos mismos también compartieran su postura contra el mundo, parecía escrita para mí, para explicar nuestra distancia. Escribiste: «El amor es el modo en que Dios nos hace cómplices de su crimen», y yo leí esa frase y la subrayé varias veces y dibujé un asterisco en el margen. Te veía encarnado en ese filósofo. Me convencía de que tu huida había tenido, sin duda, motivos profundos, existenciales.

Me emocionó ese final, en el que el protagonista muere solo, pobre, hambriento y carcomido por la duda de si había actuado bien haciéndolo en consecuencia con sus ideas, ese momento en el que parece arrepentirse, pero, justo antes de expirar, se siente de pronto plenamente feliz cuando, por un instante, el sentido de la vida se le manifiesta cristalino, como una revelación.

Oh, terminé el libro convencido de que eras el mejor escritor del mundo. Cómo no marchar de casa, cuando tenías ese don para la escritura. Si nosotros éramos un impedimento para tu obra, mejor dejarnos a un lado.

Con los años he vuelto a leerla un par de veces. Con más criterio y bagaje de lecturas, con más perspectiva, fui consciente de tus limitaciones como autor novel, de lo pretencioso y abigarrado de tu escritura en ese primer texto y de la deuda enorme que tenías en él con el *Calígula* de Camus, del que tu libro es poco más que una versión mala. Conociendo mejor el mercado editorial, entendí por qué se vendió tan poco. Pero a mis dieciséis años aquella novela me deslumbró y fue la primera señal de un recorrido de lecturas que me puso sobre la pista de los clásicos rusos, especialmente Dostoievski, los existencialistas franceses, Roberto Arlt, Milan Kundera, Unamuno, Onetti y Sabato, Kierkegaard. Fue en esas lecturas que se reveló mi vocación de escritor. Perdido en aquellas páginas durante largas tardes de invierno en Laukariz, sentí que quería crear algo parecido a lo que esos autores habían hecho y desde entonces he tenido un libro bajo el brazo y mantenido la voluntad decidida de escribir.

Supongo que te hará ilusión saber que es a ti a quien debo mi mayor pasión, mi trabajo, mi identidad, ser quien soy.

Ama seguía evitando hablarme de ti. Alguna vez, muy puntual, intenté establecer conversación con ella, preguntarle directamente, pero sin disimular la incomodidad que la invadía, se limitaba a decir que te importábamos un bledo todos, que eras un egoísta y que la dejara en paz con ese tema. En esos momentos yo recordaba aquella ocasión que me encontré a ama embarazada llorando en su cuarto mientras tú te habías ido a acostarte con la vecina y, haciéndome cargo de la vergüenza que debía sentir ante mis preguntas, no insistía. Al fin y al cabo, ella era la mujer abandonada. Pero el asunto me torturaba a veces. ¿Habías huido de ama o de todos nosotros? ¿Te dábamos igual Nuria y yo? ¿De verdad no te importábamos hasta el punto de ignorarnos? ¿No te preguntabas cómo me iba, cómo era, si hacía deporte, sacaba buenas notas, si tenía novia? ¿Por qué nunca te habías puesto en contacto con nosotros? ¿O sí lo habías hecho? ¿Quizá habías escrito o telefoneado a ama para saber de nosotros, pero ella no me lo decía y su silencio era una gran mentira?

A veces tomaba tu novela en las manos y releía la dedicatoria. «Por la vida juntos», habías dicho, y aquellas palabras hacían que me sintiera legitimado para ir a buscarte. Aquella frase me animaba, de hecho, a hacerlo, hasta el punto de que me llegué a convencer de que la escribiste como un mensaje para mí, de que se trataba de una exhortación para que en un futuro fuera a tu encuentro. Fíjate: me dije que quizá nunca volviste a buscar tus libros para que yo los encontrara, comenzara a leerlos y un día llegara a esa dedicatoria que era como una botella lanzada al mar con la esperanza de que yo recibiera el mensaje oculto en ella.

Fue entonces cuando te busqué en el listín de teléfonos y encontré aquella entrada, «Cacenave, J.», que supuse tuya y, en realidad, correspondía a Julián. Tardé dos años largos en decidirme a llamarte, hablar con tu hermano y tener tu dirección. En todo ese tiempo llevé el que creí tu número conmigo, como un mapa del tesoro, como la promesa de un futuro mejor.

## PARA GABRIELA

Una tarde, poco después de terminar de leer tu primera novela, bajé a Bilbao para ir a buscar más libros tuyos. En realidad, ni siquiera sabía si habías publicado de nuevo, pero imaginaba que sí, porque cuando vivías con nosotros estabas escribiendo una novela. Ansiaba seguir leyéndote. El autobús me dejó en el Arenal, así que callejeé por el casco viejo buscando una librería. No tardé en dar con una: un local en la calle Bidebarrieta, no muy grande, en el que una mujer de unos cuarenta años, pequeña, morena, de pelo liso y media melena, leía tras el mostrador. Entré con timidez, con la sensación de estar molestándola. Ella me lanzó una mirada curiosa. Supongo que no era muy habitual ver a un adolescente en su local. Dijo que si necesitaba algo en concreto le preguntara y regresó a su lectura. Le di las gracias, pero ella no contestó.

Ojeé las estanterías. Las paredes cubiertas de volúmenes de diferentes tamaños y colores me abrumaron. No conocía a casi ninguno de todos aquellos autores, yo, que me vanagloriaba de ser ya un gran lector. Encontré una balda de narrativa en castellano. Los libros estaban ordenados alfabéticamente por el nombre del autor, pero no había ninguno tuyo. Busqué más, por aquí y por allí, y cuando ya empecé a sospechar que mi presencia en la librería podría resultar incómoda a aquella mujer, opté por preguntar.

—Oh, sí, por supuesto. ¡Qué ilusión que alguien tan joven lea a Cacenave Hernández! —respondió la librera, muy sorprendida por mi interés por tu obra.

Me llevó hasta una mesa donde exhibían varias novedades. Ahí estaba tu segunda novela, que la librera calificó como «magnífica». Dijo que habías tardado ocho años en escribirla. Yo hice mis propios cálculos: cinco desde que nos dejaste. Se trataba de un tomo enorme, de casi ochocientas páginas. Estaba editado también por Anagrama. Se titulaba *El hecho*. Pregunté a la dependienta si podía hojearlo. La pregunta le hizo mucha gracia.

—¡Para eso están! —exclamó.

Observé la portada. Incluía la imagen de una carta de la baraja española, el nueve de copas. Tardé en darme cuenta de que en realidad había ocho copas, a pesar de que se indicaban nueve en el número, y solo años después supe que era una obra de Joan Brossa. Leí la sinopsis. Pasé las páginas, apoyando el volumen sobre la mesa de novedades. Leí frases sueltas. Me moría de ganas por empezar la novela ahí mismo. Te vas a reír, pero me pregunté si aparecería de alguna manera en el libro, si alguno de los personajes estaría inspirado en mí o me habrías homenajeado dándole mi nombre a uno. Comprobé en la solapa que aún usabas la misma ridícula fotografía.

—Qué guapo es, ¿verdad? —comentó la librera antes de dejarme y volver tras el mostrador.

Me sentó mal el comentario. Me pareció fuera de lugar. El libro costaba tres mil quinientas pesetas y yo no tenía tanto dinero. Pensé en robarlo, pero era imposible en un local tan pequeño, con la librera tan cerca. Ya volvería cuando tuviera con qué pagarlo. Me dije que podría pedirles a ama o amama, mintiéndoles sobre para qué necesitaba el dinero. Dejé el volumen en su lugar de la mesa de novedades. Me di la vuelta para marcharme, pero al punto caí en la cuenta de que seguramente aquel libro también tendría dedicatoria. Pensé que lo natural sería que se lo hubieras dedicado a Nuria. Me convencí de que así sería, de que, si el primero fue para mí, *por la vida juntos*, el segundo sería para mi hermana. Volví a tomar el libro. Busqué en las primeras páginas. Encontré la dedicatoria. Rezaba: «Para Gabriela». Sin más explicaciones. Solté el volumen, como si quemara, asqueado. ¿Quién coño era Gabriela? ¿Una nueva novia? ¿Quizá una hija? ¿Teníamos Nuria y yo una hermana pequeña?

Salí de la librería sin despedirme. No compré el libro después, ¿sabes? Nunca volví a por él. No pedí dinero a ama, ni a amama, ni quise saber nada de aquella novela.

## 30

Nunca le dije a ama que fui a verte, pero ahora siento la necesidad de sincerarme con ella.

Hemos desayunado juntos muy temprano y dado un paseo rápido hasta la casa de Edurne, para sacar a la perra, antes de que yo me marche a Bilbao a encontrarme con Julián e ir a verte. Allí hemos tomado otro café antes de afrontar la vuelta. Edurne nos ha enseñado su estudio, lo último que ha pintado, un lienzo enorme de vivos colores, que ha titulado *Pandemia*. Txema, su marido, no estaba. Había ido a Mungia a comprar la prensa, lo cual me ha alegrado, porque es un pelma, masculla más que habla y todos sus comentarios son siempre negativos. El tema de conversación entre las hermanas ha sido Miren, su mal carácter, el cierre inevitable de la empresa, el reparto del dinero que ingresarán por la venta de la casa de Amama. Yo me he mantenido al margen.

Hoy he dormido mal, con pesadillas. El paseo me ha servido para despejar la cabeza. Ahora enfilamos en silencio la cuesta que sube a nuestra calle. Caminamos a buen ritmo. Ella lleva a Frida atada, por el riesgo de que salte a la carretera cuando pase un coche. La perra va pegando tirones a la correa, que ama aferra con fuerza.

—Esta perra, ¿es que nunca va a aprender a pasear atada?

Me ofrezco a llevarla yo. Ama responde que no hace falta, que se arregla bien. Entonces le pregunto si se acuerda de aquella vez que fui a un concierto de Mike Oldfield en Barcelona en septiembre de 1993, para celebrar mi mayoría de edad, junto con Marta, mi novia entonces. Ella asiente, dice que fue la primera vez que estuve varios días solo fuera de casa y que no pudo dormir la primera noche, pensando si estaría bien en esa enorme ciudad.

—Qué guapa era aquella chica, ¿verdad? —dice.

—Nunca me gustó Mike Oldfield, ama —le confieso. Hablo entre jadeos, por el esfuerzo de subir la cuesta, pero también porque me resulta difícil contarle esto—. No fui a ese concierto. En realidad, fui a ver a mi padre.

Hace tiempo que no me refiero a ti como «aita» cuando hablo con ella. Lo hacía de niño, claro, pero después me resultó ridículo. *Aita* tiene una connotación íntima que desde luego no está en nuestra relación.

—Ya... lo suponía... ¿y qué tal te fue?

Le cuento lo que aquí he escrito: que tiempo antes había estado con Julián, que él fue quien me dio tu dirección en Barcelona. Le explico que sentí el impulso de buscarte después de haber leído tus libros siendo adolescente, que los encontré revisando el desván en una de esas larguísimas tardes en casa en las que tanto me aburría. Le recuerdo que entonces era un adolescente despechado de todo y que de alguna manera había proyectado en ti las carencias de nuestra familia, que me había construido una imagen idealizada de

Cacenave Hernández, el gran escritor. Le reconozco que nuestro encuentro fue decepcionante, pero me ahorro la narración de lo que sucedió. Ella no pregunta. En lugar de ello, se confiesa.

—Yo también fui a verle, pero tiempo antes. Un año después, más o menos, de que nos instaláramos aquí —comienza a decir, pero inmediatamente calla, como si de pronto se hubiera arrepentido de abrir una puerta que es mejor mantener cerrada.

No le insisto. Volvemos a un silencio que ella rompe unos metros más adelante. Nuestras miradas se cruzan y rompe a reír.

—No creas que fui en plan mujer despechada, ¿eh? —aclara—. El abandono del hogar era un delito entonces. Había que firmar el divorcio y si tengo que esperar al memo de tu padre lo llevaba claro.

En ese momento Frida da un fuerte tirón y a ama se le escapa la correa. La perra sale corriendo hacia una pareja que se acerca a unos cincuenta metros frente a nosotros, un señor mayor, ancho, de pelo cano, vestido de chándal, que va en silla de ruedas, y un tipo de mi edad, más formal en el vestir, que empuja la silla. Voy tras Frida, que salta moviendo el rabo, feliz, delante del viejo, sobre cuyas rodillas termina poniendo las patas delanteras. El hombre le regala unas carantoñas y ríe.

—Perdón, se nos ha escapado —exclamo al llegar a su altura—. Frida, ¡ven aquí!

La perra me obedece, con el rabo entre las piernas. Me agacho a su altura, la reprendo y aferro con fuerza la correa. Al levantarme y observarlos de nuevo, me doy cuenta de quién es el señor de la silla. Ama me explicará un rato después que desde que quedó en silla de ruedas su hijo sube cada día a La Bilbaína para dar una vuelta completa a su padre. Llueva o nieve, nunca falta a su paseo. Pero eso será más tarde. Ahora, al reconocer su sonrisa, exclamo:

—¡A los buenos días!

## 31

Si Marta no hubiera insistido, no habría tocado al timbre. Plantado frente al portero automático, con la mirada fija en el botón metálico y redondo del 3.º B, donde vivías, dudaba. Las piernas me temblaban. El corazón me latía con fuerza. ¿Y si me rechazabas? ¿Y si me cerrabas la puerta en las narices? Si no es por ella, de verdad que no toco.

—Unai, por favor, no has recorrido cientos de kilómetros para nada —me animó, acariciándome en la espalda.

Habíamos ido a Barcelona en su coche, un Golf rojo que su padre le había regalado por ingresar en la universidad. Alta, de piel morena, muy guapa, con una melena larga y negra que acompasaba sus movimientos, Marta era una chica bien, una pija de Algorta, dos años mayor que yo, que estudiaba Psicología con auténtica vocación de ayudar a las personas de su alrededor. Llevábamos saliendo un par de meses, no más. Yo estaba enamoradísimo. Tenía un don para escuchar. Era una de esas personas frente a las cuales sientes que puedes hablar, que te comprende y no te juzga. Supongo que fue eso lo que hizo que me soltara con ella y cuando empezamos a salir le hablara de ti, le contara que no te veía desde los diez años, pero que te había leído con pasión admirada, que llevaba tus señas en la cartera desde hacía tiempo y que soñaba con un reencuentro, porque estaba convencido de que me querías. Ella me animó a dar el paso. Me habló de las obsesiones desde el punto de vista psicológico, de la figura del padre en Freud, de los miedos que nos configuran y cómo afrontarlos. Organizó el viaje y pagó la reserva de las dos noches de hotel, porque yo entonces no tenía un duro. Ahora que lo pienso, quizá para ella todo aquello suponía una suerte de experimento psicológico, parte de su aprendizaje.

Cuando por fin toqué, el sonido del timbre se me antojó una advertencia de peligro. Tardó en aparecer, una eternidad, pero esperé hasta que una voz de mujer respondió al otro lado del portero automático. Pregunté por ti, con nombre y apellido, nada de pseudónimos literarios. La voz contestó que ya no vivías ahí. Aquello me cogió de sorpresa. No me había planteado esa posibilidad. Dudé unos instantes. Pregunté si sabía dónde podría encontrarte.

—No tengo ni idea —respondió, con cierto desprecio en el tono.

Y después añadió, quizá picada por la curiosidad:

—¿Se puede saber quién eres?

Dudé. Pensé en mentir. Pero no lo hice. Cuando respondí, me invitó a subir. Marta prefirió esperar abajo. No le insistí para que me acompañara, aunque lo deseaba realmente. Subí en ascensor. Arriba me encontré en el pasillo a una mujer joven, de unos treinta años, con el pelo corto peinado a raya como Audrey Hepburn, vestida con una camiseta vieja y pantalón de pijama y zapatillas, con un cigarro en los labios. Tenía la puerta de casa abierta detrás y unas llaves en la mano que le dejaba libre el cigarro. Creí que me iba a proponer entrar, pero no lo hizo. Me observó un rato con un gesto que transmitía entre desidia y desprecio. Preguntó mi nombre, mi edad, si aún estaba en el instituto. Respondí que estudiaba Filosofía como si eso me dotara de cierta jerarquía. Ella sonrió al escucharlo. Apagó la colilla en el suelo y la dejó caer por el hueco del ascensor.

—¿Eres realmente su hijo? —preguntó, al incorporarse.

—Sí, claro.

—Joder, no sabía ni que tenía uno... —masculló y al punto añadió—: No te pareces nada, ¿sabes?

—No, no lo sé, la verdad. Llevo mucho sin verle.

Su mirada cambió de pronto. Sorbió la nariz. Miró a los lados.

—Hemos vivido juntos un tiempo, aquí, en este piso —señaló la puerta—. No éramos la pareja perfecta, desde luego. Discutíamos mucho. Tu viejo es un espíritu libre, ya sabes. Hace unos meses que desapareció sin decir nada. No tiene teléfono móvil, dice que nunca llevará uno de esos. Dejó de frecuentar los lugares por los que nos movíamos y yo no quiero dar la imagen de mujer abandonada. No le busqué, la verdad... Si ni siquiera se llevó sus libros...

Hizo un silencio. No supe qué decir. Continuó:

—Pero si quieres encontrarlo, lo tienes fácil. Presenta su nueva novela en la Laie esta tarde. Supongo que será a las siete, pero mira en el periódico, que estará anunciado.

—Ah... gracias... así lo haré.

—De nada, chaval. Si le ves, le das recuerdos de mi parte —sonrió, irónica.

Asentí. Volví al ascensor. Antes de dejar que la puerta se cerrara, recordando la dedicatoria de tu anterior novela, pregunté:

—Gabriela, ¿verdad?

—Qué coño, Gabriela —respondió ella negando con la cabeza—. Esa es la otra. ¡Su gran amor! Yo me llamo Lucía.

## 32

Mientras escribo, me doy cuenta de que nunca antes he hablado de esto, ni siquiera con Elena, ama o Nuria. Nunca he contado lo que sucedió aquella tarde. Solo Marta es testigo de lo que sucedió, y está perdida en el pasado. Quién sabe si nos recuerda. La mayoría de mis amigos del mundillo literario, de hecho, ni siquiera saben que tú eres mi padre y durante años me han hablado de ti o de tus libros sin saber nuestra relación. Se enterarán si estas palabras terminan viendo la luz en una novela. Me pregunto si se enfadarán, si les parecerá una falta de respeto o lealtad no haberles hablado de ti. En verdad que esto de escribir un libro es una manera curiosa de salir de este armario en el que he vivido siempre, pero convendremos en que, siendo los dos escritores, tampoco es muy de extrañar.

Recuerdo que en la puerta de la librería Laie, un grupo de unas quince personas conversaba a gran volumen, apurando los tragos y fumando un último cigarro antes de la presentación. Hacían bromas, reían. Te busqué entre ellos con la mirada, sin saber si me iba a atrever a abordarte si te encontraba. Marta me apretaba la mano, con fuerza. Me preguntaba cada cierto tiempo si estaba bien. Le respondía que sí, que claro. Pero temblaba.

No estabas ahí.

Apenas había asientos libres cuando entramos. Nos sentamos en la última fila, en una esquina en la que poco después empezó a acumularse gente de pie. El local no era muy grande y pronto se abarrotó. Frente a las filas de sillas, te esperaba una mesa cubierta con un mantel verde sobre la que había dos micrófonos y varios de tus libros dispuestos como los primeros peldaños de una escalera de caracol. Yo llevaba uno, que había comprado por la mañana en otra librería, y que había comenzado a leer de inmediato, con idéntica fascinación que por tu primer libro. Por cierto, abrí el volumen buscando de nuevo la dedicatoria para Nuria, pero volví a decepcionarme. Esta vez habías dejado esa página en blanco. Nadie parecía merecer tu reconocimiento ya.

Llegaste tarde, no mucho, unos tres o cuatro minutos. Entraste sonriendo, saludando a los presentes con la mano. Vestías pantalón vaquero, camiseta blanca y una chaqueta de cuero. Los asistentes prorrumpieron en un aplauso al que yo me uní. Fíjate, años sin verte y te recibo con una ovación.

Me emocionó mucho verte, ¿sabes? No sé si te parecías a mi recuerdo, porque ya no me importaba. Yo tenía entonces dieciocho años y quería ser escritor, lo quería ser por tu culpa, y verte entrar en la librería entre aplausos no hizo sino aumentar la admiración que por ti sentía. Quería ser lo que tú eras. Quería ser tú.

Te acompañaba tu amigo, aquel escritor obeso que nos visitaba de tanto en cuanto en el piso del barrio, ese que te animaba siempre a marcharte a Barcelona. Por cierto: leí una de sus novelas hace poco. La encontré en la cuesta de Moyano y la compré porque le reconocí en la foto de la solapa. Qué mala era, por Dios. Qué pretenciosa escritura. No es extraño que haya quedado en el olvido.

Cuando tomasteis sitio, tu amigo te señaló con una reverencia con las palmas de las manos hacia arriba, y volvió a producirse una nueva ovación. Después, te presentó sin ahorrar elogios. Recuerdo que llegó a afirmar que con la nueva novela te postulabas como probablemente el mejor escritor español vivo y que cuando lo dijo, tú empezaste a reír, pero no porque te hiciera gracia la hipérbole, sino porque te hizo ilusión. Te reíste como el niño que encuentra bajo el árbol de Navidad el juguete durante todo el año deseado. ¿Sabes? Yo también sonreí pensando que mi padre era el mejor escritor de todos los posibles.

Conversasteis durante una hora. Tú no dejabas de fumar, un cigarrillo tras otro. Usabas las caladas para realizar pausas dramáticas. Manejabas muy bien los silencios. Yo te observaba embelesado desde la última fila y tomaba notas en mi Moleskine, frases tuyas que subrayaba después y remataba con un signo de exclamación para dejar constancia de lo relevante de aquellas reflexiones. Recuerdo algunas. Dijiste que la literatura es un sacrificio vital, que el escritor es alguien que fundamentalmente da la espalda al mundo. Eso me gustó, porque encajaba con el relato que yo mismo me había hecho, con la idea de que nos dejaste porque tenías una misión mayor, un compromiso más importante, un don que no estabas legitimado a desperdiciar. Afirmaste también que habías llegado a la conclusión de que el proyecto de una novela de tesis atenta contra la naturaleza misma de la literatura, en la que el proceso es lo fundamental. «Escribir es una travesía por el océano en la que has de naufragar para seguir vivo», apunté en mi cuaderno.

Se te notaba exultante. Dominabas el ambiente. Hiciste varios chistes. A los asistentes les encantaban tus ocurrencias. Yo miraba alrededor, estudiaba sus reacciones y me deleitaba en sus rostros admirados. Eras un mago que a cada rato se saca un nuevo truco de la manga y todos te funcionaban. Cuando tu amigo te preguntó de qué trataba la novela, contestaste que de nada y de todo al mismo tiempo. Que la vida no tiene tema, que las novelas con un argumento definido son placebos para el alma decrépita, soluciones rápidas para quien busca respuestas, cuando la literatura debe plantear dudas, cuestionarse la existencia.

Llegó el turno de preguntas. Hubo una, dos, tres, de personas que se dirigieron a ti con reverencia, que te dijeron que te admiraban, que usaron el turno, más que para formular una pregunta, para afirmar su devoción a tus textos. Tu amigo dio paso a una última, si es que la había. Se produjo en la librería ese silencio habitual, tan incómodo para los escritores, en el que una parte de los asistentes parecen ansiar que no haya ninguna para poder marcharse, al tiempo que los más tímidos intentan armarse de valor para tomar la palabra. Siempre he pensado que es la peor manera de cerrar un acto, dando lugar a una pregunta que no llega. Pero aquella tarde la hubo. De pronto, sin previo aviso, Marta se puso de pie a mi lado y preguntó, sin micrófono y con voz firme:

—Perdona... Has dicho que la literatura es fundamentalmente un sacrificio. Mi pregunta es: ¿a qué has renunciado tú por las letras?

Te sonreíste. Miraste por un momento en derredor, como tomando carrerilla, y soltaste:

—Desde luego que a una chica tan guapa como tú no renunciaría bajo ningún concepto.

Los asistentes, que en su inmensa mayoría eran hombres, estallaron en una carcajada. Marta se mantuvo de pie, firme, con el gesto circunspecto de quien se siente importunado. Cuando la algarabía cesó, continuaste:

—No, de verdad... perdona la broma. Yo no he renunciado a nada en particular. No te tomes muy en serio las *boutades* que a veces me da por decir. Yo no lo hago, desde luego. No hay nada peor que un autor que se toma en serio a sí mismo.

De nuevo se produjeron risas en la sala, estas algo más contenidas. Tu amigo aprovechó el momento para dar por cerrado el acto, recordando que firmarías ejemplares a quien lo quisiera. En cuestión de un minuto se formó una larga cola de personas frente a ti. El resto de la gente fue dejando la librería. Algunos aguardaban tu salida en la puerta, fumando y tomando copas que pedían en el bar que estaba junto a la librería. Marta y yo nos quedamos sentados un rato en nuestros lugares, en silencio, como si no tuviéramos nada que decirnos. Yo acariciaba la portada del Moleskine con la yema del pulgar.

—¿Vas a hablar con él? —me preguntó ella.

—No lo sé —reconocí.

Ella me tomó de la mano y la besó. Me propuso salir a fumar. No sé cuántos cigarros seguidos llegué a echarme en la puerta de la librería. Marta no me instó a que entrara a hablar contigo, tampoco me presionó para que nos marcháramos, para que volviéramos al hotel o nos fuéramos a cenar. Esperaba que yo tomara una decisión y respetaba mis dudas, que me devoraban por dentro. Qué buena era, Marta, qué mujer más encantadora. Yo no sabía qué hacer. Quería acercarme a ti, pero tenía miedo, ¿sabes?, mucho. De tu rechazo, de que me trataras con la repugnante condescendencia con la que habías respondido a la pregunta de Marta, de ser víctima de alguna de tus ocurrencias. Pero también, y esto era nuevo, temía tu afecto. Me aterraba la perspectiva de que aquella noche, delante de mi novia y de tus amigos, aquellos tipos extravagantes hinchados de sí mismos que reían ahora a carcajadas a unos metros de mí, te mostraras de pronto cariñoso conmigo, que me usaras como tu juguete para demostrar a tu séquito que además de un gran escritor eras en el fondo un buen padre, que te empeñaras en darme en una dosis el mucho amor que dirías que me habías reservado, que te vanagloriarías de haber acumulado en todo este tiempo sin vernos, que me obligaras a formar parte de tu espectáculo.

Pasaron los minutos y seguías sin salir de la librería. Me dije que la firma de libros se habría alargado, que quizá algún lector intentaba darte conversación o algún conocido aprovechó para saludarte. Lo típico de esos actos. Mis nervios iban en aumento. Le dije a Marta que tenía que ir al baño. Respondió que me esperaba en la puerta de la librería, que no me preocupara, que si salías antes ella estaría alerta. Al lavarme las manos, mirándome al espejo, me decidí. Iría a hablarte. Si no lo hacía me iba a arrepentir siempre. Llevaba dos años con la que creía que era tu dirección apuntada en un papel en la cartera, había mentido a ama para hacer este viaje, Marta había puesto su coche y pagado el hotel. Me dije que tenía que dejarme de tonterías y ser valiente.

Salí decidido del bar cuando te vi con Marta. Al principio pensé que ella te habría retenido, para que no te fueras sin que yo pudiera hablarte. Pero pronto me di cuenta de que vuestros gestos no indicaban eso. Me detuve a unos metros de vosotros, observándoos. Ella estaba frente a ti con los brazos cruzados, el mentón alto. Tú fumabas y hablabas y gesticulabas mucho. Ella escuchaba con evidente incomodidad. Tus amigos os miraban divertidos. Alguno te jaleó haciendo una broma en alto. Tú te sonreíste. En un momento dado te acercaste a ella, dando un paso adelante al que Marta respondió de inmediato con uno hacia atrás, como un gesto reflejo. Fue entonces cuando ella oteó alrededor, como si estuviera buscando una salida o pidiendo ayuda o un testigo, y me encontró con la mirada. Nos quedamos unos segundos mirándonos en silencio, mientras tú seguías hablando. Te percataste en ese momento de que Marta miraba hacia un lado y te giraste hacia mí. Me observaste de arriba abajo. Cuando nuestros ojos conectaron, reconocí esa mirada animal que recordaba de cuando era niño, esa que traías a veces de tus escapadas al mediodía. Pero te sonreí igualmente. Era un manojo de nervios. Me acerqué a vosotros. Marta me saludó con un simple «hola».

—Hola —contesté yo también, pero mirándote a ti, a mi padre, a quien llevaba sin ver más de siete años.

¿Sabes? He regresado tantas veces a ese momento que el recuerdo debería de estar tan desgastado que ya no doliera. O quizá es al revés. Quizá a base de volver una y otra vez a pensar en aquella tarde, el recuerdo ha tomado una dimensión aún mayor. Como el primer beso cuya memoria nos reconforta, pero a la inversa.

Supongo que tú también te acuerdas. Torciste el gesto, decepcionado. Viste que llevaba tu libro en la mano y me preguntaste con desprecio si quería que me lo firmaras. Yo estaba tan nervioso que te lo extendí en un acto reflejo.

—¿Cómo te llamas? —me preguntaste.

Quise decirte quién era, pero al punto me resultó fuera de lugar. Si no me habías reconocido quizá era porque me habías borrado de tu memoria. Quizá lo habías hecho incluso con esfuerzo, como cuando nos empeñamos de niños en borrar ese trazo del dibujo a lápiz que nos ha salido mal y frotamos con la goma tan fuerte en el papel que terminamos haciendo un agujero.

—¿Tu nombre? —insististe, con el libro abierto en una mano y el bolígrafo en la otra.

—Unai —respondió Marta—. Se llama Unai.

Tu rostro cambió por completo. Sé que lo hizo, estaba delante, lo vi con mis ojos. Sé que no lo he imaginado con el tiempo, que no me lo he inventado. Me observaste de arriba abajo, ahora de un modo muy diferente a un rato antes. Noté tu sorpresa, tus dudas, tu miedo. Abriste un poco los labios como para decir algo, pero los cerraste de inmediato. Te mantuviste en silencio. Tú, el escritor, el literato, que desbordabas palabras, no supiste qué decir.

Firmaste el libro. Me lo alcanzaste con un movimiento rápido. Te diste la vuelta. Sin despedirte de nosotros, te acercaste a tus amigos y tomaste del hombro a dos de ellos.

—Vámonos de aquí —te escuché decir—. Toca celebrar.

Te alejaste acompañado por tu séquito, que te palmeaba la espalda y hacía bromas. Desaparecisteis en la primera esquina. Lo último que oí fue tu risa reverberando en el callejón por el que te perdiste. Te debió de hacer mucha gracia algo que te dijo alguno de tus amigos.

Ahí, de pie, de noche, frente a la librería, leí la dedicatoria. No pude evitar hacerlo. «Para Unai», rezaba. Nada más. Aséptica. Seca. Impersonal. La dedicatoria más banal que un escritor puede trazar. Sin siquiera una frase hecha, un abrazo, un agradecimiento. «Para Unai.» Nada quedaba de aquel «por la vida juntos».

## 33

Cada vez que paso junto al hospital de Basurto recuerdo la historia de que los tejados de los diferentes pabellones que lo componen lucen esos dibujos geométricos de colores para que en los bombardeos de la guerra civil los aviones franquistas supiesen que se trataba de un hospital y lo evitaran. La historia me la contó aitite, una tarde a la salida de San Mamés, al pasar junto al hospital. Añadió que las composiciones de las tejas responden a un código internacional. Dependiendo del dibujo del tejado, el aviador sabía qué tipo de edificio público se trataba, si una escuela, un asilo o un hospital. Recuerdo aquella historia ahora, al ver a Julián esperándome en la entrada peatonal cercana al edificio de Hacienda. Yo la he contado muchas veces. Me dio un poco de pena cuando hace un par de años un amigo arquitecto me aclaró que aquello era una leyenda urbana y que dudaba mucho que ese código que mi abuelo me contó existiese en realidad.

—¡Sobrino!

Julián me da, esta vez sí, un abrazo. Largo y fuerte, intenso. Me incomoda, pero palmeo su espalda. Cuando nos separamos me percato de que tiene los ojos vidriosos sobre la mascarilla. Me dice que estás en el pabellón número catorce, que podemos ir directamente porque ya tienen aviso de nuestra llegada. Me explica que no podremos entrar los dos, que las visitas son individuales y tienen un protocolo complicado y que él me esperará en la puerta.

«Tómate el tiempo que quieras, no tengo ninguna prisa», concluye.

Yo no quiero entrar a verte, prefiero que lo haga él. De hecho, estoy aquí por no decepcionarle. Pero también por la misma razón no se lo confieso y me mantengo en un silencio resignado. Cuando paso al interior del pabellón, él se queda en la puerta, asomándose como un padre que deja por primera vez en la escuela a su hijo y lo ve desaparecer por el pasillo temeroso de que se confunda de aula. Me ha repetido varias veces el número de habitación, que canto al enfermero que hace guardia en el pasillo. Él levanta la vista de los papeles y me pregunta:

—¿Eres el hijo de Cacenave Hernández?

Dudo un momento y estoy a punto de decir que no, de tan acostumbrado que estoy a negarte. Pero me doy cuenta de que se ha referido a ti por tus apellidos, no por tu pseudónimo, que aquí dentro solo hacen referencia a un enfermo, no a una leyenda de la literatura española. Cuando lo hago, responder que sí, él añade:

—Lo siento.

Estoy a punto de responder que yo también. No lo hago, pero no puedo evitar sonreírme por mi propia ocurrencia.

El chico, joven, delgado, muy alto, de brazos tatuados como un futbolista, que contrastan con la asepsia del verde uniforme, me advierte que ha de tomarme la temperatura. Me pregunto qué sentido tiene vigilar la fiebre de alguien que viene a ver a un enfermo de COVID, probablemente terminal.

—Sayonara, baby —digo cuando me apunta a la frente con un termómetro en forma de pistola, pero él ni siquiera sonríe.

Después me acompaña a una pequeña estancia donde me alcanza el equipo que he de vestir para poder verte. Una especie de buzo de tela azul claro, bolsas de plástico para los pies, guantes, una pantalla para proteger la cara. Tanta parafernalia abruma y, por un momento, mientras me voy poniendo estos elementos profilácticos, me pregunto si es buena idea haber venido. Cuando salgo vestido como un astronauta, el chico me lleva hasta la puerta de tu habitación. Es él quien toca y se asoma antes de dejarme entrar con un gesto de la cabeza.

Estás solo. Hay otra cama, pero está vacía y deshecha, con las sábanas dobladas sobre el colchón. Me pregunto si a la persona que estaba ahí le han dado el alta o ha fallecido. Cuando cruzo la puerta, giras con la cabeza hacia mí, con lentitud, como si el gesto te supusiera enorme esfuerzo. Estás muy desmejorado, mucho más de lo que parece en el vídeo. Cuesta reconocer tus rasgos detrás de ese rostro ajado. Tu piel amarillenta parece una sábana posada sobre una calavera, los huesos perfectamente resaltados. Me observas sin variar el gesto. Es obvio que no sabes quién soy. Así vestido me confundes con un enfermero o un médico. Giras de nuevo la cabeza con idéntica pesadez y cierras los ojos. Tienes los párpados tan pegados a los globos oculares que se dibujan las esferas. Respiras con pausa y dificultad.

Te saludo con un simple «hola», que no obtiene respuesta. Me siento en la única silla que hay en la habitación, a los pies de tu cama. No sé si eres consciente de que sigo aquí. Te observo largo rato. Creo que te has quedado dormido. A ratos tu cuerpo se tensa, como en ese gesto reflejo de cuando soñamos que caemos. Mueves los dedos de la mano derecha. ¿Sueñas que tecleas? ¿También tus sueños se deben a la escritura? Hago cálculos y me doy cuenta de que llevo sin verte veintisiete años. Poco queda en mí de aquel adolescente afectado que te admiraba y fue en tu búsqueda, menos aún de aquel niño de once años que te añoró y te odió a partes iguales cuando nos dejaste, nada, absolutamente nada, del pequeño que te miraba desde ahí abajo intentando descubrir quién eras cuando me llevabas de la mano al colegio, cuando me recibías en casa cada mañana después de clase, emergiendo de la nube de humo de tu despacho, cuando levantabas por unos segundos los ojos de una de tus lecturas y descubrías que detrás del libro había un niño pequeño observándote, un niño pequeño que te necesitaba.

Veintisiete años, Cacenave Hernández, desde aquella vez que me diste la espalda. Otros siete, desde que te fuiste. Treinta y cuatro años sin ti. ¿Conseguiste lo que buscabas? Me pregunto si te ha merecido la pena, el precio por un puñado de novelas, por la admiración de la crítica y unos cuantos miles de lectores. Por el camino dejaste todo lo demás. A ama, a Nuria, a mí, a Gabriela, a nuestra vecina, a tu hermano y tu memoria familiar, a los Otaolea, a la chica aquella con la que viviste en Barcelona, la que me dijo que presentabas el libro. ¿Cómo se llamaba? Ah, Lucía. Quién sabe a cuántos más, extras en la película de tu vida que has ido desechando porque no te servían ya, no te satisfacían o comenzaban a resultar una molestia.

De pronto, te agitas y gimes con fuerza. Creo que

estás teniendo una pesadilla. Tu boca se abre, ahogas un grito. Abres los ojos, levantas medio cuerpo a una velocidad que parecías incapaz, como accionado por un resorte. Miras alrededor con gesto de espanto. Los labios se te pegan a los dientes cuando intentas hablar. Apenas consigues entonar un gruñido en el que creo entender que me pides algo, pero no distingo qué. Me levanto, me acerco a tu cama. Te ayudo a incorporarte sobre el cojín, te subo la sábana, acciono el mecanismo de la cama articulada, que se endereza con el zumbido de un insecto. Me coges la mano. Aprietas sin fuerza.

—Agua —te entiendo.

Tu voz está rasgada, brota con dificultad aun para pronunciar una sola palabra. He leído que sucede al intubar a los pacientes, que las cuerdas vocales se dañan y tardan en recuperarse. Involuntariamente me pregunto si recuperarás tu voz antes de perder tu vida. Una buena frase, pero inapropiada, de esas que cuando estás trabajando en un texto y ves que no terminan de encajar con el tono, duele borrar. Voz y vida, obra y vida, me digo, los dos abismos que se abren a cada lado de un escritor.

Vuelves a intentar hablar, pero apenas consigues producir un rasguido ininteligible. ¿Pides algo? Insistes, me haces un gesto y te señalas la vía, bajo el logotipo tatuado de Anagrama. Te pregunto si te molesta. Asientes. Toco el timbre que está junto a tu cama. Una luz parpadea indicando que el aviso ha llegado a enfermería. Me miras extrañado. Te aclaro que no soy médico, ni enfermero.

—Soy Unai —digo, e inmediatamente añado lo innecesario, como un mal escritor—. Tu hijo.

Me observas con gesto desconcertado. Me desprendo de la pantalla que me protege el rostro de tu enfermedad. Conteniendo la respiración, me bajo también un momento la mascarilla. Tus ojos se llenan de pronto de lágrimas, y también de miedo. Tu labio, trémulo, es el de un niño que contiene el llanto. Oculto de nuevo mi rostro con las necesarias protecciones. Me protejo de tu aliento. Cuando termino de cubrirme vuelves a cogerme la mano. Pero esta vez apenas la posas sobre la mía, la sueltas, como si te hubieras dado cuenta de que no tienes derecho, como si hubieras sentido mi rechazo, como si te quemara. Nos quedamos los dos en silencio. Cierras los ojos. Estamos así cuatro, cinco, seis minutos. Llego a pensar que duermes de nuevo, que has vuelto al sueño, vencido por el agotamiento de un cuerpo que pelea por mantenerse vivo. Pero entonces lo dices. Pronuncias esas palabras que he añorado escuchar de ti toda mi vida. Abres los ojos y me buscas con la mirada. Yo sonrío, pero al punto me doy cuenta de que no puedes ver mi cara, así que asiento con la cabeza. Tu mano vuelve a la mía y, ahora sí, aprietas con toda tu fuerza, que no es mucha. Vuelves a decirla, la frase, con voz más decidida que antes, como si las palabras hubieran estado reverberando dentro de ti y te hubieras convencido aún más de lo dicho. Tú también sonríes. Te muestras, de pronto y a pesar de todo, dichoso. Como el personaje de tu primera novela, al que el sentido de la vida se le revela justo antes de expirar. Aquí está tu punto final. La escena que cierra tu libro, la reconciliación *in extremis*, las palabras que justifican todo lo anterior, el giro final, la felicidad. «Nuestra vida juntos», la que prometiste y celebraste en la dedicatoria de esa misma primera novela, Cacenave Hernández.

Pero ¿sabes qué he pensado yo al escucharte? ¿Sabes qué es lo primero que me ha venido a la cabeza? Que deliras, que quizá estás drogado, hasta arriba de morfina. Por eso me he sonreído.

Hay frases que no puedes poner en boca de un personaje, porque no le encajan con la idea que hemos dado de él durante el texto, aseveraciones que le quitan verosimilitud, afirmaciones que lo niegan, lo destruyen. No me sirven tus palabras, no. Mi historia no se cierra con ellas. Borro cada letra con golpecitos sobre la tecla de la flechita hacia atrás, el DELETE: tac, tac, tac. Ya está. Ni rastro de tu afirmación. Nunca la has dicho. Nadie sabrá que existió en un primer esbozo de este párrafo.

El enfermero entra sin llamar. Me pregunta a mí por qué hemos pulsado el botón de aviso. Le digo que te has señalado la vía, que te molesta. Se acerca y la revisa y te hace algunas preguntas que respondes con monosílabos y gestos. Afirma que está bien, que de todas maneras toca ronda en breve y el médico la revisará también. Entonces, dirigiéndose a mí, me recuerda que tengo que dejar ya el lugar.

—Las visitas son excepciones al protocolo que se hacen en casos de... —comienza a decirme, pero te mira y detiene su frase—. Bueno, ya sabe. Hemos de ir terminando.

Cuando sale de la habitación, tú y yo nos quedamos mirándonos en silencio, sin saber qué decir ni cómo actuar. Qué difícil es cerrar bien una escena, ¿verdad? Te cojo la mano derecha con las mías y te acaricio el dorso. Tú sonríes. No decimos nada. Somos dos escritores sin palabras.

## 34

Siete estrellas blancas sobre un fondo rojo. Debajo de ellas está escrito MADRID. Recuerdo que el cartel al otro lado del sentido se limita a decir HASTA PRONTO. Este ni siquiera da la bienvenida. Madrid. Punto. Ya te advertimos de que ibas a volver.

Viajo en el asiento más adelantado del autobús, casi a la altura del conductor. La ciudad aparece en el horizonte, las cinco torres dominando el paisaje. Cuando hice los cursos de doctorado en Filosofía, una compañera escribió una tesina sobre el concepto de arquitectura fálica. Defendía que ciertos edificios son representaciones del patriarcado y simbolizan dominación. Entonces me pareció risible. Después entendí el sentido. Ahora, viendo las torres en la distancia, me sonrío pensando que tenía toda la razón.

Envío un mensaje por el móvil a Elena, diciéndole que en cuarenta minutos estoy allí. Contesta con dos emoticonos, uno que sonríe y otro cuyos ojos son corazones. Escribo también a María, mi editora. Por la mañana me ha preguntado si estaba de vuelta en Madrid y si quería acompañarla esta tarde a la presentación de la novela de Txani Rodríguez en la librería Alberti y todavía no le había contestado. Me advertía que había que reservar sitio, porque el acto era con entrada limitada a quince personas. Quince personas. Me pregunto si dejaremos atrás en algún momento esta pesadilla de mascarillas, aforos limitados y distancias sociales. Le respondo ahora que no puedo ir, que tengo que estar en casa, y le cuento que la autora viaja en el mismo autobús que yo. No la conocía, pero la he reconocido por las fotos en prensa y la he saludado en el andén antes de montar. Me ha hecho ilusión que ella también supiera quién soy yo. María me pregunta cómo estás tú, qué tal los días con ama, si sigo escribiendo. En respuesta a esto último, le cuento que por primera vez en mi vida lo he hecho de corrido, sin pensar mucho hacia dónde iba, dejándome llevar por la memoria y los fantasmas del pasado, casi como la escritura automática de los surrealistas, y que he escrito más de doscientas páginas en apenas unos días. Ahora hay que depurarlas y darles forma, pero le reconozco que creo que tengo ya una novela en el horizonte. Ella manda un montón de emoticonos de manos aplaudiendo y me recuerda que me tiene ahí si quiere que lea algo. Eso me reconforta. Acordamos vernos pronto, en cualquier caso.

Esta mañana a la estación en Bilbao me ha llevado ama en coche. Cuando hemos cerrado la casa de amama, cuya venta se firma esta misma mañana, he sentido como si estuviéramos sellando el panteón de una dinastía que se agota. Ayer ayudé a las tías a llevar algunos muebles viejos al centro de reciclaje, en la vieja furgoneta Nissan de Edurne, que usa para transportar los enormes lienzos sobre los que pinta y también para cargar leña, restos de las podas, sacos de tierra, macetas, toda esa parafernalia que rodea a una casa grande. En los viajes pude conversar con Edurne a solas. Me confesó que Gorka está trabajando en el cierre definitivo de la empresa, algo que ama me ha ocultado quizá temiendo que la reprendiera diciéndole que ya se lo había advertido. La noticia no me pilló de improviso, pero unida al hecho de tirar a la basura algunos muebles que fueron el decorado de mi infancia y el cierre de la casa de amama, me ha afectado más de lo que esperaba. Cuando hemos cerrado la casa, ama me ha regalado el llavero metálico descolorido de Juguetes Otaolea en el que siempre hemos tenido las llaves de casa de amama. Lo he puesto con las de nuestro piso de Madrid. Cuando me lo ha alcanzado, por cierto, me ha dicho que quiere repartir lo que corresponde de la venta entre Nuria y yo. Me he negado, pero dice que no es negociable.

—Con eso igual podéis pagar la entrada de la casita de vuestros sueños —ha concluido.

Al despedirnos en la parada, ama me ha hecho prometer que la llamaré en cuanto esté con las ninas y me ha repetido un montón de veces que me cuide mucho en Madrid, con tanta gente en todas partes. Cuando le decía adiós con la mano desde dentro del autocar me ha parecido que lloraba.

Tú sigues en el hospital, estable. Julián continúa enviándome el parte de cada visita. Le dije que no es necesario, que me basta con que me cuente si hay novedades, pero sospecho que no quiere romper el vínculo conmigo y, en el fondo, yo tampoco con él. Se mostró muy feliz anteayer cuando le conté a la salida del hospital que habías abierto los ojos y sonreído al reconocerme. No le confesé lo que me dijiste. Eso queda entre tú y yo. Pero Julián dice que mi visita te ha dado vida. Pobre. No sé si eres consciente de cuánto te quiere tu hermano. En su último mensaje dijo que los médicos están muy esperanzados. Me doy cuenta de que no le he dado las gracias por todo lo que ha hecho en los últimos días. Intento escribirle un mensaje, pero no consigo encontrar el tono, que no quiero que sea demasiado cariñoso, pero tampoco distante. Después de varios amagos de redacción, opto por llamarle.

—¡Sobrino! ¿Sucede algo? —pregunta al otro lado al descolgar.

—No, no... solo quería darte las gracias, Julián, por cuidar de mi padre... —respondo, y me quedo unos segundos en silencio, buscando palabras adecuadas que no acuden a mí—. Y por llevarme a estar con él.

—¡Pero bueno! ¡Qué menos! —exclama, y se ríe—. Pues a verlo estoy yendo precisamente ahora. En cuanto lo deje, te mando un mensaje. Le daré recuerdos de tu parte.

Cuando me bajo del autobús, me encuentro una sorpresa en el andén de la Estación Sur. Elena me había dicho que me esperaban en casa, pero resulta que ha venido a buscarme con las niñas, que corren hacia mí en cuanto mi pie toca suelo. Me abrazan con fuerza.

—¡Aita! ¡Aita! —gritan.

Doy un beso primero a Onintza y después me arrodillo para ponerme a la altura de la pequeña.

—¿Nos has traído algo? —me pregunta y la mayor la reprende por ello.

Vamos los tres hacia Elena, que sonríe.

—Te han echado mucho de menos —dice.

—¿Y tú? —pregunto. Nos damos un beso sin bajarnos las mascarillas.

—Yo más —responde—. Sobre todo, a la hora de los deberes.

Nuestro coche recorre las calles de Madrid, camino a

casa. Conduce Elena. Las niñas me cuentan sus últimos días, interrumpiéndose en la narración la una a la otra, discutiendo a ratos por ver quién continúa con el relato. Las he echado mucho de menos. Les digo que pronto iremos a ver a amama a Laukariz y también estarán con la tía Nuria y los primos. Ellas aplauden de alegría. Lo que te perdiste por no querer una familia, Cacenave Hernández.

Observo a la gente por la ventanilla. Con el contraste de los últimos días en el campo, me entra cierto vértigo al ver las aceras tomadas por esa marea humana que va de compras y abarrota las terrazas.

—Quizá deberíamos pensar en serio lo de irnos a vivir al campo —susurro a Elena mientras las niñas siguen hablando.

Ella me dirige una mirada entre inquisitiva y desconcertada y contesta que luego lo hablamos. Entonces nos paramos en un semáforo y junto a nosotros se detiene un Mercedes descapotable de color granate. Miro al conductor, un chico joven de no más de veinte años, con peinado de futbolista. Él me mira también y sonríe. Al punto el semáforo se pone en verde y sale quemando rueda. En ese instante mi teléfono tiembla en el bolsillo del pantalón. Al sacarlo caen al suelo del coche, a un lado del asiento, la moneda de Carla y el llavero de Juguetes Otaolea con las llaves de casa. En la pantalla aparece el nombre de tu hermano. Antes de descolgar ya sé lo que me va a decir. Atiendo en silencio. Pronuncia las palabras con dificultad y después llora. Prometo llamarle más tarde, al llegar a casa. Cuando cuelgo y le doy la nueva a Elena, en voz muy baja, para que no me oigan las niñas, posa su mano en la mía y me pregunta si estoy bien. Asiento. No le miento, estoy bien. De hecho, incluso me siento un poco mal por estar bien. Si te soy sincero, lo primero que me ha venido a la mente al escuchar a Julián es si tiene sentido usar la segunda persona en este texto, ahora que no vas a leerlo tú. Onintza y Maia comienzan a discutir a gritos en el asiento trasero. Elena acaricia el dorso de mi mano al tiempo que me dedica una mirada resignada. Se gira y manda callar a las niñas amenazándolas con un castigo. Yo sonrío pensando que no hay ningún lugar en el mundo en el que prefiera estar ahora que no sea el interior de nuestro coche.

## AGRADECIMIENTOS

Una primera versión de esta novela fue leída, a petición mía, por Mónica Basterrechea. Me encontraba en una de esas fases en las que un escritor siente que ha perdido la perspectiva sobre su propio texto y necesita una opinión externa. Mónica es una excelente lectora y editora, y todas sus observaciones mejoraron el resultado.

Aquella primera versión, sin embargo, fue rechazada por mi editora, Elena Ramírez. Recuerdo que su llamada me sorprendió en Berlín. Escuché abatido sus argumentos sobre por qué la novela no terminaba de funcionar. En el fondo, sabía que tenía razón. Paseé de noche hasta tarde por la capital alemana, bajo una llovizna que parecía sacada de una escena de melodrama. Pero me puse manos a la obra. Comencé a realizar pequeños cambios aquí y allá y me encaminé hacia una novela muy diferente, esta que tiene en sus manos.

Unas semanas después de aquel rechazo, hablé de lo sucedido con otro autor de esta misma editorial. Él me contó de otros casos de escritores que admiro mucho, a quienes también Elena les había pedido trabajar más el manuscrito o directamente se lo había rechazado. En aquella conversación mi interlocutor me recordó algo que desde que la conozco tengo muy claro: la suerte que tenemos sus autores de que Elena trabaje con nosotros, con su profesionalidad y su cariño.

Varios meses más tarde, tenía un nuevo texto, tan diferente del anterior que en realidad se trata de dos novelas diferentes. Qué alegría cuando recibí de nuevo una llamada de Elena, pero en esta ocasión con un mensaje muy diferente: «¡Lo tenemos!». Desde entonces, además de ella, otras personas del equipo de Seix Barral me han ayudado a pulir el manuscrito y a matizar los defectos de mi a veces desordenada escritura: Jesús Rocamora, Ariadna Ribera y Javier Gómez de Cádiz. A todos ellos quiero expresar mi agradecimiento por su impecable trabajo.

También me gustaría agradecer su acompañamiento a mi agente, Sandra Rodericks, que me hace sentir que puedo contar con ella en cualquier momento.

Este libro está dedicado a Ignacio Martínez de Pisón. Por su amistad, su ayuda, su ejemplo y el cariño que siempre me ha dado. También porque Ignacio encarna mejor que nadie una manera de ser, generosa y amable, que representa un valor en la cultura, quizá el valor máximo, en un mundo que se muestra a veces tan cerrado y hostil.

Finalmente, quiero agradecer a mi pareja y a mis hijos que estén siempre ahí, también mientras escribo. Nunca un autor estuvo mejor acompañado. Sin ellos no sé cómo sería mi obra, pero sin duda mi vida sería mucho más triste y fea.